A FORTUNE TELLING PRINCESS

점괘보는 공녀님

✦ 4 ✦

점괘보는 공녀님 4

초판 1쇄 인쇄 2023년 12월 11일
초판 1쇄 발행 2023년 12월 22일

지은이 사이딘
펴낸이 권순남
펴낸곳 페리윙클
편 집 김보선
디자인 최미선

주소 서울특별시 노원구 동일로237가길 17, 신영산업빌딩 602호
전화 02-2091-0291 **팩스** 02-2091-0290
메일 marubooks@mayabooks.co.kr
출판등록 2008년 1월 7일 제310-2008-00001호

ISBN 979-11-368-3232-0
　　　　979-11-368-3228-3 (세트)

정가 13,500원

※ 이 책은 페리윙클이 저작권자와의 계약에 따라 발행한 것입니다. 본사의 허락 없이 내용을 무단 복제하거나 무단 전재하는 것은 저작권법에 의해 금지되어 있습니다.
※ 저자와 협의하여 인지를 붙이지 않습니다. 잘못된 책은 구입한 곳에서 바꾸어 드립니다.

페리윙클은 (주)마야마루출판사의 로맨스 판타지 문학 레이블입니다.

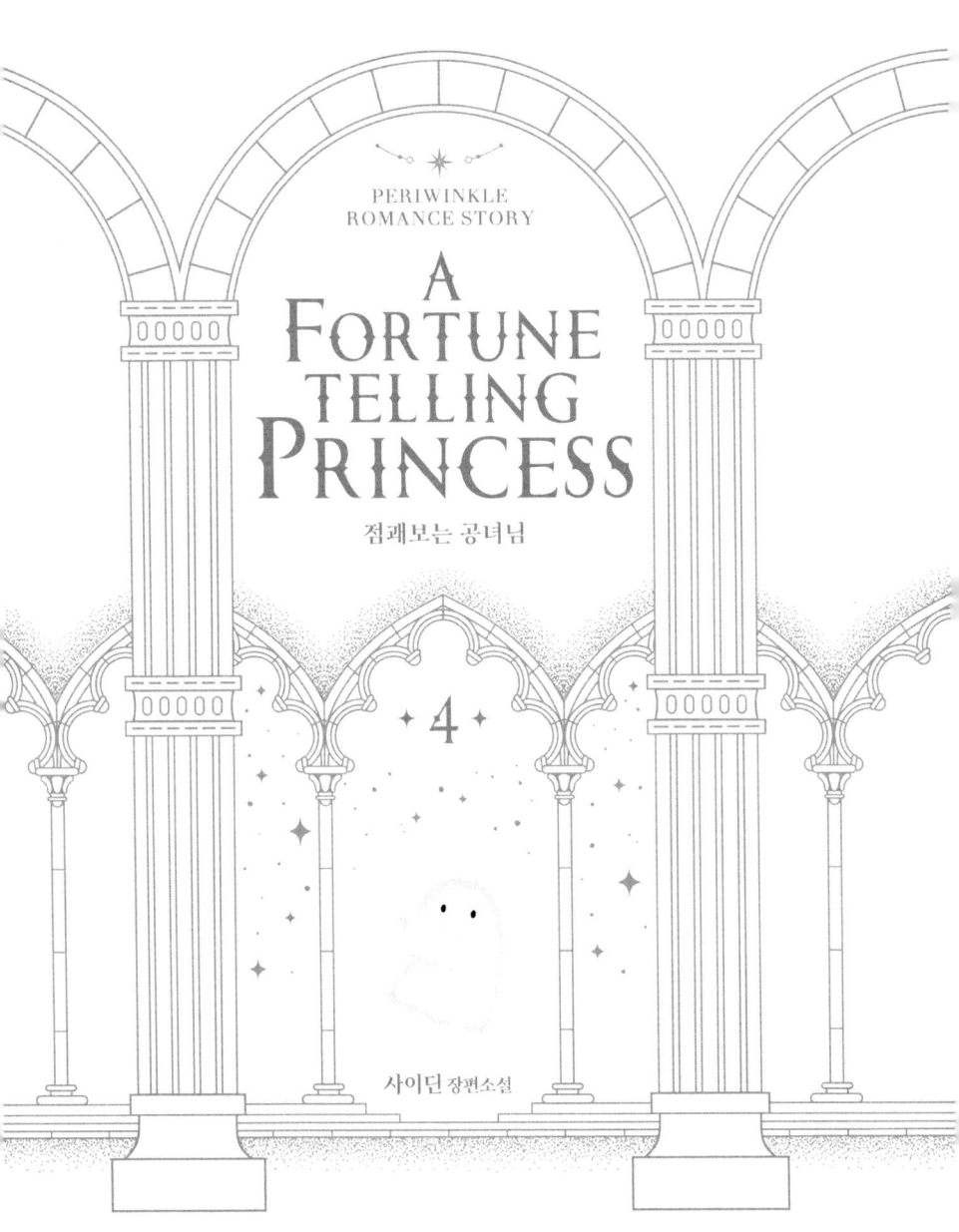

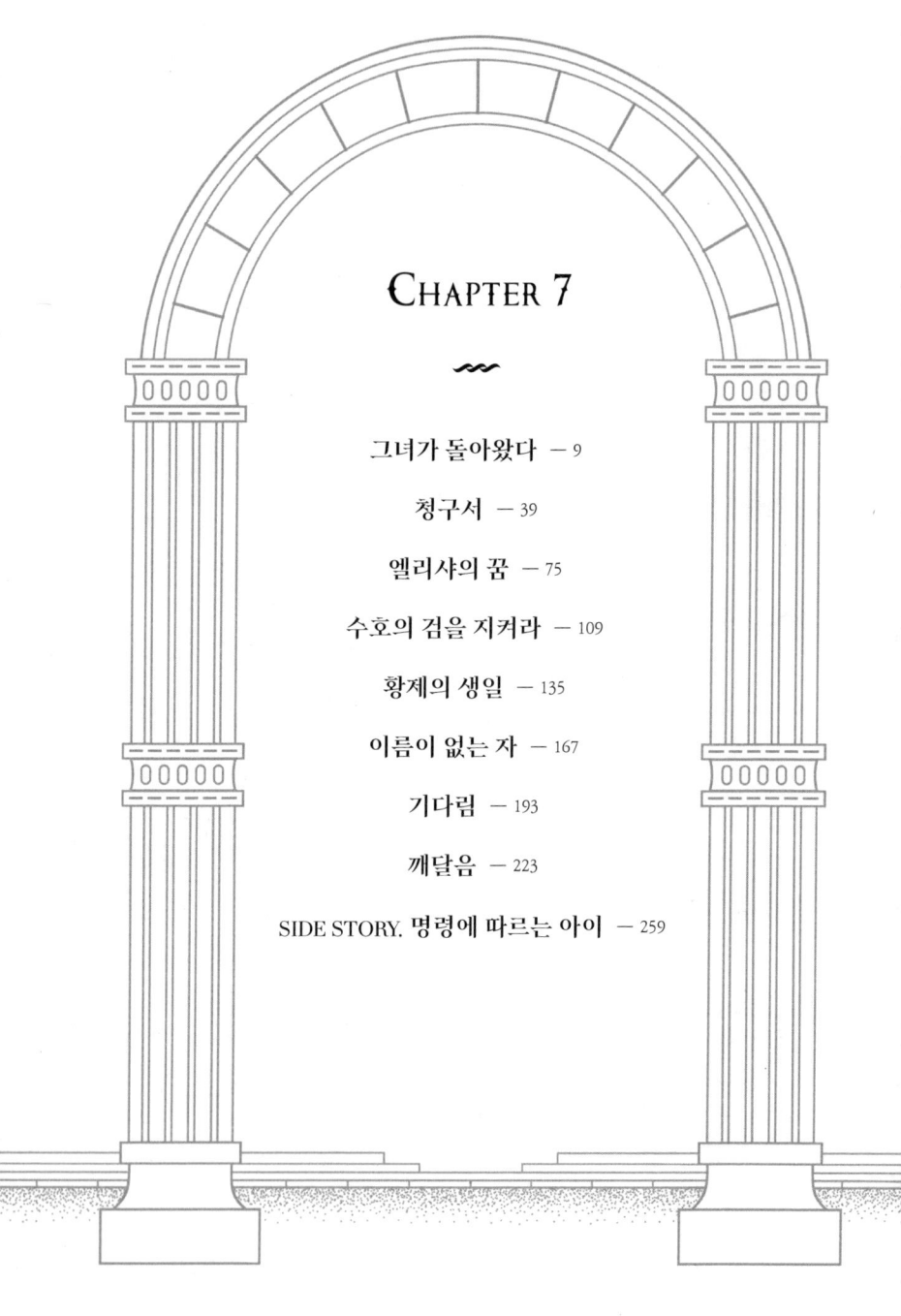

CHAPTER 7

그녀가 돌아왔다 — 9

청구서 — 39

엘리샤의 꿈 — 75

수호의 검을 지켜라 — 109

황제의 생일 — 135

이름이 없는 자 — 167

기다림 — 193

깨달음 — 223

SIDE STORY. 명령에 따르는 아이 — 259

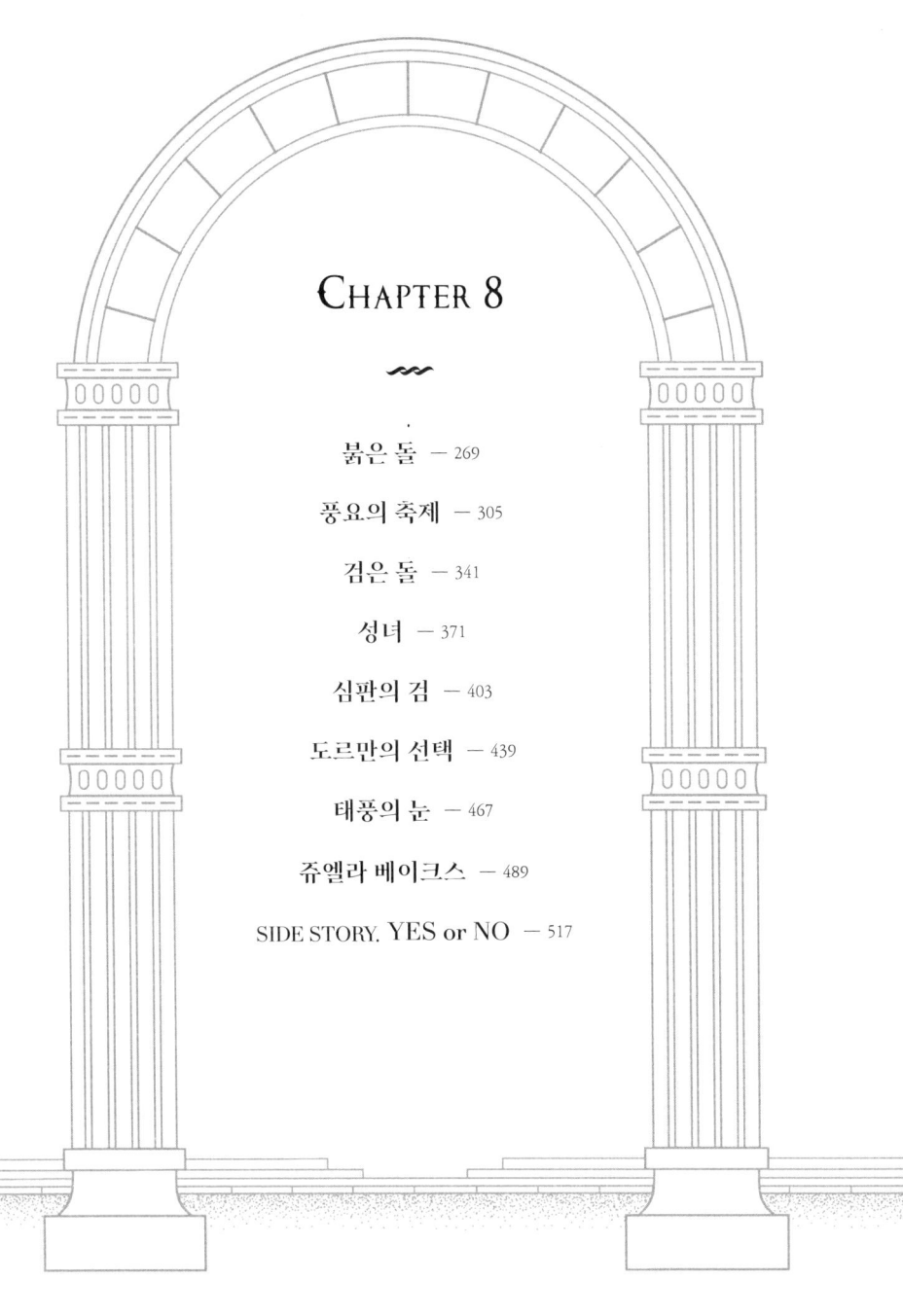

Chapter 8

붉은 돌 — 269

풍요의 축제 — 305

검은 돌 — 341

성녀 — 371

심판의 검 — 403

도르만의 선택 — 439

태풍의 눈 — 467

쥬엘라 베이크스 — 489

SIDE STORY. YES or NO — 517

CHAPTER 7

그녀가 돌아왔다 / 청구서 / 엘리샤의 꿈 / 수호의 검을 지켜라
황제의 생일 / 이름이 없는 자 / 기다림 / 깨달음
SIDE STORY. 명령에 따르는 아이

그녀가 돌아왔다

"도르만."

「아가씨!」

통신 구슬 안에서 도르만의 다급한 목소리가 흘러나왔다.

「대체 어디세요!」

"집."

「집이요?」

"응."

「정말요? 아무리 찾아도 안 보이시던데? 이 통신은 또 어디서 하시는 거예요? 집이라면서요, 집 어디요?」

"우리 집. 내 방."

「무슨 소리세요? 지금 제가 아가씨 방에 있……!」

숨도 쉬지 않고 질문을 쏟아 내던 도르만은 한동안 아무런 말도 하지 않았다. 이제야 뭔가 감을 잡은 모양이었다.

「설마…….」

응, 그 설마가 맞을 거야.

「그 집이라는 게, 혹시 저어어쪽 페이블러 제국에 있는 본…가를 말씀하시는 건가요? 소르펠 가문의 저택……?」

"어."

「지, 지금 아가씨 혼자 그곳으로 돌아가셨다는 말씀이세요?」

"그런 말이지."

「저는요!」

"너는…….."

글쎄다.

카밀라는 볼을 슬쩍 긁적였다. 자신이 생각해도 좀 황당한 상황이긴 한데, 딱히 해 줄 말이 없었다.

「어떻게… 어떻게!」

그의 부들부들 떠는 모습이 눈에 보이는 듯했다.

「어떻게 저를 여기에 두시고!」

「규우!」

「맞아요! 킹! 킹도 지금 여기에 있……!」

화아악!

[규!]

"…킹은 여기에 있는데?"

별안간 환한 빛이 쏟아지더니 킹이 어느새 자신의 앞에 모습을 드러냈다. 통신을 통해 위치를 확인하자마자 곧바로 날아온 것이다. 신기하단 말이야.

「…….」

도르만이 다시 조용해졌다. 입만 뻐끔거리고 있을 그의 모습을 예상하며 카밀라는 어색한 미소를 흘렸다.
'조금 미안하긴 하네.'
정신없이 움직이다 보니 다른 이들을 챙길 생각을 전혀 하지 못했다. 킹까지 놔두고 왔을 정도니까 말 다 했지, 뭐. 상황이 얼추 정리되고 나서야 그라시아 쪽에 아무런 말도 없이 이곳으로 와 버렸다는 게 떠올랐다.
잠깐의 침묵 속에서 답을 찾아낸 도르만이 통곡을 하기 시작했다.
아우, 일부러 그런 게 아니라는 거 잘 아는 놈이 진짜…….
「어떻게… 어떻게 저만 여기에 두시고!」
같은 말만 반복하는 그를 카밀라가 살살 달랬다.
"에스크라 공작님껜 내가 잘 말해 놓을게."
「그게 중요한 게 아니잖아요!」
"마법진도 곧 정상화된다니까 조금만 기다려."
「지, 지금 저보고 여기 혼자 있으라는 말씀이세요?」
"응, 괜찮을 거야."
「너무하세요!」
"응, 파이팅."
「카밀라 아가씨! 카-」
카밀라는 서둘러 통신을 끊었다.
이미 벌어진 일, 이제 와 뭐 어쩌겠어? 설마 에스크라 공작이 나 없다고 저 녀석을 쫓아내지는 않겠지?
"아야!"
[규우!]

손에서 느껴지는 따끔한 통증에 시선을 내리니 킹이 자신의 손을 앙 물고 있었다.
어쭈? 요놈 보게? 너 지금 나 문 거니?
[규규!]
평소 같으면 바로 꼬리를 내리고 애교를 부렸을 녀석의 표정이 여전히 부루퉁했다. 자기를 놔두고 온 것에 대해 제대로 심통이 난 모양이었다.
카밀라는 아주 열렬히 화를 내고 있는 킹에게 미안한 표정을 지어 보였다.
"미안. 정말 정신이 하나도 없었어."
[규우…….]
"알았어. 앞으로 다시는 안 그럴게."
[규!]
진심을 담은 사과에 아기 호랑이는 이번만 봐주겠다는 것처럼 새침하게 고개를 끄덕였다. 그러고는 언제 화를 냈냐는 듯 자기가 앙 물었던 손을 연신 할짝였다.
카밀라는 그런 킹의 머리를 가볍게 쓰다듬으며 살며시 웃었다.
"그나저나 이 인간은 어디로 간 거야?"
자신을 이곳까지 데려다준 이, 제이너가 어느새 사라지고 보이지 않았다. 제노의 말에 의하면 루드빌이 나타날 때 조용히 모습을 감추었단다. 암살자답게 정말 소리 소문 없는 움직임이었다.
"하긴…….”
이 상황을 설명하는 게 좀 애매하긴 하지.
현재 마나로 유지되고 있던 모든 마법진 역시 여기저기 조금씩 문제가 생긴 상태였다. 이런 상황에서 내가 제이너의 도움을 받아 돌아왔다는 게 알려지면 그의 정체를 의심하는 이들이 많겠지?

"그리고 보면 진짜 신기하긴 해."

페이블러 제국 전체 마법진이 일시적으로 마비되었음에도 칸 지부 마법진은 아주 멀쩡했으니까 말이다.

두 국가의 감시망을 모두 뚫고 그동안 마법진을 자유롭게 써 왔다더니. 이번 일을 겪으며 그들의 은밀한 능력에 다시 한번 감탄하지 않을 수 없었다.

"바로 돌아간 건가?"

[규우?]

인사 정도는 제대로 하고 싶었는데. 이번 일을 도와준 대가로 다음에 만나면 뭔가 보답을 해야 할 것 같다.

칭얼거리는 킹의 머리를 쓰다듬으며 카밀라는 다시 생각에 잠겼다.

수호의 탑을 무너트린 이들의 정체와 그 목적은 도대체 무엇일까.

경계를 서고 있던 마법사들이 모두 죽어 버렸기에 단서가 아무것도 없었다. 마탑뿐만 아니라 황실에서도 적극적으로 나서 이번 일에 대해 조사 중이라고 하지만 딱히 성과는 없어 보였다.

"CCTV가 있는 것도 아니고."

딱 보니 이번 사건도 흐지부지 넘어갈 것 같은데.

"다시 한번 가 볼까?"

무너진 수호의 탑에 말이다. 살아 있는 목격자는 한 명도 없겠지만 죽은 목격자는 있을지 모르잖아?

하지만 카밀라는 곧 가볍게 고개를 저었다. 누가 범인을 찾아 달라고 부탁을 한 것도 아닌데 굳이 그런 짓까지 하고 싶진 않았다. 찾아오는 귀신도 골치 아픈 판국에 직접 귀신을 찾아 나서기까지 하자고?

요즘 들어 유독 귀신들과의 접점도 많아진 것 같고 좀 자제할 필요가 있었다. 이러다 정말 사람보다 귀신과 더 많이 친구 먹게 생겼다고!

"그보다 이상하네."

[뭐가 말입니까?]

"……! 데린!"

언제 온 것인지 집사 귀신 데린이 빙그레 웃으며 카밀라를 바라보고 있었다.

"언제 왔어요?"

[방금요. 돌아오신 걸 환영합니다, 아가씨.]

"페롤은요?"

늘 붙어 있던 요리사 귀신 페롤이 보이지 않는 것에 카밀라는 고개를 갸웃했다.

[아마 카페에 있을 겁니다.]

"카페요?"

[아가씨의 친구분인 라일라 님이 만드시는 디저트에 관심이 많아서 요즘 그분 곁에 자주 붙어 있답니다.]

우리 라일라, 여전히 열심히 하고 있구나. 조만간 그녀를 보러 가야 할 것 같다.

"그동안 별일 없었죠?"

[…….]

그저 안부 인사였거늘, 데린은 카밀라의 물음에 묘한 미소를 지었다. 그 모습에 의아한 눈빛을 던지려는 순간 그가 먼저 말을 돌렸다.

[그런데 조금 전엔 무슨 말씀입니까? 이상한 거라도 있으신가요?]
"다들 묻지를 않아서요."
[무엇을요?]
"전부 다요."

이곳에 돌아온 방법에 대해 어떻게 변명해야 하나 고민을 한 게 민망할 정도로 묻는 이가 아무도 없었다.

"그저 제가 돌아온 것에 마냥 기뻐하기만 하시네요."

저곳에서 무슨 일이 있었는지 그 어떤 질문도 듣지 못했다.

"궁금하지도 않나?"

저였다면 얼굴을 보자마자 온갖 질문 세례를 퍼부었을 텐데.

[…….]

연신 고개를 갸웃거리는 카밀라를 보며 데린은 다시 말없이 웃기만 했다.

"첫날이라 제가 피곤할까 봐 그런 걸까요?"
[그럴지도 모르죠.]
"그렇죠?"

그럴 가능성이 농후하다고 판단한 카밀라는 가볍게 고개를 끄덕였다. 그녀는 자신에게 던져질 질문에 대해 이런저런 변명거리를 머릿속으로 정리했다.

✳

"역시 알베르토 님의 예상이 맞았습니다. 정말로 수호의 탑에 봉인되어 있었습니다!"

신관 다니엘은 기쁨을 감추지 못했다.

"저희 모두를 그토록 오랫동안 구속하던 것이 드디어 깨어졌군요."

"수고했네."

어둠 속에 앉아 있는 이 역시 만족스러운 목소리로 다니엘의 공로를 치하했다. 그의 손에는 붉은빛이 일렁거리는 돌이 들려 있었다.

"수호의 탑을 감싸고 있던 힘이 약해져서 망정이지, 그렇지 않았다면 결국 성물의 기운을 감지하지 못했을 겁니다."

"아미알드가 지하에서 통곡하겠군. 하여간 멍청한 것들."

"그러게 말입니다. 그자가 그토록 당부하였거늘 그새 그걸 모두 잊어버리다니요."

대마법사 아미알드. 그는 수호의 탑을 완성한 후 후인들에게 한 가지 당부의 말을 남겼다. 대륙에 존재하는 모든 마법사가 마음껏 자유롭게 자신이 지은 이 수호의 탑을 이용할 수 있게 하라고.

"500년이면 망각하고도 남을 시간이긴 하지."

하지만 시간이 흐르면서 수호의 탑은 마탑의 관리하에 출입에 제한을 두기 시작했다. 혹여 탑이 훼손이라도 될까 염려한 것이었으나, 결과적으로는 최악의 수가 되어 버렸다.

"저 또한 알베르토 님께 듣기 전까지는 미처 알지 못했습니다. 성물의 기운을 수많은 마법사의 마나로 감추고 있었을 줄이야……. 그 누가 상상할 수 있겠습니까."

대마법사 아미알드는 수호의 검을 들고 설치던 마르스만큼이나 골치였던 인물이다. 교단의 힘이었던 성물을 하나하나 파괴해 나갔고, 자신의 능력으로 파괴할 수 없는 건 어떻게든 봉인했다.

이번에 찾은 성물은 그때 봉인된 것들 중 하나였다. 그것도 모든 성물의 뿌리라 해도 과언이 아닌 귀물. 그걸 되찾다니, 정말 천운이 아닐 수 없었다.

"결국 알베르토 님의 혜안에 무릎을 꿇었지만, 잔머리 하나는 정말 비상합니다."

아미알드를 향한 조롱에 그가 침묵으로 동의했다. 소르펠가에 잠입시켰던 라니아의 일이 너무도 허무하게 끝나며 그쪽 인력을 모두 성물을 찾는 데 돌렸더니 이런 좋은 결과를 얻게 됐다.

"이제 더 이상 시간이 없다며 초조해하지 않아도 되겠군요. 성도들이 무척 기뻐할 겁니다."

"그렇겠지."

붉은 돌이 순식간에 여러 개로 쪼개졌다.

"받아라."

쏜살같이 튀어 나간 다니엘이 그중 하나를 받아 들고 제자리로 돌아왔다. 상당히 감격스러운 표정이었다.

"무엇을 해야 하는지는 알고 있겠지."

"걱정하지 마십시오."

교단이 가진 힘의 원천은 불멸이다. 하지만 성물을 잃은 자신들의 힘은 반쪽짜리였다.

생생한 육체로 새로운 생을 얻어도 일정 시기가 지나면 몸이 눈에 띄게 늙어 가 더 이상 그 몸을 쓸 수가 없게 된다. 육체와 영혼의 결합에 급격히 균열이 일어나고 마는 것이다.
하지만 성물의 힘을 빌리면 노화 속도를 늦출 수 있으니, 이제 이 문제는 해결된 것이나 다름없었다.
"역시 에바 신께서 알베르토 님을 보호하고 계시는 게 분명합니다. 그렇지 않아도 곧 그 시기이지 않습니까."
다니엘의 말에 어둠 속에서 옅은 웃음소리가 흘러나왔다.
"선택의 시간이 좀 더 주어졌군."
"아직 누구로 할지 정하지 못하셨나 보군요."
"두 번째 아이가 가진 세력이 이용하기는 훨씬 더 편하긴 한데 말이지."
"그렇지요. 이미 교단과도 접점이 있지 않습니까."
"하지만 아무래도 첫 번째 아이가 가진 힘이······. 흐음······."
"신중히 결정하시기를 간곡히 부탁드립니다. 알베르토 님의 선택이 곧 교단의 미래입니다."
그 말에 동의한다는 듯 붉은 돌을 쥔 손에 절로 힘이 들어갔다.
"그래, 곧 결정해야겠지."
그의 웃음소리가 좀 더 짙어졌다. 몇 번 더 듣기 좋은 말을 한 다니엘이 화제를 다른 곳으로 돌렸다.
"그런데 수호의 탑을 정리하느라 다른 쪽 일이 조금 늦어졌습니다."
"수호의 검 말인가."
"네, 아무래도 그것 역시 서둘러야겠지요."

"무엇보다 눈에 거슬리는 물건이니까."

"맞습니다."

그가 손을 까딱할 때마다 붉은 돌이 작게 쪼개져 바닥으로 우수수 떨어졌다. 그 모습을 지켜보는 다니엘의 눈이 탐욕으로 빛났다.

"예전 같은 능력은 사라지고 없다지만 혹시 모를 일이니."

"최대한 빨리 처리하도록 하겠습니다."

다니엘의 말에 어둠 속에서 다시 만족스러운 웃음소리가 흐릿하게 들려왔다.

"투루 지역의 흑마법사들은 어떻게 됐지?"

"교단에 가입하기를 원하고는 있는데……."

"있는데?"

슬쩍 눈치를 본 다니엘이 조심스럽게 대답을 이었다.

"문제가 생겼습니다."

"문제라니?"

"세프라 가문에서 그들을 추적 중입니다."

"꼬리가 밟힌 건가?"

상대의 목소리가 대번에 서늘해졌다. 다니엘은 손에 흐르는 식은땀을 훔치며 최대한 공손한 자세를 취했다.

"최근 그들의 손에 죽은 이들이 무척 많은지라……. 그 과정에서 결국 세프라 공작의 귀에까지 들어간 듯합니다. 어떻게 할까요?"

"세프라 공작가라."

"그들이 저희와 뜻을 함께한다면 제법 유용하게 쓰이겠지만……."

"흐음."

잠시 고민하던 그에게서 마침내 결정이 떨어졌다.

"버리게."

"네?"

"지금처럼 중요한 시기에 공작가와 쓸데없는 마찰을 만들 필요는 없겠지."

"알겠습니다."

※

"어서 오렴."

식당으로 들어서자 소르펠 공작이 가장 먼저 반갑게 말을 건네 왔다. 가벼운 미소를 지어 보이는 그를 보며 카밀라도 미소로 답을 했다. 루드빌 역시 눈이 마주치자 아무런 말 없이 눈인사를 보내왔다.

'여전히 반짝반짝하시네.'

턱선이 더 날카로워져서 그런가? 아머지의 미모가 한층 업그레이드되어 있었다. 그리고 보니 다들 살이 좀 빠진 것 같은데? 다같이 다이어트라도 한 건가?

"왔냐? 울보."

그 순간 들려오는 목소리!

삐걱삐걱 고개를 돌리자 라비의 입가에도 진한 미소가 걸려 있었다.

그래, 진한 미소가.

"……."

저 미소가 비웃음으로 보이는 건 자신의 착각일까? 아무래도 아닌 것 같지?

"오늘 이 시간부로 저희 고스트 상회에서는 마탑과의 모든 거래를 전면 중단할 것을 선언합니다."

"뭐, 뭐? 야!"

"정 거래를 원하신다면 지금 금액의 50% 인상된 금액으로 거래를 다시 하도록 하지요."

"알았어, 알았다고! 내가 잘못했어!"

자식이. 그러게 왜 덤벼?

'나도 쪽팔리거든.'

미쳤지, 미쳤어!

'나 그때 대체 왜 운 거니?'

저쪽 세계에서 이시아로 살 땐 정말 눈물이라는 걸 제대로 흘려 본 적이 없다. 연기를 할 때 빼곤 말이다. 엄마가 돌아가셨을 때도, 아빠에게 두들겨 맞거나 머리채를 잡혀서 질질 길거리를 끌려다닐 때도 울음소리 한 번 내지 않았다.

'그래서 독하다고 더 얻어맞았지.'

하지만 눈물이 안 나는 걸 어쩌라고?

'그런데 대체 왜!'

왜 이곳에선 툭하면 눈물 바람인 거냐고!

그때 수호의 탑 앞에서 아이처럼 바닥에 주저앉아 엉엉 운 걸 생각하면!

'아! 아아악! 생각하지 마! 생각하지 마!'

이불 킥을 1년 동안 날려도 모자랄 판이다. 길거리에서, 그것도 그 많은 사람 앞에서 대체 뭔 짓을 한 거니? 혹시 영혼이 제자리를 찾으면서 감정선에 뭔가 문제가 생긴 게 아닐까?

'도르만 이 새끼!'

또 뭐 숨기고 있는 거 아니야?

"카밀라."

"네에?"

속으로 쪽팔림과 싸우며 열심히 머리를 쥐어뜯고 있던 카밀라는 소르펠 공작의 부름에 멈칫했다.

"어디 아픈 곳은 없고?"

이어진 그의 물음에 잠시 커졌던 그녀의 눈이 곱게 휜다. 통신으로 매번 묻던 질문을 얼굴을 마주하며 들으니 감회가 새로웠다.

"네, 전혀요."

"그래."

"……."

"……."

…저기요? 이게 끝인가요?

역시나 이번에도 더 이상의 질문은 날아오지 않았다. 루드빌도, 라비도 마찬가지다. 대신 식사하는 내내 돌아가며 자신을 말없이 응시했다. 딱 봐도 하고 싶은 말이 무척 많아 보이는데 다들 입을 꾹 다물고 있었다.

'진짜 뭐지?'

그런 세 사람을 보며 카밀라는 고개를 갸웃했다.

'집안 분위기도 좀 이상하고 말이야.'

자신이 집으로 들어서는 순간 집사 루브가 보였던 반응부터가 남달랐다. 그는 연신 안도의 한숨을 내쉬더니 묘한 미소를 지었다.

'조금만 더 늦으셨으면 다들 사직서 제출할 뻔했습니다.'
'사직서? 뭔 소리야?'
'가시방석에 앉아 있는 기분이었거든요.'
'가시방석이라니?'
'다들 워낙 한 성깔들 하시는 분들이라.'
'뭐래?'

다른 고용인들도 유달리 환영하는 분위기였다. 자기들이 언제부터 나를 그렇게 좋아했다고?
오랜만에 봐서 그런가 하고 가볍게 넘어갔는데, 지금 보니 자신이 모르는 뭔가가 있는 듯했다.
"제가 저쪽에서—"
카밀라는 고요한 침묵도 깰 겸 그라시아 제국에서 있었던 일들을 들려주려 했다. 해 줄 얘기가 무척 많았으니까.
킹이 마수들을 처리한 일도 있었고, 날씨가 갑자기 따뜻해진 그라시아 제국의 모습이 어떤지 다들 흥미로워할 것 같았다.
'그리고 계약도.'
그러고 보니 그 큰 계약을 맺고 돌아왔는데 어떻게 칭찬 한마디 없지? 그 계약을 어떻게 따낸 건지 진짜 안 궁금해?
"카밀라, 이거 네가 좋아하는 거지?"
"네? 아, 네……."
"이거, 이것도! 더 먹어."

하지만 카밀라는 끝까지 말을 다 잇지 못했다. 소르펠 공작과 라비가 동시에 음식들을 자신의 접시에 올려 줬기 때문이다.

'어라?'

루드빌마저 자신과 눈이 마주치자 은근히 시선을 피한다.

이것 봐라? 지금 내 입 다물게 하려고 화제 돌린 거야?

"저쪽 그라시아 제국에서요. 아주 좋은-"

"여기 음료를 좀 더 가져오게."

"나도!"

"카밀라의 물잔에도 물이 비었군."

…진짜 뭔데?

'나도 이유 좀 알면 안 될까?'

그 후로도 카밀라가 그라시아 제국 쪽 얘기를 꺼내려고만 하면 다들 그 입을 막기 바빴다. 그런 세 사람을 보며 카밀라는 그저 황당한 표정을 지을 수밖에 없었다.

"수호의 탑이 무너졌다며?"

"난리도 아니었다더라."

"죽은 마법사들이 엄청 많……!"

"어?"

이른 아침, 아카데미로 들어서던 두 여학생이 대화를 나누다 그대로 걸음을 멈췄다. 자신들보다 앞서 걸음을 옮기고 있는 한 사람을 발견했기 때문이다.

이 시간에 등교하는 사람은 거의 없는데? 누구… 헉!
"저 사람……!"
"아르시안 맞지?"
뒷모습만으로도 상대가 누군지 금방 알 수 있었다.
훤칠한 키에 넓은 어깨. 공작가의 영식이 맞나 싶을 정도로 편해 보이는 옷차림. 뒷모습만으로도 그를 알아보기에 충분했다. 아르시안을 바라보는 두 여학생의 눈이 반짝반짝 빛나기 시작했다.
최근 그를 은근히 흠모하는 이들이 아카데미 안에 넘쳐 났다. 예전이나 지금이나 쳐다보지도 못할 정도로 무섭긴 하지만 살짝 변화가 생겼다고나 할까? 카밀라 소르펠 앞에선 눈에 띄게 온순해지는 그의 모습을 보며 다들 아르시안에 대한 평가를 새로 하고 있었다.
"그때 카밀라 양에게 무릎 꿇은 채로 발찌 채워 주는 거 봤어?"
"봤지."
"웃는 것도 봤어?"
"다들 난리도 아니었잖아."
은근한 미소를 띤 채 카밀라와 대화하는 아르시안을 보며 다들 속으로 비명을 질렀다. 그때 처음 알았다. 저 까칠하고 냉랭한 얼굴에도 미소가 무척 잘 어울린다는 사실을 말이다.
얼마 전에는 이런 일도 있었다. 뭔가 거슬렸던 듯 평소처럼 한 사람을 반쯤 죽여 놓으려는 아르시안을 향해 페트로가 한마디 던졌다.

'카밀라가 자기 없는 동안 사고 치지 말라 했는데.'

다들 그 말을 내뱉는 페트로를 어이가 없다는 듯이 바라봤다.
저 인간이 고작 그런 말에 반응을 하―

'……'

투욱.
…하네.

달랑 그 한마디. 카밀라가 사고 치지 말라 했다는 그 말에 아르시안은 잡고 있던 이를 놓아주며 얌전히 물러섰다.
그 모습에 다들 황당해했지만, 무슨 이유에서인지 아르시안에게 자꾸 시선이 간다는 이들이 늘어났다.
"이 시간에 어쩐 일이지?"
"그러, 어?"
앞서 걷던 아르시안의 걸음이 우뚝 멈춘 건 그때였다.
목소리가 너무 컸나 싶어 긴장하는데, 잠시 가만히 서 있던 그가 두 사람을 향해 천천히 돌아섰다.
"흐읍!"
"으……!"
아르시안과 눈이 마주친 두 여학생은 그대로 몸이 굳어 버렸다. 그러더니 자신들도 모르게 떨리는 몸을 주체하지 못하고 바닥에 풀썩 주저앉고 말았다. 차갑고 날카로운 무언가가 온몸을 헤집는 느낌에 도저히 서 있을 수가 없었다.
"……"
아르시안은 입술을 짓씹었다. 이 시간이면 아카데미에 아무도 없을 줄 알았는데.

저들이 저런 반응을 하는 이유를 아르시안도 잘 알고 있었다. 지금 자신의 몸에서 흘러나오는 기운에 겁을 먹은 것이다.

흑마법을 이용한 살인 사건이 연속으로 일어났다. 세프라 공작은 직접 이번 일을 처리하려 했지만, 가문의 원로들이 아르시안의 능력을 보고 싶어 했다. 그들의 강경한 주장에 결국 아르시안이 이번 일에 직접 나서게 되었고, 방금 그 일을 모두 해결하고 돌아오는 길이었다.

"제길."

살인을 저지른 흑마법사들은 모두 처단하였지만, 그 과정이 예상대로 순탄치 않았다. 무구한 자들을 흑마법을 쓰는 도구로 이용하는 바람에 수많은 이들의 피를 손에 묻혀야만 했다.

"하아."

단 한 명도 구할 수가 없었다. 이미 영혼에 깊게 각인된 흑마법을 지울 방법이 전혀 없었으니까. 자신이 할 수 있는 건 고작 죽음으로 고통을 덜어 주는 것뿐이었다.

그래서일까? 이번 일의 주범인 흑마법사들을 다 처리한 후에도 기분이 너무도 더러웠다. 살기와 오러가 마구 뒤섞여 쉽게 잠재워지지 않았다.

이렇게 통제가 되지 않은 적은 처음이었다. 일을 모두 마쳤음에도 바로 집으로 돌아가지 못한 이유 역시 이 기운 때문이다. 혹여 리오가 지금 자신의 모습을 본다면 두려움에 떨지도 몰랐으니까.

'꺄아악!'

'아파… 아파요!'
'아아악!'
'사, 살려……!'

아직도 그들의 비명 소리가 귓가를 맴돈다. 사람들을 꼭두각시처럼 조종하면서 정신은 그대로 남겨 놓은 것이다.
자기 뜻대로 움직여지지 않는 몸에 사람들은 두려워했고, 입으로는 연신 그를 향해 살려 달라 외쳤다.
"빌어먹을."
아르시안은 습관처럼 걸음을 옮겨 한 곳으로 향했다.
정령의 숲. 언젠가부터 그가 가장 많이 찾는 곳이다.
인적이 없는 호수 근처에 도착한 그는 나무 그늘 아래 자리를 잡고 누웠다. 바닥에 누운 그의 입에서 다시 거친 욕설이 흘러나왔다.
자신의 손에 죽어 간 이들의 모습이 자꾸 기분을 다운시켰다. 그럴수록 그의 몸에서 흘러나오는 검은 기운이 더욱 진득해지며 주변을 빠르게 잠식해 갔다. 어떻게든 마음을 가라앉히고 잠을 청해 보려 했지만 쉽지 않았다.
바스락.
그렇게 얼마의 시간이 지났을까. 선뜻 잠을 이루지 못하고 있던 그는 순간 들려오는 인기척에 저도 모르게 짙은 살기를 훅 내뿜었다.
짜증 어린 마음으로 몸을 일으킨 아르시안이 눈을 부릅떴다. 자신의 앞에 너무도 익숙한 이가 서 있었기 때문이다.

"카밀라."

놀란 눈빛을 한 그녀가 자신을 바라보고 있었다.

"카……!"

무심코 그녀에게 한 걸음 다가서던 그의 몸이 멈칫 굳어졌다. 자신의 살기 어린 기운이 일렁거리는 게 여전히 눈에 보였기 때문이다.

혹여 그녀가 다칠까 싶어 아르시안은 급히 뒤로 물러섰다. 서둘러 기운을 갈무리하려고 했지만, 감정이 격해졌기 때문인지 평소와 달리 제어가 어려웠다.

결국 아르시안은 시무룩한 기색으로 한 걸음 더 물러섰다.

'하아.'

너 또 무슨 일이니?

그 모습을 본 카밀라는 긴 한숨을 속으로 내쉬었다. 온몸을 잠식해 오는 한기를 빠르게 털어 내기 위해 그녀는 입술을 질끈 깨물었다.

그녀는 조금 전 아카데미에 도착한 후 바로 아르시안이 있는 교실을 찾았다. 그라시아 제국에 있을 때 누구보다 자신에게 많은 신경을 써 준 사람이었으니까.

자신이 돌아온 사실을 제일 먼저 그에게 알려 주고 싶었다. 하지만 교실 어디에서도 그의 모습을 찾을 수가 없었다.

혹시나 해 와 본 정령의 숲에서 다행히 그를 볼 수 있었다. 그런데 선뜻 그에게 다가가기가 힘들었다. 오싹한 느낌이 온몸을 감쌌기 때문이다. 그게 살기라는 걸 카밀라도 잘 알고 있었다.

"아르시안."

주춤거리며 뒤로 물러서는 그를 카밀라가 불렀다.

"어디 가?"

어느새 그녀의 입가에는 미소가 지어져 있었다.

여전히 살갗이 따가울 정도로 그의 기운이 주변에 진득하게 깔려 있었지만, 카밀라는 한 걸음 더 그에게 가까이 다가섰다. 몇 번 숨을 고른 그녀의 몸에선 잔떨림조차 더 이상 느껴지지 않았다.

'이제는 아니까.'

그가, 아르시안이 자신을 다치게 할 이가 절대 아니라는 것을 말이다.

"나 왔어."

오히려 그가 왜 이렇게 날카로워져 있는 건지, 그 이유가 더 궁금했다. 자신이 없는 사이 그에게 또 무슨 일이 있었던 걸까?

"······."

카밀라의 걱정 어린 시선과 마주한 그의 눈빛이 쉴 새 없이 흔들렸다. 자신에게 가까이 다가오는 카밀라를 보며 그의 입에서 긴 숨이 토해졌다.

스륵.

가까이 다가온 그녀를 끌어안은 그는 카밀라의 어깨에 얼굴을 묻었다. 그녀가 이런 자신을 보고도 도망치지 않는다는 사실에 알 수 없는 안도감이 밀려들었다. 오랜만에 느껴지는 그녀의 온기에, 체향에 더러웠던 기분이 점점 사라져 갔다.

그의 행동에 잠시 멈칫하던 카밀라는 거친 숨을 연신 토해 내는 아르시안의 등을 토닥토닥 다독였다. 아무것도 묻지 않은 채 그저 가만히.

그의 날카로웠던 기운이 빠르게 사라지는 걸 알았지만 카밀라는 그를 달래던 손길을 그 후로도 오랫동안 거두지 않았다.

"와… 진짜 너무하네."
"그러게요."
"오전 장사는 오늘도 망한 거지?"
"환장하겠다!"
출근한 직원들의 입에서 연신 탄식 어린 말들이 쏟아졌다. 가게 앞이 아주 난장판이 되어 있었기 때문이다.
"대체 며칠째야!"
가게 앞에 온갖 오물이 버려져 있었다. 동네 쓰레기가 모두 모여 있는 거라 해도 믿을 정도다. 벽과 유리창 역시 멀쩡하지 않았다. 붉은 물감으로 입에 담기도 더러운 욕설이 사방에 잔뜩 적혀 있었다.
스스슥!
"점장님……."
제일 먼저 출근한 라일라는 이미 물걸레를 들고 열심히 붉은 물감을 지우고 있었다. 그 모습을 본 다른 직원들도 투덜거리던 것을 멈추고 서둘러 청소 도구를 들고 와 가게 앞을 정리하기 시작했다.
"망할 것들!"
"내 말이!"
하지만 울컥 터져 나오는 원망과 욕설은 어쩔 수가 없었다.
"저는 경비병들이 더 짜증 나요."

"저도요!"

"증거가 없어서 처벌을 못 한다니, 이건 정말 말도 안 돼요."

"범인이 누군지 너무 확실한데, 참······."

"심증만 가지고는 처벌하기 힘들다잖아."

누군가 과열된 분위기를 누그러트리고자 했지만, 그 시도는 곧바로 이어진 말에 무위로 돌아갔다.

"깡패들이 가게에 와 행패 부릴 때가 더 나은 거 같지 않냐? 이러다 가게가 쓰레기통이 될 지경이야."

"음식 가게에 이딴 짓을 하다니!"

"천벌받을 것들!"

직원들의 얼굴에 분노가 가득했다.

전에 가게에 와 행패를 부리던 이들은 아르시안에게 호되게 당한 후 더 이상 오지 않았다. 하지만 다행이라고 안심했던 것도 잠시뿐이었다. 며칠 지나지 않아 누군가 가게 앞에 이렇게 쓰레기를 투척해 엉망진창으로 만드는 일이 벌어졌다. 그것도 몇 번이나 말이다.

이젠 직원들도 다 알았다. 이 모든 게 저쪽 상가 입구의 가장 큰 디저트 가게인 도랄드에서 꾸민 짓이라는 걸! 하지만 도랄드 가게에서 자기들이 한 짓이 아니라며 딱 잡아떼는 상황이라 처벌도 마음대로 할 수가 없었다.

어느 날은 참다못해 가게 안에서 범인이 나타날 때까지 직원들이 돌아가며 잠복도 해 봤지만 소용없었다. 그런 날은 또 어찌 귀신같이 알고 아무런 짓도 하지 않는 것이다. 정말 환장할 노릇이었다.

"우리도 똑같이 밤에 찾아가서 오물이라도 왕창 던져 주고 올까요?"

"난 찬성!"

"여기 쓰레기 그대로 모아 놔 봐. 내가 오늘 밤에 가서 던져 주고 온다!"

"나도 같이 가!"

청소를 하는 점원들의 입에서 으득으득 이 가는 소리가 끊임없이 흘러나왔다.

하루 이틀도 아니고 매일 아침 이 짓을 하고 있자니 열불이 나서 참을 수가 없었다. 똑같이 복수라도 해 줘야 속이 좀 풀릴 것 같았다.

"그래도 범죄는 안 돼요."

계속 침묵을 유지하고 있던 라일라가 그런 직원들을 만류했다. 하지만 유리창을 박박 닦고 있던 라일라 역시 분한 건 마찬가지인 듯 입술을 질끈 깨물었다.

그래도 어쩌겠는가. 화는 나지만 똑같은 짓을 하는 건 용납할 수 없다.

"이게 다 뭐야?"

그 순간 들려오는 익숙한 목소리.

"아!"

"사, 사장님!"

라일라를 비롯해 직원들 모두 급히 고개를 들었다.

어이가 없다는 듯한 눈빛으로 붉게 칠해져 있는 벽을 바라보고 있는 이.

"우리 가게 인테리어가 나도 모르는 사이에 확 바뀌었네?"
카밀라의 등장에 라일라의 눈이 순식간에 커졌다. 곧이어 그녀의 눈시울이 점점 붉게 물들었다.
"카… 카밀라!"
방금까지 씩씩하게 청소를 하던 모습은 온데간데없이 그녀는 울먹이며 카밀라에게로 달려갔다.
'쯧.'
자신에게 와락 안겨 오는 라일라를 보며 카밀라는 속으로 연신 혀를 찼다. 그동안 무슨 일이 있었던 것인지는 정확히 모르겠지만 그녀가 마음고생이 무척 심했다는 건 충분히 짐작할 수 있었다.
'아카데미에 왜 안 온 건가 했더니.'
곧 있으면 수업이 시작될 시간인데도 라일라의 모습을 전혀 찾아볼 수가 없었다.
이후 그녀가 요즘 계속 수업을 빠지고 있다는 말을 전해 들은 카밀라는 즉시 교실을 나왔다. 라일라에게 뭔가 일이 생겼음을 짐작하고 카페로 온 것이다.
"나 왔어."
"흐윽!"
카밀라의 인사에 결국 라일라가 소리 내어 울음을 터트렸다.
"고생했어."
"으… 으… 으아앙!"
그 말이 기폭제가 된 듯 그녀가 더욱 서럽게 울어 댔다. 그런 라일라의 머리를 카밀라는 가볍게 쓰다듬으며 주변을 훑었다.
'일단 이게 뭔 상황인지 좀 알아볼까?'

누가 내 가게를 이렇게 엉망으로 만들어 놓았는지.
카밀라의 눈이 순간적으로 아주 차갑게 빛났다.

✳
청구서

"저것들이 아직도 계속 영업을 하고 있다고?"
"벌써 열흘이 넘도록 가게를 온갖 오물로 더럽히고 있음에도 불구하고 전혀 개의치 않는 모습입니다."
"하!"
"오히려 청소 실력이 는 듯 점점 치우는 속도가 빨라지고 있습니다."
"멍청한 놈들!"
도랄드 디저트 가게의 주인인 도랄드는 연신 혀를 찼다.
"대체 일을 어찌 처리한 거야!"
"일 처리야 완벽했지요. 그냥 저들이 무척 대단한 거 아닐까요? 아주 성실한 사람만 직원으로 뽑았나 봅니다."
"닥쳐!"
맨 처음 이 거리에 새로운 카페가 들어선다는 소식에 도랄드는 코웃음을 쳤다. 지금껏 자신에게 도전장을 던진 가게들은 수도 없이 많았지만 다들 몇 달도 못 버티고 가게를 접었다. 자신들의 디저트 맛은 누구도 따라올 수 없었으니까.

새로 생긴 가게 역시 별반 다를 게 없었다. 가게 인테리어가 특이해서 혹시나 하는 마음이 있었지만, 며칠이 지나도 손님 한 명 보이지 않기에 그럼 그렇지, 하고 비웃음을 잔뜩 날려 줬다.

"그랬는데……!"

얼마 지나지 않아 변화가 생겼다. 새로 생긴 가게에 점점 손님이 늘기 시작한 것이다. 빙수라는 이상한 메뉴부터 듣도 보도 못한 디저트들이 사람들의 눈길을 끌더니 이내 자신의 가게보다 더 많은 매출을 올리기 시작했다.

"그런 해괴한 걸 디저트라고 내놓다니!"

물론 그것 역시 처음에는 대수롭지 않게 여겼다. 새로운 거라서 사람들이 아주 잠시 반응하는 거겠지, 라고 가볍게 넘겼다.

하지만 웬걸? 시간이 흐를수록 점점 더 뜨거워지는 반응에 도저히 가만히 앉아 있을 수가 없었다.

"대체 그딴 게 뭐가 맛있다는 거야!"

"맛은 솔직히 좋던-"

"너 누구 편이야!"

도랄드 역시 직원을 시켜 사 오라고 해 맛을 봤다.

솔직히 저놈 말대로 맛이 그리 나쁘지는 않았다. 빙수나 마카롱도 그렇지만 기본적으로 디저트를 만드는 솜씨가 무척 좋았다. 그 가게 점장이라는 자가 직접 디저트를 만든다고 들었는데, 자신의 가게로 데려와도 좋을 듯했다.

하지만 단박에 거절당했다. 몇 번을 더 찾아가 급여를 더 올려 주겠다고 회유해도 소용없었다.
"제길!"
마카롱이라는 걸 따라 만들어도 봤다. 저런 근본도 없는 여자도 만드는 걸 최고의 솜씨를 가진 자신이 만들지 못할 리가 없었으니까.
'하지만……'
실패, 실패, 실패!
생각처럼 쉽지 않았다. 수많은 시행착오를 거쳐 모양은 대충 비슷하게 만들어 냈지만, 그 맛이 아니었다.
그래서 방법을 바꿨다. 저들을 이 거리에서 쫓아내기로!
"그런데 이게 뭐야!"
그것 역시 생각대로 되지 않고 있었다.
처음 깡패들을 시켜 영업 방해를 지시할 때만 해도 쉽게 일이 마무리될 줄 알았다.
그 카페의 주인이 소르펠가의 영애라는 사실을 얼핏 듣긴 했지만, 딱히 문제가 될 것 같지 않았다. 소르펠 공작은 카페 일에는 전혀 관심을 두지 않는 것 같았으니까. 거기다 주인인 카밀라 소르펠 또한 사업차 제국을 떠나 있다 들었고.
지금이 적기라 생각했다.
"그놈은 대체 누구야!"
그런데 일이 꼬였다. 며칠 잘 진행되나 싶었는데, 갑자기 나타난 한 놈이 깡패들을 뭉개 버린 것이다.
그날 이후 아무도 자신의 의뢰를 맡으려 하지 않았다. 그놈과 또 마주쳤다간 죽을 것 같다며 금액을 더 올려 준다 해도 소용이 없었다.

결국 방법을 바꿨는데, 이것 또한 영 신통치가 않았다.

"뭐 더 좋은 수가 없을까?"

그것들을 하루라도 빨리 이 거리에서 쫓아내야 하……!

파악!

"흐억!"

"히익!"

그때였다. 창문이 요란하게 깨어지며 무언가가 날아와 벽에 박혔다. 화살이었다.

도랄드와 직원은 누가 먼저라 할 것 없이 비명을 지르며 바닥에 납작 엎드렸다.

"저, 저게 뭐야!"

화살이 또 날아올까, 두 사람은 한동안 고개를 숙인 채 벌벌 떨었다. 다른 이를 불러 도움을 요청할 생각도 하지 못했다. 누군가 자신들을 죽이러 온 거라 확신한 것이다.

"끄, 끝난 건가?"

하지만 시간이 아무리 지나도 다음 공격이 없자 숨을 죽이고 있던 도랄드는 느릿하게 몸을 다시 일으켰다.

"…쪽지?"

그러다 벽에 박혀 있는 화살에 종이가 묶여 있는 걸 본 도랄드는 조심스럽게 화살을 뽑아 종이를 펼쳤다.

"이게 뭐야?"

청구서라고 적힌 종이에는 끝도 없이 수많은 숫자가 나열되어 있었다.

〈 청 구 서 〉

영업 손실액 총 976골드 69실버

1일 차: 66골드 30실버

2일 차: 57골드 20실버

3일 차: 49골드 82실버

⋮

청소비 총액: 85골드 40실버

*시간당 최소 급여로 측정했음을 알려 드립니다.

"이… 이……!"

청소에 쓰인 세제 금액까지 꼼꼼하게 적혀 있었다.

도랄드는 부르르 몸을 떨었다. 조금 전과는 확연히 다른 의미의 떨림이었다. 이 쪽지를 누가 보낸 것인지 짐작이 갔기 때문이다.

"이것들이!"

도랄드는 종이를 갈기갈기 찢었다. 나에게 감히 이딴 걸 보내다니!

"청소비? 보상비?"

웃기지도 않았다.

"미친! 내가 이딴 걸 줄 거라 생각하는-"

와장창! 파악!

"히익!"

그 순간 또다시 창이 요란하게 깨지며 화살 하나가 날아와 벽에 박혔다.

도랄드는 바닥에 주저앉으며 몸을 부들부들 떨었다. 방금까지 소리치던 기세는 거짓말처럼 순식간에 사라졌다.

"또, 또 뭐야?"

이번 화살에도 역시나 쪽지가 하나 매달려 있었다.

주춤주춤, 그는 다시 종이를 조심스럽게 펼쳤다.

> D-Day 15

"…15?"

이건 또 무슨 의미지? 15일 뒤에 뭐?

뭔가 의미가 있는 듯했지만 도랄드는 이내 그 쪽지 역시 갈기갈기 찢었다. 하지만 며칠 후 그는 그 날짜의 의미를 바로 알 수 있었다.

쨍그랑! 파악!

"히익!"

> 〈 청 구 서 〉
>
> 영업 손실액 총 1,021골드 39실버
> ⋮

와장창! 파악!
"흐억!"

D-Day 14

그날 이후 하루에 두 대의 화살이 꼬박꼬박 날아들기 시작한 것이다. 하나는 청구서를 싣고, 하나는 날짜를 알리는 화살이.

그리고 날짜의 숫자가 줄어들수록 화살의 위치도 점점 바뀌고 있었다. 도랄드, 그의 심장을 향해서.

파악!
"으아악!"

D-Day 3

"허억… 허어억!"

3일을 앞두었을 때 심장 바로 옆을 아슬아슬하게 스치고 날아드는 화살에 도랄드는 숨을 헐떡였다.

숨어도 보고 도망을 쳐도 소용이 없었다. 경비대에 신고를 해봤지만 아무런 도움도 받을 수 없었다. 범인의 정체를 알 수 없다면서.

자신이 있는 곳을 어떻게든 찾아내 날아드는 두 대의 화살로 인해 그는 온종일 두려움에 떨어야만 했다.

"도, 돈을 찾아서……!"

결국 그는 혼비백산해 은행으로 달려갈 수밖에 없었다.

"정말? 벌써 친구도 생겼어?"
「뭐, 어쩌다 보니 그렇게 됐어요. 저랑 친해지고 싶다고 하도 따라다녀서.」
"잘됐네."
「귀찮게 집에도 놀러 온다는 거 있죠.」
푸웁! 카밀라는 터져 나오려는 웃음을 간신히 참았다.
"그래? 정말 좋겠다."
「하나도 안 좋아요. 굳이 오겠다고 졸라 대서 그냥 허락한 거예요.」
싫다는 말과 달리 통신 구슬에서 들려오는 다이브의 목소리가 무척 밝다.
며칠 전에 아카데미에 편입한 아이는 새로 사귄 친구에 대해 카밀라에게 이런저런 말을 해 주고 있었다. 본인이야 애써 덤덤한 척, 별일 아닌 척 말을 하고 있지만, 그 목소리에 담긴 기쁨과 뿌듯함을 충분히 느낄 수 있었다.
"다음에 누나한테도 친구 소개해 줘."
「어……..」
"왜?"
친구를 소개해 달라는 말에 어쩐지 다이브가 망설이는 기색을 보였다.
"누나한테 보여 주기 싫어?"
「그게……..」

헉! 진짜? 보여 주기 싫은 거야?

'아니, 왜?'

내가 창피한가? 이거 좀 충격인데…….

예상치 못한 반응에 살짝 상처받으려던 찰나.

「다른 놈들에게 누나 보여 주고 싶지 않은데…….」

"뭐?"

「내 누난데……..」

웅얼거리듯 들려오는 목소리에 카밀라의 입가엔 희미한 미소가 걸렸다.

"아픈 곳은 없지?"

「네! 누나는요? 저번처럼 또 감기라도 걸린 거 아니죠?」

"응, 잘 지내고 있어."

「다행이다. 아프지 마세… 어? 아버지?」

응? 아버지라고?

「언제 오셨어요?」

「방금.」

잠시 후 구슬 안에서 익숙한 목소리가 들려왔다. 에스크라 공작이었다.

「어쩐 일이세요?」

「으음… 출출하지는 않아?」

「예에?」

「간식이라도 챙겨다 주랴 할까?」

「아, 아뇨.」

'헐, 웬일이래?'

언제부터 저런 걸 챙겼다고? 그사이 성격이 바뀌기라도 한 건가?
뜻밖의 상황에 다이브도 무척 당황한 듯했다.
「통화 중이었나 보구나.」
「네, 카밀라 누나예요.」
「그래.」
「아버지?」
그 후로도 공작이 방을 나갈 생각을 안 하는 듯 다이브가 의아한 목소리로 다시 그를 불렀다.
「뭐 더 하실 말씀이라도…….」
「급한 거 아니니 마저 통화하렴.」
「네? 아, 네.」
다이브에게 중히 할 말이라도 있는가 보네. 자신이 완전히 잘못 짚었다는 것을 모르는 카밀라는 다이브에게 담담히 인사를 건넸다.
"다이브, 바쁜 것 같은데 다음에 또 통화하자."
「네, 누나! 제가 또 연락드릴-」
「아니!」
「……?」
「아니, 내 말은… 내 용건은 딱히 급할 게 없으니 계속 통화해도 상관없-」
뭐래?
뭔가 아쉬워하는 목소리를 뒤로한 채 카밀라는 통신 구슬을 빠르게 내려놓았다.
"다행이네."

어쨌든 자신이 떠난 후에도 다이브가 잘 지내는 것 같아 안심이었다. 아카데미를 권한 건 역시 좋은 선택이었던 것 같다.

톡톡.

"음?"

순간 창문에서 들리는 소리에 고개를 든 카밀라의 눈이 휘둥그레졌다. 창가에 누군가 손을 흔들며 서 있었기 때문이다.

"제이너?"

칸의 주인인 제이너였다. 그날 자신을 페이블러 제국으로 데려다준 후 갑자기 사라졌던 그가 지금에서야 다시 모습을 드러낸 것이다.

"잔금 받으러 왔습니다."

창을 통해 안으로 들어선 그가 화사하게 웃었다.

카밀라는 그 모습을 조금은 멍하니 바라봤다. 무슨 남자가 저렇게 예쁘게 웃지?

그라시아 제국에서 늘 마주했던 모습이 아니었다. 은은한 달빛 아래 해사하게 웃고 있는 그의 분위기가 얼핏 요사스럽기까지 하다.

저게 어둠의 주인이라 불리는 칸의 본모습인가? 참 오글거리는 호칭이라고 여겼는데 지금 보니 너무 잘 맞는 단어인 것 같다.

그런데 잠깐만…….

"잔금? 뭔 잔금?"

"이번 의뢰에 대한 잔금."

그의 입술이 더욱 예쁘게 호선을 그렸다.

저거 사람 홀리려고 저러는 거지? 잘못했다가는 그냥 있는 돈

없는 돈 다 털어 주겠는걸? 정신 차리자!

"뭔 소리야? 계약금 지불하면서 잔금까지 다 처리했는데."

"아, 그랬나?"

"아?"

뻔뻔하게 웃는 제이너를 보며 카밀라는 가볍게 눈을 흘겼다. 저 게 어디서 돈을 두 번이나 받아 가려고!

자신이 이번 도랄드 가게에 대한 처리를 맡긴 곳이 바로 칸이었 다. 제이너를 직접 만난 건 아니고, 정식으로 칸 지부를 찾아가 의 뢰를 넣었다. 하루에 한 번 도랄드, 그에게 경고성 화살을 한 대 날려 달라고.

'아니, 한 대가 아니라 두 대구나.'

한 개의 화살에는 그동안 저들이 저지른 일로 인해 가게에서 피 해를 본 금액을 정확히 적어 날려 보냈다. 다른 화살에는 경고를 담았다. D-Day에 가까워질수록 도랄드의 안색이 퀭해진 건 바로 이 때문이었다.

"돈은 잘 받았어?"

"덕분에."

결국 어제 심장과 아주 가까운 거리에 화살이 날아들자 도랄드 가 사람을 보내 피해 보상금을 전해 왔다. 더 이상 가게에 행패를 부리지 않겠다는 확답도 받아 냈다.

"마지막 날까지 아무런 반응이 없으면 어떻게 하려고 했어?"

카밀라의 의뢰에 암살은 없었다. 즉, 마지막 날이 되었더라도 그를 죽이지 않았을 거라는 말이다.

"다른 방법을 찾았겠지."

"돈이 목적은 아니지 않나? 가게에 행패 부리는 걸 막고 싶었던 거 아냐?"

"맞아."

천 골드가 조금 넘는 돈. 일반인들에게야 엄청난 금액이지만, 마력석으로 벌어들이는 단위가 다른 그녀에겐 푼돈이었다. 청부 살인 업체에 의뢰까지 해서 받을 용의는 결코 없었다.

'중요한 건 그게 아니거든.'

자신이 원한 건 벌레처럼 자꾸 귀찮게 엉겨 붙어 피해를 주는 도랄드의 행동을 확실하게 막는 거였다. 그동안 라일라와 다른 직원들이 받은 정신적 고통의 일부라도 확실히 대갚음해 주고 싶다는 마음도 있었고 말이다.

"당하고 참는 건 내 적성에 맞지 않으니까."

"그렇다면 이것보다 더 간단한 처리법도 있잖아."

"간단한 처리법?"

그녀의 물음에 곱게 눈매를 접는 제이너를 보며 카밀라의 입에서 짧은 한숨이 흘러나왔다. 그가 말하는 '간단한 처리'가 뭔지 바로 알아들었거든.

여전히 사람 목숨을… 아니, 죽음이라는 걸 가볍게 여기는 그의 모습에 혀를 내둘렀다.

'정말 알 수가 없단 말이야.'

천성인 건지 반복되는 삶에 의한 결과물인 건지.

"이거나 받아."

"뭐야?"

카밀라는 침대 옆 간이 서랍장에서 뭔가를 꺼내 그에게 내밀었다. 검은빛이 도는 장미 모양 브로치였다.
"마력석?"
"바로 알아보네. 보호 마법이 담겨 있어. 특별히 제작 주문한 거야."
"나한테 주는 거야?"
"어."
"왜?"

그의 얼굴에 경계심이 일었다. 입가는 여전히 호선을 그리고 있지만 무슨 의도인지 파악하려는 듯 눈빛이 번뜩였다.

"저번 일에 대한 보답."

그땐 정신이 없어 고맙다는 말도 제대로 하지 못했다. 이제 와 말로 전하는 것도 좀 우습고 해서 그냥 작은 선물을 준비했다.

브로치를 받아 든 그가 조금은 멍한 눈빛으로 그걸 빤히 쳐다봤다. 하지만 곧 그의 입가에 습관처럼 미소가 걸렸다.

"그런데 왜 두 개야?"
"어?"
"브로치가 왜 두 개냐고."
"그……."

'역시 하나만 만들 걸 그랬나?'

장미 모양 브로치를 만들며 한 사람 것을 더 준비했다. 어쨌든 그라시아 제국에 있을 때 그 사람에게도 도움을 많이 받았으니까.

그런데 막상 그에게 전해 주라는 말이 쉽게 떨어지지 않았다.

"두 개나 주다니 고맙네."
"…그래."

결국 카밀라는 짧은 한숨과 함께 말을 삼켰다.
"그럼 하나는 내 마음대로 다른 사람에게 줘도 되지?"
"다른 사람?"
"응, 아버지께 드리려고."
"…어?"
"드리면 좋아하실 것 같아서."
이미 다 알고 있었던 것처럼 장난스럽게 웃는 제이너의 모습에 카밀라는 잠시 아무런 말도 하지 못했다.
결국 그녀 역시 희미한 미소를 지으며 가볍게 고개를 끄덕였다.
"그건 그렇고 수호의 탑 말이야."
카밀라는 괜히 뻘쭘해 화제를 급히 돌렸다.
"이번이 처음이지?"
"무너진 거?"
"응."
지금껏 수호의 탑이 무너진 적은 단 한 번도 없었다. 혹 자신의 기억이 잘못되었거나 인지를 못 한 부분이 있는 건 아닐까 싶어 카밀라는 제이너에게 확인차 물었다.
"처음이지."
그도 처음 겪는 일인 듯 흥미로운 눈빛을 감추지 못하고 있었다. 사람이 죽든가 말든가, 전과 다른 일이 일어나는 것에 무척 즐거워하는 제이너의 얼굴을 보며 카밀라는 다시 한번 한숨을 짧게 내쉬었다.
'처음에는 안 그랬는데 말이야.'
자신의 앞에선 갈수록 본모습을 점점 숨기지 않는 것 같다. 본인의 즐거움을 위해서 남의 목숨 따윈 먼지처럼 가볍게 여기는 그의 모습을 마주할 땐 온몸에 소름이 끼치기도 했다.
"어쨌든 너도 모르는 일이라는 거지?"
"응."
"이상하네."
이렇게 지금껏 한 번도 일어난 적이 없는 일을 갑자기 맞이하게 되면 좀 혼란스럽다.
소르펠 공작의 딸이라며 나타났던 라니아도 그렇고, 수호의 탑이 무너진 것도 그렇고…….
'이번 삶에는 왜 이런 일들이 자꾸 일어나는 거야?'
혹시 전과 달리 주변 상황을 조금씩 바꾸고 있는 자신의 행동이 다른 것에 영향을 주고 있는 걸까?
'그래서 원래 일어나는 일인데 시기가 조금씩 빨라지는 건가?'
라니아를 만났을 때도 생각했던 건데, 원래의 카밀라가 죽은 뒤의 일에 대해선 아는 것이 전혀 없는지라 뭐라 단정 짓기가 힘들었다. 제이너 역시 카밀라가 죽을 때 같이 죽었다고 하니 미래에 대해선 딱히 더 아는 것이 없을 테고.
"그래도 말이야."
생각에 잠겼던 카밀라의 귀로 제이너의 음성이 다시 들려왔다.
"일어났던 일이 안 일어난 적은 없어."
"그런가?"
생각해 보니 그의 말대로긴 하다. 자신으로 인해 그 결과가 달라진 적은 있어도 일 자체가 발생하지 않은 적은 단 한 번도 없다.
"그러면 조만간 제법 큰 사건이 하나 터지는 것도 알겠네?"

"큰 사건?"

이맘때에? 뭐가 있었더…….

"아!"

생각났다!

"수호의 검."

조만간 그 검이 도난당한다!

"디저트 나왔습니다."

"……."

"……."

"맛있게 드세요."

"…먹으라고?"

"…먹는 겁니까?"

"당연하지."

"이 시커먼 물은 대체 뭔데?"

"처음 보는 음료군요."

아르시안과 페트로를 카페로 초대했다. 신상 메뉴가 나왔는데 두 사람에게 딱일 것 같아서 말이지.

"커피."

드디어 그라시아 제국에서 기다리고 기다리던 검은콩이 도착했다. 이미 분쇄기부터 시작해 여과지까지 다 만들어 놓았던 카밀라는 셀 수 없는 시행착오를 거쳐 제 입에 딱 맞는 커피 맛을 찾아낼 수 있었다.

'확실히 내가 알던 커피콩은 아니더란 말이야.'

신기하게도 검은콩이라 불리는 이건 로스팅이 따로 필요가 없었다. 처음부터 탄 것처럼 새까만 알갱이 모습을 한 검은콩은 그 자체로도 커피 향을 솔솔 풍겼다. 잘 건조하면 향이 더욱 짙어졌다.

"커피? 그게 뭔데?"

"일단 마셔 봐."

단것을 싫어하는 두 사람을 위해 시럽도 다 뺀 순수 오리지널 아메리카노로, 그것도 비싼 얼음을 꽉꽉 넣어서 내려놓았다.

"진짜 먹으라고?"

"먹어도 됩니까?"

이 인간들이!

하지만 아르시안도 페트로도 같은 질문만 반복하며 선뜻 커피에 손을 뻗지 않았다. 색깔부터가 도저히 사람이 먹을 수 있는 것으로 보이지 않았으니까.

"이거 혹시 독인가요?"

"아니거든요."

"정말 먹는 거 맞아?"

"설마 내가 못 먹는 걸 주겠니?"

여전히 미심쩍어하는 눈빛이었지만, 두 사람은 커피잔을 들어 입으로 가져갔다.

꿀꺽.

"쓰네."

"쓰군요."

두 사람의 첫 평이었다.
"하지만……."
"뒷맛이 깔끔하네요."
"쓰기만 한 게 아닌데?"
"고소하기도 하고, 신맛도 살짝 느껴지네요."
오! 단번에 커피의 그 절묘한 맛을 알아채는데?
달콤한 음료가 아니어서 그런지 예상대로 두 사람은 처음 맛보는 음료임에도 커피를 제법 마음에 들어 하는 눈치였다. 한 모금에 이어 계속 잔을 들어 조금씩 마시는 걸 보면 말이다.
"이것도 우리 가게 신제품."
라일라가 최근 완성한 디저트 역시 두 사람 앞에 내려놓았다. 티라미수를 비롯해 커피를 이용해 만든 디저트들이었다.
당연히 이것들 역시 오로지 자신의 기억에서 비롯된 디저트들이었지만, 라일라는 이번에도 아주 무난히 그 맛을 재현해 냈다. 역시 우리 천재 파티세!
"흐음."
"어때?"
"다른 것보다는 낫네."
"전 무척 마음에 듭니다."
여전히 달콤한 디저트에 대한 평이 박했지만, 예전처럼 한 입 먹고 포크를 바로 집어 던지지는 않았다. 이 정도면 완전 대성공이지 않나?
"단맛이 이 음료와 제법 잘 어울리네요."
그렇지! 달콤한 디저트에는 역시 커피지!

카밀라는 만족스럽게 고개를 끄덕였다. 커피와 케이크를 아예 세트 메뉴로 만들어 할인 판매도 할 계획이다.

"그런데 페트로 님."

일단 이건 됐고.

카밀라는 슬쩍 다른 화제를 꺼내 들었다. 오늘 이 자리를 마련한 원래 목적이 있었기에.

"제이빌런 공작님께서는 잘 계시죠?"

그 물음에 페트로의 눈이 살짝 커졌다.

의외겠지. 특별히 사이가 좋았던 것도 아니고. 아니, 오히려 데면데면한 사이였으니까.

하지만 페트로는 이내 특유의 부드러운 미소를 입가에 가득 담았다.

"네, 아버지께 안부 전해 드리겠습니다."

아니, 전할 필요 전혀 없거든요.

"혹시 말이에요."

"……?"

"공작님이 조만간 어디 멀리 떠나시지 않나요?"

"네?"

"그러니까 혹 공작가를 오래 비우시게 될 만한 일이 있나 해서요."

이것 역시 매우 뜻밖의 물음이었기에 페트로는 잠시 말없이 카밀라를 빤히 바라봤다. 왜 이런 질문을 하는 건지 의아해하는 모습이다.

그러다 곧 그의 고개가 가볍게 끄덕여졌다.

"다음 주쯤 폐하의 명으로 에블리카 왕국으로 떠나십니다. 국가

간 사업과 관련된 얘기라 자세히 말씀드리긴 어려워요. 이해해 주세요, 카밀라."

"그거예요!"

"예?"

"아… 하하…….."

저도 모르게 자리에서 벌떡 일어서며 소리를 친 카밀라는 슬그머니 다시 자리에 앉으며 어색한 웃음을 흘렸다.

'그때구나.'

아마도 그때 수호의 검을 잃어버리게 될 것이다.

수호의 검은 그냥 모습을 감추는 게 아니었다. 알 수 없는 무리에게 공격을 받고 공작가가 불에 타는 엄청난 일이 벌어지는 사이에 도난을 당하게 되는 것이지.

'그게 다 제이빌런 공작이 잠시 자리를 비우는 사이에 일어나는 일이라는 거지.'

마스터인 제이빌런 공작과 신수 제티가 없는 틈을 일부러 노린 게 분명했다. 불을 다스리는 능력을 가진 제티가 있는 제이빌런 가문이 불에 활활 타 큰 피해를 입는다는 게 말이 안 되잖아? 당연히 신수가 없을 때 일어나는 일이다.

뒤늦게 소식을 들은 소르펠 공작과 세프라 공작이 도움을 주기 위해 바로 달려오지만 이미 수호의 검은 사라진 후였다.

한동안 그 일로 제국 전체가 떠들썩했다. 공작가가 직접적으로 공격을 받은 것도 놀라웠지만, 수호의 검이 사라졌다는 사실이 사람들에게 더 큰 충격을 안겼다. 수호의 검이 지니는 상징적인 의미가 매우 컸던 것이다.

오랜 세월 제국을 수호했던 검이 사라졌다는 사실에 다들 나라에 뭔가 안 좋은 일이 생기는 게 아닐까 두려워했다.
"공작님이 정확히 언제 떠나시는데요?"
"흐음… 왜 여쭤보시는 건지 이유를 물어봐도 될까요?"
"그게……."
뭐라고 대답해야 하지? 카밀라의 눈이 데구루루 돌아갔다.
뭐 적당히 핑계를 댈 만한 게 어디 없나? 아!
"엘리샤!"
"엘리샤요?"
"공작님 안 계실 때 제가 놀러 가겠다고 했거든요."
"네?"
"엘리샤와 전에 약속했어요. 공작님 안 계실 때 며칠 함께 지내기로."
엘리샤, 페트로의 동생인 그녀를 이용하기로 했다.
"굳이 왜 아버지가 안 계실 때…….''
"그래야 편하니까요."
이건 진심이다. 원래 친구 집에 놀러 갈 땐 부모님 없을 때가 가장 좋은 법이거든. 물론 친구 집에 한 번도 놀러 가 본 적은 없지만 말이다.
"저야 환영입니다."
페트로가 살짝 웃는데 그 미소가 무척 의뭉스럽다. 설마 뭔가 눈치를 챈 건 아니겠지?
"제 동생과 다시 가까워졌다니 정말 다행이네요."
"하… 하하. 네, 뭐."

가까워지긴 개뿔! 전에 엘리샤를 한 방 먹인 뒤로 여전히 사이가 껄끄러웠다. 사냥터에서 억지로 사과를 받은 이후 따로 얼굴을 마주한 적도 없었다. 아카데미에서 몇 번 우연히 마주치긴 했지만, 아주 눈에 쌍심지를 켜고 노려보던데?

'그래도 뭐 어쩌겠어?'

지금 당장 핑계 댈 게 그것밖에 없는걸.

'이게 또 확실한 게 아니라서 말이야.'

다른 사건들처럼 낌새를 미리 알 수 있는 게 아니라서 정확히 사건이 일어날 시기를 예측하기가 힘들었다. 제이빌런 공작이 없는 틈을 노린다는 건 알지만 그게 이번인지 다음일지 어찌 아냐고.

'안 그래도 예전 삶과 다른 일들이 마구 일어나고 있는 판국에 말이야.'

확신할 수가 없었다.

'그러니 거짓 점괘로 충고도 할 수 없고.'

이런 일이 일어날 거라고 말해 놨는데 만약 아무 일도 안 일어나면? 사람 우습게 되는 건 한순간이다.

"엘리샤에게 미리 말해 두겠습니다."

"아뇨!"

카밀라는 급히 고개를 저었다. 또 왜 그러냐는 듯 의아한 눈빛을 보내는 그를 향해 카밀라는 급히 말을 이었다.

"갑자기 찾아가야 더 반가워하지 않겠어요? 엘리샤나 다른 분들에게는 비밀로 해 주세요."

그녀에게 미리 말했다간 바로 거짓말이 들통나는 거다.

"알겠습니다."

"야."
그 순간 아르시안이 두 사람의 대화에 끼어들었다.
"리오도 너와 놀고 싶어 해."
"아, 그래?"
리오도 본 지 오래됐네. 꼬맹이 많이 컸나?
"우리 집 영감도 조만간 집에 없게 할게."
"뭔 소리야?"
없을 거야… 도 아니고, 없게 한다고?
"우리 집에도 빈방 많아."
뭐 어쩌라고?
불만이 가득 담긴 그의 얼굴을 카밀라는 어이없어하는 표정으로 바라봤고, 페트로 역시 한심해하는 눈빛을 감추지 못했다.

"오랜만."
"……."
"그동안 잘 지냈지?"
"뭐예요?"
"며칠 신세 좀 질게."
"뭐라고요?"
"저 방 쓰면 되지?"
"자, 잠깐만요!"
페트로의 동생인 엘리샤는 자신의 앞에 서 있는 이를 보며 황당함을 감추지 못했다. 아침부터 카밀라가 뜬금없이 집으로 찾아온 것이다. 옆에 커다란 짐 가방을 든 채. 다른 이유도 아닌 오로지 자신과 놀 목적으로 말이다.

"대체 무슨 생각이에요?"

"놀 생각이지."

"그러니까! 제가 왜 당신과 놀아야 하냐고요!"

"걱정 마. 넌 너대로 놀고 난 나대로 놀 거야."

"네에?"

뭔 헛소리냐고 소리치려다 꾹 참았다. 요즘 저 여자와 말로 싸워서 이겨 본 적이 있어야 말이지!

지금도 그녀만 보면 으득 이가 갈린다. 그 수많은 사람 앞에서 아버지에게 꾸중을 듣고 사과의 말까지 내뱉어야 했던 건 모두 저 여자 때문이었으니까.

'그런데 뭐?'

나랑 놀러 왔다고?

"이번에는 또 무슨 짓을 하려……!"

"자, 선물."

당장 내쫓으려고 눈에 힘을 팍 주던 엘리샤는 순간 손에 올려지는 뭔가에 멈칫했다. 선물이라니? 갑자기?

"이게 뭐예요?"

작은 상자였다. 딱 봐도 보석 같은데?

"열어 봐."

"제 선물이라고요?"

"응."

잠시 망설이던 엘리샤는 결국 유혹을 뿌리치지 못했다.

달칵.

"흐읍!"

"마음에 들어?"

"이, 이거! 설마……!"

마음에 드냐고? 지금 그걸 질문이라고 하는 건가?

'맙소사!'

엘리샤는 벌어진 입을 쉽게 다물지 못했다. 상자에는 목걸이와 귀걸이가 세트로 담겨 있었다.

문제는 목걸이와 귀걸이를 만든 보석의 재료다.

"브, 블루 다이아몬드?"

"맞아. 잘 아네."

엘리샤는 저도 모르게 손으로 입을 틀어막았다. 비명이 터져 나올 것 같았거든!

영롱한 푸른빛의 다이아몬드와 마주한 엘리샤는 사람들이 왜 그토록 이 보석에 열광하는지 충분히 공감할 수 있었다.

채굴 수량이 적고 극소수 VIP들에게만 주문 제작해 파는 물건이라 구하기가 매우 힘들었다. 다들 소문으로만 접했을 뿐 실물을 본 이조차 드물 정도다.

하지만 그 아름다운 자태에 한 번 빠지면 헤어 나올 수 없다는 소문에 돈 좀 있다는 이들은 미친 듯이 고스트 상회의 물건을 사들이고 있었다. 일단 VIP 회원이 되어야 주문이라도 넣어 볼 수 있었으니까. 언제 받게 될지는 모르는 일이지만 말이다.

"저, 정말 받아도 돼요?"

그런데 지금 그 귀한 보석이 자신의 손에 들려 있었다. 황비조차 아직 구하지 못했다는 그 보석이 말이다.

"마음에 든다는 거지?"

카밀라의 물음에 엘리샤는 살며시 고개를 끄덕였다. 그 누가 이런 걸 받고도 싫다 할 수 있겠는가!

"그럼 저 방 쓴다."

생각보다 간단히 엘리샤를 클리어한 카밀라는 그녀의 옆방으로 향했다. 그러는 사이에도 엘리샤는 여전히 보석에서 눈을 떼지 못하고 있었다.

[여긴 거의 변한 게 없네.]

"그동안 이곳에 한 번도 와 본 적 없어요?"

[여기에 오면 쓸데없는 잡념이 많아지거든.]

자신을 따라 제이빌런가에 온 제노는 오랜만에 집으로 돌아온 게 무척 감회가 새로운 듯 연신 주변을 두리번거렸다.

[그런데 갑자기 여긴 무슨 일이야?]

"뭐가요?"

[여기서 지내겠다니?]

조금 전에 보니 페트로에게 했던 말과 달리 엘리샤와 약속을 따로 잡았던 것도 아니던데. 전혀 반기는 기색이 아니었잖아.

"뭐 좀 알아볼 게 있어서요."

[알아볼 거? 뭔데?]

"그런 게 있어요."

솔직히 수호의 검이 도난당하거나 말거나 자신과 뭔 상관이겠는가.

'딱히 이득이 돌아오는 일도 아닌데 말이지.'

그런데도 굳이 이렇게 찾아와 반기지도 않는 이에게 아까운 보석까지 안기며 진을 치고 있는 것 자체가 오버고 오지랖이다.
'하지만…….'

'제노, 수호의 검이 없어지면 어쩔 거예요?'
[수호의 검이 왜 없어져?]
'그러니까 만약에요.'
[만약에라도 그런 일이 왜 일어나?]
'누군가 훔쳐 갈 수도 있잖아요.'
[찾아야지.]
'왜요? 이젠 아무 능력도 없는 검인데?'
[내 목숨과 바꾼 결과물이잖아. 그걸 누군가 가져가는 걸 그냥 두고 보라고? 세상 끝까지 쫓아가서라도 도로 찾아와야지.]

'…그렇단다.'
어떻게든 도로 찾겠단다.
그 행보에 아무래도 자신이 휘말릴 가능성이 매우 크기에 카밀라는 애초에 검이 도난당하는 걸 막기로 했다. 그게 정처 없이 검을 찾으러 다니는 것보다는 훨씬 나을 테니까.
[너희 식구들도 영 못마땅해하는 것 같던데?]
"뭐, 어쩔 수 없죠."

'제이빌런가에 며칠 묵겠다고?'
'응.'

'너 또!'
'또라니? 뭐가?'
'그 인간한테 또 엉겨 붙으려 하는 거냐고!'
'아니거든.'
'아니긴 뭐가 아니야!'
'엘리샤랑 놀기로 했거든.'
'웃기시네, 네가 언제부터 개랑 친했다고. 어디서 말도 안 되는 핑계야!'

'라비 놈······.'
자신에 대해 너무 잘 알아서 문제다. 페트로와 달리 라비는 순순히 넘어가지 않았다. 예전처럼 페트로에게 꽂혀서 헛짓거리하러 가는 거라 여긴 듯 영 못마땅해했다.
그건 소르펠 공작과 루드빌 역시 마찬가지였다.

'그 녀석 집에 굳이 가야겠니?'
'저 한 번도 못 해 봤거든요.'
'무엇을 말이냐?'
'친구 집 놀러 가서 자는 거요. 꼭 한번 해 보고 싶었어요.'
'그래도 왜 하필 그 녀석 집이야.'
'으음··· 그럼 세프라가로 갈까요? 아르시안도 자기 집에 놀러 오라고 했는데. 방도 많으니 자고 가도 좋다고-'
'내일 간다고? 잘 다녀오렴.'

청구서 — 69

'예상은 했지만.'

아르시안, 너 참 어른들에게 인기가 없구나.

아르시안을 언급하는 순간 단박에 표정이 굳어진 소르펠 공작은 카밀라의 제이빌런가 방문을 바로 허락했다.

똑똑.

"카밀라, 들어가도 되겠습니까?"

"들어오세요."

페트로였다. 방 안으로 들어선 그는 연신 주변을 둘러봤다. 뭔가 불편한 건 없는지 세세히 살피는 모습이다.

"더 필요한 건 없으신가요?"

"네, 방이 무척 좋네요."

"다행입니다. 원래 손님방으로 쓰던 곳이 마침 공사 중이어서 급히 마련한 방이라 조금 걱정했거든요."

"그래요?"

"혹 불편한 점이 있다면 언제든 말씀해 주십시오."

"고마워요. 그런데 공작님께서는 언제 돌아오세요?"

"대충 보름 정도 여정을 잡고 떠나셨습니다."

보름이라. 그럼 그 안에 일이 벌어질 가능성이 매우 크다는 건데.

'제노가 곁에 있긴 하지만…….'

역시 슬쩍 다른 이들에게도 언질을 주는 게 나으려나?

원래는 수호의 검만 지킬 계획이었는데, 막상 그러자니 고민이 되었다. 그러는 사이에 다치는 사람이 엄청 나오면 어떡해?

'집에 불까지 난다는데 말이지.'

죽는 사람이라도 발생하면? 우씨! 내가 한 것도 아닌데 도의적

책임감 따위 느끼는 거 딱 질색이라고!
'역시 미리 대비하는 게…….'
"카밀라."
"네?"
생각에 잠겼던 카밀라는 페트로의 부름에 급히 고개를 들었다.
"이제 말씀해 주셔도 되지 않을까요?"
"무슨…….""
"이렇게 저희 집에 오신 이유 말입니다."
"저번에 말씀드리지 않았나요? 엘리샤와…….""
카밀라는 끝까지 말을 다 잇지 못했다. 페트로가 희미한 미소를 지으며 가볍게 고개를 저었기 때문이다.
"말하기 곤란한 일인가 보군요."
하여간 눈치는 빨라 가지고. 카밀라는 가볍게 혀를 찼다.
"저도 짐작만 할 뿐이라서요. 좀 더 확실해지면 말씀드릴게요."
"알겠습니다."
페트로는 더 캐묻지 않았다. 대신 대화를 계속 이어 나가고 싶다는 듯 화제를 돌렸다.
"조금 전에 보니 엘리샤가 무척 기분이 좋아 보이더군요."
"그래요?"
"아마도 카밀라가 온 게 기쁜가 봅니다."
그건 아니고. 비싼 보석이 그 값을 하는 거겠지.
'이 인간은 눈치가 빠른 건지, 둔한 건지 도통 알 수가 없단 말이야.'
똑똑.

"페트로 님."

그때 문이 다시 열리며 시종이 안으로 들어섰다.

"손님이 오셨습니다."

"손님? 누군데?"

"세프라가의 영식께서-"

시종의 말이 끝나기 무섭게 스윽 문 뒤에서 모습을 드러내는 이가 있었다. 바로 아르시안이었다.

"네가 여길 왜 와?"

"놀러."

"뭐?"

"놀러 왔다고."

늘 미소를 잃지 않던 페트로의 얼굴이 기이하게 뭉개졌다. 세상에서 가장 황당한 말을 들은 이의 표정이다.

"놀아? 누구와?"

"너와."

"……."

"난 어떤 방 쓰면 돼?"

"무슨 소리야? 방이라니?"

설마 지금 여기서 잠도 자겠다는 말인가?

"이 옆방 쓴다."

"거긴 내 방인데."

휘익!

"…놀러 온 게 아니라 싸우자고 온 거였어?"

"네놈이 카밀라 옆방을 왜 써."

"하."

그러는 너도 방금 옆방 쓰겠다고 하지 않았냐? 페트로는 자신의 멱살을 순식간에 낚아챈 아르시안을 어이가 없다는 듯이 바라봤다.

"내가 카밀라 옆방을 쓰는 게 아니라 원래 저 방이 내 방이야. 그리고 지금 여기 층에는 더 이상 빈방 없어."

"그럼 어쩔 수 없군. 내가 이 방에서 카밀라와 함께-"

"헛소리 그만 지껄이고 따라와. 내 침대 넓어."

"내가 네놈과 왜 방을 같이 써!"

"나와 놀자고 온 거라며? 잘 놀아 보자고."

"이거 안 놔?"

"좋은 말로 할 때 따라오지? 이 방에서 가장 먼 방으로 안내하기 전에."

"……."

결국 아르시안은 페트로의 손에 끌려가다시피 밖으로 나갔다.

[저 녀석도 왔네?]

"그러게요."

이러니저러니 해도 최근 들어 제법 잘 어울리는 두 사람이었다. 서로의 성격이 정반대라 그런가? 오히려 잘 맞는 것 같다.

[넌 좋은가 보다.]

"네?"

[웃길래.]

"…제가요?"

제노의 말에 카밀라의 눈이 살짝 커졌다.

"뭐, 나쁘지 않으니까요."

잠시 당황하던 카밀라는 가볍게 고개를 저었다.

그의 방문이 반가운 건 당연한 거 아닌가? 누가 뭐라 해도 비상시 아르시안의 능력은 아주 큰 도움이 될 테니까.

카밀라는 그렇게 자신도 모르게 내보인 반응을 가볍게 넘겼다.

엘리샤의 꿈

"날씨 좋네."
좋다 못해 쪄 죽을 지경이다.
카밀라는 저택 안이 너무 더워 밖으로 나왔다. 바람이라도 좀 쐬면 시원할까 싶어서. 하지만 밖이라고 딱히 다를 건 없었다.
"그늘, 그늘!"
카밀라는 서둘러 적당히 쉴 만한 곳을 찾아 정원을 돌아다녔다.
"정말?"
"그렇다니까."
"그 뒤에는 어떻게 됐어?"
"내가 그래서……."
한참 걷던 카밀라의 눈에 한 무리의 사람들이 보였다.
나무 그늘 아래 자리를 잡고 수다를 떨고 있는 이들.
'7자 돌림 꼴찌 무리네.'
엘리샤와 그의 친구들이었다.

카밀라는 바로 몸을 돌렸다. 저것들과 엮여서 좋을 게 하나도 없었으니까.
"그래서? 그 사람은 결국 어떻게 됐어?"
"……."
"……."
"……."
…어?
걸음을 옮기던 카밀라가 멈칫했다. 뭔가 이상한 분위기를 감지한 것이다.
엘리샤가 말을 꺼내는 순간 방금까지 까르르 웃음을 터트리던 이들이 순식간에 조용해졌다. 누구 하나 입을 열거나 반응을 해 주는 사람이 없었다.
'뭐냐? 이 분위기는?'
돌아보니 엘리샤가 애써 밝은 미소를 짓고 있었고, 다른 이들은 그런 그녀를 외면한 채 차를 홀짝이고 있었다. 그러다 잠시 후 아무 일도 없었던 것처럼 세 사람이 다시 웃으며 대화를 나누기 시작했다. 엘리샤를 뺀 채 말이다.
"내가 며칠 전에 아드론 님을 만났거든?"
"아드론 님? 에스로 백작가의 영식 말하는 거지? 나도 전에 몇 번 뵌 적 있는데. 여전히 책을 좋아하시나?"
"……."
"……."
"……."
이번에도 엘리샤가 말을 꺼내자 바로 세 사람이 동시에 입을 꾹 다문다. 누가 봐도 그녀의 말을 일부러 무시하고 있다는 걸 알 수 있었다. 엘리샤도 그런 분위기를 진작 감지한 듯했지만 애써 모른 척, 어떻게든 그들과 어울려 보려 하고 있었다.

"누구는 역시 남자한테 관심이 많네."

"푸웁!"

"왜? 이번에는 그분한테 관심이 가?"

"어머! 아무리 그래도 서른 살 넘는 남자는 좀 그렇지 않아?"

"맞아. 그건 너무하잖아."

"친구가 좋아하는 남자도 뺏는데 뭔들."

순식간에 비꼬는 말들이 쏟아졌다. 결국 엘리샤가 표정을 굳히며 입술을 짓씹었다.

"오해라고 했잖아."

"오해?"

얼마 전까지만 해도 엘리샤와 가장 가까웠던 친구인 린더스의 입꼬리가 비릿하게 올라갔다.

"내가 오슬린 님 좋아하는 거 알면서도 그분과 따로 만난 거? 그게 오해라는 거야? 본 사람이 그렇게 많은데?"

"우연이었어."

"또 그 소리야?"

"정말 우연히 극장에서 마주쳤을 뿐이야."

"그럼 그거는?"

"그거라니?"

"오슬린 님이 너에게 고백한 거. 그것도 우연이고 오해야?"

"그건……!"

엘리샤는 정말로 억울했다. 그저 좋아하는 극을 보러 극장에 갔다가 우연히 오슬린과 마주쳤을 뿐이다. 친구인 린더스가 관심을 보이는 남자라는 걸 잘 알고 있었기에 가볍게 인사만 나누고 헤어지려 했다.

그가 차를 마시자며 끈질기게 쫓아왔지만, 정중히 거절하고 집으로 돌아왔다. 그런데 하필 그 모습을 다른 누군가가 본 것이다. 오슬린과 엘리샤가 함께 극을 보고 어울렸다는 소문이 빠르게 돌았다.

'너 어제 오슬린 님 만났어?'
'오슬린 님? 응.'
'응이라고? 정말이라는 거야?'
'잠깐 만나서 인사를 나누긴 했는-'
'어떻게, 어떻게 그럴 수가 있어? 내가 그분 좋아하는 걸 알면서!'
'뭐? 아니야! 정말 우연히 만나서 인사만 나눈 거야.'
'거짓말 마!'

엘리샤는 사실이 아니라며 부정했지만 소용없었다. 엎친 데 덮친 격으로 오슬린이 엘리샤에게 고백까지 해 버리는 바람에 오해는 더욱 깊어졌다.

'초대에 응하기에 오해를 풀었나 했더니······.'

어떻게든 그들과의 사이를 회복하기 위해 친구들을 초대했다. 다행히 모두 참석하겠다고 알려 와 엘리샤는 무척 기뻤다. 하지만 이제 보니 이렇게 자신을 대놓고 무시할 계획으로 초대에 응한 게 분명했다.

'나쁜 년들!'

엘리샤는 당장 자리에서 일어나 저들의 머리채라도 잡고 싶었지만, 꾹 참았다. 그래도 공작가의 영애인 자신이 그런 품위 없는 행동은 할 수 없었으니까. 아무리 억울해도 책잡힐 행동은 결코 할 수 없었다.

"너희는 여전히 꼴통 짓만 골라 하는구나."

"……!"

그런데 그때 익숙한 음성이 들려왔다. 고개를 돌린 이들의 눈에 한심하다는 듯 연신 혀를 차고 있는 카밀라의 모습이 보였다.

"다, 당신이 왜 여기에……."

"나? 놀러 왔는데?"

"뭐라고요?"

린더스의 시선이 엘리샤에게 향했다. 저 여자가 여기 와 있다는 소리는 전혀 듣지 못했는데?

"그런데 107등, 너."

"윽!"

자신을 또 아무렇지 않게 등수로 부르는 카밀라의 모습에 린더스의 얼굴이 있는 대로 일그러졌다. 더 이상 107등이 아니라고, 저번 시험에서는 77등이었다고 말하고 싶었지만, 이번에도 수석을 차지한 카밀라 앞에선 오히려 자신의 처지가 더 우스워질 뿐이었다.

"공부 머리가 없는 건 진작 알았지만 말이야. 설마 일상생활 자체가 어려울 정도로 멍청할 줄 몰랐네."

"무슨 헛소리예요!"

툭.

"얘 오빠가 누구야?"

카밀라가 엘리샤의 어깨에 손을 올렸다.

"무슨…….'"

"이 아이 오빠가 누구냐고. 몰라?"

"하!"

정말 몰라서 묻는 건가? 린더스가 어이없다는 듯 웃음을 터트렸다.

"페트로 님이잖아요."

"맞아. 태어나자마자 보고 자란 얼굴이 바로 페트로 제이빌런이라는 거지."

린더스뿐만 아니라 엘리샤 역시 카밀라가 지금 무슨 말을 하려는 것인지 알아듣지 못했다.

영문을 모르겠다는 듯한 표정들에 카밀라가 쯧쯧 혀를 찼다. 이걸 굳이 설명해 줘야 해?

"최근 그와 함께 다니는 친구의 이름은 아르시안 세프라이고."

지금 아르시안이 곁에 있었다면 친구는 무슨 친구냐며 버럭 했겠지만 없는데 뭐? 그냥 넘어가도록 하자.

"게다가 이 녀석이 어릴 때부터 원하지 않아도 자주 보고 자란 사람이 누구게? 우리 루드빌 오라버니와 라비 오라비거든."

"대체 지금 하고 싶은 말이 뭐-"

투욱.

"얘 눈 높다고."

카밀라는 엘리샤의 어깨를 다시 가볍게 두드렸다.

"페트로, 아르시안, 루드빌과 라비를 보고 자란 이 녀석의 눈에… 누구? 오슬린?"

그 근육질 맨? 카밀라도 아카데미에서 몇 번 마주친 적이 있지만 솔직히 1초 이상 시선을 줘 본 적이 없다.

'사람 자체가 너무 시끄러워서.'

행동보다 말이 앞서는 호탕한 스타일이라고나 할까? 물론 외모가 다가 아니지만, 성격도 그렇고 딱히 특별한 매력을 찾을 수가 없었다.

'뭐, 개인 취향이 있는 거지만.'

린더스의 눈에는 그런 그가 멋져 보일 수가 있겠지.

'그런데 말이야.'

늘 이상형으로 자기 오라비인 페트로를 뽑는 엘리샤의 취향은 절대 아니라는 거다.

그 사실을 엘리샤와 매일 붙어 다니던 저 녀석이 모르지 않을 텐데? 그런데도 이 웃기지도 않는 짓을 하고 있다고? 딱 보니 자기가 좋아하는 오슬린이 엘리샤에게 고백했다는 사실이 분해서 지금 이 난리를 치고 있는 게 분명하다.

아무리 그래도 이건 아니지.

"너 같으면 평생 그 네 사람을 보고 자란 이 녀석이 오슬린 같은 남자를 좋아할 것 같아?"

"그야 당……!"

"카밀라."

자리에서 벌떡 일어서며 당연하다고 소리치려던 린더스가 움찔했다. 자신들이 있는 곳으로 누군가 다가오고 있었기 때문이다.

"여기에 계셨군요."

페트로였다. 그리고 그의 옆에는…….

"형님들께서 오셨습니다."

"야, 통신 구슬을 놔두고 가면 어떡해. 바로바로 연락받으라고 했잖아."

"잘 잤니?"

라비와 루드빌이 그와 함께하고 있었다. 아르시안도 그들의 뒤에서 조용히 모습을 드러냈다. 홀로 있어도 시선을 확 끄는 네 사람이 함께 걸어오자 누가 먼저라고 할 것 없이 다들 입을 멍하니 벌렸다.

"다, 당, 당……."

당당거리고 있는 린더스를 보며 카밀라는 가볍게 혀를 찼다.

'너도 양심은 있구나?'

저 네 사람을 보니 도저히 당연하다는 말이 안 나오지?

결국 린더스는 끝까지 말을 다 내뱉지 못하고 조용히 자리에 도로 앉아야만 했다.

"이게 다 뭐래?"

카밀라는 방 안 가득 쌓여 있는 물건들을 보며 고개를 절레절레 흔들었다. 잘 보니까 조금 전 이곳을 다녀간 라비와 루드빌이 주고 간 것들이었다.

'혹시나 해서 보호 장비 몇 개 갖다 놨어.'
'부족하면 말해. 더 가져다줄 테니.'

…우리 오라비들, 숫자 개념이 없었구나.
"이 인간들은 왜 툭하면 날 전쟁터 가는 인간으로 못 만들어서 난리지?"
공격용 마법이 담긴 물건부터 시작해 각종 보호구까지, 온갖 도구들이 가득 놓여 있었다. 어디 멀리 가는 것도 아니고 고작 며칠 친구 집에서 지내겠다는데 이게 다 뭐냐고.
"설마 그때 일 때문인가?"
그라시아 제국에서 공격을 받았던 것. 아마도 그때의 일이 트라우마로 남아 이렇게 신경을 쓰는 듯했다.
"뭐, 도움이 되기는 하겠네."
정말로 이번에 수호의 검을 훔치러 오는 이들이 있다면 말 그대로 여기가 전쟁터가 될 테니까.
똑똑.
그때 노크 소리와 함께 문이 살짝 열렸다.
"들어가도 돼요?"
엘리샤였다.
"들어와."
허락이 떨어졌지만 그녀는 쉽게 안으로 들어서지 못했다. 한참 후에야 쭈뼛거리며 모습을 드러냈다.
"뭐 해요?"
말을 건네는 그녀의 모습이 영 어색하다.

"그냥 쉬고 있는데?"
"그……."
그? 그, 뭐?
무슨 말을 하려는 건지 엘리샤는 입만 자꾸 벙긋거렸다. 제대로 말도 못 하고 지그시 입술을 깨무는 그녀를 보며 결국 카밀라가 먼저 입을 열었다.
"왜? 뭐 물어볼 거 있어?"
"그러니까, 아까요……."
"아까?"
"절 왜 도와준 거예요?"
다른 누구도 아닌 카밀라가 저를 두둔했다는 사실에 엘리샤는 커다란 의문을 느꼈다. 자신을 외면하면 외면했지 절대 도움을 줄 이가 아니었으니까.
"도와준 적 없는데."
"네?"
"그것들이 하도 유치하게 굴어서 같이 유치하게 놀아 줬을 뿐인데? 내가 미쳤니? 싸가지에 빵 찍어 먹은 널 돕게?"
뭐가 예뻐서?
"으……."
엘리샤의 얼굴이 순식간에 붉어졌다. 잠시 카밀라를 노려보던 그녀는 결국 벌떡 자리에서 일어섰다.
그럼 그렇지! 역시 찾아오는 게 아니었는데!
"연극 좋아해?"
"…왜요?"

밖으로 향하려던 엘리샤의 걸음이 멈칫했다. 다른 말이었다면 무시하고 나갔겠지만 '연극'이라는 단어에 몸이 먼저 반응했다.

"혼자서도 보러 갔다고 해서."

그러고 보니 예전에도 카밀라는 종종 엘리샤에게 끌려가다시피 극장에 방문하곤 했다. 이전의 카밀라는 그런 쪽으로 전혀 관심이 없었기에 정말 울며 겨자 먹기로 그녀를 따랐다. 하지만 그걸 지켜보는 자신은 이 세계의 극이 제법 흥미로웠다.

"『악의 마음』이었나? 생각보다 재밌었지."

"기억해요?"

"너와 그 극을 세 번이나 같이 보러 갔던 것 같은데?"

"맞아요!"

순간 엘리샤의 목소리가 살짝 커졌다.

"그런데 정말 재밌었어요?"

"어."

"연극 싫어하는 줄 알았는데."

싫어하는 거 알면서도 그렇게 끌고 다녔니? 새끼 여우도 못 되는 게 하여튼 못된 것만 배워서. 쯧.

"그 『악의 마음』을 이번에 또 무대에 올린다고 들었어요!"

"또 보러 가게?"

정말로 연극을 좋아하는구나. 끔찍이 싫어하는 자신의 앞에서도 눈을 반짝이며 극에 대한 얘기를 꺼내는 엘리샤의 모습이 조금 의외였다.

"가, 가 볼게요."

저도 모르게 속을 내보인 게 창피한 듯, 엘리샤는 다시 붉어진 얼굴로 급히 방을 나서려 했다.

"이거나 받아."

카밀라는 그런 그녀에게 라비가 주고 간 보호 도구 몇 개를 건넸다. 반복되는 삶에서 공작가의 직계가 죽었다는 소리는 단 한 번도 들은 적이 없지만…….

'그래도 혹시 모르는 일이니까.'

전투 능력이 제로인 저 녀석이 어쩔 수 없게도 가장 신경 쓰였다.

"이걸 왜……."

"욕먹으면 아주 오래 산다는데 너도 안전히, 오래 살아야지 않겠어? 내가 평소에도 얼마나 널 열심히 씹는데."

"말을 해도 꼭!"

문이 쾅 닫히는 걸 보며 카밀라는 연신 키득거렸다. 저 녀석도 은근히 놀리는 재미가 있단 말이야.

"그나저나 저 녀석, 안색이 영 안 좋네."

친구들과의 일로 마음고생이 심한가?

전에 봤을 때보다 눈에 띄게 수척해진 엘리샤의 모습에 카밀라는 가볍게 혀를 찼다.

[너 안 자?]

"몇 시예요?"

[12시 넘었어.]

"벌써요?"

카밀라는 읽고 있던 책을 내려놓았다.

제이빌런가에 생각보다 재미있는 책이 많았다. 엘리샤가 극을 좋아한다더니, 그래서인가? 연극 대본도 많았고 극으로 올렸던 원작 소설들이 수두룩했다.

"차나 한잔할까."

시간이 늦긴 했지만 읽던 책은 마저 읽고 잘 생각이었기에 카밀라는 자리에서 일어섰다. 찌뿌듯한 몸도 풀 겸 주방에 직접 다녀오기로 했다.

— "으… 으윽……!"

"뭔 소리야?"

잠시 후 방을 나와 주방으로 향하던 카밀라는 희미하게 들려오는 소리에 걸음을 멈췄다.

"엘리샤?"

그 소리의 근원지는 바로 엘리샤의 방이었다.

— "흐으… 으읍……."

'설마……!'

카밀라의 안색이 굳어졌다. 적들의 공격이 벌써 시작된 건가? 하지만 그런 것치곤 다른 곳은 너무 조용하잖아. 그럼 도둑? 암살자?

벌컥!

카밀라는 즉시 방문을 열고 안으로 들어섰다. 라비와 루드빌이 준 보호 도구들을 믿기에 그녀의 행동에는 거침이 없었다.

"엘……!"

하지만 방으로 들어선 카밀라의 얼굴은 그대로 일그러졌다.

예상 밖의 장면이 펼쳐지고 있었으니까.

'저 귀신은 또 뭐래?'

자고 있는 엘리샤를 공격하고 있는 게 한 사람… 아니, 한 귀신이었기 때문이다.

"이건 정말 대작이야!"
조금 전, 엘리샤 역시 밤늦게까지 책을 읽고 있었다.
『악의 마음』. 이 책은 몇 번을 읽어도 질리지 않았다. 이미 극으로도 만들어져 몇 번이고 봤음에도 볼 때마다 즐겁고 새로웠다.
"하아… 나도 연기하고 싶다."
아무에게도 말하지 못했지만, 그녀의 꿈은 바로 배우였다. 무대에서 연기를 하는 배우.
어릴 적 우연히 보게 된 극에 완전히 매료된 엘리샤는 그 후로 틈만 나면 연극을 보러 다녔다. 단 한 번이라도 좋으니 자신도 저렇게 무대에 서고 싶다는 꿈을 매일같이 꾸면서 말이다.
"하지만 내가 어떻게……."
정말 말 그대로 꿈일 뿐이었다.
"제이빌런 공작가의 영애인 내가 배우라니."
그 말을 꺼내는 순간 아버지를 비롯해 주변 사람들이 어떤 반응을 보일지 누구보다 그녀가 가장 잘 알고 있었다. 집에서 쫓겨나지 않으면 다행이겠지? 페트로 오라버니야 자신을 응원해 줄지도 모르지만, 아버지는…….
"하아."
엘리샤의 입에서 다시 긴 한숨이 새어 나왔다.
밤마다 거울을 보며 홀로 연기 연습을 하는 것이 그녀의 유일한 취미이자 낙이다. 아쉬움을 달랠 목적으로 시작한 거였는데, 그럴

수록 연기에 대한 간절함은 더욱 커졌다.

"그만 잘까?"

시간을 확인한 엘리샤는 침대로 향했다. 발걸음이 무척 무겁게 느껴졌다.

요즘 따라 잠이 드는 게 너무 무서웠다. 악몽을 꾸는 것 같기도 한데, 자고 일어나면 기억나는 게 아무것도 없었다. 식은땀을 흘린 것인지 침대가 축축하게 젖어 있을 때가 많았다.

"침대가 낡았나?"

잠자리가 불편해서 그런 걸까? 잠시 불안한 눈빛으로 침대를 바라보던 엘리샤는 조심스럽게 눈을 감았다. 하지만 얼마 후 걱정과 달리 그녀는 고른 숨을 내쉬며 빠르게 깊은 잠에 빠져들었다.

그르륵… 그륵…….

그렇게 한 시간쯤 흘렀을까. 방 한쪽에 놓여 있던 그녀의 화장대 서랍 문이 삐걱거리며 조금씩 열렸다.

그 속에서 하얀 손이 툭 튀어나오더니, 긴 머리를 풀어 헤친 여자가 어기적어기적 기어 나왔다. 아주 천천히 침대로 다가간 여자는 익숙하다는 듯 엘리샤의 몸 위로 올라섰다.

이내 그녀의 손이 엘리샤의 목으로 향했다.

"으… 으윽……!"

엘리샤의 입에서 신음이 흘러나왔다. 호흡이 편하지 않은 듯 안색도 점점 창백해져 갔다.

[조금만 더…….]

유령은 알 수 없는 말을 연신 내뱉으며 더욱 힘을 가했다. 그런 그녀의 눈이 광기에 휘말린 것처럼 희번덕거렸다.

"크… 흐으… 으읍……."
 엘리샤의 신음 소리도 점점 커졌다.
 [좀 더… 조금만 더……!]
 따아악!
 "지랄하네."
 [……!]
 그 순간 유령의 몸이 그대로 앞으로 고꾸라졌다. 머리를 가격하는 아주 거친 손길 한 방에 말이다.
 "제노, 한 대 더 때려요."
 [그러지 뭐.]
 따아악!
 [아아악!]
 카밀라의 말이 떨어지기 무섭게 제노가 당황하고 있는 귀신의 머리를 한 대 더 쥐어박았다.
 [너, 너 뭐야?]
 "그건 내가 물어봐야지. 너 뭐니?"
 당황한 귀신을 뒤로한 채 카밀라는 침대 위의 엘리샤를 빠르게 살폈다. 귀신으로 인해 잠시 가위에 눌렸던 듯 지금은 아무 일도 없었던 것처럼 새근새근 잘 자고 있었다.
 "데리고 나와요."
 카밀라는 제노에게 귀신을 맡긴 후 천천히 방을 나섰다.
 그런 그녀의 시선이 마지막으로 조금 전 귀신이 나왔던 화장대로 향했다.
 '저게 문제인 것 같은데.'

저런 게 왜 이 방에 있는 거지?

귀신이 깃든 물건 특유의 한기가 느껴지는 화장대를 보며 카밀라는 짧게 혀를 찼다.

[더는 못 가.]

"뭐?"

[여기까지가 한계야!]

제노의 손에 잡혀 걸음을 옮기던 여자 귀신이 빽 소리를 질렀다. 예상대로 화장대에 묶인 지박령인 듯 방에서 일정 거리 이상은 떨어지지 못하는 모양이었다.

"쯧."

큰 소리를 내도 상관없게 밖으로 나가려고 했거늘.

카밀라는 계획을 바꿔 자신의 방으로 향했다. 그러고는 방문을 닫자마자 바로 본론을 꺼냈다.

"뭔 짓이야? 저 애한테 뭐 하려고 한 거야?"

귀신이 인간한테 해를 가하는 건 극히 드문 일이다. 뭔가 한을 가진 영 같은데, 엘리샤에게 원한이 있는 건가? 저 녀석이 싸가지가 없긴 해도 누군가에게 저리 한을 맺게 할 정도로 머리가 빈 녀석은 아닌데?

[으… 으으…….]

귀신이 눈을 부릅뜨며 카밀라를 노려봤다. 겁이라도 줄 생각인 건가? 꿈도 크다, 진짜.

풀어 헤친 머리카락 사이로 보이는 눈에서 핏물이 뚝뚝 떨어져 내렸다. 입으로도 기이한 소리를 내뱉으며 공포 영화의 한 장면을 그대로 연출했다.

그 모습을 본 카밀라는 짧은 한숨을 내쉬었다. 귀신이 되면 다들 머리가 꽃밭이 되나? 자기가 하는 행동이 다 통할 거라는 저 끝없는 긍정 마인드는 대체 뭘까?

"제노."

따아악!

[아앗!]

바로 날아드는 제노의 타격감 만땅 응징에 여자 귀신은 그대로 다시 한번 앞으로 고꾸라져야만 했다.

"화장대 확 태워 버리기 전에 똑바로 말해."

[……!]

화장대를 언급하자 안 그래도 핏기 하나 없던 얼굴이 더욱 하얗게 질리며 자세가 곧바로 달라졌다. 잔뜩 화가 나 있던 그녀의 얼굴이 순식간에 긴장으로 물들며 카밀라의 눈치를 봤다.

"정신 사나우니까 그 풀어 헤친 머리 정리해라. 눈깔에 힘 풀고."

[아, 알았어!]

나이는 한 30대 초반쯤? 자세를 바로 하고 앞으로 풀어 헤친 머리를 단정히 뒤로 넘기자 그제야 그녀의 얼굴이 제대로 보였다. 제법 고운 얼굴이었다.

[난 배우야.]

"배우?"

[그래! 나는… 연기가, 연기가 하고 싶어……!]

귀신은 울부짖듯 말을 이었다.

[저 아이의 몸에 들어가서 다시 연기를 하고 싶다고!]

뭐라는 거야…….
"빙의가 아무한테나 막 되는 줄 알아?"
그게 가능했으면 귀신들이 다 사람 몸에 들어가려고 야단법석을 떨었겠지. 제노가 내 곁에 딱 붙어 있는 이유가 뭐겠어? 빙의 되는 몸이 그리 흔한 게 아니라서다.
[저 아이라면 가능해!]
"뭐?"
[저 아이가 간절히 원하는 게 바로 무대에 서는 거니까.]
"엘리샤가?"
생각지도 못한 얘기에 카밀라의 눈이 살짝 커졌다. 그 아이가 무대에서 연기를 하고 싶어 한다고? 연극을 좋아하는 거야 알고 있었지만, 설마 무대 욕심까지 있는 줄은 몰랐다.
[내 기운이 조금만 더 깃든다면 저 아이 몸에 들어갈 수 있어!]
"그래서?"
[다시 연기를 할 수 있다고!]
"그래서?"
[그, 그래서…….]
흥분해서 소리치던 귀신은 카밀라의 음성이 점점 차갑게 변하는 걸 느끼곤 움찔 몸을 떨었다.
"내가 이래서 귀신들을 함부로 상대를 안 하는 거야. 아주 자기들 멋대로 해석하고 꼴값을 떨거든."
꿈이 같다고 남의 몸에 들어가겠다니. 그걸 지금 변명이라고 하는 건가? 업으로 탑 쌓는 게 꿈이야 뭐야. 왜 죽어서까지 죄를 짓고 싶어 하는 건지 이해가 안 가네.

"그리고 너 바보니?"

[바보라니!]

"여기가 어딘지 몰라?"

[나도 아는데…….]

"알면서 이 짓거리를 한다고? 정말 아는 거 맞아?"

[대체 무슨 소리를 하는 거야?]

"페이블러 제국의 3대 수호신. 이렇게까지 힌트를 줬는데도 모르면-"

[시, 신수……? 꺄아아악!]

"아직까지 안 걸린 게 용하네."

지금까지야 안 걸리고 잘 버텼다지만 엘리샤의 몸에 들어간 후에도 그게 가능할까? 매일같이 신수와 마주해야 할 텐데.

"신수 제티의 능력이 불이었나?"

활활 태워지지 않으면 다행이었다.

[허억!]

…뭐지? 이 반응은?

"생각도 안 한 거야?"

[나, 난 그냥…….]

신수에 대해선 정말 전혀 생각을 안 했던 듯 귀신이 울먹이기 시작했다. 그 모습을 보고 있자니 절로 한숨이 흘러나왔다.

[다시 연기를 하고 싶었을 뿐이야! 그럴 수만 있다면 난 뭐든지 할 거야!]

"맞는 말이네."

[그, 그렇지?]

"처맞을 말."

[…….]

자신의 말이 끝나기 무섭게 급히 머리를 감싸며 제노의 눈치를 보는 여자의 모습에 카밀라는 다시 한번 고개를 절레절레 저었다.

✦

"으음…….."

조금은 이른 시간. 엘리샤는 오랜만에 기분 좋게 잠에서 깼다.

최근 잠을 아무리 길게 자도 계속 피곤하고 영 뭔가 개운치 않았는데 오늘은 무척 상쾌했다. 정말로 푹 자고 일어난 것처럼 말이다.

"하아……?"

기지개를 켜며 침대에서 내려서던 엘리샤는 순간 그대로 몸이 굳어졌고.

"흐억!"

너무 놀라 침대에 다시 주저앉고 말았다.

방 한쪽에 자신을 멀뚱히 바라보고 있는 한 사람이 있었기 때문이다.

"뭐, 뭐예요?"

"너 일어나길 기다리는 중."

카밀라였다. 그녀가 팔짱을 낀 채 엘리샤를 빤히 쳐다보고 있었다.

"그러니까 지금 내 방에서 왜 그러고 있냐고요!"

"물어볼 게 있어."

"뭐라고요?"

엘리샤는 어이가 없었다. 대체 무슨 급한 일이기에 아침부터 찾아와 저러고 있는 건지 이해가 가지 않았다.

"저 화장대 말이야."

"화장대?"

"어디서 났어?"

카밀라는 어제 본 유령의 거처라 할 수 있는 화장대를 가리켰다. 딱 봐도 이 방과 전혀 어울리지 않는 디자인이다. 아주 낡은 것이 어디 고물상에서 주워 온 것 같은 분위기를 팍팍 풍겼다.

"그건 왜 물어요?"

"쓰레기장에서 주워 왔나 해서."

"무슨 소리예요! 쓰레기장이라니!"

엘리샤는 바로 버럭 하며 자리에서 일어섰다. 허리에 손을 척 올린 그녀는 당당히 외쳤다.

"경매에서 낙찰받은 거거든요!"

"경매?"

"대배우 쥴리아가 쓰던 화장대란 말이에요."

태어나 처음으로 경매장에서 저걸 직접 낙찰받고 얼마나 뿌듯했는지 모른다. 왠지 어른이 된 느낌이라고나 할까?

"쥴리아? 그 여자 이름이 쥴리아야?"

"서, 설마 쥴리아를 몰라요?"

"내가 알아야 해?"

"어떻게 쥴리아를 모를 수가 있어요? 『악의 마음』!"

"『악의 마음』?"

"그 극의 주인공이잖아요!"
아, 어쩐지 얼굴이 좀 낯이 익다 했더니 그 극의 주인공이었구나. 화장을 하지 않으니 이목구비가 완전 딴판이던데?
"배우로 얼마나 이름을 날린 분인데!"
"…너 정말 연극 좋아하는구나.
평소보다 더욱 흥분해 말을 쏟아 내는 엘리샤를 보며 카밀라는 가볍게 혀를 찼다.
"아무리 그래도 살해당한 여자의 물건이 갖고 싶니?"
"그 여자가 죽은 건 어떻게 알아요? 줄리아가 누군지도 몰랐으면서?"
"어떻게 알긴."
들었다. 본인한테.
줄리아는 3년 전에 그녀를 쫓아다니던 팬… 아니지, 그건 팬도 아니다. 팬이라고 우기는 스토커에 의해 살해당했다. 그 스토커는 그때 바로 잡혀 사형을 당했지만, 그녀는 연기에 미련이 남아 세상을 떠나지 못하고 있었다.
'이 녀석도 참. 운이 좋은 건지 나쁜 건지.'
죽은 줄리아는 자신의 피가 잔뜩 스며든 화장대에 묶여 버렸고, 하필 그 화장대를 엘리샤가 좋다고 구입한 것이다. 그토록 좋아하던 배우가 죽어서 자기와 같은 공간에 있다는 걸 알면 좋아할까? 아니면 기겁을 할까?
"배우가 꿈이야?"
"흐읍!"
카밀라의 돌직구에 엘리샤는 급히 자신의 입을 틀어막았다. 누구에게도 말한 적이 없는데 어떻게 안 거지?
"무, 무슨 소리예요?"
"무대에 서는 게 꿈이냐고."
"아니에요!"
"아니야?"
"귀족 영애가 그런 걸 어떻게 해요. 말도 안 돼."
"그래?"
일단 잡아떼긴 했지만 자기가 너무도 좋아하는 연극을 부정했다는 사실 자체에 눈동자가 쉴 새 없이 흔들렸다.
"난 또……."
"또 뭐요?"
"무대에 서고 싶으면 도와주려고 했지."
"…네에?"
눈이 동그래지는 엘리샤를 뒤로한 채 카밀라의 시선이 다시 화장대로 향했다.
저기에 깃든 귀신 이름이 뭐라고? 쥴리아?

[『악의 마음』… 그 연기를 다시 한번 무대에서 하고 싶어.]

'원하는 게 연기만 아니었다면.'
귀신의 소원 따위 알 게 뭐란 말인가.
하지만 그래도 한때 배우의 삶을 살았던 카밀라의 입장에선 연기를 하고 싶다는 그 간절한 마음을 마냥 무시하기가 힘들었다.
연기에 대한 갈망이라는 게 얼마나 무서운 건지 누구보다 잘 아니까. 그 맛에 한번 빠지면 헤어 나오기 참 힘들지.
"무대에 서는 거야 딱히 어려울 게 없지."
"그게 무슨 말이에요? 어렵지 않다니?"
바로 관심을 보이는 엘리샤의 모습에 카밀라는 피식 웃었다. 엘리샤 역시 연기에 아주 목말라 있는 게 보였으니까.
"극장을 하루 통째로 빌릴 생각이거든."
"통째로요?"
"너도 알다시피 내가 돈이 좀 많아."
빌리는 게 문제겠는가. 아에 극장을 통째로 살 수도 있었다. 하루 정도 무대를 빌리는 게 뭐 대수겠는가.
"물론 관객은 없겠지만 말이야."
저런 초짜와 귀신을 섞어서 무대에 서는데 관객과 다른 배우들까지 끌어들이는 건 무리다. 관객에게도 다른 배우에게도 그건 예의가 아니지.
다만 저 둘이 무대 중앙에서 마음껏 연기를 하게 하는 것 정도야 어려울 게 없었다.
"무대에……."
"왜? 관심 있어?"
"무대……."
엘리샤는 멍하니 같은 말만 되뇌었다. 그러더니 한참 후에야 마구 흔들리는 눈빛을 감추지 못한 채 조심스레 묻는다.
"제가… 제가 무대에 서도 돼요?"
"물론 다른 배우는 없어. 너를 상대해 줄 사람은 오로지 한 명뿐이야."

"한 명?"

"나."

눈이 화등잔만 해지는 엘리샤를 보며 카밀라는 방긋 웃었다.

물론 이번 일을 굳이 엘리샤와 함께할 이유는 없었다. 귀신만 극장으로 데리고 가 그녀의 한을 풀어 주면 그만이었으니까. 하지만…….

카밀라는 한쪽 탁자에 놓여 있는 책과 대본을 바라봤다. 조금 전 방에 들어섰을 때 제일 먼저 눈에 들어와 이미 확인했던 부분이다.

얼마나 읽고 또 읽었는지 너덜너덜한 대본과 책들. 거기엔 자기만의 인물 해석도 아주 빼곡하게 적혀 있었다.

그걸 보자 마음이 움직였다. 기왕 무대를 빌리는 거 엘리샤의 저 간절한 소원을 조금이나마 들어주는 것도 나쁘진 않을 것 같았다.

"무슨 극을 할 건데요?"

결국 한참을 망설이던 엘리샤가 아주 조심스럽게 물었다. 그 모습을 보며 카밀라의 입꼬리가 다시 살며시 올라갔다.

"『악의 마음』."

"대체 이걸 왜 들고 와야 하는 거예요?"

"이 극의 원래 주인공이었던 여자가 마지막으로 남긴 물건이 이거라며?"

"그래서요?"

"죽어서도 좋아할 것 같아서."

"네에?"

엘리샤는 황당한 눈빛을 감추지 못했다. 무대 아래 관객석에 떡하니 자리한 게 있었기 때문이다.

바로 자신의 방에 있던 그 화장대!

"저게 관객이라고 생각하고 연기하면 되겠네."

"미……!"

미쳤냐는 말이 절로 튀어나오려는 걸 엘리샤는 간신히 참았다. 대체 저 화장대를 왜 여기까지 가져온 건지 도저히 이해할 수가 없었다.

'어쩌겠니. 지박령을 데리고 오려면 어쩔 수 없는걸.'

누군 저 무거운 걸 좋아서 들고 왔겠니? 귀신 쥴리아를 이 무대에 세우기 위해서는 어쩔 수가 없었다. 이래서 지박령을 상대하는 게 피곤하다니까.

[아……. 이게 얼마 만에 보는 무대인지…….]

극장에 들어선 쥴리아는 떨리는 눈빛으로 무대에서 시선을 떼지 못했다.

"하아……."

그건 엘리샤 역시 마찬가지였다. 무대는 이번 극에 맞게 이미 완벽하게 꾸며져 있었다.

『악의 마음』. 얼마 후 이곳 수도에서 무대가 열리기로 되어 있었기에 그 무대 세트를 하루 정도 빌리는 건 일도 아니었다. 시대를 막론하고 돈으로 해결되지 않는 건 없었으니까.

"정말 무대네요."

그녀의 목소리에 떨림이 그대로 묻어났다.

엘리샤는 늘 관객으로서만 바라보던 무대에 자신이 드디어 오를 수 있다는 사실에 심장이 미친 듯이 뛰었다. 비록 관객은 한 명도 없었지만 떨림은 점점 커졌다.

"그럼 준비할까?"

반면 자신과 달리 너무도 여유롭게 자리에 서 있는 카밀라를 엘리샤는 잠시 말없이 바라봤다.

"정말 할 수 있겠어요?"

"뭘?"

"저 많은 역을 혼자 다 맡겠다면서요."

카밀라는 주인공 외의 다른 역을 모두 혼자 맡아서 하겠다고 했다. 극에 나오는 사람이 한두 명도 아니고, 대체 어떻게 하겠다는 거지?

'연기를 좀 아는 것 같긴 한데.'

요 며칠, 카밀라가 자신의 연기를 봐줬다. 밤마다 거울을 보며 연습하던 것과 달리 누군가의 앞에서 연기를 하는 건 처음이었기에 무척 어색했지만, 곧 모든 걸 잊고 혼신의 힘을 다해 연기했다.

"여기, 여기, 그리고 여기. 소리가 끊겨. 좀 더 호흡을 길게 해야 해."

"여기선 발음을 좀 더 정확히. 배에 힘을 줘."

"호흡이 너무 빨라. 좀 더 천천히."

"표정은 나쁘지 않네."

처음에는 '뭔가 알고 하는 말인가?' 하고 의심했지만, 속는 셈 치고 그녀의 충고를 따라 하니 확실히 연기가 편해졌다.

"나한테 연기 배우려고 돈 싸 들고 오는 것들이 얼마나 많았는지 아니? 영광인 줄 알아."

…뭔 소린지.

어쨌든 카밀라의 도움으로 연기에 좀 더 자신감이 붙은 건 인정할 수밖에 없었다.

"넌 다른 건 신경 쓰지 말고 네 연기에 집중해."

"알겠어요."

고개를 끄덕이는 엘리샤를 뒤로한 채 카밀라는 마지막으로 줄리아를 바라봤다. 둘 다 다른 건 신경 쓰지 말고 각자의 역에 충실하기를 바라며 카밀라는 옷을 갈아입기 위해 무대 뒤로 향했다.

『악의 마음』.

한 여자가 있었다. 홀로 10년 동안 제대로 몸을 움직이지 못하는 어머니를 돌보던 여자.

어느 날 어머니가 죽었다. 사인은 질식사. 살해당한 것이다. 범인은 바로 그 딸이었다. 결국 그녀에 대한 재판이 열린다.

"전 아무런 죄가 없습니다."

"그대가 죽이지 않았다는 건가!"

[아뇨……. 제가 죽였어요. 다만 전 어머니의 청을 들어줬을 뿐이에요.]

"어머니는… 어머니는 자신을 죽여 달라고 했어요."

[더 이상 이런 고통스러운 삶을 영위하고 싶지 않다며 저에게 간절히 청하셨죠.]

같은 대사였지만 엘리샤와 줄리아가 내뱉는 연기 스타일은 많이 달랐다. 대사 처리 방식은 무척 달랐지만 둘 다 자기만의 매력을 가지고 있었다.

'제법이네.'

줄리아야 원래 잘 알려진 배우였으니 연기를 잘하는 거야 믿어 의심치 않았다. 놀라운 건 엘리샤였다.

연습을 봐주면서도 느꼈지만, 확실히 재능이 있었다. 물론 발음이나 목소리 톤 등에서 미숙한 부분이 보였지만, 처음 무대에 오른 사람이라고 생각하기 힘들 정도로 아주 잘하고 있었다.

"닥쳐! 넌 살인자야! 그것도 자기 어머니를 죽인 살인자! 어떻게… 어떻게 자기 손으로 어머니를 죽일 수 있지!"

하지만 지금 누구보다 속으로 연신 감탄을 내뱉고 있는 건 다름 아닌 엘리샤와 줄리아였다.

"아니에요. 안나는 정말 어머니를 사랑하는 딸이었어요. 다들 알잖아요. 그녀가 자기 어머니를 얼마나 극진히 모셨는지."

법정 증인으로 나온 마을 사람들을 연기하는 카밀라는 정말로 대단했다. 마을 사람 한 명 한 명, 그 배역에 들어가는 순간 표정과 톤부터 달라지는 것이 절로 감탄이 쏟아졌다. 그 많은 역을 홀로 담당하면서 호흡 한번 흐트러지지 않았다.

"전… 저는 어머니를 죽였습니다."

[하지만 그건 살인이 아니었어요.]

카밀라의 연기에 이끌려 엘리샤와 줄리아 역시 혼신의 연기를 펼쳤다.

"안나 에스니아에게 무죄를 선고한다."

극은 빠르게 끝을 향해 달려갔다.

"어머니, 제가 당신을 죽인 건 정말 당신을 위해서였을까요."

[당신의 목을 조른 이 손이 정말 당신의 고통만을 없애기 위해서였을까요.]

"그 마음이 오로지 선한 것이었을까?"

[그건 오로지 신만이 아시겠죠.]

엘리샤는 준비된 의자에 올라 거기에 달려 있는 끈에 목을 맸다. 쥴리아 역시 엘리샤의 몸과 겹쳐 똑같이 마지막 무대에 올라섰다.

터엉-!

의자가 넘어지는 소리와 함께 불이 꺼지며 무대의 막이 내렸다.

"휴우."

카밀라의 긴 숨이 신호가 된 것처럼 다시 불이 켜졌다.

'좀 힘들긴 하네.'

오랜만에 제대로 선 연극 무대가 벅차긴 하다. 하지만 지친 몸과 달리 얼굴에선 미소가 끊이지 않는다.

극을 무사히 마쳤다는 만족감.

이 맛에 연기를 하는 거 아니겠어?

잠시 숨을 고른 후 고개를 든 카밀라의 눈에 제일 먼저 보인 건 멍하니 무대에 서 있는 엘리샤의 모습이었다. 그 옆에 자신과 별반 다르지 않은, 아주 만족스러운 미소를 짓고 있는 쥴리아의 모습도 볼 수 있었다.

[당신…….]

카밀라와 눈이 마주친 쥴리아의 미소가 더욱 짙어졌다.

[내 생애 가장 멋진 파트너였어.]

그 말을 끝으로 줄리아의 몸이 점점 흐릿해져 갔다.

[고마워.]

그녀가 완전히 사라질 때까지 그 모습을 가만히 지켜봐 준 카밀라는 천천히 엘리샤에게 다가섰다. 마침 엘리샤도 카밀라를 바라보고 있었다. 그 눈빛에 수많은 감정이 흘러나오고 있었다.

"내가……."

내가 정말 무대를 마무리한 건가?

저 발끝에서부터 알 수 없는 뜨거운 열기가 점점 올라왔다. 심장은 더욱 빠르게 두근거렸고, 가슴은 숨을 못 쉴 정도로 벅차올랐다. 무대에 오르기 전에 느꼈던 떨림과는 또 다른 떨림이 온몸을 덮쳤다.

투욱.

"……!"

그 순간 그녀의 머리를 쓰다듬는 손길이 있었다.

카밀라였다.

"제법이었어."

그 한마디에 잠시 멍한 표정을 짓던 엘리샤는 이내 눈시울이 붉어지더니 결국 펑펑 눈물을 쏟아 냈다.

수호의 검을 지켜라

"카밀라 언니! 이거 드세요."

"딸기 케이크?"

"제가 직접 만들었어요."

"네가?"

엘리샤가 좀 변했다.

"제가 오늘 새벽부터 만든 거예요. 언니를 위해서!"

아니, 많이 변했나?

그날 무대에서 극을 펼친 이후 한시도 자신에게서 떨어지려고 하지 않았다. 뭐라도 해 주고 싶어서 난리다. 지금도 이런 걸 만들어 와서는 아주 눈을 초롱초롱 빛내고 있었다.

'사람이 갑자기 변하면 죽는다던데.'

그녀의 뒤로 꼬리가 살랑살랑 흔들리는 것 같다고 생각하며 카밀라는 포크를 들었다.

그래도 일단 만들어 온 성의를 봐서라도 한 입 먹어 줘야겠지?

푸욱!

"어?"

그런데 그녀보다 먼저 케이크에 포크를 팍 꽂아 넣는 사람이 있었다.

"맛없어."

케이크를 한 입 먹고 바로 인상을 찌푸리는 남자. 바로 아르시안이었다.

"맛없어요? 왜? 분명 제대로 만……!"

아니, 지금 그게 중요한 게 아니고!

"그걸 당신이 왜 먹어요! 카밀라 언니 줄 건데!"

"손님 차별하냐? 나도 손님이거든."

"당신은 오빠 손님이지 제 손님이 아니잖아요!"

엘리샤는 씩씩거리며 그에게서 포크를 뺏어 들었다. 마치 포크를 협박용 무기로 쓸 생각인 듯 손에 꼭 쥔 채 아르시안을 지그시 노려봤다. 물론 아르시안은 그런 그녀의 행동에 코웃음만 칠 뿐이었지만 말이다.

"질문 있습니다!"

엘리샤가 포크를 든 손을 번쩍 들었다.

"뭔데?"

"집에 언제 가세요? 언제까지 여기 있을 거예요?"

그녀의 물음에 아르시안이 대답 대신 카밀라를 바라봤다.

"카밀라, 집에 언제 가?"

"글쎄."

"글쎄."

카밀라에게 대답을 듣곤 똑같은 대답을 엘리샤에게 날리는 아르시안. 그에 엘리샤의 눈에 힘이 더욱 들어갔다.

"언니는 저랑 더 놀다 갈 거거든요! 우리 언니한테서 이제 그만 좀 떨어지시면 안 돼요?"

헐. 내가 언제 그쪽 언니가 된 거지?

허리에 손을 척 올린 채 아르시안을 향해 바락바락 소리치는 엘리샤를 보며 카밀라는 기가 막혔다.

"우리 언니는 좋아하는 사람 따로 있거든요! 그러니 헛물 그만 켜고 돌아가시라고요!"

저기요? 지금 언제 적 얘기를.

'그리고 넌 저 녀석이 무섭지도 않니?'

페트로를 믿고 그러는 건가? 아르시안을 대하는 태도가 아주 맹랑하기 짝이 없다.

카밀라는 슬쩍 뒤를 돌아봤다. 그리고 다시 한번 황당한 표정이 되었다. 페트로가 아주 흐뭇한 표정으로 엘리샤를 보고 있었기 때문이다. 말리기는커녕 잘하고 있다는 듯 응원의 눈빛을 마구 쏘아 보내고 있었다.

"앞으로 밥 안 줄 거예요!"

와, 치사하게 밥 가지고 협박하는 거야?

물론 아르시안은 아예 엘리샤를 없는 사람 취급하고 있었다. 떠들든가 말든가, 본 척 만 척이다.

"그러니까 우리 집에서 지금 당장 나-"

"엘리샤, 그만."

"네에!"

"……."

진짜 적응 안 되네.

자신의 한마디에 엘리샤가 언제 화를 냈냐는 듯 방긋 웃으며 조르륵 가까이 다가왔다. 페트로도 동생의 그런 모습이 신기한 듯 연신 감탄했다.

"언니, 우리 집에 오래오래 있다 가세요오."

팔짱을 낀 엘리샤가 얼굴을 살며시 기대 왔다. 얼굴을 살살 비비며 눈웃음까지 치는 모습이 마치 애교를 부리는 새끼 고양이 같다.

'부담스러워서 원.'

자신을 바라보는 엘리샤의 눈빛이 아주 익숙하다. 예전에 자신을 졸졸 쫓아다니던 팬들의 눈빛이 딱 저랬었지.

'내가 연기를 너무 열심히 했나?'

오랜만에 무대에 서서 그랬을까? 저 또한 정말 아무 생각 없이 연기를 즐겼다. 오랜만에 하는 제대로 된 연기가 제법 재미있었거든.

"언니, 덥죠? 부채질해 드릴까요?"

어느새 손에 부채까지 든 채 눈을 반짝거리는 엘리샤를 보며 결국 웃음을 터트릴 수밖에 없었다.

[너 아까부터 뭐 하는 거야?]

제노가 의아한 눈빛을 감추지 못하며 물었다. 조금 전부터 카밀라가 집 안 곳곳에 뭔가를 몰래몰래 숨겨 놓고 있었기 때문이다.

[그게 뭐야?]

"라비 오라비가 준 거요."

[보호 마력석? 그걸 왜 거기에다 놔?]

"불을 막아 준다고 해서요."

대답을 하면서도 카밀라는 불 저항력을 가진 방어 물품들만 골라서 여기저기 보이지 않는 곳에 놓기 시작했다.

[불? 갑자기 웬 불?]

"그런 게 있어요."

카밀라는 결국 이번 일, 수호의 검이 도난당하는 일에 대해 다른 이들에게 알리는 걸 포기했다. 생각해 보니 좀 이상한 점이 있었거든.

'다른 곳도 아니고 제이빌런 공작가잖아.'

그런데 너무도 쉽게 방어선이 뚫리고 집 안에 불이 피어올랐다.

'아무리 제이빌런 공작이 자리를 비웠다고는 하지만 기본 방어력이 짱짱한 곳인데 그게 어떻게 가능하지?'

이건 아주 이상한 일이었다. 그래서 곰곰이 생각해 봤는데…….

'혹시 모르잖아?'

내부에 적이 있었을지도.

전에 소르펠 공작도 독에 당하지 않았던가. 범인은 오랫동안 공작가에서 일해 온 이였다. 부주방장이었던 그가 설마 적에게 매수됐을 거라고 누가 짐작이라도 했겠는가.

'여기도 그럴지 모르지.'

그렇게 결론을 내리고 나니 도저히 다른 이들에게 말을 할 수가 없었다. 혹시라도 내부의 적에게 자신이 한 말이 들어가기라도 한다면? 오히려 상황이 더 꼬일지도 몰랐다.

"저는 제노만 믿어요."

[갑자기 뭔 소리야?]

"어쩌면 조만간 여기가 공격받을지도 모르거든요."

[공격? 무슨……! 잠깐만!]

제노도 그제야 뭔가 떠오르는 것이 있는 듯 표정을 굳혔다.

[너 저번에 나한테 수호의 검이 없어지면 어쩌고저쩌고하더니! 혹시 그거와 관계있는 거야?]

"네, 조만간 수호의 검이 도난당-"

"무슨 말이야?"

순간 그들의 대화에 누군가 끼어들었다.

"도난이라니?"

아르시안이다. 그는 검은 형체로 보이는 유령 제노는 완전히 무시한 채 카밀라에게 성큼 다가섰다.

"이 집에 뭔가 일이 생기는 거야?"

"그게…….'

"똑바로 말해."

"응!"

헉! 지금 저 녀석 화났나?

미간을 찌푸리는 그의 모습에 카밀라는 저도 모르게 급히 고개를 끄덕이고 말았다.

'하긴.'

이렇게 된 거, 아르시안이라도 알고 있는 게 낫겠지?

"확실한 건 아닌데, 이상한 꿈을 꿨거든."

"꿈?"

"이 저택이 활활 불타오르고 수호의 검이 없어지는 꿈."

아르시안의 입에서 짧은 한숨이 흘러나왔다.

"너, 그거 때문에 여기에 와 있는 거야?"

자신의 눈을 슬쩍 피하며 고개를 끄덕이는 카밀라의 모습에 아르시안의 미간 골이 더욱 깊게 파였다.

"어쩐지……."

뭔가 좀 이상하다 했다. 갑작스레 친하지도 않은 엘리샤와 놀겠다며 제이빌런가에서 지내겠다는 그녀의 말과 행동이 전혀 이해되지 않았으니까. 뭔가 이유가 있겠거니 했는데 이런 사연이 있을 줄은 생각도 못 했다.

그는 바로 카밀라의 손을 낚아챘다. 그러곤 어딘가를 향해 빠르게 걸음을 옮겼다.

"갑자기 어디 가?"

"당장 짐 싸."

"뭐?"

"그걸 알면서 여길 왜 와! 당장 집으로 돌아가. 여긴 내가 있을 테니까."

당장 집으로 돌려보낼 생각인 듯 맞잡은 손의 힘이 장난이 아니다.

"잠깐만."

그런 아르시안을 카밀라는 급히 멈춰 세웠다.

"여기서 할 일이 있어."

"내가 할게."

뭔 일인지도 모르면서 일단 자신이 대신하겠다고 하는 그를 카밀라는 조금 멍하니 바라봤다. 이윽고 그녀의 입가에 미소가 번졌다.
"지금 웃음이 나와? 당장 짐 싸라고."
"아르시안."
너무도 무모한 행동에 진심으로 화를 내던 그가 카밀라의 부름에 멈칫했다.
아르시안.
어릴 때부터 그 이름으로 불리는 게 끔찍하게 싫었다. 그 인간이 지어 준 이름이니까.
불리는 것만으로도 역겨웠고 하나의 족쇄처럼 여겨졌다. 평생 벗어날 수 없는 족쇄.
그런데 왜일까? 그녀의 입에서 자신의 이름이 불리면 알 수 없는 충족감이 일었다. 그녀의 목소리에 자신의 이름이 고스란히 담긴다는 것이 좋았다.
"뭐가 걱정이야? 네가 내 옆에 있는데."
"너……."
"너와 함께 있는데 내가 위험해질 리가 없잖아."
카밀라는 그를 살살 달랬다.
이대로 집으로 돌아가면 오히려 신경이 더 쓰일 것이다. 언제 공격이 시작될지, 수호의 검이 그새 사라진 건 아닐지. 그런 걱정으로 제대로 잠도 못 이룰 것이다.
'제노는 또 어떻고.'
적이 침범해 수호의 검을 건드릴 거라는 사실을 알았으니 그 또한 가만히 있지 못할 것이다. 어떻게든 상황을 알아보라고 매일같이 자신을 달달 볶겠지. 그럴 바에야 그냥 이곳에 있는 게 나았다.

"여기에 계속 있겠다는 거야?"

"응."

"……."

"절대 다치는 일 없을 거야. 맹세해."

한 점 거짓도 없다는 듯 자신의 눈을 조금도 피하지 않는 그녀의 모습에 아르시안의 입에서 결국 한숨이 흘러나왔다.

"내가 널 어떻게 이기겠냐."

아르시안의 손길이 그녀의 얼굴 주변을 가볍게 스쳐 갔다. 그럴 때마다 카밀라가 차고 있던 보호 도구들이 살짝 빛을 내뿜었다. 라비가 준 보호 마법에 그가 또 다른 보호 마법을 더 건 것이다.

그 모습을 다른 마법사들이 봤다면 아주 기겁했을 거다. 기존 아이템에 새로운 마법을 집어넣는 건 결코 간단한 일이 아니었으니까. 그런 작업을 아르시안은 지금 정말 아무것도 아닌 것처럼 해내고 있었다.

"불 저항력을 올리면 되는 거야?"

이어 아르시안은 카밀라가 몰래 숨겨 둔 마법 물품에도 하나하나 빠짐없이 자신의 마법을 덧씌웠다.

"그렇긴 한데……."

카밀라는 그런 아르시안을 조금 신기하게 쳐다봤다.

"믿어? 내 말을?"

저택이 불타고, 적들의 공격이 있을 거라는 자신의 그 허무맹랑한 말에 아르시안은 조금의 의문도 보이지 않고 있었다.

"네 말이잖아."

그 짧은 대답에 살짝 눈이 커졌던 그녀의 입가에 다시 미소가 피어오른다.

"그런데 굳이 이렇게까지 해야 해?"

"뭐가?"

"그냥 좀 타게 두는 건 어때? 돈도 많은 집안인데."

자기가 페트로의 집을 보호해 주는 행동을 하고 있다는 것 자체가 마음에 들지 않는 듯 그의 입에서 연신 투덜거리는 소리가 흘러나왔다.

"어, 뭐예요? 두 사람 지금 뭐 하는 건데요?"

그때 멀리서 엘리샤가 자신들을 발견하곤 후다닥 달려왔다. 혹시 우리 얘기를 들은 건―

"떨어져요! 당장!"

…아니구나.

아르시안과 카밀라 사이를 파고든 그녀는 두 사람을 멀찍이 떨어트렸다.

"내가 우리 언니한테 접근하지 말랬잖아요. 에비."

"너 진짜 혼나 볼래?"

"뭐래? 지금 객식구가 집주인 협박하는 거예요? 진짜 밥 안 주는 수가 있……!"

"엘리샤, 그만."

"네에!"

언제 앙칼지게 굴었냐는 듯 순식간에 입을 다물며 카밀라 곁으로 다가서는 엘리샤.

"언니, 언니네 카페에서 커피 사 왔는데, 같이 마실래요?"

확 달라지는 온도 차에 아르시안은 어이없는 표정을 지었고 카밀라는 살며시 고개를 내저었다.

※

[카밀라!]
"으… 음?"
[일어나야 할 것 같다.]
늦은 밤, 다른 이들과 마찬가지로 잠이 들었던 카밀라를 제노가 급히 깨웠다. 평소와 달리 다급한 그의 목소리에 카밀라는 빠르게 눈을 떴다.
"무슨 일이에요?"
[수상한 움직임이 있어.]
"……!"
그 말에 카밀라는 더 묻지 않고 자리에서 일어섰다.
벌컥!
방문을 열고 밖으로 나온 카밀라는 바로 멈칫했다. 바닥이 뭔가로 아주 축축하게 젖어 있었기 때문이다.
"기름?"
[맞아.]
역시 내부에 조력자가 있었던 건가? 구석구석에 부어져 있는 기름을 보며 카밀라는 미간을 찌푸렸다.
"봤어요?"
[저쪽.]

카밀라는 소리가 나지 않게 조심스레 걸음을 옮겼다. 바닥에 뿌려져 있는 기름을 밟지 않고 어둠 속에서 걷는 건 생각보다 쉽지 않았다.

[저기.]

'한 명이 아니잖아.'

기름을 붓고 있는 이는 총 세 사람이었다.

시종으로 보이는 이 두 명과 시녀로 보이는 이 한 명.

이내 기름을 다 부은 그들은 한자리에 모여 뭔가를 연신 소곤거리고 있었다. 하지만 그들은 곧 다시 흩어졌다. 시녀로 보이는 한 사람이 밖으로 달려 나갔고 다른 둘은 미리 가지고 있던 불씨를 기름에 붙이기 시작했다.

'이래서 그리 쉽게 뚫렸던 거구나.'

다른 곳도 아닌 제이빌런가가 너무도 쉽게 다른 이들의 공격을 받은 것이 이상했는데, 역시나 내부에 적이 있었던 거다.

파악!

불씨가 피어오르는 걸 보며 카밀라는 숨어 있던 곳에서 천천히 나와 그들이 있는 곳을 향해 한 걸음 발을 내디뎠다.

"이쪽이에요! 어서요! 집 안에 정말 큰불이 났어요!"

조금 전 밖으로 달려 나간 시녀는 보초를 서고 있던 병사와 기사들을 최대한 불러 모았다. 저택 안쪽에 불이 크게 났다는 소리에 너 나 할 것 없이 다들 급히 달려왔다.

'뭐야? 아직 불이 덜 붙었나?'

그런데 저택으로 다가갈수록 여자는 연신 미간을 찌푸렸다. 지금쯤 연기도 피어오르고 불길이 활활 솟아 정신이 없어야 하는데, 밖에서 보기에는 전혀 타는 낌새가 느껴지지 않았기 때문이다.

'어떻게 된 거야?'

어쨌든 여자는 자신에게 맡겨진 임무대로 사람들을 이끌고 저택 안으로 급히 들어섰다. 건물 안은 그래도 타고 있을 거라는 확신을 가지고!

타앙!

"어……!"

하지만 저택 문을 연 시녀의 얼굴은 다시 한번 당혹감으로 물들었다. 집 안 역시 너무도 조용했기 때문이다.

분명 자신이 병사와 기사들을 데려올 동안 곳곳에 불을 질러 놓겠다고 했는데? 불은? 대체 어떻게 된 거야!

"뭐야? 불이라며?"

"왜 이렇게 조용해?"

"어디에 불이 났다는 겁니까?"

"그, 그게……!"

기사와 병사들의 물음에 시녀는 더욱 당황했다. 불이 나야 다른 기사와 병사들이 더 모여들 텐데!

"그 여자 잡아요."

"……!"

그 순간 들려오는 나직한 음성.

급히 고개를 돌린 시녀의 눈이 빠르게 커져 갔다. 그녀는 저도 모르게 뒤로 한 걸음 급히 물러서고 말았다.

"크윽!"

"윽!"

자신과 일을 도모했던 시종 둘이 쇠사슬 같은 것에 묶인 채 질질 끌려오고 있었기 때문이다.

그 쇠사슬을 조종하고 있는 이는 바로 카밀라였다.

조금 전 불을 지피려던 그들은 부어 놓은 기름에 불씨가 떨어지는 모습을 보며 히죽 웃었다. 이대로 활활 저택이 불타오르면 자신들의 임무는 무사히 마무리되는 것이다.

"어?"

하지만 문제는 그때부터였다. 기름에 잘 옮겨붙은 불이 갑자기 픽 하고 꺼져 버리는 거다.

이상함을 느낀 시종은 다시 불을 붙였다.

"이거 왜 이래!"

하지만 이번에도 역시 불이 타오르는 듯하다가 그대로 흔적도 없이 사라져 버렸다.

"뭐 하는 거야? 장난치지 말고 제대로 해!"

"장난치는 거 아니야!"

몇 번을 더 시도했지만, 결과는 한결같았다.

"이거 제대로 된 기름 맞아?"

"같이 준비했으면서 뭔 소리야?"

"그런데 이게 왜 이러냐고!"

"내가 어떻게 알아!"

주변에 숨겨져 있던 불 저항 마법 도구에 의한 현상이란 걸 전혀 알지 못하는 그들은 그저 환장할 노릇이었다.

휘익!

"허억!"

"뭐, 뭐야!"

 그 순간 두 사람을 향해 무언가 휙 날아들었다. 마치 살아 있는 생명체처럼 날아든 길쭉한 쇠사슬이 그대로 두 사람을 꽁꽁 묶었다. 빠져나오려고 발버둥 쳐 봤지만 그럴수록 쇠사슬은 그들을 더욱 옥죄었다.

"움직이면 더 아플 텐데."

"……!"

"그거, 너희가 아무리 용써도 안 끊겨."

 두 사람 앞에 천천히 모습을 드러낸 이는 바로 카밀라였다. 저들을 묶은 건 예전에 라비가 그녀에게 선물로 줬던 그 팔찌였고.

 카밀라의 의지에 따라 그들의 몸이 허공에 둥둥 떠 있다가 바닥에 내던져지기를 반복했다.

"악! 악!"

"허, 허리가!"

"아우, 시끄러워."

 지들이 한 짓은 생각도 안 하나 봐. 겨우 이 정도 가지고 왜 엄살이람?

 여하튼 그렇게 두 사람을 잡은 카밀라는 둥둥 떠다니는 그들을 데리고 자리를 옮기려던 중.

"어디에 불이 났다는 겁니까?"

"그, 그게……!"

 마침 집 안으로 들어서는 시녀를 보곤 모습을 드러낸 것이다.

"제길!"

뭔가 일이 틀어졌음을 파악한 시녀는 그 자리에서 도망쳤다. 이렇게 붙잡혔다간 바로 죽음이다.

터엉!

"꺄아악!"

하지만 입구로 도망치던 그녀는 무언가에 부딪혀 그대로 뒤로 나자빠졌다. 투명한 막 같은 것이 그녀의 앞을 막은 것이다.

"으윽!"

고통을 제대로 느낄 사이도 없이 그녀는 알 수 없는 힘에 이끌려 몸이 붕 뜨더니 누군가의 손에 목이 그대로 붙잡혔다.

"뭐야? 이게 네가 말한 그거야?"

아르시안이었다. 그가 마법으로 도망치는 그녀를 붙잡은 것이다.

"이게 다 무슨 일입니까?"

페트로 역시 함께 모습을 드러내며 상황을 살폈다.

"대체 지금 무슨 짓을 하려…….."

붙잡힌 이들에게 다가서던 페트로의 걸음이 뚝 멈췄다. 아르시안 역시 천천히 고개를 돌렸다.

[적이군.]

곁에서 들려오는 제노의 목소리에 카밀라 역시 입구 쪽으로 시선을 돌렸다. 아직 자신은 아무 소리도, 기척도 느껴지지 않았지만 셋의 반응을 보니 밖에 뭔가 일이 생겼음이 분명해 보였다.

벌컥!

"큰일 났습니다!"

그 순간 한 병사가 안으로 급히 뛰어 들어왔다.
"밖에 알 수 없는 무리가……!"
그 소리에 페트로는 즉시 밖으로 달려 나갔고, 다른 기사들과 병사들 역시 서둘러 그 뒤를 따랐다.
"넌 여기 가만히 있어."
카밀라에게 저택 밖으로 한 발자국도 나오지 말라는 당부의 말을 남긴 아르시안 역시 곧바로 뛰쳐나갔다.
"제노."
저택을 지킬 몇몇 기사를 남긴 채 그렇게 빠르게 사라지는 이들을 바라보던 카밀라는 조용히 제노를 불렀다.
"수호의 검이 있는 곳으로 가요."
[알았어.]
다른 이들의 시선을 피해 카밀라는 빠르게 그 자리를 벗어나 수호의 검이 있는 곳을 향해 곧장 달렸다. 다행히 저택에 불이 나진 않았지만, 수호의 검을 노리는 이가 분명히 있을 거라는 확신을 가지고서 말이다.

"미치겠네!"
30대 후반의 여자가 빠르게 걸음을 옮기며 연신 으득으득 이를 갈았다.
"일을 대체 어떻게 한 거야!"
지금쯤 저택이 불에 활활 타오르고 준비된 이들이 들이닥치면서 혼란에 빠져야 하는 게 원래의 계획이었다. 그러는 사이 자신은 수호의 검을 빠르게 챙겨 몰래 빠져나가면 되는 것이다.

그런데 아무리 기다려도 신호가 오지 않았다. 이미 밖에서는 준비된 이들이 투입된 것 같은데 왜 저택은 아직까지 멀쩡하냔 말이다!

"멍청한 것들! 불 하나를 제대로 못 붙여!"

연신 짜증을 부리던 그녀는 원래 자신이 해야 할 일을 위해 서둘러 걸음을 옮겼다. 수호의 검이 있는 곳은 그녀 역시 아주 잘 알고 있었으니까.

불은 나지 않았지만 그나마 병사들의 시선이 외부로 옮겨진 상태라 경비가 나름 허술했다.

"드디어!"

가주의 방과 가장 가까운 홀 복도 한쪽에 자리한 수호의 검.

방어 마법이 걸려 있지만 그딴 건 상관없었다.

화아악!

순식간에 그녀의 손에서 환한 빛이 생성되더니 수호의 검이 있는 곳으로 빠르게 날아들었다.

와장창!

그녀가 시전한 마법에 보호 마법이 걸려 있던 케이스가 그대로 산산이 부서져 내렸다. 몇 년을 고생한 보람이 있었다.

"이제 정말 끝이네."

수호의 검을 지키는 저 보호 마법을 깨는 수식을 알아내느라 얼마나 긴 시간을 이곳에서 허비했던가.

깨어진 투명 케이스를 만족스럽게 바라본 여자는 바로 수호의 검을 집으려 했다.

퍼억!

"아악!"

그 순간 날아드는 발차기에 그대로 그녀의 몸이 한쪽으로 밀려 났다.

"뭐야? 시녀장 아냐?"

바닥에 쓰러져 고통을 호소하는 익숙한 얼굴의 여자를 보며 어이없어하는 한 사람.

카밀라… 아니, 그녀의 몸에 들어간 제노가 연신 혀를 찼다.

"우리 가문도 갈 데까지 갔네. 시녀장이 한패라니."

"으… 윽!"

자리에서 비틀거리며 일어선 시녀장은 바로 공격 마법을 시전 했다.

파지직!

"뭐, 뭐야!"

하지만 그녀의 공격은 카밀라의 몸에 주렁주렁 채워져 있는 마법 도구에 의해 머리카락 한 올 건드리지 못하고 그대로 소멸해 버렸다.

"뭐가 이렇게 되는 일이 없어!"

그녀는 도주를 택했다. 일이 아무래도 완전히 틀어진 것 같은데, 빨리 위에다 보고해야 할 듯했다.

퍼억!

"커어억!"

하지만 시녀장의 이번 행동 역시 뜻대로 되지 않았다. 제노가 순식간에 그녀의 목덜미를 가격해 기절시켰기 때문이다.

"마법사가 시녀장 일을 해?"

어떻게 지금껏 안 걸리고 버틴 거지? 마력을 감추는 도구라도 갖고 있는 건가? 제노는 가볍게 고개를 저었다.
"……."
그런 그의 시선이 어느새 수호의 검에 향해 있었다. 검을 바라보는 그의 눈빛에 수많은 감정이 묻어났다.
오랜 세월 영혼이 되어 세상을 떠돌면서도 굳이 이곳을 찾지 않은 건 이 검을 마주할 자신이 없었기 때문이다. 이 검 하나로 인해 많은 것을 잃었으니까.
자신의 삶을 잃었고 형의 삶을 잃었다. 그러니 보는 것조차 괴롭지 않을까 생각했는데…….
"생각보다 괜찮네."
하긴, 가슴에 꽂혀 있는 검을 매일 보고 살았는데 새삼 뭔 감정이 그렇게나 일겠는가. 그저 좀 씁쓸한 마음이 들 뿐이었다.
이 검을 찾지 않았다면 자신의 삶이 달라졌을까?
아니. 아마 그때로 다시 돌아간다고 해도 똑같은 선택을 했을 것 같다. 그때 당시 이 검을 찾고 싶어 했던 자신의 간절함은 스스로 통제가 되지 않았었으니까.
"일단 검을 옮겨야겠군."
혹여 또 다른 놈들이 손을 대려 할지도 모를 일이다. 카밀라는 저 이상한 무리가 모두 사라질 때까지 검을 잘 간직하고 있으라 했다.
"그런데 참 신기하단 말이야."
카밀라, 이 녀석은 어떻게 이런 일이 있을 걸 그리도 잘 맞힐까? 매번 곁에서 지켜봤지만 볼 때마다 신기했다.

스윽.

제노는 바로 검을 집어 들었다. 아니, 집어 들려고 했다.

우우웅-!

"…뭐야?"

그 순간 자신의 가슴에, 제 영혼에 꽂혀 있는 검이 울지만 않았다면 말이다.

우웅- 우우웅-!

"그동안 그 난리를 쳐도 꿈쩍 안 하더니 갑자기 왜 이래?"

오랫동안 아무런 반응 없이 제 영혼을 검집 삼고 있던 검이 연신 울어 대자 제노는 당황한 기색을 감추지 못했다.

스르륵!

더욱 놀라운 일은 그다음에 일어났다.

"허억!"

가슴에 꽂혀 있던 검이 저절로 뽑혀 나오는 게 아닌가. 그러곤 그대로 실재하는 검 안으로 스며들었다.

우우웅-!

다시 검이 울기 시작했다.

오래전 그날처럼, 자신이 처음 수호의 검을 절벽에서 발견했을 때처럼 검은 그를 향해 연신 울어 대고 있었다. 자기가 여기 있노라, 어서 자기를 들어 달라는 듯이.

"……."

한참 말없이 검을 바라보던 제노는 천천히 손을 뻗었다.

화아악!

그가 검을 쥐는 순간, 오랫동안 잠들어 있던 수호의 검에서 환한 빛이 쏟아졌다.

※

"저것들……."
"맞아. 그때 그놈들이야."
아르시안과 페트로의 표정이 빠르게 굳어졌다. 제이빌런가를 공격하고 있는 이들의 모습이 너무도 익숙했기 때문이다.
공격을 받아도 신음 소리 한번 내지 않는 이들.
예전에 사냥터에서 자신들을 공격했던 이들의 모습과 똑같았다.
"골치 아프네."
처음 그들을 상대해 보는 병사와 기사들은 사냥터에서 자신들이 그랬듯 당혹감을 감추지 못하고 있었다. 검을 찔러 넣어도 쓰러지기는커녕 오히려 더 죽자고 덤벼드는 모습에 다들 기가 질려 갔다.
"뭐가 이렇게 많아?"
아르시안은 바로 적을 쓰러트리며 전투에 뛰어들었다.
하지만 적들의 수가 너무 많았다. 전에 사냥터에서도 그러더니, 끝도 없이 밀려드는 적의 숫자에 아르시안조차 혀를 내둘렀다.
"지루한 싸움이 되겠어."
페트로 역시 저들이 저택에 다가서는 걸 막으며 짧은 한숨을 내쉬었다.
저번의 싸움으로 저것들이 얼마나 까다로운 상대인지 너무도 잘 알고 있었다. 지치지도 않고 아픔조차 느끼지 못하는 적! 그게 얼마나 무서운 힘을 발휘하는지 그때 충분히 느꼈다.

"하아… 하아……!"

"크읔!"

역시나 기사와 병사들이 점점 지쳐 가기 시작했다. 아르시안이 마법까지 써 가며 돕고 있었지만, 고통을 모르는 적의 모습에 사기는 더욱 빠르게 떨어졌다.

서걱!

"……!"

그때였다. 누군가 가볍게 적의 팔을 검으로 벴다.

그런데 그 가벼운 공격에 적이 그대로 바닥에 쓰러졌다. 조금 전까지만 하여도 저 정도의 상처에는 꿈쩍도 하지 않던 적들이 말이다.

"카밀라?"

순식간에 적 다섯을 베어 낸 이는 바로 카밀라였다.

거침없이 적들을 향해 검을 휘두르는 그녀의 모습에 주변에 있던 모두가 검을 휘두르는 것도 잊은 채 잠시 멍한 표정을 지었다.

하지만 놀라운 일은 그게 끝이 아니었다.

콰아아앙! 화아아악!

카밀라가 검을 바닥에 꽂는 순간 커다란 폭발음과 함께 태양처럼 밝은 빛이 검에서 뿜어져 나왔다.

털썩!

너무도 환한 빛에 본능적으로 눈을 감았던 이들은 잠시 후 눈앞에 펼쳐진 광경에 연신 눈을 깜박였다.

"…뭐야?"

혹시 조금 전의 환한 빛으로 눈에 이상이라도 생긴 건가? 헛것을 보고 있는 게 아닐까?

"저것들이 왜……."

방금까지 맹렬하게 달려들던 적들이 모두 바닥에 쓰러져 있었다.

실이 끊어진 인형처럼 픽픽 쓰러져 있는 적들의 모습을 보며 다들 입을 멍하니 벌렸다. 상처를 입은 것도 아닌데 저것들이 왜 저러는 거지?

"대체 이게 무슨……!"

다들 약속이라도 한 것처럼 한곳에 시선을 줬다.

카밀라의 손에 쥐여진 검이 어쩐지 낯익었다.

"저 검은……?"

그리고 그제야 사람들은 그녀가 들고 있는 검을 알아봤다.

"수, 수호의 검! 수호의 검이다!"

우우웅-

여전히 희미한 빛을 뿜어내고 있던 수호의 검이 마치 자신의 존재를 알아봐 줘서 무척 고맙다는 듯 조용히 울기 시작했다. 그 모습을 마주한 이들은 다시 한번 멍해질 수밖에 없었다.

황제의 생일

"잡힌 이들은?"

"처리했습니다."

"일이 또 꼬이는군."

어둠 속에서 혀 차는 소리가 연신 들려왔다.

"수호의 검이 다시 힘을 찾았다?"

"…네."

다니엘 신관은 머리를 더욱 깊게 숙이며 부르르 몸을 떨었다.

이번 일로 잃은 게 너무도 많았다. 제이빌런가에 오랫동안 심혈을 기울여 심어 둔 이들을 모두 제 손으로 처리해야 했고, 수많은 군사를 잃어야 했다.

"수호의 검에 전혀 힘을 못 썼다고."

"오래전의 모습이 그대로 재현되었다고 합니다."

자신들이 만든 군사. 그들은 제물로 바쳐졌다가 실패한 이들이다. 영은 빠져나왔는데 새로운 영을 제대로 받아들이지 못한 육체.

육만 남은 이들에게 교에서 주술을 새겨 넣어 만든 일종의 인형이라 할 수 있었다. 고통도 못 느끼고 육체의 힘도 한계까지 끌어 올려진 상태라 오래전에도 그랬고, 지금도 교의 주력 군사였다.

문제는 그 인형들이 수호의 검 앞에서는 아무런 힘도 쓰지 못한다는 것이었다. 검이 뿜어내는 빛에 그대로 무너져 내렸다. 오래전에도 마르스가 휘두르는 수호의 검에 실이 끊어진 인형처럼 모두 쓰러져 버리지 않았던가.

"그 검이 다시 깨어나다니."

"이유를 모르겠습니다."

"이번에도 그 아이라지."

"그렇습니다."

수호의 검. 오랫동안 잠들어 있던 그 검을 깨운 이가 다른 누구도 아닌 소르펠 공작 영애라는 사실이 이미 수도 전체에 쫙 퍼졌다.

"매번 그 아이가 걸리는군."

이상하게 자신들이 행하는 모든 일에 카밀라 소르펠, 그 아이가 자꾸만 거론되었다.

이 모든 게 그저 단순한 우연일까?

"확실히… 방해되는 존재입니다."

"흐음."

"어떻게 할까요?"

다니엘 신관의 물음에 어둠 속에서 쉬이 답이 흘러나오지 않았다.

"처리해야지 않겠습니까?"

"저번에도 실패하지 않았나."

"그건……."

라니아 때의 일을 말하는 거다. 카밀라를 제거하려다 오히려 자신들이 오랫동안 계획한 일이 모두 수포로 돌아가지 않았던가.

'너무도 아까운 재료를 날렸지.'

소르펠 공작의 딸이라는 재료를 말이다. 그 육신을 얻기 위해 아주 긴 시간을 투자하지 않았던가.

"일단 내가 만나 보도록 하지."

"네?"

"그 아이가 무엇을 알고 있는지. 지금껏 한 일들이 그저 우연이었는지."

직접 카밀라를 만나 확인해 보겠다는 말에 신관 다니엘의 눈이 커졌다. 하지만 곧바로 고개를 숙여 그의 뜻에 조용히 따랐다.

"수호의 검은?"

"아직까진 제이빌런가에 있습니다."

"한참 시끄럽겠군."

"새로운 주인이 나타났으니까요."

다니엘의 입에서 다시 긴 한숨이 흘러나왔다. 성물을 찾은 것에 기뻐한 것이 며칠 전이건만, 이게 대체 무슨 일이란 말인가.

"그 아이의 처리는 좀 더 신중을 기하도록 하지."

"알겠습니다."

"잡아 보렴."

"…굳이 그래야 할까요?"

끄덕.

"그때 정말 다급한 상황이었던지라 검이 잠깐 도움을 줬던 게 아닐까요? 수호의 검이잖아요. 제이빌런 가문을 무척 지키고 싶었던 게 아닐까 싶은데요? 제가 특별한 게 절대 아니라-"

"잡아 보거라."

"……."

환장하겠네.

제이빌런 공작의 단호한 눈빛에 카밀라는 속으로 연신 한숨을 토해 냈다.

그녀의 시선이 힐끔 옆으로 향했다. 저와는 아무 상관 없는 일이라는 듯 멀뚱멀뚱 구경하고 있는 제노의 모습이 보였다. 전과 다른 점이라면 더 이상 가슴에 수호의 검이 꽂혀 있지 않다는 거?

'내가 시킨 일이니 뭐라 할 수도 없고.'

설마 수호의 검이 제노의 영혼에 반응할 줄 어찌 예상이나 했겠는가. 그저 수호의 검을 다른 곳으로 치우길 바랐을 뿐인데!

'그래, 설마 또 그러겠어?'

그때야 제노가 내 몸에 들어와 있을 때이니 반응한 거겠지. 제노가 검의 주인이었으니 그럴 수 있다 싶다.

'하지만 난 아니잖아?'

카밀라는 애써 태연한 표정을 유지하며 자신의 앞에 놓여 있는 수호의 검을 향해 손을 뻗었다.

잘 봐. 나, 네 주인 아니다.

우웅-!

움찔.

'설마…….'

순간 검이 우는 것 같았는데? 아무도 못 들었나?

카밀라는 찜찜한 기분을 느끼며 검을 천천히 집어 들었다.

화아악!

…이런, 씨!

검에서, 저 망할 놈의 검에서 환한 빛이 쏟아졌다.

'야! 너 왜 나한테 반응하는데!'

나 제노 아니라고!

카밀라는 급히 검을 다시 제자리에 놓으며 뒤로 빠르게 물러섰다. 그러자 검이 순식간에 잠잠해졌다.

그런 검의 반응에 그녀의 얼굴에서 어색한 미소가 흘러내렸다. 놀란 눈빛으로 바라보는 주변 이들의 시선에 삐질 식은땀이 날 지경이다.

저 망할 놈의 검이 더위라도 먹었나! 왜 주인을 못 구분하는 거야!

"이럴 수가…….''

그중 가장 경악한 이는 바로 제이빌런 공작이었다. 그는 믿을 수 없다는 듯 카밀라를 한참 바라보다 성큼 걸음을 옮겨 수호의 검 앞에 섰다. 그러고는 아주 경건한 모습으로 검을 집어 들었다.

"……"

하지만 한참이 지나도 검에선 그 어떤 반응도 일어나지 않았다. 그저 날이 잘 선 검에 불과할 뿐이었다.

"어째서… 어째서!"

제이빌런 공작은 황망했다. 왜 자신이 아닌… 아니, 아니! 자신이 아니어도 상관없지만, 적어도 제이빌런가의 핏줄에서 저런 반응이 나와야 하는 거 아닌가?

왜 다른 이도 아닌 저 아이에게 검이 반응을 하는 거냐고! 그토록 오랫동안 그 어떤 귀한 보물보다 애지중지 여겨 줬거늘!

제이빌런 공작은 배신감마저 느꼈다.

"아무래도 자네의 신수도 그렇고 이 검 역시… 자네보다 내 딸이 더 마음에 드나 보군."

"이런 썩을……!"

피식거리며 자신의 복장을 마구 긁어 대는 소르펠 공작을 향해 닥치라고 소리치려던 제이빌런 공작은 간신히 입을 꾹 다물었다. 그래도 체면이 있지, 보는 눈들이 많은데 평소처럼 개싸움을 벌일 수는 없지 않은가.

"그럼 이제 이 검은 우리 소르펠 가문의 소유가 되는 건가?"

"닥쳐! 이 자식아!"

하지만 이어지는 말에는 결국 버럭 할 수밖에 없었다. 멱살을 잡아채지 않는 것만으로도 칭찬할 만했다.

"이 검이 어떤 검인데!"

제이빌런 가문의 상징과도 같은 물건이다! 그런 검을 뭐 어쩐다고? 저 귀한 걸 남에게 어찌 준단 말인가!

"그럼 어쩌게?"

"어쩌긴 뭘 어째!"

"다시 시체처럼 죽은 검으로 진열해 놓을 건가?"

"끄응."

절로 앓는 소리가 터져 나왔다. '시체'라는 말이 유독 가시처럼 걸렸다.

어쨌든 그 역시 검사였기에, 좋은 검이 제대로 능력을 발휘하지 못하고 묻히는 건 바라지 않았다. 그렇지만 제이빌런가의 가주인 그로서는 절대 저 검을 다른 가문에 내어 줄 수 없었다.

"하아."

긴 한숨을 내쉰 제이빌런 공작의 시선이 옆으로 향했다. 동시에 그의 미간이 와락 일그러졌다.

'저놈의 자식이!'

지금 이게 무슨 상황인지 전혀 모르는 건가?

속이 터지는 자신과 달리 연신 빙그레 웃고 있는 아들, 페트로의 모습을 보고 있자니 속이 두 배로 터졌다.

"……."

그리고 아들이 바라보고 있는 상대가 카밀라라는 것에 멈칫했다.

제이빌런 공작은 자신의 시선을 피하며 어색한 미소를 짓고 있는 그녀를 새삼스러운 눈으로 바라봤다. 이후 그의 입술이 비뚤게 올라갔다.

"방법이 아예 없는 건 아니지."

"음?"

"그렇게 하면… 그래, 검을 넘긴 뒤에도 그 힘을 우리 가문의 이름으로 쓸 수 있다."

"그런 게 있어?"

궁금한 얼굴로 저를 보는 이들을 향해 제이빌런 공작이 폭탄을 내던졌다.

"저 아이를 우리 식구로 만들면 되지 않나."

"…뭐라고?"

"자네 딸과 내 아들이-"

"닥쳐! 이 자식아!"

이번에는 소르펠 공작의 입에서 거친 말이 바로 튀어나왔다. 진심 어린 살기를 내뿜으며 제이빌런 공작의 멱살을 잡아채려는 그를 다른 이들이 급히 말렸다.

"고, 공작님! 참으세요!"

"아이고! 공작님!"

"감히 누굴 넘봐, 이 새……!"

스윽.

그런데 그 순간, 버럭거리는 소르펠 공작의 손에 누군가 조용히 뭔가를 쥐어 줬다. 검이었다.

고개를 든 소르펠 공작의 시야에 무표정한 얼굴로 서 있는 세프라 공작의 모습이 들어왔다.

"헛소리 지껄이는 놈… 죽여."

"야, 야!"

너 왜 갑자기 저놈 편을 들고 난리야! 방금까지만 하여도 방관만 하던 녀석이 갑작스레 소르펠 공작의 편을 들자 배신감이 들었다.

"너희끼리 편먹고 나 따돌리면 신수 부를 거야!"

"불러라, 불러! 너만 신수 있냐! 우리도 신수 있거든!"

…애들이냐.

"하아."

왜 내가 쪽팔리지?

초등학교 애들이나 할 법한 싸움을 벌이고 있는 공작들을 보며 카밀라는 두 손으로 얼굴을 살며시 가렸다.

"난 A세트."
"전 B세트로 주세요."
"이거 은근히 중독성 있지 않아?"
"'은근히'가 아니지. 처음에는 이런 걸 왜 먹나 했는데 말이야."
"나도, 나도. 처음에는 페트로 님이 마시기에 따라 마셨는데 한 입 먹고 바로 뱉어 낼 뻔했잖아."
"하지만 이제는 하루에 한 잔은 꼭꼭 먹어야 한다니까."
"왠지 먹으면 피곤이 좀 가시는 것 같지 않아?"
"너도 그래?"

커피 판매를 시작한 지 얼마 되지 않았지만 벌써부터 커피만 찾는 단골손님들이 늘고 있었다.

'그게 바로 카페인의 힘이지.'

카페 한쪽에서 손님들의 대화를 슬쩍 듣고 있던 카밀라의 입가에 절로 흐뭇한 미소가 맺혔다. 그런 그녀의 앞에도 얼음이 가득 담긴 커피가 한 잔 놓여 있었다.

"이 맛이지."

더운 여름, 시원한 카페에 앉아서 한가로이 커피 한 잔! 이 세계에서도 이걸 즐길 수 있다니.

'솔직히 사람들이 싫어해도 상관없었는데 말이야.'

판매를 진행하긴 했지만 여기 사람들 입에도 맞을까? 확신 따윈 전혀 없었다. 이쪽 세계 사람들에겐 너무도 생소한 맛일 테니까.

그래도 아무 상관 없었다. 사람들이 싫어하면 어때? 나만 맛있으면 됐지.

커피가 팔리든 안 팔리든 커피 수입은 꾸준히 이루어졌을 것이다.

'내가 먹을 거니까.'

이 정도 사치는 좀 누려도 되지 않나? 그동안 열심히 살았는데, 먹고 싶은 것도 하나 제대로 못 먹으면 너무 억울하지.

그런데 웬걸? 여기 사람들 입에도 커피 맛이 딱 맞는 것 같네?

'물론 세 사람의 공이 컸지.'

단맛을 싫어하는 세 사람. 아르시안과 페트로, 거기에 루드빌까지 돌아가며 카페를 찾아와 커피를 마셔 댔다.

종종 라비도 커피를 약처럼 아주 쭉쭉 들이켰다. 이걸 먹으면 집중이 잘된다며 다른 마법사들까지 끌고 왔다. 그 모습을 본 다른 이들도 덩달아 커피를 주문하기 바빴다.

물론 그 특유의 쓴맛에 처음에는 인상을 잔뜩 찌푸렸지만 그럼에도 불구하고 주문을 멈추지 않았다.

저 잘난 인간들이 저리 즐기는데 그걸 따라가지 못하는 난? 유행에 뒤처지는 건가?

그런 마음으로 주문했던 이들이 결국 그 맛에 중독되어 이젠 알아서들 커피를 찾고 있었다. 자리에 앉아 있는 손님들 모두 커피를 마시고 있는 모습을 보며 카밀라는 다시 한번 뿌듯함을 느꼈다.

"좋네."

그건 그렇고, 아무래도 자신은 백수가 딱 체질인가 보다.

배우로 일할 때 몰랐는데 말이지. 아무것도 하지 않고 카페에 이러고 놀면서 앉아 있으니 너무 좋았다. 역시 최고의 인생은 돈 많은 백수인 건가.

'물론……'

주변 상황은 조금도 한가롭지 않았지만 말이다.

여전히 수호의 검으로 인해 주변이 시끌시끌했다.

"그렇다고 내가 끼어들 일도 아니잖아."

수호의 검 때문에 잠시 말이 도는 것일 뿐, 제이빌런가에서 일어난 일에 소르펠가 사람인 자신이 참견하는 것도 이상했다.

제이빌런가에 심어져 있던 이들, 시녀장을 비롯한 다른 이들은 제대로 심문도 받기 전에 스스로 목숨을 끊었다고 한다. 갖고 있던 독이라도 있었던 것인지, 다음 날 찾아가 보니 몸이 반쯤 녹아내린 채 죽어 있었다는 것이다.

"전에 그놈도 그러더니."

소르펠 공작을 독으로 죽이려 했던 놈. 자신의 죄가 들키자 그 자리에서 바로 독을 마시고 온몸이 녹아내리지 않았던가.

'역시 같은 놈들인 거 같은데.'

이번 일로 또 한 가지 사실을 알게 되었다.

전에 사냥터에서 에드센 황태자와 자신들을 공격했던 무리. 후에 다른 이들이 그 자리에 갔을 때 그들의 시체가 모두 사라져 아무런 흔적도 찾지 못했었다.

"가루가 되어 사라지다니."

하지만 다들 이번에 똑똑히 볼 수 있었다. 그 이상한 무리의 시신이 어떻게 사라진 것인지.

목이 잘리고 수호의 검에 쓰러진 이들은 일정 시간이 지나자 온몸이 빠르게 썩어 가더니 그대로 가루가 되어 바람과 함께 사라져 버렸다.

'라니아도 그랬는데.'

영혼이 빠져나갔던 라니아 역시 수많은 이들이 보는 앞에서 시간이 빠르게 흐른 것처럼 순식간에 몸이 썩어 가루가 되어 사라졌었다.

"대충 짐작은 했지만."

모든 일이 다 연결되어 있다는 사실을 새삼 깨달으며 카밀라는 가볍게 고개를 저었다.

"대체 뭐 하는 것들이지?"

이런 일을 꾸미는 이들이 누군지 너무도 궁금했다. 하지만 그렇다고 자신이 뭔가 할 수 있는 일이 있는 것도 아니지 않은가. 이번에 제이빌런가를 공격해 죽은 이들 몸에선 영혼이라고는 전혀 찾아볼 수 없었다.

"뭐가 있어야 물어보기라도 하지."

그렇게 많은 이들이 가루가 되어 죽었는데도 말이다. 아무리 눈 씻고 찾아봐도 귀신이라고는 코빼기도 보이지 않았다.

딸랑-!

"어?"

그때 가게 문이 열리며 익숙한 이가 들어섰다.
"앙스와 씨."
"아! 마침 계셨네요."
"네, 어쩐 일이세요?"
카밀라는 대화를 나누며 슬쩍 그의 뒤를 쳐다봤다.
[카밀라 님! 오랜만이에요!]
그의 곁에는 여전히 죽은 딸이 수호령처럼 붙어 있었다.
'쟤는 한도 풀어 줬는데 왜 아직도 저러고 있대?'
전에 자기를 죽인 새어머니의 죄를 아버지께 알려 달라고 해서 점쟁이 흉내까지 내지 않았던가.
'물론 그 일로 아주 좋은 사업 파트너를 얻게 되었지만 말이야.'
덕분에 대륙 최고의 보석상을 가진 앙스와와 연을 맺게 되어 엄청난 이익을 덤으로 얻고 있었다.
"고스트 상회보다 이곳을 먼저 들러 보길 잘했군요."
앙스와는 짧게 웃으며 갖고 온 상자 하나를 그녀에게 내밀었다.
"이게 뭐죠?"
"이번에 새로 세공한 보석입니다."
카밀라는 가벼운 마음으로 상자를 열었다. 하지만 이내 그녀의 입에서 짧은 감탄사가 흘러나왔다.
"와, 예쁘네요."
"그렇죠? 공녀님께 가장 먼저 보여 드리고 싶었습니다."
확실히 앙스와 쪽에서 보내오는 보석들의 세공이 훨씬 세련되고 아름다웠다. 조만간 보석 쪽은 모두 그에게 맡기는 걸 고려해 봐도 좋을 것 같은데?

마력석도 그렇고 새로운 광물인 블루 다이아몬드를 세공하는 것에 그도 무척 관심이 많았다. 사업가이기 전에 대륙 최고의 세공사로서 무척 흥미로워했다.

"이번 황제 폐하의 탄신일에 착용하시면 좋을 것 같아 조금 서둘렀습니다."

"아, 탄신일."

그러고 보니 곧 그날이구나.

페이블러 황제, 그의 생일을 기념해 연회가 열릴 예정이다. 제 앞으로도 초대장이 왔기에 갈 수밖에 없었다.

황궁에 가서 좋았던 적이 단 한 번도 없었던 것 같은데.

[카밀라 님, 저 요거 먹어 봐도 돼요?]

그러는 사이 앙스와의 딸인 로라가 새로운 디저트에 관심을 보였다. 자신이 주는 음식은 먹을 수 있다는 사실을 안 이후부터 종종 저렇게 먹고 싶은 디저트를 직접 요구하곤 했다.

"오신 김에 새로 나온 디저트 좀 맛보고 가세요."

"그럴까요?"

카밀라는 앙스와에게 디저트를 챙겨 주며 슬쩍 몇 가지를 더 챙겨 사람들이 보이지 않는 구석 탁자에 접시를 내려놓았다.

[고맙습니다!]

로라는 행복한 표정을 지으며 디저트를 맛있게 먹었다. 몸이 좋지 않아 살아 있을 때 마음껏 먹지 못했던 디저트를 이렇게라도 먹게 되어 좋은 모양이었다.

[저기… 있잖아요, 카밀라 님.]

그렇게 접시가 반쯤 비워졌을 때, 그녀의 시선이 슬쩍 카밀라에게 향했다. 뭔가 할 말이 있는지 슬슬 눈치를 보던 로라가 조심스럽게 입을 열었다.

[물어보고 싶은 게 있는데요.]

"……?"

[혹시 강아지 좋아하세요?]

"아니, 전혀."

바로 날아드는 대답에 로라의 눈이 잠시 커졌다가 이내 시무룩해졌다.

[그러시구나……. 강아지 싫어하시는구나…….]

다시 고개를 숙이고 힘없이 디저트를 냠냠거리는 로라를 보며 카밀라는 슬금슬금 그녀에게서 멀어졌다.

'감이 온다. 감이 와.'

뭔가 귀찮은 일이 생길 것 같은 감이.

"쟈비엘라 님, 오늘 너무 아름다우세요."

한 귀부인의 인사를 받으며 수줍게 웃는 여인. 2황자의 생모이자 현 황실의 안주인인 쟈비엘라 황비다. 아름다운 외모도 외모지만 특유의 부드러운 눈빛과 선한 미소가 무척 인상적이었다.

"그럼 전 잠시……."

'이것들이!'

하지만 겉모습과 달리 그녀는 속으로 연신 이를 갈고 있었다.

오랜만에 열린 황실 파티. 그곳에서 쟈비엘라 황비는 확실히 느낄 수 있었다. 자신에게 다가서는 이들의 분위기가 전과 확연히 달라졌다는 사실을 말이다.

얼마 전까지만 해도 간도 쓸개도 다 빼 줄 것 같이 굴던 것들이 지금은 일정 선 이상을 넘어오지를 않았다. 기본적인 예의만 차린 뒤 자신의 곁을 지나치기 급급했다. 최근 1황자 쪽으로 힘이 기울어지고 있는 걸 다들 느낀 것이다.

'박쥐 같은 것들!'

황제마저도 요즘 들어 2황자인 자신의 아들보다 1황자 에드센을 더 자주 찾고 있었다. 무슨 심경의 변화라도 생긴 건가 싶어 불안했다.

'그 일만 제대로 됐더라면……!'

그라시아 제국. 그들의 내전에 자신이 얼마나 오랜 시간 공을 들였던가.

하지만 결과는 처참했다. 자신이 밀었던 황자가 결국 황위 쟁탈에 실패하며 자신의 투자 역시 공중에 산산이 부서져 사라져 버리고 말았다.

'그렇게 호언장담하더니, 쯧.'

자기들이 이길 거라며 얼마나 많은 돈을 뜯어 갔던가! 이미 죽거나 꼭꼭 숨은 이들에게 손해를 청구할 수 있는 것도 아니고, 속만 터질 뿐이었다.

그 사실을 이미 알 사람은 다 알고 있었기에 자신의 편이라 확신했던 이들마저 현재는 1황자 쪽에 줄을 대기 위해 혈안이 되어 있었다.

'누굴 탓하겠어.'

저런 것들을 믿고 지금껏 에드센 황태자를 견제했다는 사실이 한심할 지경이다.

그래도 어쩌겠는가. 구차해도 자신의 아들에겐 저들의 힘이 꼭 필요했다. 어떻게든 세력을 다시 끌어모아야만 했다.

'그러기 위해선 그자의 힘이 필요해.'

오늘 파티에 그 힘을 줄 수 있는 이가 참석한다는 소식을 어제서야 전해 듣고 쟈비엘라 황비는 속으로 환호했다. 어떻게든 오늘 그자와 제대로 친분을 쌓을 것을 속으로 다짐하고 또 다짐했다.

"소르펠 공작님과 자제분들 드십니다."

잠시 후 입구에서 들리는 시종의 목소리에 사람들의 시선이 일제히 그곳으로 향했다. 안으로 들어서는 이들을 바라보는 사람들의 입에서 연신 감탄사가 흘러나왔다. 하나같이 인물들이 훤하다.

카밀라가 소르펠 공작의 에스코트를 받으며 안으로 들어서자 웅성거림이 더욱 커졌다.

"수호의 검 이야기 들으셨죠?"

"저는 너무 놀라서 한동안 아무 말도 못 했잖아요."

"카밀라 양이 아니었다면 정말 큰일 날 뻔했다면서요?"

"저택에 불을 지르러 했던 이들도 카밀라 양이 잡았대요."

이미 이번 일에 대한 상세한 얘기가 다 돌았기에 그녀가 화제의 중심일 수밖에 없었다. 사람이 둘만 모여도 카밀라 소르펠에 대한 이야기가 튀어나왔다.

"저 목걸이 좀 보세요."

"정말 아름답네요."

"이번에 새로 나온 디자인 같은데……."

이어 카밀라의 목에 걸려 있는 목걸이에 다들 관심을 보였다. 앙스와가 새로 세공해 준 목걸이는 귀부인들의 시선을 사로잡기에 충분했다.

그 열렬한 관심에 만족한 카밀라의 입꼬리가 슬쩍 올라갔다.

'홍보는 확실히 되겠네.'

소르펠 공작과 루드빌, 라비가 아는 이들에게 이끌려 곁을 떠나는 걸 보면서도 카밀라는 보석 홍보에 열중했다. 그녀는 보석이 더 잘 보이게 움직이며 환하게 웃었다. 저들이 다 고객들인데 이 정도 서비스쯤이야.

"요즘 어디를 가나 다 그대 얘기뿐이야."

"헉!"

깜짝이야!

언제 온 것인지 에드셴 황태자의 목소리가 바로 귓가에서 들려왔다.

"오랜만이야, 소르펠 공녀."

"그렇네요."

고개를 돌리니 하얀 정장을 차려입은 그가 빙그레 웃고 있었다. 카밀라는 가볍게 그와 인사를 주고받았다.

"수호의 탑 앞에서 펑펑 울었다던데."

"그……."

하여튼 사람 염장 지르는 건 알아줘야 한다니까. 하고 많은 말 중에서 하필 그 얘기를 꺼내냐!

'그렇게 할 말이 없니?'

아… 없긴 하구나. 그래, 너와 나 사이에 뭔 말을 하겠니? 질러라, 질러. 염장.

"자네 오라비는 좋겠어."

"뭐가요?"

"그대 같은 동생을 둬서 말이야."

헐, 뭐래? 라비가 들으면 아주 기겁할 소리를 하네.

카밀라가 뜨악한 시선으로 처다보자 에드센 황태자가 작게 웃음을 터트렸다.

"그렇게 울어 주는 이가 있다는 거, 생각보다 든든할 것 같거든."

에드센 황태자가 다시 히죽 웃는다.

그 미소가 묘하게 씁쓸해 보여 카밀라는 미간을 찌푸렸다. 왜 저래? 답지 않게.

"그리고 신기해서."

신기하다고?

"반쪽만 연결된 핏줄인데도 그토록 애틋한가?"

뭐?

"반쪽이요?"

설마 나와 라비의 아버지가 다르다는 걸 알고 있는 건가?

"뭐지, 이 반응은?"

표정이 굳어지는 카밀라의 모습에 오히려 에드센 황태자의 눈이 살짝 커지더니 이내 어이없다는 듯 웃었다.

"설마 그 사실을 아무도 모를 거라 여긴 거야? 내가 가진 정보력을 너무 우습게 여긴 거 아닌가?"

"…그러게요."

나 뭐 잘못 먹었나? 왜 미처 생각을 못 했지?

그라시아 제국에선 이미 알 만한 사람은 다 알고 있는 사실이다. 에스크라 공작에게 새로운 자식이 생겼다는 것을.

그게 왜 페이블러 제국 쪽에는 알려지지 않을 거라 여긴 거지? 알트온 백작이 정보가 새어 나가는 걸 최대한 막을 거라고 했기 때문에? 그걸 맹신했던 거야?

"이것도 혹시나 해서 묻는 건데 말이야……."

파도치듯 흔들리는 눈빛에 에드센 황태자의 표정이 더욱 유쾌해졌다. 그녀가 자신의 앞에서 이토록 얼이 나간 표정을 짓는 건 처음이었기 때문이다.

"소르펠 가문의 정보력이 황실 못지않다는 것 역시 잊은 건 아니겠지?"

잊었다. 완전히!

'진짜 머리가 어디 잘못된 건가? 왜 그 생각을 전혀 못 한 건데!'

에드센 황태자가 알고 있다는 건 자신의 친아버지가 나타났다는 사실을 가족 모두가 알고 있다는 말이나 다름없다.

"맙소사……."

이제야 이해가 된다.

카밀라는 그동안 소르펠 공작과 루드빌, 라비가 자신 앞에서 보인 이상한 행동들을 하나씩 짚어 나갔다.

'왜들 그러나 했더니.'

그라시아 제국 쪽 얘기만 나오면 자신과 눈도 제대로 마주치지 않으려 하던 세 사람.

"하."

헛웃음이 나왔다. 스스로가 너무 멍청해서 할 말이 없었다. 왜 그쪽으로는 전혀 생각을 못 했던 거지?

'아니, 그런데 나는 그렇다고 쳐.'

왜 다들 말을 안 한 거야? 나야 괜한 분란을 만들고 싶지 않아 먼저 말을 안 한 거지만 저 인간들은 왜?

'…아니지.'

그들도 같은 이유였던 게 아닐까? 쓸데없는 분란을 만들고 싶지 않아서. 소르펠 공작도 그렇고 루드빌도 소란이 이는 걸 딱 질색하는 이들이니까.

아니면…….

'언급할 가치가 없다 여긴 건가?'

친딸도 아닌 자식의 친부가 나타난 것 자체가 별 의미가 없다는 뜻?

"하아."

모르겠다.

갑작스럽게 알게 된 사실에 카밀라는 머릿속이 어지러웠다. 이걸 어디서부터 풀어 나가야 하지?

"황제 폐하 드십니다."

그때, 입구에서 오늘 파티의 주인공인 황제의 등장을 알리는 소리가 들려왔다. 속으로 짧은 한숨을 내쉰 그녀는 생각을 멈추고 고개를 들었다.

'그래, 일단 고민은 나중에 하는 걸로.'

황제까지 참석하는 파티에서 넋을 놓고 있다가 실수라도 하면 곤란하지. 안 그래도 자신이 실수하기만을 기다리는 이들이 한둘이 아닌데 말이다.

저벅.

잠시 후 한 사람이 천천히 홀 안으로 들어섰다. 50대 초반의 남자가 등장하는 순간 모두가 고개를 숙였다.

카밀라 역시 그러려고 했다. 누구보다 정중히 허리를 굽혀 예의를 갖추려 했다.

'…와씨.'

하지만 그녀는 황제를 보는 순간 그대로 굳어져 버렸다. 머릿속이 새하얗게 변해 버려 잠시 아무런 행동도 할 수가 없었다.

"공녀?"

그런 그녀를 에드센 황태자가 조용히 불렀다.

그제야 퍼뜩 정신이 든 카밀라는 황급히 고개를 숙였지만, 안색은 여전히 창백했다.

'뭐야, 저거?'

지금껏 살며 정말 온갖 괴상한 것들을 다 보아 왔다. 하지만 장담컨대 저런 건 진짜 처음이다.

"다들 즐거운 시간을 보내길 바라오."

인자한 미소를 지은 채 수많은 이들의 인사를 받고 있는 페이블러 황제.

하지만 카밀라의 시선은 그의 뒤로 향해 있었다.

'바글바글하네.'

뭐가?

'귀신들이.'

그것도 이지를 상실한 귀신들이 말이다.
수십이 넘는 귀신들이 황제의 뒤에 배경처럼 주르륵 나열되어 있었다.

"무슨 생각을 그렇게 하지?"
"그냥 이것저것이요."
"아바마마께 뭐 할 말이라도 있는 건가? 그럼 내가 데려다주고."
"아뇨!"
미쳤나 봐!
에드센 황태자의 물음에 카밀라는 저도 모르게 빽 소리를 지르고 말았다.
아차, 싶어 급히 미소를 지었지만 에드센 황태자는 연신 의아한 눈빛을 보내왔다. 카밀라는 어색한 미소를 지으며 그런 그의 시선을 슬쩍 피했다.
[저놈들, 라니아 때처럼 이지가 없어.]
마침 제노의 음성이 들려왔다. 조금 전 카밀라의 눈짓에 페이블러 황제의 곁에 붙어 있는 유령들에게 말을 걸고 오는 길이다.
[대체 저것들 다 뭐야?]
'그건 제가 하고 싶은 말이거든요?'
저것들이 대체 뭘까요?
귀신들 모두 10대 후반에서 20대 초반의 젊은 남자들이었다. 라니아 때 만났던 이들처럼 저들 모두 고개를 푹 숙인 모습이다. 제노가 다가가 말을 걸어도 역시나 그 어떤 반응도 보이지 않았다.
'저게 말이 돼?'

한 명이었다면 그나마 이해를 했을 것이다. 황제가 그 무리와 관련이 있다는 사실 자체가 무척 놀라웠지만 그래도 지금처럼 기겁까지는 하지 않았을 거다.

그런데 저 많은 인원이 한 사람에게 묶여 있다는 사실을 어떻게 이해해야 하는 걸까?

'저 많은 사람의 육체를 한 사람이 뺏어 썼다는 말?'

결론은 내려졌음에도 쉬이 받아들이기는 힘들었다. 대체 어떤 삶을 살면 저럴 수가 있는 거지?

'설마……'

카밀라는 자꾸만 밀려드는 한 가지 생각에 소름이 끼쳤다. 그녀의 시선이 저도 모르게 에드센 황태자에게 향했다.

"뭐지? 그 눈빛은?"

"오래 사셔야 할 텐데."

"하하!"

카밀라의 뜬금없는 말에 에드센 황태자는 한참을 크게 웃었다. 이 무슨 갑작스러운 안부 인사란 말인가.

'웃을 일이 아닌데.'

카밀라는 다시 황제를 바라봤다.

예상이 제발 틀렸으면 좋겠지만, 저 수많은 귀신을 보고 있자니 점점 확신이 들었다.

"어……!"

그 순간 뜻하지 않게 황제와 눈이 딱 마주쳤다. 카밀라는 최대한 자연스럽게 시선을 피했지만 당황스러운 일이 이어졌다.

저벅.

황제가 자신을 향해 똑바로 걸어오는 게 아닌가!

아니, 왜? 이쪽으로 왜 오는 건데!

"그대가 그 아이군."

"제국의 영원한 태양을 뵙습니다."

카밀라는 그 어느 때보다 정중히 고개를 숙였다. 하지만 정말 고개만 숙이고 속으로 연신 한숨을 내쉬었다. 자신이 내뱉은 '영원한'이라는 단어가 오늘따라 왜 이토록 끔찍하게 여겨지는 걸까.

"듣자 하니 수호의 검을 그대가 깨웠다지."

"네, 폐하."

"호오… 정말 놀라워."

"그게 다 폐하의 은혜가 아니겠습니까."

고개를 든 카밀라는 방금까지 경악했던 모습을 완전히 지운 채 아주 화사한 미소를 짓고 있었다.

그 모습을 옆에서 지켜보는 에드셴 황태자의 얼굴에는 묘한 표정이 떠올랐다. 저 여자가 또 무슨 꿍꿍이로 저런 가면을 쓰는 걸까?

"그날의 일에 대해 자네에게 듣고 싶은 얘기가 아주 많아. 조만간 따로 시간을 가졌으면 좋겠군."

…따로 보자고?

'미쳤니?'

도망쳐도 모자랄 판에 내가 그쪽과 따로 왜 만나!

그렇다고 황제의 명 아닌 명을 거부할 수도 없는 일이었다.

'환장하겠네.'

카밀라는 이러지도 저러지도 못하고 어색한 미소만 연신 흘렸다. 페이블러 황제는 그냥 하는 말이 아닌 듯 그녀의 대답을 끝까지 기다렸다.
"그라시아 제국 사신단이 도착하였습니다."
그때 마침 입구에서 시종의 음성이 다시 들려왔다.
그 소리에 황제의 시선이 저를 비껴가자 카밀라는 안도의 한숨을 짧게 내쉬었다. 이대로 슬쩍 파티장에서 도망칠……
'잠깐만.'
지금 어디라고?
안도하던 것도 잠시, 카밀라는 방금 전 시종이 한 말을 되새기며 급히 고개를 들었다. 그라시아 제국에서 사신단이 왔다고?
홀 입구에 시선을 준 카밀라는 안으로 들어서는 한 무리의 사람들을 보다 점점 눈이 커져 갔다. 사신단의 가장 앞에 서 있는 이의 모습이 너무도 익숙했으니까.
마치 이곳이 자신의 집 앞마당이라도 되는 것처럼 아주 당당히 걸음을 옮겨 들어서는 남자. 도도해 보일 정도로 무심한 눈빛과 표정.
카밀라가 마지막으로 봤던 모습과 조금도 다르지 않았다.
'저 사람이 왜!'
바로 에스크라 공작이었다.
"어서들 오시오. 먼 길 오느라 고생들이 많았소."
페이블러 황제의 환영 인사에 에스크라 공작은 간단히 고개를 숙이는 것으로 답을 대신했다. 심드렁한 눈빛은 덤이다. 황제의 환영이 전혀 달갑지 않다는 뜻을 온몸으로 표현하고 있었다.
그 모습에 함께 온 다른 이들이 다급히 황제에게 대신 말을 건네며 축하의 말들을 쏟아 냈다.

"……."

그러는 사이 에스크라 공작의 시선이 주변을 잠시 살피더니 이내 한곳에서 딱 멈췄다. 바로 카밀라가 있는 곳에서.

멍하니 서 있는 카밀라를 발견한 에스크라 공작의 입꼬리가 슬쩍 올라갔다.

'…웃어?'

지금 웃은 거야? 이 상황에 웃음이 나오니?

자신이 당황하는 모습이 재미있다는 듯 키득거리는 에스크라 공작의 모습에 카밀라는 순간 열이 확 올랐다.

'대체 왜 온 거래?'

당신 그렇게 한가한 사람 아니잖아! 매일 바쁘다고 식사도 툭하면 거르던 인간이 여긴 대체 어떻게 온 거지?

"저분이죠?"

"맞아요!"

"저 사람이 그라시아 제국의……."

홀에 있는 모든 이들이 그에게 관심을 보였다. 그라시아 제국의 실질적인 권력을 쥐고 있는 그의 등장에 사람들의 눈빛에 열기가 피어오른다.

그런 이들 중에는 쟈비엘라 황비도 포함되어 있었다.

'드디어 왔구나.'

자신의 살길은 저자뿐이었다. 오늘 그녀가 그렇게 오매불망 기다리던 인물이 바로 에스크라 공작이었다.

물론 안다. 저자로 인해 자신이 오랫동안 계획했던 모든 일이

물거품이 되었다는 것을 말이다. 자신이 밀던 그라시아 제국 1황자가 누구의 손에 죽었는지도 이미 들어 잘 알고 있었다.
 자신의 오랜 계획을 무산시킨 장본인, 에스크라 공작.
 하지만 지금 그녀에게 가장 필요한 이 역시 그였다.
 '정치에 영원한 적 따위는 없는 법이지.'
 에스크라 공작을 자신의 편으로 만든다면 더 이상 무서울 게 없었다. 그의 힘을 얻는다는 건 그라시아 제국을 등에 업는다는 말과 진배없다.
 '어떻게든 내 편으로 만들어야 해.'
 쟈비엘라 황비는 에스크라 공작을 향해 걸음을 옮겼다.
 "음?"
 하지만 그녀는 바로 걸음을 다시 멈춰야만 했다. 그가 먼저 누군가를 향해 다가서고 있었기 때문이다.
 "아니, 왜……."
 바로 카밀라가 있는 곳이었다.
 그 모습을 본 쟈비엘라 황비의 얼굴에 의아함이 가득 담겼다.
 '왜 하필 저 아이에게?'
 그녀는 예전부터 카밀라를 좋아하지 않았다. 아니, 무시의 대상이었다는 게 정확한 말이겠지.
 태생도 제대로 알 수 없다 보니 상대할 가치조차 느끼지 못했다. 최근에야 이리저리 사람들의 이목을 끌고 있지만, 그렇다고 천한 피가 어디 가겠는가.
 '그런데 왜?'
 카밀라가 사신단으로 그라시아 제국에 간 적이 있으니 안면을 익혔을 수는 있다. 하지만 그녀가 알기로 에스크라 공작은 고작 그 정도 친분을 두고 먼저 다가가 아는 척을 하는 이가 절대 아니었다.

방금도 봤지 않은가? 페이블러 황제 앞에서도 인사말조차 제대로 건네지 않던 그의 도도한 모습을 말이다.

"카밀라."

하지만 다음 순간 다정히 카밀라의 이름을 부르는 그의 모습에 다들 놀란 눈빛을 감추지 못했다. 쟈비엘라 황비 역시 눈이 더욱 커질 수밖에 없었다.

'뭐지?'

저 두 사람 사이에 뭔가 있는 건가?

"오랜-"

사람들이 그러거나 말거나 마저 안부 인사를 건네려던 에스크라 공작은 끝까지 말을 다 잇지 못했다.

스윽.

카밀라 앞을 순식간에 막아서는 세 사람으로 인해.

"아, 아버지?"

소르펠 공작이었다. 그리고 그 옆에 루드빌과 라비의 모습 역시 볼 수 있었다.

세 사람은 누가 먼저라 할 것 없이 카밀라의 앞을 완전히 막아선 채 에스크라 공작을 지그시 응시했다.

"……."

에스크라 공작 역시 그런 세 사람을 조금 전 페이블러 황제를 바라볼 때처럼 아주 무심한 눈빛으로 응대했다. 네 사람이 풍기는 공기가 너무도 무거워 주변에 있던 모두가 급히 숨을 죽였다.

'나 도망가면 안 될까?'

카밀라는 머리가 아파져 오는 걸 느끼며 미간을 꾹꾹 손으로 눌렀다. 대체 어떻게 해야 이 상황을 조용히 해결할-

"아빠가 딸 좀 만나겠다는데 방해꾼이 생각보다 많군."

야! 이 미친 인간아!

그녀의 고민이 우습다는 듯 바로 폭탄을 투척해 버리는 에스크라 공작의 말에 카밀라는 입을 쩍 벌렸다. 반면 그는 더욱 기운을 싸늘하게 내뿜는 세 사람을 보며 그저 히죽 웃을 뿐이었다.

이름이 없는 자

"그러니까 다들 처음부터 알고 계셨던 거네요. 제가 친아버지를 만난 거."
"……."
"……."
"……."
카밀라의 물음에 소르펠 공작을 비롯한 세 남자는 입을 꾹 다문 채 아무런 말도 하지 못했다.
"딱 봐도 알고 있었네. 양아치들도 아니고, 그걸 지금까지 순진한 애한테 계속 모른 척 숨기고 있었던 건가?"
"그쪽은 좀 닥치시고요."
누가 순진한 애야! 그리고 누가 누굴 보고 양아치래! 파티장에 폭탄 던지고 낄낄대던 인간이! 그라시아 제국에다 정신 줄 놓고 오셨어요? 대체 이게 무슨 짓이냐고!
결국 에스크라 공작이 헛소리를 더 지껄이기 전에 그를 데리고 급히 귀택해야 했다.

'저 인간이 원래 이렇게 얄미운 타입이었나?'

불난 집에 부채질하는 것도 아니고, 옆에 앉아서 깐죽거리고 있는 에스크라 공작을 카밀라는 어이가 없다는 듯한 눈빛으로 바라봤다.

"왜? 너도 오랜만에 아빠 보니 좋아?"

"닥치라 했죠."

진짜 정신 줄을 놓고 온 건가? 왜 이래?

"카밀라."

그 순간 소르펠 공작이 그녀를 조용히 불렀다. 흠칫한 카밀라는 저도 모르게 고개를 푹 숙였다.

"죄송해요. 제가 먼저 말씀드렸어야 했는데."

"네가 왜 사과를 하는 거지?"

당신은 좀 그만 끼어들라니까!

또 뭐가 마음에 들지 않는지 연신 미간을 찌푸리는 에스크라 공작을 뒤로한 채 카밀라는 다시 말을 이었다.

"괜한 분란 만들고 싶지 않았거든요."

카밀라의 말에 소르펠 공작이 짧은 한숨을 내쉬었다.

"우리도 굳이 아는 척하고 싶지 않았단다."

듣고 싶지 않았다. 카밀라가 에스크라 공작에 대해 말을 꺼내는 것이 두려웠다. 혹여 그에게 돌아가고 싶다는 말도 함께 내뱉을까 봐.

"죄송해요."

"핏줄 찾은 게 사과할 일이야?"

에스크라 공작이 다시 끼어들었다.

"대체 애를 어릴 때부터 얼마나 쓸데없는 일로 잡았으면 이깟 일에 스스로 죄인이 돼서 난리지?"

"누가 죄인이 됐다는 거예요."

"지금 네 꼴이 딱 그렇잖아. 이러려고 그렇게 돌아가려고 난리였던 건가?"

"됐고요. 그쪽이야말로 언제 떠날 거예요?"

"저 인간들이 여기서 지내도 좋다잖아."

"아, 좀!"

저 인간들이라니! 예의 따위 엿 바꿔 먹은 인사라는 건 알고 있었지만 정말 여기까지 와서 이럴 거예요?

"나도 들은 게 있어서 그래."

"들은 거요? 무슨……?"

에스크라 공작은 대답 대신 소르펠 공작에게 시선을 줬다. 그의 눈에 순간적으로 스산한 기운이 스쳐 지나갔다.

이곳에 오기 전에 카밀라에 대해 조사한 내용을 받았다. 수십 장이 넘는 내용을 에스크라 공작은 글씨 하나하나 빠지지 않고 모두 읽었다.

소르펠 공작가의 천덕꾸러기.

이러쿵저러쿵 많이 쓰여 있지만, 결국 핵심은 이것이었다.

어릴 때부터 누구의 관심도 받지 못한 채 모든 이에게서 무시와 경멸을 받고 자란 아이.

그가 본 보고서의 내용은 그랬다. 최근 들어 평가가 많이 달라지긴 했지만, 얼마 전까지만 하여도 그녀는 모든 이들이 외면하는 존재였다고 했다. 들기로는 집안 시녀들에게조차 무시를 받았다던데?

'아랫것들까지 그랬다면 말 다 한 거 아닌가?'

그 보고서를 보는 순간 분노가 이는 걸 막지 못했다.

'하긴……'

누굴 탓하겠는가. 그게 다 자신의 잘못인 것을.

카밀라의 존재조차 몰랐던 자신이 뭔 말을 하고 누구를 원망하겠는가.

'다만.'

소르펠 공작에게 좋은 말이 나가기는 힘들었다.

애가 그런 평가를 받는 동안 그는 대체 뭘 한 거지?

"죄송해요, 아버지."

"카밀라!"

"네가 왜 사과를 해!"

"너……."

그녀가 에스크라 공작을 대신해 사과의 말을 내뱉자 이번에는 소르펠 공작과 라비, 그리고 루드빌이 미간을 찌푸렸다.

"처음으로 뜻이 맞는군. 아빠 대신 딸이 사과하는 건 아니지."

그런 세 사람을 보며 에스크라 공작이 또다시 입꼬리를 올린다. 카밀라가 그만 좀 하라고 옆구리를 쿡 찔렀지만 반응도 없다.

"딸이라니. 그쪽 딸이 여기에 어디 있지?"

"몰라서 묻는 건가? 그럼 알려 주고."

"쓸데없는 걸 머리에 집어넣을 필요가 있나."

"생각보다 뇌가 작은가 봐."

파지직.

소르펠 공작과 에스크라 공작 사이에 스파크가 꽉꽉 튀었다.

카밀라는 그 모습을 보며 짧은 한숨을 내쉬었다. 진짜로 두통이 밀려왔다. 이시아로 살 때도 편두통으로 종종 고생했는데 아무래도 또 시작인 것 같다.

"두 분 다 그만하시고 차 드세요, 차."

"……."

"……."

"아니면 전 그만 가 보겠습니다."

"마실 거다."

"마셔야지."

자리에서 일어서려는 카밀라를 양쪽에서 동시에 붙잡은 두 사람은 누가 먼저라 할 것 없이 차를 홀짝이기 시작했다.

"역시."

여태까지 가만히 상황을 지켜보고 있던 누군가가 연신 감탄했다. 에스크라 공작과 함께 이곳에 온 알트온 백작이었다.

"카이스 님 곁에는 역시 카밀라 양이 계셔야겠습니다. 아가씨가 떠나신 후 제가 얼마나 힘들었는지 아십니까?"

그는 짐짓 울먹이며 눈가를 훔쳤다.

"카밀라 양, 저희와 함께 가시죠."

"뭔 소립니까!"

그 말에 라비가 벌떡 자리에서 일어섰다.

"여기도 저 녀석 없으면 개판인 놈들 엄청 많습니다!"

"저분만큼 개판이겠습니까?"

"우리 쪽에는 아르시안이 있다고요!"

…여기서 그 이름이 왜 나오는데?

그 후로도 계속 으르렁거리는 사람들을 보며 카밀라는 말리는 것도 포기한 채 그저 한숨만 푹푹 내쉬었다.

"네가 라비?"

연구실로 향하던 라비는 자신을 부르는 소리에 걸음을 멈췄다. 언제 따라 나온 것인지 에스크라 공작이 자신을 바라보고 서 있었다.

'저 인간은 늙지도 않나?'

라비는 그를 보자마자 바로 알아봤다. 오래전, 자신의 삶에 갑자기 끼어들었던 그 남자가 맞는다는 걸.

'라비, 오늘부터 너의 아빠가 되어 줄 분이란다.'

'……'

'……'

엄마가 처음 그를 남편으로 받아들이겠다고 했을 때, 별다른 느낌은 없었다.

그 또한 그랬다. 한 가족이 되기로 했다고 해서 달라지는 건 아무것도 없었다. 둘 다 서로에게 딱히 관심이 없었으니까.

그도 자신에게 살갑게 대하지 않았고 자신 또한 그와 데면데면

했다. 둘 다 상대에게 먼저 다가가는 스타일은 아니었다. 자신에게 있어 그는 가족이라기보다는 그저 '엄마 남편', 그 이상도 그 이하도 아니었다.

그러다 아주 살짝 감정의 변화가 일어나는 일이 생겼다.

'라비 저거 진짜 재수 없지 않아?'
'맞아.'
'잘난 척하는 거 엄청 짜증 나.'

또래 나이에 비해 어른스러웠던 자신을 동네 아이들은 별로 좋아하지 않았다. 아니, 싫어했다는 게 더 정확한 말이겠지. 그러다 보니 동네에서 겉돌았고 아이들에게 맞고 돌아오는 일이 많았다.

그렇다고 엄마에게 이렇다 저렇다 말도 하지 않았다. 그저 넘어졌다며 아이들과의 일을 꼭꼭 숨겼다.

그런데 언젠가부터 그런 아이들의 괴롭힘이 싹 사라졌다. 자신을 보면 오히려 겁을 먹고 슬슬 피하기 바빴다.

'너, 너희 아빠 엄청 무섭더라.'
'너 괴롭히면 가만 안 두겠대.'
'웃으면서 말하는 게 더 무서웠어!'

알고 보니 그가 자신도 모르게 아이들에게 경고를 한 것이었다. 다치고 들어왔을 땐 그저 무심한 눈빛만 보내던 인간이 말이다.

그때 그에 대한 감정이 아주 살짝 바뀌었다. 저 사람과 같이 살아도 나쁘지 않겠다고.

'물론 1년도 되지 않아 사라져 버렸지만 말이야.'

그래서 그가 더 싫은 건지도 모르겠다. 아주 잠시나마 그에게 마음을 열려고 했던 자신에게 짜증이 나서.

그 짜증 어린 마음이 고스란히 카밀라에게 향했던 것도 같다. 카밀라를 보고 있으면 괜히 심기가 뒤틀리고 화가 났다.

지금 생각해 보면 미쳤었나 싶을 정도로 분노에 차 있었던 시절을 떠올리다 보니-

"뭐 할 말 있습니까?"

당연히 그를 향한 말투가 곱게 나올 리가 없었다.

그의 신분이 공작이라는 게 더 짜증 났다.

그래서 엄마를 버린 거였어? 기억을 찾고 보니 엄마 따윈 아주 하찮게 보였나 보지? 찾고 싶지 않을 만큼?

카이스 에스크라에게 그가 페이블러 제국에서 지냈던 1년 동안의 기억이 없다는 사실을 아는 이는 매우 극소수. 당연히 라비 역시 그 사실까지는 아직 듣지 못했기에 그의 갑작스러운 등장이 뻔뻔해 보일 수밖에 없었다.

"그냥 좀 궁금해서."

"뭐가요?"

"내 따님이 그렇게 혼비백산해 달려가야 했던 이유가 어떤 놈인가 해서."

"그놈의 딸, 딸! 좀 그만하시죠!"

"너도 원한다면 아들이라 불러 줄 수 있는데."

"…뭐라고요?"

"내 아들로 받아 주겠다고. 내 따님께선 아무래도 널 버리지는 못할 것 같거든."

라비는 별 미친놈 다 본다는 눈빛으로 그를 잠시 쳐다보다 빠르게 몸을 돌렸다. 기억을 잃었을 때가 더 멀쩡했다고 생각하면서 말이다.

"오, 성격 좋은데?"

그런 라비를 보며 에스크라 공작은 피식 웃었다.

"저게요?"

"나 같으면 쌍욕을 날렸을 텐데 그냥 가잖아."

"제가 보기엔 상대할 가치가 없어서 그냥 가는 것 같은데요."

"내가 기억을 잃었을 때 저놈한테 잘해 준 게 아닐까?"

"……"

"뭐지? 그 눈빛은?"

"어떻게 하면 그런 황당한 생각을 할 수 있는지 신기해서요."

"뭐가 황당해?"

"정말 몰라서 물으세요?"

아무리 기억을 잃었다지만 누가 뭘 해? 다른 이도 아닌 에스크라 공작이 아이에게 친절을 베푼다고?

친자식인 다이브에게조차 따스한 말 한마디 제대로 건넬 줄 모르는 인간이다. 기억을 잃었다고 그 성격이 바뀔까?

"어쨌든 저분이 카밀라 양을 데려가는 데 아주 큰 열쇠가 될 것 같네요."

"내가 보기에도 그래."

이미 저 멀리 걸어간 라비를 바라보는 에스크라 공작과 알트온 백작의 눈이 누가 먼저라 할 것 없이 번뜩였다.

※

달칵.
"어?"
방문을 열고 안으로 들어서던 카밀라의 눈이 살짝 커졌다. 한동안 잊고 있던 한 인물이 와 있었기 때문이다.
"왔네?"
"왔네…요? 그게 다예요?"
자신의 말에 부들거리는 이, 바로 도르만이었다.
아직도 자기를 버리고 온 게 무척 서러운가 보다.
'징한 놈.'
이놈도 뒤끝 작렬이라니까.
"절 거기다 버려두시고 어떻게 연락 한번을 안 하세요!"
"우리가 또 그럴 사이는 아니잖아."
"너무하세요!"
"됐고. 마침 잘 왔다."
"…왜요?"
그는 눈을 또르르 굴리며 생각에 잠겼다. 내가 최근에 또 뭔가 말을 안 하거나 실수를 한 게 있었나?
"하벨하고 연락돼?"
"하벨이요?"
"응."

"연락이야 취하면 되긴 하는데…….”
"내가 좀 보잔다고 전해 줘.”
사신 하벨. 그에게 물어볼 게 있었다.
"그는 왜요?”
"내가 또 이상한 걸 봤거든.”
페이블러 황제에게 묶여 있는 귀신들에겐 공통점이 있었다.
일단 외모. 황실 사람들에게 보이는 특유의 금발과 금색 눈동자를 모두 가지고 있었다. 자세히 보면 묘하게 닮은 구석들도 많았다. 모두 남자인 것도 그렇고.
'마지막으로 나이.'
다들 비슷한 나이대에 몸을 뺏겼다는 것.
'이게 무엇을 뜻할까?'
아무리 생각해도 결론은 하나다.
'역대 페이블러 제국의 황제는 모두 동일인이다.'
좀 더 정확히 말하면 한 영혼이 계속해서 육체만 바꿔서 황제의 자리를 영위하고 있다는 거다.
"완전 소름.”
그러니까, 자기가 낳은 자식의 육체를 뺏어서 생을 유지하고 있다는 거잖아.
이게 말이 돼? 완전 사이코패스 아니야? 어떻게 자기 자식을 자기 삶을 영위하는 도구로 쓸 수가 있는 거지?
하지만 아무리 생각해 봐도 그거 말고는 짐작되는 게 없었다.
드라마에서 보면 가끔 아버지가 아들을 두고 이런 말을 한다.
넌 나의 꿈이자 미래다.

아버지가 아들에게 보내는 격려의 말이자 애정의 표시인데 말이지⋯⋯. 만약 페이블러 황제가 에드센 황태자에게 저 말을 한다면?

'완전히 의미가 달라지겠는데?'

정말로 그가 그의 미래이니까 말이다.

다시 한번 온몸에 오스스 소름이 돋았다.

'아마도 이번에도 그러겠지?'

에드센 황태자나 2황자 중 한 명의 육체를 뺏을 게 분명하다. 묶여 있는 귀신들의 나이대가 지금의 두 황자와 비슷하던데, 그 말은 육체를 바꿀 시기가 됐다는 거 아닌가?

"이걸 어째야 하나?"

딴 사람들에게 말한다고 이걸 믿어 줄까?

다른 이도 아니고 황제다. 잘못 건드렸다간 목이 날아가는 건 일도 아니었다. 증거도 없이 무슨 헛소리냐며 황제 모독죄로 목이 댕강 잘리겠지?

"일단 하벨을 만나 봐야겠어."

하벨이라면 뭔가 알고 있을 것 같거든. 라니아 때처럼 명부에 적힌 황제의 진명을 알 수 있을지도 모르고.

그를 만나면 좀 더 정확히 페이블러 황제가 가진 비밀에 대해 들을 수 있지 않을까 싶었다.

"참, 이거요."

"뭔데?"

"다이브 님이 전해 달라고 하셨어요."

편지였다. 도르만이 돌아간다고 하니 안부 인사 겸 편지를 썼나

보다. 카밀라는 희미한 미소를 지으며 편지를 뜯었다.
"파티장이 발칵 뒤집어졌다면서요?"
편지를 읽어 내려가던 카밀라의 시선이 다시 도르만에게 향했다.
"벌써 소문이 돈 거야?"
"아가씨에 대한 소문이야 늘 빠르게 돌죠."
"하아."
카밀라는 절로 한숨이 흘러나왔다. 당연히 그렇겠지. 저 인간이 파티장에서 대놓고 폭탄을 던졌는데.
아마 벌써 카밀라 소르펠의 친부가 나타났다는 소식이 수도 전체에 퍼졌을 것이다. 또 얼마나 시끄럽게들 씹어 댈까.
"저 인간은 갑자기 왜 온 거래?"
에스크라 공작이 사신단에 포함된 걸 알았다면 미리 마음의 준비라도 했을 게 아닌가.
보니까 소르펠 공작도 그렇고 다른 이들도 그렇고 전혀 몰랐던 것 같은데?
"원래 오기로 했던 분이 일이 생겨 갑자기 빠지게 되면서 카이스 님이 대신 오게 되셨거든요."
"대신?"
다른 이도 아니고 저 인간이 누군가의 대타를 뛸 인간은 아니지 않나?
"그 갑자기 생긴 일이 뭐래?"
"그, 글쎄요."
도르만은 어색한 미소를 흘리며 카밀라의 시선을 피했다. 그러고는 어물어물 입을 열었다. 원래 사신단으로 오기로 했던 이가

이름이 없는 자 — 181

에스크라 공작과 만남을 가진 이후 요양이 필요하다며 바로 짐을 싸서 시골로 내려갔다는 소문이 아주 빠르게 돌았단다.
아니, 사신단으로 오고 싶었으면 처음부터 자기가 간다고 했음 됐을 텐데?
"굳이 상대방 약점까지 찾아서 지방으로 쫓아 보낼 게 뭐람?"
"음……."

'그 녀석이 알면 오지 말라고 할 테니까.'

그 이유가 다름 아닌 카밀라 때문이었다는 걸 말을 해 줘야 할까? 도르만은 잠시 고민하다 그냥 조용히 넘어가기로 했다.
"어쨌든 최대한 빨리 하벨한테 연락해 줘."
"알겠습니다."
고개를 끄덕인 도르만은 바로 차를 한 잔 끓여 카밀라 앞에 내려놓았다.
"속이 타실 것 같아서."
"에휴."
갑자기 이게 다 뭔 일인지 모르겠네.
카밀라는 자리에 앉아 차를 마시며 복잡한 머리를 식혔다. 하지만 이내 그녀의 미간이 다시 찌푸려졌다.
'설마 또 보는 일은 없겠지?'
페이블러 황제 말이다. 이번엔 에스크라 공작의 등장으로 얼떨결에 파티장을 잘 빠져나오긴 했는데 말이지…….

'그날의 일에 대해 자네에게 듣고 싶은 얘기가 아주 많아. 조만간 따로 시간을 가졌으면 좋겠군.'

황제의 그 말이 자꾸만 신경이 쓰였다. 그냥 누구에게나 하는 인사말이었겠지?
"그래, 분명 그럴 거야."
무려 황제였다. 바쁘면 바빴지 한가할 인간은 아니잖아. 카밀라는 애써 불안해지는 마음을 다잡으며 차를 홀짝였다.

"…황제라는 자리, 한가하구나."
며칠 후, 카밀라는 손에 들린 초대장 한 장을 보며 연신 한숨을 토해 냈다. 황실 시종장이 직접 들고 온 초대장으로, 황제가 함께 차를 마시고 싶다는 내용이 간략하게 적혀 있었다.
"굳이 날 왜 만나려고 하는 건데!"
수호의 검이 깨어난 그날의 일에 대해 듣고 싶다는데, 나도 기억이 잘 안 난다고! 빙의된 상태여서 제대로 아는 것도 없는데 뭘 말하라는 거야.
그렇다고 제노보고 대신 가라 할 수도 없고…….
'게다가 찜찜해.'
정말 자신을 보려는 이유가 그게 다인가? 굳이 이렇게 초대장까지 보내서 황궁으로 오라고 하는 이유가 대체 뭐야?
"그게 뭔데?"
"어, 어!"
휘익!

그때 카밀라의 손에 들린 초대장을 누군가 뺏어 갔다.
"뭐 하시는 거예요?"
"흐음."
에스크라 공작이었다. 그는 대답 대신 초대장 내용을 빠르게 훑었다. 초대장을 본 그의 미간이 꿈틀했다.
"가기 싫나 보지?"
"초대장이나 내놔요."
"가기 싫으면 안 가면 되잖아."
"폐하의 초대를 어떻게 거절해요."
"난 하는데."
"네에?"
"어제 황제가 같이 밥 먹자고 했는데 바쁘다고 거절했지."
그게 뭐 어려운 일이냐는 듯 도도한 눈빛을 내보이는 에스크라 공작의 모습에 카밀라는 짧은 한숨을 내쉬었다.
'잘났다, 진짜.'
그거야 당신이니까 가능한 거고!
한낱 귀족 영애가 황제의 초대를 거절할 경우, 그 순간 바로 사교계에서 매장된다고 해도 과언이 아니다.
몇 번 혀를 찬 그녀는 이왕 에스크라 공작의 얼굴을 본 김에 내심 궁금했던 것을 묻기로 했다.
"왜 계속 여기 계시는 거예요?"
"갈 데가 없어서."
"갈 곳이 왜 없어요. 집 있잖아요! 집으로 돌아가셔야죠."
"거기엔 네가 없잖아."

"헐."

거기서 그 말이 왜 나와!

잠시 황당한 눈빛으로 그를 바라보던 카밀라는 아파져 오는 머리를 손으로 꾹꾹 눌렀다.

"저기요."

저쪽에 있을 땐 딱히 딸, 딸 하지도 않았잖아요? 가면 가는가 보다 하던 인간이 갑자기 왜 이러시는 건데요?

"절 왜 자꾸 데려가려고 하는 거에요?"

"넌 여기에 왜 계속 있으려는 거지?"

"여기가 제 집이니까요."

"그곳도 네 집이야."

카밀라는 순간 말문이 막혔다. 에스크라 공작의 눈빛이 그 어느 때보다 진지해서 움찔할 정도였다. 정말 진심으로 하는 말인가?

"날 따라가면 이런 초대장도 받을 일이 없어."

그가 손에 들린 초대장을 팔랑거렸다.

"어때?"

"뭐가요?"

"네가 원한다면 당장 이 초대장 찢어 줄 수 있는데."

그가 손에 든 초대장을 그녀의 눈앞에다 다시 팔랑팔랑 흔들었다. 입가에는 특유의 얄미운 미소를 띤 채.

"지금 뭐 하시는 거에요?"

"꼬시는 중."

카밀라는 그의 손에 들린 초대장을 뺏어 들었다.

"제 일에 신경 끄고 집에나 가세요."

"여기 근처에 맛있는 카페가 있다던데."

들은 척도 않는다. 딴소리를 해 대는 그를 지그시 노려보다 그녀 역시 그에게서 시선을 돌려 신경을 끊었다.

"그 맛있는 카페가 여기예요?"
"자기 가게에 대한 자부심이 부족한 것 같군."

다음 날, 카페에 들른 카밀라는 창가에 떡하니 한 자리를 차지하고 있는 에스크라 공작과 마주해야만 했다. 아침 식사가 끝나자마자 저택 밖으로 나서길래 뭔가 급한 약속이라도 있나 했더니.

"여기 디저트 정말 맛있네요."

에스크라 공작의 맞은편에선 자신을 향해 반갑게 손을 흔들고 있는 알트온 백작의 모습도 볼 수 있었다.

"이게 그 검은콩으로 만든 거라고?"
"그 열매가 이렇게 쓰이다니. 정말 놀랍습니다. 가끔 방향제로 쓰는 이들은 본 적 있지만 말이죠."

두 사람이 앉은 탁자에는 커피가 주재료인 디저트들이 가득 놓여 있었다.

"맛이 아주 매력적이네요."

알트온 백작도 커피 맛이 무척 마음에 드는 듯 아이스 아메리카노를 양손으로 잡고 아주 쭉쭉 들이켰다.

"카이스 님도 마음에 드시죠? 달콤한 거 싫어하시잖아요. 딱 카이스 님을 위해 만들어진 음료네요."

"뭐, 그렇지."

알트온 백작의 말에 에스크라 공작은 아무렇지 않게 커피잔을 들어 한 모금 마셨다. 그러곤 다시 조용히 내려놓았다. 표정은 언제나처럼 무심함을 유지했다.

그 모습을 모두 옆에서 지켜보던 카밀라는 속으로 짧은 한숨을 내쉬며 카운터로 향했다.

"아이스 라테 한 잔. 아주 달게."

"네, 잠시만요."

이내 커피잔을 받아 든 카밀라는 직접 그걸 들고 가 에스크라 공작 앞에 내려놓았다.

"이게 뭐지?"

"드세요."

"난 이미 음료가 있는데?"

"이건 아주 단 음료예요."

"…단 음료?"

"저런… 카밀라 양, 조금 전에도 말씀드렸지만 카이스 님은 달콤한 거 별로 안 좋아하십니다."

"그래요?"

카밀라는 미처 몰랐다는 듯 라테를 집어 들었다.

하지만 그런 그녀의 손보다 빠르게 라테를 낚아채는 손이 있었으니, 바로 에스크라 공작이었다.

"단걸 싫어하지만 만들어 온 성의를 봐서 먹어 주도록 하지."

"제가 만든 것도 아니고, 싫으면 안 드셔도 돼요."

"그럼 그거 제가 마시겠……."

알트온 백작이 손까지 번쩍 들며 끼어들었다. 커피에 고소한 우유가 섞여 있는 게 딱 봐도 맛있어 보였다.

"…그냥 전 이거나 마시겠습니다."

하지만 바로 날아드는 에스크라 공작의 싸늘한 눈빛에 들었던 손을 조용히 내려야만 했다.

그러는 사이 카밀라는 다시 라테 잔을 뺏어 들려 했다. 하지만 에스크라 공작이 잔을 쉽사리 놓지 않았다.

"먹는다니까."

힘을 빡 주는 게, 진짜 뺏기기 싫은가 보다. 그 모습을 보며 카밀라는 속으로 웃었다.

'정말이었네.'

그라시아 제국에 있을 때 에스크라 공작의 부인이었던 샤루아가 자신에게 지나가듯 해 준 말이 있었다.

[그거 알아요?]
'뭘요?'
[우리 공작님, 달콤한 거 엄청 좋아하세요.]
'공작님이요?'
[저도 죽기 전에는 몰랐는데, 혼자 있을 때 단거 엄청 드시더라고요. 남들 앞에서는 절대 안 드시지만.]
'정말요?'

지금도 봐라. 한 모금 마신 후 원래 먹던 커피엔 입도 대지 않고 있잖아.

그렇다고 케이크나 다른 달콤한 디저트를 먹고 있는 것도 아니다. 그저 알트온 백작이 케이크를 냠냠 맛있게 먹는 모습을 아주 뚫어져라 바라보고 있었다.

'연예인도 아니고 말이야.'

뭔 이미지 관리래?

라테를 한 모금 먹은 에스크라 공작의 입가에 빠르게 스쳐 지나가는 미소를 보며 카밀라의 입가에도 미소가 번졌다.

"공작님, 아무리 카밀라 양이 주신 거라지만 싫어하시는 걸 억지로 드시면 몸에 안 좋아요. 그거 그냥 제가 먹겠습-"

"죽을래?"

"예? 아니, 전 공작님을 위해서……!"

"닥쳐."

이럴 때 보면 알트온 백작도 참 눈치가 없는 것 같다. 그렇게 오래 붙어 다녔으면서 자기 상관의 취향을 어쩜 저렇게 모를 수 있지? 아무리 철저히 숨겨 왔다고는 해도 말이다.

"그런데 말이야."

"……?"

"저 친구도 너희 직원이야?"

"누구요?"

에스크라 공작의 시선을 따라 고개를 돌린 카밀라는 그대로 황당한 표정을 지었다.

쟤 지금 저기서 뭐 하니?

빡빡!

아직도 물감의 흔적이 남아 있었던 걸까?

걸레를 들고 통유리창 구석구석을 닦고 있는 한 존재.

"하벨."

자신의 부름에 흠칫하며 급히 걸레를 바닥에 떨어트리는 이.
바로 사신 하벨이었다.

"사신 봉급이 짠가 봐?"
"……."
"월급이라도 줄까? 여기 취직할래?"
"필요 없다."
자신을 지그시 노려보는 하벨의 시선에 카밀라는 연신 키득거렸다. 사신이 되기 전에는 뭘 했을지 참 궁금하네.
"날 찾았다고 들었다."
"찾았지."
"이유는?"
"그 전에 나 뭐 하나만 물어봐도 돼?"
"…뭐지?"
"진짜 궁금해서 그러는데, 너 도르만에게 약점 잡힌 거 있어?"
"뭔 소리냐."
"너무 충실해서."
하벨에게 오늘 아침에 연락을 취했다고 들었다. 그런데 하루가 채 지나기 전에 이렇게 자신을 찾아온 그를 보고 있자니 신기할 수밖에 없었다. 평소에도 도르만의 말이라면 일절 토를 달지 않는 그의 모습에 늘 의아함을 느꼈었다.
'쫓겨난 놈을 왜 그렇게 따른대?'
예전에야 도르만이 그의 상관이었다고는 하지만 이제는 전혀 아니지 않은가. 약점이 잡힌 게 아니고서야 저럴 수가 있나?

"그런 거 없다."

하벨이 어이없다는 듯 미간을 살며시 찌푸렸다.

"부른 용건이나 말해라."

"육을 뺏긴 인간을 또 봤거든."

"어디서?"

"황궁에서."

"…황궁?"

잠시 멈칫하던 그가 답지 않게 짧은 한숨을 내쉬었다.

"페이블러 황제, 맞나?"

이어진 그의 말에 이번에는 카밀라가 멈칫할 수밖에 없었다.

"알고 있었어?"

카밀라의 눈이 살짝 커졌다. 하벨의 반응을 보니 페이블러 황제의 그 기괴한 상태에 대해 그 역시 이미 알고 있는 듯했기 때문이다.

"나뿐만 아니라 모든 사신이 그의 존재를 알고 있다."

"뭐?"

뜻밖의 대답이었다. 사신들이 모두 알고 있다니? 그런데 왜 그냥 두고 보고 있는 거지?

전에 자신을 지하실에서 구해 주었을 때, 물귀신의 아들 몸을 차지하고 있던 자의 영을 바로 끄집어내지 않았던가.

"왜 그냥 내버려 두고 있는 거야?"

사신들이 애초에 상황을 모르는 거였다면 이해하겠지만, 이미 그 존재를 알고 있음에도 그냥 두고 보고 있다는 건 뭔가 이상했다.

"모른다."
"몰라? 뭘?"
"이름."
"뭐?"
"그 인간의 진명을 아는 자가 아무도 없다."

✳
기다림

"이쪽으로 오시지요."

시종장의 안내를 받아 도착한 곳은 커다란 온실이었다.

이 여름에 온실에서 차를 마시자고? 갑갑하지 않을까?

"안에서 기다리고 계십니다."

카밀라는 가볍게 고개를 끄덕여 준 후 열린 문 안으로 들어섰다.

"오."

예상과 달리 온실 안의 공기는 무척 상쾌했다. 적당한 온도에 어디선가 불어오는 바람까지. 아마도 이게 다 마법으로 유지되고 있는 거겠지?

'크기가 엄청나네.'

그라시아 제국에서 봤던 황실 온실 못지않았다. 거기처럼 사계절이 다 담겨 있는 건 아니었지만 이곳은 여기만의 멋이 있었다.

그렇게 한참 온실 안을 걷던 카밀라는 중앙에 이르렀을 때 페이블러 황제의 모습을 볼 수 있었다. 그도 카밀라를 본 듯 반갑게 미소를 지어 보였다.

"왔는가."

그 미소가 어찌나 온화한지, 뒤에 줄지어 서 있는 귀신들만 아니었다면 끔뻑 속을 것 같았다.

"이렇게 초대해 주셔서 영광입니다, 폐하."

카밀라는 서둘러 고개를 숙여 인사를 전했다. 이윽고 그녀의 얼굴이 살며시 굳어졌다. 온실 안이 너무도 조용했기 때문이다.

'뭐야? 혼자야?'

주변에 귀신은 천지인데 살아 있는 인간은 전혀 찾아볼 수가 없었다. 입구에서 시종장이 안까지 안내도 하지 않고 바로 돌아서기에 뭔가 이상하다고 여겼는데.

'뭔가 싸한데?'

황제의 곁 역시 아무도 없다는 것이 뭔가 찜찜했다. 보통은 호위 기사나 시녀라도 있어야지 않나?

"앉게."

"네, 폐하."

속마음과 달리 카밀라는 해사한 미소를 지으며 황제가 권하는 자리에 앉았다. 탁자 위에는 이미 다과가 준비되어 있었다.

'이름을 모른다는 거지?'

그녀의 시선이 힐끔 다시 황제의 뒤에 줄지어 서 있는 귀신들에게 향했다.

며칠 전에 저들의 수를 계산해 카밀라는 황실 족보를 차근차근 되짚어 갔다. 이러면 제일 처음 자식의 몸을 뺏은 미친 황제의 이름을 알 수 있을 거라 생각했으니까.

'알베르토 드 페이블러. 이 이름 아냐?'
'아니다.'
'아니라고? 죽은 자의 수대로라면 이자가 맞는데?'
'누군가 그를 그 이름으로 부르길래 혹시나 하여 불러 봤지만 아무런 반응도 하지 않더군.'
'그럼 뭐야? 저 몸에 들어간 건 대체 누군데?'
'애초에 황가 사람이 아닐 수도 있지.'

혹시나 싶어 앞뒤로 황제의 이름을 몇 개 더 적어 보여 줬지만, 다 아니라는 하벨의 대답만 들을 수 있었다.
'그러니까 황실 사람도 아닌 게 황제 노릇을 하고 있다는 거네?'
더 끔찍하다. 황가의 핏줄도 아닌 것이 육신만 빌려서 황제 노릇을 하고 있다는 말이잖아.
"차가 입에 맞을지 모르겠군."
"향이 너무 좋네요. 잘 마시겠습니다."
오스스 소름이 돋은 머릿속과 달리 카밀라는 환한 미소를 잃지 않았다. 긴장감이 오를수록 피어오르는 연기력! 칭찬해!
"얼마 전부터 자네 주변이 시끌시끌하더군."
페이블러 황제 역시 인자한 미소를 잃지 않은 채 이야기를 꺼내기 시작했다.
"라니아라고 했던가? 아주 기이한 현상을 보이며 죽었다던데."
기이하긴 했지. 온몸이 순식간에 썩어 들어가 완전히 부서져 죽었으니까. 근데 그 현상이라면 네가 더 잘 알지 않냐? 그 여자, 너랑 한패였잖아.

"자네와 마지막으로 대화를 나눈 후에 그렇게 됐다고 들었네."

카밀라는 마른침이 삼켜지는 걸 애써 참았다. 순간적으로 보인 그의 눈빛이 너무도 매서웠다. 그리고 그제야 깨달았다.

황제가 이렇게 자신을 따로 불러낸 이유는······.

'지금 떠보는 거지?'

뭔가 눈치라도 챈 건가?

사냥터부터 시작해 이번 수호의 검까지. 저 때문에 틀어진 일들이 수두룩했다. 저쪽에서 봤을 때 자신이 얼마나 눈엣가시 같을까? 그렇다고 설마 이 자리에서 바로 쓱싹 해치우려는 건 아니겠지?

"신수를 보더니 갑자기 그리되었답니다."

"신수?"

"네, 저희 가문의 신수가 크게 한 번 울었는데 갑자기 주저앉더니 몸이 빠르게 썩어 가더군요."

카밀라는 하벨에게 진명을 들어 라니아를 없앤 사실을 철저히 숨기며 대신 신수를 들먹였다.

"허허, 신수라······."

페이블러 황제는 묘한 웃음을 흘리며 잠시 생각에 잠겼다. 신수의 능력으로 그게 가능한지 가늠해 보는 듯했다.

그 모습을 보며 카밀라는 애써 태연한 척 빙그레 웃었다. 난 아무것도 몰라요, 이런 연기야 식은 죽 먹기지.

"수호의 검은?"

"요즘 안 그래도 그것 때문에 머리가 아프답니다."

카밀라는 그의 말이 떨어지기 무섭게 정말로 난처하다는 듯 고개를 절레절레 저었다.

"제이빌런가의 시녀장이 검을 훔치려 드는 걸 보고 급히 검을 뺏어 들었는데 갑자기 빛이 나지 뭐에요."

이건 뭐, 거짓은 아니지.

"이후로는 기억이 나질 않아요. 다른 이들은 제가 적들을 쓰러트렸다고 하는데, 글쎄요. 그보다는 검이 꼭 절 조종한 것처럼……."

이것도 진실. 제노에 대한 얘기가 쏘옥 빠졌지만, 그때의 일이 선명하지 않은 건 정말로 사실이다.

"그래서 그날의 일에 대해선 말씀드릴 게 별로 없답니다."

방실방실.

"……."

황제가 그녀를 뚫어져라 응시했지만, 카밀라는 여전히 아무것도 모른다는 듯 웃음을 흘렸다. 그런 카밀라를 바라보는 황제의 얼굴에서 서서히 미소가 걷혔다.

'와, 씨.'

싸늘하다. 미소를 지운 황제의 얼굴은 조금 전까지 느껴지던 인자함이나 푸근함은 전혀 찾아볼 수 없었다.

"나에 대해 아는 건?"

"네?"

"딱히 없나?"

아뇨, 아는 게 너무 많아서 탈이죠.

카밀라는 툭 던진 그의 질문에 심장이 다시 쿵 내려앉았다. 하지만 표정만은 덤덤함을 어떻게든 유지했다.

역시 오늘 이 자리를 만든 건 나를 떠보기 위한 거였나? 그렇다고 이렇게 대놓고 물을 줄은 몰랐는데?

"폐하의 업적이야 제국민 모두가 아는 사실이지요. 저 또한 그 중 하나이고요. 모를 리가 있겠습니까."

나긋나긋한 말투에 초롱초롱한 눈빛은 덤이다. 진심으로 그를 존경한다는 듯 반짝이는 눈빛을 보내자 그는 이번에도 한동안 아무런 말이 없다.

황제의 시선이 더욱 날카로워지는 게 느껴졌지만, 여전히 아무것도 모르는 척 헤헤 웃어 댔다.

'제노라도 데리고 올 걸 그랬나.'

자신이 오늘 이 시간에 황궁을 방문한다는 사실을 모두가 알고 있는데 설마 뭔 짓을 하겠나 싶었다.

'그런데 저 인간의 기세가 영 심상치가 않은데?'

주변에 아무도 없는 것도 그렇고, 수틀리면 진짜 나 여기서 죽는 거 아냐? 황궁 안에서 황제가 시체 하나 처리하는 게 어려운 일도 아닐 테고.

겉으로는 애써 태연한 척하고 있지만 등에서 식은땀이 줄줄 흐르는 것까지는 막을 수가 없었다.

'숨 막혀.'

당장 자리에서 일어나 밖으로 뛰쳐나가고 싶은 본능을 카밀라는 간신히 눌렀다. 여전히 아무런 말도 없이 자신을 뚫어져라 바라보는 페이블러 황제의 시선에 점점 태연함을 유지하기가 힘들었다.

덜컹.

"실례."

그때였다. 누군가 의자를 빼내며 황제의 허락이 떨어지기도 전에 자리에 풀썩 앉았다.

"저도 차 한잔 주시겠습니까."

바로 에스크라 공작이었다.

갑작스러운 등장에 살짝 눈이 커졌던 페이블러 황제의 미간이 살며시 일그러졌다. 그 모습을 보면서도 에스크라 공작은 그저 덤덤한 표정으로 그를 마주 응시할 뿐이었다.

"아니면, 벌써 티 파티가 끝났나요? 그렇다면······."

애초에 차 따윈 마실 생각도 없었던 듯 아무런 반응을 하지 않는 페이블러 황제의 모습에 그는 옳다구나 바로 자리에서 일어섰다.

"제 따님은 그만 데려가도록 하겠습니다."

이번에도 그는 페이블러 황제의 허락 따윈 듣지도 않았다. 카밀라의 손을 잡아 자리에서 일으켰다.

'환장하겠네.'

이 인간은 다른 사람도 아니고 황제 앞에서도 이러는 거야? 겁은 예전에 상실한 건 알고 있었지만, 사신으로 와서 이래도 되는 거냐고!

속으로 경악을 금치 못하면서도 카밀라는 그의 손길을 거부하지 않았다.

"카이스 공."

"네, 폐하."

그제야 페이블러 황제가 나직한 음성으로 입을 열었다.

"오늘 그대를 초대한 기억은 없네만."

"다행히 기억력은 멀쩡하시군요."

카밀라는 다시 뜨악한 표정으로 에스크라 공작을 바라봤다.

"전 또 제 따님을 데려다 놓고 살기를 팍팍 뿌리시기에 노망이라도 나신 줄 알았습니다."

헉! 노망이라니! 지금 황제한테 노망난 인간이라고 대놓고 말한 거야?

"그대야말로 몸이 어디 아픈 건가? 정신이 없는 것 같군."

오! 너도 정신 줄 놓은 거냐고 돌려 말하기?

"그런 말 자주 듣습니다."

어쩌나? 타격감은 완전 제로네.

에스크라 공작은 심드렁한 표정으로 고개를 까닥인 후 그대로 카밀라를 데리고 걸음을 옮겼다.

'아니, 진짜 이래도 돼?'

그를 따라나서며 카밀라는 뒤도 돌아볼 수가 없었다. 뒤통수가 뜨끈뜨끈한 것이 황제가 지금 어떤 표정일지 대충 짐작이 갔기 때문이다.

"내가 애초에 깽판 쳐 준다고 할 때 들을 것이지."

"대체 무슨 생각이에요?"

"무슨 생각이라니?"

그렇게 온실을 나와 어느 정도 거리가 떨어진 후에야 두 사람의 걸음이 멈췄다.

"저분이 누군지 몰라요?"

"알지. 우리 따님께서 그다지 만나고 싶어 하지 않아 하던 놈."

놈? 지금 놈이라고 한 거야?

카밀라는 굳어진 얼굴로 급히 주변을 살폈다. 혹여 누가 듣기라도 했을까 봐.

"진짜 감옥에라도 갇히면 어쩌려고 그래요?"

"누가? 내가?"

그녀의 다급한 외침에 에스크라 공작은 오히려 어이가 없다는 듯 피식 웃었다.

"감히 누가 날?"

이어진 말에 카밀라는 입을 멍하니 벌렸다.

'감히'라는 단어가 저리 잘 어울리는 인간이 또 있을까?

도도함의 끝을 달리는 그의 모습에 카밀라는 한동안 아무런 말도 할 수가 없었다.

"그런데 지금 날 걱정해 준 건가?"

순간 에스크라 공작의 입꼬리가 스윽 올라갔다.

"전쟁 날까 봐 그래요, 전쟁!"

"나라고 해."

"네에?"

"안 그래도 손보고 싶은 것들이 이곳에 좀 많아서 말이야. 전쟁 나면 오히려 나야 좋지."

…혹시 그 손보고 싶다는 사람들이 소르펠 가문 사람은 아니겠죠?

"그나저나 우리 따님께선 오늘 할 일과는 다 끝나셨나? 그럼 나와 차나 한잔할까?"

"바빠요."

"너만 바쁜 게 아니라 나도 바빠. 그래도 널 위해 일부러 시간을 내려고-"

"안 내셔도 돼요. 우리 각자 볼일 봅시다."

"너무하네."

투덜거리는 에스크라 공작을 뒤로한 채 카밀라는 빠르게 걸음을 옮겨 황궁을 벗어났다. 정말 두 번 다시는 이곳에 오고 싶지 않았다.

※

"드디어 만들어진 거야?"
"네, 조금 전에 마탑에서 사람이 왔었습니다."
"오."
황궁을 나와 바로 고스트 상회를 찾은 카밀라는 제 앞에 놓인 작은 기계를 보며 짧은 탄성을 내뱉었다.
"여기에 영상석을 넣으면?"
"그림이 나오지요."
크리스의 대답을 들으며 카밀라는 서랍에 넣어 둔 영상석 하나를 꺼냈다. 손바닥만 한 킹과 어린 리오가 함께 노는 모습을 담은 것으로, 정원에서 과일을 나눠 먹는 모습이 귀여워 찍어 뒀었다.
"여기, 이거야."
리오가 마지막 남은 사과 한 조각을 입에 물자 킹이 그걸 점프해 뺏어 먹는다고 입을 갖다 대는 장면.
원하는 게 나오자 카밀라가 스톱 버튼을 눌렀다. 사과 하나를 두고 싸우는 게 어찌나 귀엽던지.
우우웅-
영상이 멈추자 기계에서 빛이 흘러나오며 천천히 그림… 아니,

사진이 뽑혀 나왔다. 두 녀석이 사과 하나를 양쪽에서 물고 있는 모습이 그대로 담겨 있었다.

"진짜 되네."

영상 속 장면이 인쇄되어 나오는 것을 보며 카밀라는 환한 미소를 지었다. 이 세계에 사진기가 탄생한 순간이었다.

"신기하네요."

늘 덤덤하던 크리스 역시 처음 보는 기계에 놀라움을 표했다. 어떻게 저렇게 실제와 똑같은 그림이 나올 수 있는 거지? 대륙 어떤 화가를 데리고 와도 저 정도로 똑같이는 그리지 못할 것이다.

"마법은 참 대단한 것 같아."

"라비 님께서 대단하신 거죠."

"이번에는 정말 인정."

리오나 킹을 볼 때마다 드는 생각이 있었다.

핸드폰이 있었으면 참 좋았을 텐데.

혹시나 해서 라비에게 사진기에 대해 설명하고 만들어 줄 수 있냐고 슬쩍 물어봤다. 한참을 고민하던 그는 찰나의 장면을 뽑아내는 건 가능할 것 같다는 답을 들려줬다.

다만, 기존에 없던 개념이라 이를 제대로 적용하기까지 시간이 꽤 걸릴 거라고 해서 조금 걱정했는데.

"우리 여우 새… 오라비, 참 재주도 많아."

"네? 여우요?"

"아무것도 아냐."

결국 라비가 해낸 것이다.

우리 라비 오라비, 정말 천잰가? 저쪽 세계에서 쓰던 사진기와는 완전히 다른 모습이지만 이게 어디야.

"사람들이 무척 마음에 들어 할 것 같습니다. 제작과 판매는 언제부터 시작할까요? 설계도는 라비 님께 받으면 되나요?"

"어?"

"네?"

순간 카밀라와 크리스는 서로를 한참 동안 멀뚱히 바라봤다. 뭔가 대화의 핀트가 어긋난 것 같은데?

"팔려고 만드신 거 아닙니까?"

"…아닌데. 그냥 소장용으로 만든 건데.

킹이나 아이들의 귀여운 모습을 좀 더 많이 남기고 싶어서 라비에게 부탁한 것이었다. 하지만 카밀라는 어색한 미소를 지으며 고개를 끄덕였다.

"그렇지? 팔면 잘 팔리겠지?"

"네, 아주 혁신적인 물건이라고 생각합니다."

"그런데 가격이 많이 비싸지 않을까? 여기에 들어가는 마력석이 장난이 아니거든. 아무리 가격을 낮춘다고 해도 가격 단위 자체가 다를걸."

"아무래도 귀족들을 타깃으로 하는 게 좋을 듯합니다."

"으음, 인화만 해 주는 건 어때?"

"인화요?"

"일반 시민들에겐 기계로 찍어 주고 인화만 해 주는 장사도 괜찮지 않을까?"

기계가 비싸서 못 사는 이들을 위해 따로 사진관을 운영하는 것도 좋을 듯했다. 인화에는 그렇게까지 큰돈이 들지 않으니까 말이다.

"그들도 가족들의 모습을 간직하고 싶어 할 거야."

비싼 화가를 고용할 수 없는 일반인들에게 오히려 이 기계가 더 큰 호응을 얻지 않을까 싶다.

"바로 보고서 올리겠습니다."

"응, 부탁해."

벌컥!

"저기요!"

"여기 영상석 뽑아 주는 곳 맞죠?"

고스트 상회에서 새로운 사업을 시작했다. 마력석을 파는 체인 곳곳에서 영상석을 그림으로 뽑아 주는 획기적인 사업을 시작한 것이다.

사람들은 새로운 문물에 열광했다. 귀족들은 당장 기계를 구입할 의사를 밝혔지만, 제작 기간이 길어 아직까지 물건을 받은 이가 극히 드물었다. 대신 기계를 미리 배치해 놓고 있는 마력석 판매점에서 영상석을 인화해 주고 있었다.

"네, 물론이지요."

가게 점주는 동시에 안으로 들어선 두 여인을 향해 언제나처럼 영업용 미소를 방긋 지어 줬다.

"……."

"……."

반면 두 여성, 라일라와 엘리샤는 서로를 잠시 말없이 바라봤다. 그녀들의 손에는 수많은 영상석이 들려 있었다.

"어떤 장면을 뽑아 드릴까요?"
"전부 다요!"
"전부 다요!"
점주의 물음에 두 사람의 입에서 똑같은 대답이 흘러나왔다. 그에 라일라와 엘리샤의 시선이 다시 마주쳤다.
"전부 다요?"
"네! 첫 장면부터 끝까지 다!"
"하나도 빼지 마시고요!"
"아, 알겠습니다."
이글거리는 두 사람의 눈빛에 점주는 어색한 미소를 지으며 가게에 배치된 기계 두 대에 영상석을 동시에 집어넣었다.
"어?"
그러다 그의 눈이 살짝 커졌다.
"두 분 다 같은 분을 찍어 오셨네요."
"네에?"
"같은 분이요?"
엘리샤와 라일라가 급히 점주가 튼 영상을 바라봤다. 거기에는 점주의 말대로 같은 사람이 움직이고 있었다.
"카밀라?"
"카밀라 언니?"
바로 카밀라가.
"……."
"……."
라일라와 엘리샤의 시선이 부딪쳤다. 하지만 곧바로 두 사람의 눈이 상대방의 영상으로 향했다.

"이거 어디서 찍은 거예요? 맙소사! 언니가 웃어!"

"저, 저거! 침실인가요? 지금 잠에서 막 깨어나는 모습을 찍은 거예요?"

서로의 영상을 확인한 엘리샤와 라일라는 거기에 찍힌 카밀라의 모습에서 눈을 떼지 못했다.

그런 두 사람의 시선이 다시 마주쳤다. 잠시 알 수 없는 눈빛을 주고받던 그녀들이 동시에 점주에게 외쳤다.

"여기 영상들!"

"다 두 장씩 뽑아 주세요!"

※

"카밀라 양, 오늘 정말 즐거웠어요."

"저야말로 초대해 주셔서 감사합니다."

카밀라는 한 귀부인과 인사를 나누며 방긋 웃었다.

"다음에 또 뵙도록 하죠."

"네, 유네스 부인."

고스트 상회 VIP 회원이다. 이번에 블루 다이아몬드 팔찌를 주문한 그녀의 집에 카밀라가 직접 방문해 물건을 전달해 주고 가는 길이었다.

어지간해선 자신이 직접 움직이는 일이 드물지만, 유네스 부인은 사교계에 아주 발이 넓으니 친분을 쌓아 둬서 나쁠 게 없었다.

'돈도 아주 많고.'

또 보자는 말에 그녀의 미소가 더욱 짙어졌다. VIP 포인트를 계속 쌓아 주겠다는 말로 들렸으니까. 이번에 새로 판매 중인 비싼 사진기도 다섯 대나 사겠단다.

"저택으로 모실까요?"

"아니, 상회로 가."

"알겠습니다."

마차에 오른 카밀라는 굳은 어깨를 손으로 주물렀다. 계속 영업용 미소를 짓고 있었더니 생각보다 무척 피곤했다.

마차에 몸을 푹 파묻은 카밀라는 조금 멍한 기분으로 창밖을 바라봤다.

"음?"

그런 그녀의 눈이 순간 살짝 커졌다.

"잠시 멈춰."

그녀는 급히 마차를 세웠다. 부드럽게 마차가 멈춘 후에도 카밀라는 한동안 말없이 창밖을 뚫어져라 응시했다.

'저기서 뭐 하는 거야?'

낯익은 이가 보였다. 앙스와의 죽은 딸, 로라였다. 그녀가 작은 주택 앞에 쪼그리고 앉아 있었다.

그런데 로라는 혼자가 아니었다.

'개?'

그녀의 손을 연신 할짝거리고 있는 개 한 마리.

달칵.

카밀라는 결국 마차에서 내려 그곳으로 향했다.

순간 저번에 로라가 자신에게 했던 말이 떠올랐다.

[있잖아요, 카밀라 님. 혹시 강아지 좋아하세요?]

그때 말한 강아지가 저 아이인가 보네.
'동물은 귀신이 잘 안 되는데 신기하네.'
딱히 한을 가지지 않는다고나 할까? 동물 귀신을 본 적은 거의 없었다.
[카밀라 님!]
그녀를 발견한 로라가 환한 미소를 지으며 손을 흔들었다. 카밀라는 대답 대신 빠르게 주변을 살폈다. 혹 보는 이가 있으면 미친 X 소리 듣기 딱 좋으니까.
멀리서 대기 중인 마부를 제외하곤 아무도 없는 걸 확인한 후에야 카밀라는 낮은 목소리로 말을 건넸다.
"이 개는 뭐야?"
[저도 우연히 지나다가 봤는데, 이 집에서 살던 아이인가 봐요. 매번 이 자리에 있더라고요.]
카밀라가 고개를 들어 집을 살폈다. 사람이 사는 것 같진 않았다. 빈집 특유의 분위기가 느껴졌다.
[이름이 나나래요.]
"나나? 어떻게 알아? 너도 처음 보는 녀석이라며?"
[주변 분들에게 물어봤죠.]
주변 분들? 잠시 갸웃거리던 카밀라는 이내 알 만하다는 것처럼 고개를 끄덕였다. 아마도 이 동네를 돌아다니는 다른 귀신을 말하는 거겠지.
[원래는 이 집에 홀로 살던 아주머니가 기르던 강아지래요.]

"그런데? 지금은 안 사나 보지?"

[몸이 안 좋아져서 다른 곳에서 살던 아들분이 모시고 갔다네요.]

"얘는?"

[……]

로라의 얼굴이 시무룩해졌다. 그러는 사이 나나는 새로운 이가 자신을 알아봐 준 게 좋은 듯 연신 헥헥거리며 꼬리를 흔들었다.

[버리고 갔대요.]

예상했던 대답이 흘러나오자 카밀라는 짧은 한숨과 함께 나나에게 다시 시선을 줬다.

유독 앙상해 보이는 몸.

'굶어 죽은 건가?'

그동안 귀신과 직접적으로 접촉하지 않으려고 노력했던 것도 잊은 채, 카밀라가 무의식중에 손을 뻗었다.

이를 깨달았을 땐 나나가 이미 연신 그녀의 손을 핥는 중이었다. 사람의 온기가 그리웠던 듯 나나는 카밀라의 손에 제 얼굴을 계속 비벼 댔다. 다시 짧은 한숨을 내쉰 카밀라는 녀석의 머리를 가볍게 쓰다듬었다.

정말 꾹꾹 지르밟고 밤새도록 쥐어 패고 싶은 것들이 한둘이 아니었음에도, 그동안 다른 귀신을 시킬지언정 절대 직접 손을 댄 적은 없다. 자신이 저들을 만질 수 있다는 사실을 귀신들이 아는 게 싫었으니까.

의외로 사람의 온기를 바라는 귀신들이 무척 많았다. 그러니 알면 또 얼마나 귀찮게 하겠는가. 안아 달라느니, 손을 잡아 달라느니… 생각만 해도 머리가 아팠다.

[헥헥!]
 하지만 사람 온기를 저리도 좋아하고 반기는 녀석에겐 마음이 약해질 수밖에 없었다.
 "또 올게."
[어? 정말요? 강아지 싫어한다면서요?]
 "…쟤는 개잖아."
 쟤가 어딜 봐서 강아지니? 딱 봐도 성견이잖아.
 카밀라는 멍하니 입을 벌리는 로라와 연신 꼬리를 흔드는 나나를 뒤로한 채 빠르게 마차로 향했다.

 "뭘 만드시는 겁니까?"
 주방장 젤라드의 물음에 카밀라는 최상급 쇠고기를 썰며 대답했다.
 "개밥."
 "예에?"
 "개밥 만든다고."
 "개, 개밥이요?"
 "어."
 "개밥 만드는 데 지금 그 쇠고기를……."
 일반 귀족가에서조차 비싸서 쉽게 구입해 먹지 못하는 최상급 쇠고기를 고작 개에게 주겠다고?
 "왜? 안 돼?"
 "아, 아뇨."
 나도 오버인 거 알거든? 그런데 이 집에 있는 식재료들이 하나

같이 다 최고급인 걸 나보고 어쩌라고.

"그런데 개밥에 양념도 하십니까?"

고기에 소금을 치는 카밀라의 모습에 젤라드가 고개를 갸웃했다. 보통 동물들이 먹는 음식에는 간을 안 하지 않나? 몸에 안 좋다 들었는데.

"그 녀석은 괜찮아."

이미 죽은 몸이라 몸에 해로울 게 없거든. 오히려 간 좀 맞게 해 주는 게 입맛을 돋우지 않겠어?

"남은 건 젤라드가 먹어."

"…개밥을요?"

"싫으면 안 먹어도 되고."

"그……."

최고급 재료로 만든 남은 개밥을 앞에 두고 고민하는 주방장을 뒤로한 채 도시락을 완성한 카밀라는 나나가 있는 곳으로 향했다. 녀석은 여전히 작은 집 앞마당에 망부석처럼 얌전히 앉아 있었다.

[헥헥!]

그녀를 알아본 나나가 빠르게 다가와 연신 꼬리를 흔들었다. 그 사이 로라는 집으로 돌아간 듯 보이지 않았다.

자신의 손을 할짝거리는 나나의 머리를 가볍게 쓰다듬은 카밀라는 가지고 온 도시락을 내려놓았다.

"먹어."

[커엉!]

오랜만에 음식을 본 나나가 카밀라를 향해 한 번 짖더니 도시락 통에 머리를 박고 맛있게 먹기 시작했다. 순식간에 음식들이 검게 변해 사라지는 모습을 보며 카밀라는 짧은 한숨을 내쉬었다.

'찾아볼까?'

이 집 주인, 정보 조직에 의뢰하면 바로 찾을 수 있을 것 같은데.

"하긴, 찾으면 뭐 하겠어."

당신이 버리고 간 개가 죽었는데도 아직도 그 집에서 기다리고 있으니 좀 와 보라고 말을 해 줄 수 있는 것도 아니잖아.

[컹! 헥헥!]

어느새 밥을 다 먹은 나나가 엉덩이를 바닥에 착 붙이고 카밀라를 물끄러미 바라봤다. 연신 꼬리를 흔들면서. 밥 다 먹고 빈 그릇을 내밀며 엄마에게 칭찬을 바라는 아이 같다.

"……."

카밀라는 천천히 나나의 머리를 쓰다듬었다. 눈을 감고 그 손길을 즐기는 녀석의 모습에 저도 모르게 다시 한숨이 흘러나왔다.

"아직도 사람이 좋니?"

사람에게 버림받고 이렇게 죽었는데?

원망하기는커녕 여전히 사람의 손길을 기꺼이 따르는 녀석의 모습을 보고 있자니 안타까움이 인다.

'이래서 싫다.'

어리고 선한 것들이.

너무 바보 같아서 보면 내버려 둘 수가 없다.

"또 올게."

마지막으로 녀석의 머리를 쓰다듬은 카밀라는 다시 집으로 향했다.

"킹."

[규!]

"그 녀석이 싫대."

[규우?]

무슨 말이냐는 듯 킹이 고개를 갸웃거렸다.

"우리 집에 오기 싫다네."

그 후로 일주일이라는 시간이 흘렀다.

틈이 날 때마다 가서 나나를 돌본 카밀라는 녀석을 아예 집으로 데려오려 했다. 혼자 그곳에 있는 것보다는 여기가 훨씬 나을 테니까.

킹에게 허락도 받았다. 처음에는 싫다고 으르렁거리던 녀석이 결국 아니꼬운 표정으로 고개를 끄덕여 줬다.

그런데…….

'우리 집에 갈래?'

나나에게 그 말을 꺼내는 순간 녀석이 바로 집 안으로 쏘옥 들어가 숨어 버렸다.

[저도 말해 봤는데 싫대요. 여기가 좋은가 봐요.]

로라 역시 이미 나나에게 자기와 함께 갈 것을 권해 봤던 듯 아쉬운 표정으로 고개를 저었다.

'여기가 왜 좋아? 아무도 없는데?'
[예전에 나나를 본 몇몇 분들이 음식도 주고 불쌍해서 데려가려 했는데 매번 그럴 때마다 도망쳤대요. 그러곤 사람들이 사라지면 어느새 다시 이 자리에 와 있었다고 했어요.]

"…진짜 바보라니까."
[규-우?]
"너 말고."
한숨을 내쉬는 카밀라를 위로하듯 킹이 그녀의 손을 할짝였다.
"그 개가 어디에 있는데? 내가 데려와 줘?"
"……!"
그 순간 들려오는 목소리.
"인기척 좀 내고 들어오시면 안 돼요?"
에스크라 공작이었다. 언제 온 것인지 그가 팔짱을 끼고 선 채로 카밀라를 멀뚱히 내려다보고 있었다.
"우리 집으로 오면 개를 수십 마리도 키우게 해 주지."
…내가 애냐? 지금 개로 나 꼬시는 거야?
어이가 없다는 듯한 눈빛으로 에스크라 공작을 바라보던 카밀라는 자리에서 일어섰다. 상회에 가기 전에 나나에게 밥을 주고 갈 생각이었다.
"백 마리도 키우게 해 줄게."
됐거든요. 집을 무슨 개판으로 만들 생각인가?

끝까지 엉뚱한 소리를 지껄이는 그를 무시하며 카밀라는 곧장 주방으로 향했다.

"아가씨, 그거 오늘 저녁 식사 재료인데……!"
"그래서?"
"…맛있게 드시라고요."
"내가 먹을 거 아냐."
"또 개밥 만드시는 겁니까?"
"어."

오늘도 최상급 생선이 개밥으로 만들어지는 것에 속으로 눈물을 흘리는 주방장을 뒤로하고 카밀라는 도시락을 싸 나나가 있는 곳으로 향했다.

"나나."

[컹!]

나나는 언제나처럼 집 앞에 덩그러니 홀로 앉아 있었다. 자신의 등장에 반갑다는 듯 순식간에 달려와 주변을 연신 뛰어다녔다.

"오늘도 맛있는 거 싸 왔어."

[헥헥!]

꼬리의 흔들림이 더욱 빨라지는 걸 보며 희미한 미소를 지은 카밀라는 서둘러 음식을 꺼내 펼쳤다.

[…….]

그런데 나나가 평소와 달리 바로 음식에 덤벼들지 않았다. 녀석의 시선이 어딘가로 향해 있었다.

그 시선을 좇아 고개를 돌린 카밀라의 표정이 살짝 굳어졌다.

50대 중반으로 보이는 여자가 서 있었기 때문이다.

[나나.]

[컹! 컹!]

그녀의 나직한 부름에 나나는 뒤도 돌아보지 않고 달려갔다. 자기감정을 주체하지 못하겠다는 듯 연신 그녀 주변을 뛰어다녔다. 점프를 해 얼굴을 핥기도 하고, 다리에 얼굴을 비벼 대며 기쁨을 온몸으로 표현했다.

[그래……. 나도 네가 너무 보고 싶었단다.]

나나를 품에 안은 여자의 눈에서 눈물이 주르륵 흘러내렸다.

[많이 기다렸지?]

[헥헥!]

나나는 괜찮다는 듯, 이렇게 다시 와 줘서 고맙다는 듯 그녀의 눈물을 핥아 주었다. 그제야 그녀의 입가에 미소가 어린다.

나나를 품에 꼭 안은 여자의 몸이 점점 희미하게 변해 갔다. 나나 역시 덩달아 함께 몸이 흐려져 갔다.

"……."

그렇게 여자와 나나가 사라지는 모습을 카밀라는 그저 말없이 지켜봤다.

나나가 완전히 사라진 후에야 카밀라의 입에서 짧은 한숨이 흘러나왔다.

"밥이라도 먹고 가지."

바닥에 음식이 담긴 통들이 그대로 놓여 있었다. 알 수 없는 허탈한 마음에 카밀라의 입에서 다시 긴 한숨이 흘러나왔다.

역시 녀석이 여길 떠나지 않은 건 주인을 기다리고 있었기 때문인가 보다. 자길 버리고 떠난 주인임에도 저리 좋을까?
그래도 일말의 양심은 있었나 보지? 죽어서라도 녀석을 찾아온 걸 보면 말이다.
"어머니는 대체 왜 하필 여기에다 뿌려 달라는 거야!"
"어쩌겠어요. 어머니의 유언인데."
그때 어디선가 사람 소리가 들려왔다. 고개를 돌리니 두 남녀가 무언가를 조심스럽게 든 채 걸어오고 있었다.
'저거…….'
유골함이다.
이 세계에도 화장 문화가 있었다. 신전에 기부할 능력이 없거나 무덤을 따로 만들 공간이 없는 이들은 저렇게 화장을 해서 원하는 곳에다 뿌렸다.
"아무래도 그 개 때문인 것 같아요. 어머니가 끝까지 데려가고 싶어 하셨잖아요."
"몸도 제대로 못 움직이는 어머니와 개를 동시에 어떻게 돌봐!"
"어머니가 돌아가시기 전까지 참 많이 보고 싶어 하셨는데……."
"됐어. 빨리 뿌리고 가자고. 집에다 이런 거 뿌리는 걸 누가 보기라도 하면 사람들에게 한 소리 들을지도 몰……!"
유골함을 들고 있던 남자가 멈칫했다. 집 마당 한쪽에 서 있는 카밀라를 그제야 발견한 것이다.
"뭡니까?"
남자는 들고 있던 유골함을 뒤로 슬쩍 감추며 물었다. 카밀라는 바닥에 깔려 있던 음식을 챙겼다.
"예전에 여기서 개를 한 마리 봤거든요. 오랜만에 찾아왔더니 안 보이네요."

"아……."

카밀라는 더 말하지 않고 걸음을 옮겼다.

저들을 탓할 마음은 전혀 들지 않았다. 다들 각자의 사정이 있는 거니까. 그저 나나와 그 주인이 안타까울 뿐이다.

'그래도 다행인가?'

나나가 그토록 기다리던 이가 그 아이를 버린 것이 아니라는 게.

카밀라는 그렇게 씁쓸한 마음을 뒤로하고 집으로 향했다.

컹컹! 왈왈! 끼이잉! 멍!

"으… 뭔 소리야?"

다음 날 아침, 밖에서 들리는 낯선 소음에 카밀라는 부스스 잠에서 깼다. 비몽사몽 밖으로 나간 카밀라는 자신이 여전히 꿈을 꾸고 있나 싶었다.

…뭐지? 이 개판은?

왈왈! 컹컹!

수십 마리의 개가 집 앞 정원을 정신없이 뛰어다니고 있었다.

"따님, 일어났나?"

저도 모르게 입을 멍하니 벌리는 순간 들려오는 익숙한 목소리. 에스크라 공작이었다.

"어때? 내 선물."

"선물?"

"개 키우고 싶어 하는 것 같아서. 오늘 아침 일찍 가게 가서 데리고 왔지."

"……."

"좀 더 데리고 올 걸 그랬나?"

"…장."

"뭐?"

"당장 돌려주고 와요!"

✻
깨달음

"어서 오렴."

언제나와 다름없이 식당에는 소르펠 공작이 먼저 와 앉아 있었다. 그와 가볍게 인사를 나눈 카밀라의 시선이 곧장 한 사람에게 향했다.

"개들 다 어쨌어요?"

"너무하네. 아빠가 처음으로 준 선물을 그렇게 홀대하다니."

"개가 물건이에요? 선물로 주게!"

그것도 수십 마리나!

서슬 퍼런 눈빛을 마구 발사하자 에스크라 공작이 결국 손을 들었다.

"돌려주고 왔어. 돈은 안 돌려받는 걸로 하고."

개를 모두 돌려준 게 마음에 들지 않는 듯 못마땅한 기색을 드러내는 에스크라 공작을 한 번 더 노려본 후에야 카밀라는 자리에 조용히 앉았다.

"역시 옛날이 더 정상이었다니까."

라비를 비롯해 다른 식구들도 어이가 없다는 듯한 눈빛으로 그를 바라봤다. 물론 에스크라 공작은 본 척도 하지 않았지만 말이다. 오히려 자신의 마음을 몰라준다는 듯, 그는 카밀라를 향해 연신 혀를 찼다.

"혹 기르고 싶은 강아지가 있었던 거냐? 그럼 아비한테 진작 말을 하지."

소르펠 공작도 가볍게 혀를 찼다. 이런 소동이 일기 전에 자신이 알았다면 먼저 해결해 주었을 텐데.

"따로 주인이 있는 개라서요."

"네가 기르고 싶다면 이 아비가 주인을 만나 따로 타협해 보마."

"괜찮아요."

카밀라는 살며시 고개를 저었다.

"이미 죽었거든요."

"…죽어?"

"네."

덤덤한 카밀라의 대답에 그 자리에 있던 모든 이들의 행동이 뚝 멈췄다.

그래서였나? 나갔다 들어온 그녀의 안색이 유독 좋지 않더라니. 그때 개의 죽음을 확인하고 돌아왔던 거였나?

"어떤 종의 개였는데?"

"어떻게든 똑같은 녀석을 찾아서 데리고 오마."

"그 녀석들 다시 데리고 올까?"

카밀라는 서둘러 고개를 저었다. 가볍게 한 말인데 반응들이 너무 열렬해서 오히려 당혹스러웠다.

"그냥 주인이 몸이 안 좋아서 개를 잘 못 돌보는 것 같아 제가 잠시 챙겨 준 것뿐이에요. 저, 동물 안 좋아해요."

[뀨우우?]

…아니, 너 빼고.

순간 움찔하며 자신을 빤히 바라보는 킹의 모습에 카밀라는 피식 웃으며 고개를 휘휘 저었다.

"참, 이것 받거라."

잠시 후 소르펠 공작이 고급스러운 봉투 하나를 건넸다.

그 봉투를 본 카밀라의 미간이 꿈틀했다. 봉투 겉면에 찍힌 인장이 아주 익숙했으니까.

"황실에서 온 거네요."

"쟈비엘라 황비가 보낸 거다."

이 망할 놈의 황족들이 왜 돌아가면서 날 못 봐 난리래.

'언제부터 날 그렇게 보고 싶어 했다고.'

카밀라의 기억에 재수 없는 귀족으로 손꼽아 놓은 인물 중 하나가 바로 쟈비엘라 황비다. 다른 이들이 봤을 땐 누구보다 인자하고 선한 그녀이지만 카밀라가 예전부터 지켜본 그녀는 무척 재수가 없었다.

'오늘 특별히 여러분을 위해 제가 준비한 디저트랍니다.'

'어머나! 너무 예쁘네요.'

'먹기 아까워요, 마마.'

그래도 공작가의 영애라고 쟈비엘라 황비가 주최하는 티 파티에 종종 초대받아 간 적이 있다.

'어머? 한 사람 몫이 모자라네요.'
'이게 어떻게 된 일이지? 분명 모자람 없이 준비하라고 했거늘.'
'죄송합니다, 마마. 실수가 있었던 듯합니다.'
'미안해요, 카밀라 양. 어쩌죠?'
'괘, 괜찮습니다. 단 음식을 별로 좋아하지 않는지라…….'
'그래요? 다행이네요.'

다행은 무슨 다행!
'썩을!'
실수도 하루 이틀이지. 어떻게 매번 한 사람 몫만 모자라냐고! 그것도 꼭 카밀라 앞에서 음식이 끊기는 걸 그저 우연이라고 볼 수 있나?
'유치하게 음식 가지고 말이야.'
애들도 안 하는 짓을 제국의 황비라는 것이 하고 있었다. 겉으로야 하하 호호하면서도 카밀라를 바라보는 눈에는 경멸이 가득했다.

'카밀라 양, 차 맛이 어떤가요? 입에 맞나 모르겠네요.'

어느 날은 웬일로 카밀라에게 제일 먼저 차를 따라 주는 게 아닌가.

별일도 다 있다 했는데…….

'맛이 아주 좋습니다, 마마. 입에 딱 맞아요.'
'그래요?'

급히 한 모금 마신 후 감상을 얘기하는 카밀라를 보며 그녀의 입가의 미소가 더욱 짙어졌다. 그러곤 그제야 찻잔을 들어 차를 음미하던 쟈비엘라 황비는…….

'윽! 애니, 차 맛이 왜 이렇지?'
'죄송합니다, 마마. 찻잎이 상했던 것 같습니다. 바로 다시 준비하겠습니다.'
'세상에! 카밀라 양, 미안해요. 이를 어쩌죠? 그만 마셔요. 그차, 상한 거예요.'

'장난하냐!'
황실에 상한 찻잎이 있는 게 말이 돼? 그것도 다른 이도 아닌 황비가 마시는 차가 상했다고?
일부러 구하지 않고서야 어떤 미친 것들이 그런 걸 황실에다 납품하겠어. 사람을 가지고 노는 것도 상식선이 있어야 할 거 아냐!
'상한 차를 마시고 맛있다고 했으니.'
그 자리에 있던 모두가 카밀라를 비웃었다. 출신은 어쩔 수가 없다며 소곤거리는 소리도 들렸다.
그 소리에 카밀라는 더욱 몸을 움츠렸고, 결국 얼굴만 붉히다 말

한마디 못 하고 돌아와야만 했다. 그리고 그런 카밀라의 모습을 쟈비엘라 황비는 하나의 유희로 여기며 즐겼다.

'그런데 또 초대를 하셨다?'

초대장을 찢어 버릴 수도 없고.

'진짜 웃긴다니까.'

자신이 마력석 광산의 주인이 되고 고스트 상회를 이끌게 된 이후로는 예전처럼 자주 초대를 받지 못했다.

'더 이상 웃음거리로 삼기가 부담스러웠던 거겠지.'

아니면 그간 철저히 무시해 온 사람이 갑자기 잘나가는 게 꼴 보기 싫었던 것일 수도 있고.

그런데 갑자기 또 무슨 꿍꿍이가 있어 이런 초대장을 보낸 걸까?

"왜? 이번에도 가기 싫어?"

그 순간 에스크라 공작이 눈을 번뜩이며 물었다.

"아뇨, 꼭 가고 싶습니다!"

이번에도 혹 찾아와 깽판을 칠까, 카밀라는 서둘러 고개를 저었다. 당신이야 권력 빵빵한 인간이라 황족한테도 막 할 수 있겠지만 난 평범한 소시민이라고!

'물론…….'

소시민도 밟으면 꿈틀한다는 것 정도는 보여 줘야겠지?

"초대에 응한다는 답장은 제가 쓸게요."

카밀라는 방긋 웃으며 초대장을 챙겼다.

'그래, 이번에 아주 즐거운 마음으로 참가해 줄게.'

그런 그녀의 미소가 더욱 짙어졌다.

"손님들은?"

"모두 오셨습니다."

"소르펠 공녀도?"

"네, 마마."

시녀 애니의 대답에 쟈비엘라 황비의 입에서 짧은 한숨이 흘러나왔다.

"왜 하필……."

다른 이도 아니고 그녀가 그자의 딸이란 말인가.

"그토록 무시했건만."

물론 그동안 자신이 보인 행동에 대해 후회는 하지 않았다. 비록 친부는 밝혀졌지만 카밀라, 그녀의 친모에 대한 거부감은 여전했다. 오히려 이번 일로 인해 그 생각에 더욱 확신을 가지게 됐다.

"천박하게."

들어 보니 라비 소르펠의 아비는 그자가 아니라 또 다른 자라지 않은가. 대체 몇 명의 남자와 놀아난 거지?

"그런 여자의 아이를 내가 직접 상대해야 한다니."

그래도 어쩌겠는가. 이게 다 자신의 아들을 위한 것임을.

에스크라 공작과의 만남을 이미 여러 번 시도하였지만 번번이 실패로 끝났다. 페이블러 황제의 식사 초대도 단번에 거절한 그이지 않은가. 결국 그녀의 선택은 카밀라일 수밖에 없었다.

"그자가 아직도 소르펠가에 머물고 있다지."

"네, 마마."

시녀 애니의 대답을 들으며 쟈비엘라 황비의 미간이 더욱 일그러졌다. 아무래도 그와 만나려면 카밀라를 이용할 수밖에 없을 듯했다.

"가지."

짧은 한숨을 내쉰 쟈비엘라 황비는 마뜩잖은 기색을 빠르게 지우며 카밀라와 다른 이들이 기다리고 있는 장소로 향했다. 오늘은 날씨도 그리 덥지 않고 무척 쾌청해 정원에다 다과 자리를 마련했다.

"어머나! 세상에."

"정말 예쁘네요."

"너무 마음에 들어요, 카밀라 양."

장소에 다다르자 귀부인들의 탄성이 제일 먼저 귀를 파고들었다. 연신 탄성을 지르는 소리에 쟈비엘라 황비의 걸음이 살짝 빨라졌다.

무슨 일이 있는 건가? 자신이 가까이 다가섰음에도 다들 무언가를 보느라 정신이 없었다.

"아! 황비마마 오셨습니까?"

한참 후에야 한 귀부인의 외침에 다들 멈칫하며 급히 그녀를 향해 고개를 숙였다.

"다들 즐거워 보이는군요."

쟈비엘라 황비가 빙그레 웃었다.

"이것 좀 보세요, 마마."

"카밀라 양이 저희에게 이런 귀한 선물을 줬답니다."

귀부인들의 손에는 작은 상자들이 하나씩 들려 있었다. 거기에는 머리 장식으로 보이는 보석이 담겨 있었는데, 그걸 보는 순간 쟈비엘라 황비의 입에서도 감탄이 흘러나왔다.

세공 솜씨도 솜씨지만 디자인이 무척 아름다웠다. 무엇보다 아주 작게 포인트로 박혀 있는 블루 다이아몬드가 압권이었다.

"다들 마음에 드신다니 다행이네요. 너무 소박한 걸 준비한 게 아닐까 걱정했는데."

"소박하다니요!"

어느새 가까이 다가온 카밀라가 웃으며 쟈비엘라 황비를 향해 고개를 숙였다.

"마마의 마음에도 드셨으면 좋겠습니다."

당연히 내 것도 준비했겠지. 쟈비엘라 황비의 얼굴에 살짝 기대감이 어렸다.

카밀라는 바로 고개를 돌려 함께 온 도르만을 향해 손을 뻗었다.

"이런! 어쩌죠, 아가씨?"

"무슨 일이야?"

"제가 실수로 수를 잘못 셌나 봅니다."

"뭐? 더 없어?"

"네, 아가씨. 죄송합니다."

"내가 모자람 없이 준비하라고 했잖아."

잠시 나무라듯 도르만을 바라본 카밀라는 서둘러 쟈비엘라 황비를 향해 아주 정중히 고개를 숙였다.

"송구합니다, 마마. 어쩌죠? 제 시종이 실수를 한 듯합니다."

"……."

…실수?

'그런데 이 기시감은 뭐지?'
현 상황이 전혀 낯설지 않았다.
"가끔 이렇게 사소한 실수를 할 때가 있지요."
쟈비엘라 황비를 바라보는 카밀라의 눈가가 더욱 곱게 휘었다.
"종종 디저트 개수가 모자라는 것처럼요."
이어진 카밀라의 말에 그제야 퍼뜩 떠오르는 것이 있었다. 예전에 자신이 이렇게 그녀에게 장난을 치지 않았던가.
'이년이!'
쟈비엘라 황비는 속으로 으득, 이를 갈았다. 감히 지금 그때의 일을 따지고 있는 건가? 감히 나에게?
물론 카밀라는 아랑곳하지 않았다.
'왜? 유치해?'
원래 사람이라는 게 유치한 짓에 더 열받는 법이거든. 입으로야 유치해서 원, 하지만 속은 부글부글하는 거지.
'내가 진짜 상한 음료도 똑같이 갖다 주려고 했는데 그건 참았다.'
속이야 어떨지 모르겠지만 겉으로는 여전히 인자한 미소를 짓고 있는 쟈비엘라 황비를 향해 카밀라 역시 환한 미소를 지어 줬다. 네가 나에게 한 짓을 잊지 말라는 뜻을 담아서.
그녀도 안다. 쟈비엘라 황비가 오늘 자신을 이렇게 부른 이유를 말이다.
'에스크라 공작 때문이겠지.'
최근 그녀가 에스크라 공작에게 줄을 대려고 사방팔방 뛰어다닌다는 사실을 이미 알 사람은 다 알고 있었다. 아마도 자신을 통해 그와의 만남을 성사시키려고 하는 거겠지?

그런 그녀의 행동에 카밀라는 지금 그럴 의사가 조금도 없다는 걸 밝힌 거다. '네가 한 짓이 있는데 내가 그딴 부탁을 들어줄 것 같니?'라는 말을 돌려 해 준 거지.

'그러니 앞으로 마음에도 없는 초대 따위 하지 말라고.'

귀찮으니까.

"큭… 하하하!"

"……!"

그 순간 들려오는 웃음소리.

급히 고개를 돌리니 에드셴 황태자가 고개를 절레절레 흔들며 큰 소리로 웃고 있는 게 보였다.

갑작스러운 그의 등장에 쟈비엘라 황비의 미간이 살짝 일그러졌다. 하지만 그건 아주 찰나였기에 그 모습을 본 이는 카밀라가 유일했다.

바로 입가에 웃음을 머금은 쟈비엘라 황비가 반가운 목소리로 그에게 인사를 건넸다.

"어서 와요, 황태자. 여기까지 어쩐 일이죠?"

"그냥 산책 중이었습니다. 그런데 이렇게 재미있는 걸 볼 줄 알았으면 좀 더 일찍 올 걸 그랬군요."

"…재미있는 거요?"

에드셴은 대답 대신 살짝 웃으며 카밀라에게 다가갔다. 그가 다가서는 걸 본 카밀라가 눈을 데구루루 굴렸다. 어떻게든 그와 시선을 마주치고 싶지 않아서.

'아니, 왜?'

난 그저 가볍게, 정말 아주 가볍게 저 여자에게 경고만 할 생각이었다고! 소시민답게 정말 꿈틀하는 것만 보여 주고 가려고 했어! 그러니까 이쪽으로 오지 마!

"더럽고 천한 피를 타고났다고 늘 웃으며 무시하던 누군가가 갑자기 그대를 이렇게 부른 이유 정도는 알고 있겠지."

…너 지금 대놓고 나 깐 거니?

때리는 시어머니보다 말리는 시누이가 더 밉다더, …음? 이 비유는 아닌가? 어쨌든 네가 더 나빠!

에드센 황태자가 툭 내뱉은 말에 순식간에 주변 공기가 차갑게 내려앉았다.

그가 지칭한 사람이 누군지 그 자리에 있는 모두가 알고 있었으니까. 평소에 쟈비엘라 황비가 카밀라를 은근히 무시하던 것을 이 자리에 있던 모두가 같이 보고 동조하지 않았던가.

"웃기지 않아? 얼마 전까지만 해도 뒤에서 그렇게 죽이려고 수작을 부리던 주제에, 이제는 그자를 만나려고 난리니 말이야."

하나도 안 웃기거든요. 오히려 울고 싶다고!

'왜 그런 말을 날 보고 하는 건데!'

카밀라는 뒤를 돌아보기가 두려웠다. 아까부터 뒤통수가 서늘한 것이, 누군가의 시선이 고스란히 느껴졌기 때문이다.

"자네 집에 현재 얹혀사는 이에게 꼭 전해. 뒤통수치는 게 특기인 늙은 여우를 조심하라고."

…역시 황궁은 자신과 안 맞는 것 같다. 왜 올 때마다 이런 일이 생기냐고.

쟈비엘라 황비의 시선 따윈 전혀 개의치 않은 채, 본인이 하고 싶은 말을 다 한 뒤 아무 일도 없었던 것처럼 빙그레 웃는 그가 그렇게 얄미워 보일 수가 없었다.
"저흰 이만 가 보도록 하겠습니다. 즐거운 시간 보내십시오."
아무 일도 없었던 것처럼 능글맞게 인사까지 건넨 그가 자신의 손을 잡고 그대로 정원을 걸어 나갔다.
'하아.'
그래도 혼자 남겨 두고 가지 않는 걸 다행이라고 여겨야 하나? 저 서늘한 분위기에 혼자 남아 있었으면 어쩔 뻔했어?
에드센 황태자의 손에 이끌려 걸음을 옮기는 카밀라의 입에서 연신 한숨이 새어 나왔다.

"편찮으신 곳은 없는 듯합니다."
"그런데 그렇게 툭하면 쓰러지나? 다시 진료해 봐."
에드센 황태자는 황궁 소속 치료사의 말에 미간을 찌푸렸다. 자신의 말을 바로 반박하는 에드센 황태자로 인해 치료사의 얼굴에 난감함이 어렸다.
"으음… 전체적으로 피로가 쌓인 상태이기는 하나, 딱히 문제가 될 만한 곳은 없습니다. 푹 쉬시면 됩니다."
두 사람의 대화를 들으며 카밀라는 어색한 미소를 흘렸다. 이게 대체 무슨 상황이지…….
조금 전 에드센 황태자의 손에 이끌려 정원을 나선 카밀라는 곧장 어딘가로 향해야만 했다. 그들이 도착한 곳은 다름 아닌 황실 치료원이었다.
"저희 가문에도 치료사가 있습니다만."
"황궁 치료사만큼은 아니지."

"그건 그렇겠지만……."

치료사에게 진료를 받는 일이야 매우 익숙했다. 당연하다시피 이번에 수호의 검을 지키면서 또 쓰러졌다. 제노가 몸에 들어왔다 나간 후 어김없이 며칠 침대에 누워 고생해야만 했고.

그런 일이 최근에 잦다 보니 안 그래도 소르펠 공작과 다른 이들 역시 자신의 몸 상태를 유독 신경 쓰고 있었다. 한두 번도 아니고 툭하면 쓰러져 골골거리니 몸에 이상이 있는 게 아닐까 싶은 거다. 아마도 에드셴 역시 같은 생각이었던 듯, 기회가 생기자마자 이렇게 치료원으로 자신을 데리고 온 것이다.

"피로에 좋은 약을 지어 드리겠습니다."

'안 지어 주셔도 되는데…….'

안 그래도 지금 먹고 있는 약만 수십 개다. 소르펠 공작이 몸에 좋다는 약을 있는 대로 다 구해 와서.

"고마워요."

하지만 이런저런 상황을 설명하기 귀찮았던 카밀라는 그저 고맙다는 인사로 이 상황을 마무리했다.

"흐음."

그러나 에드셴은 여전히 뭔가 마음에 들지 않는 듯 약을 짓기 위해 밖으로 나가는 치료사를 못마땅한 얼굴로 바라봤다.

"정말 아픈 곳 없는 건가?"

"아주 건강하답니다."

휘익!

갑자기 자신의 손목을 낚아채는 그의 행동에 카밀라의 눈이 커졌다.

"전보다 더 야윈 것 같은데."
"요즘 일이 많아서요."
그러니 이 손 좀 놓지?
카밀라는 힘을 줘 손을 뺐다. 그러자 에드센의 눈빛이 더욱 못마땅해졌다.
"일을 좀 줄이는 건 어때?"
"그럴 수 있는 일들이 아닌지라."
"난 너무 야윈 여자는 싫던데."
뭐라는 거야? 그 말을 왜 나한테 하는 건데?
어느새 입가에 미소를 머금은 그가 자리에서 일어섰다.
"약은 저택으로 보내 주도록 하지."
"네, 잘 먹을게요."
"바로 귀택하나? 데려다주지."
"아뇨, 괜찮습니다. 제가 타고 온 마차가 기다리고 있으니까요."
"안 기다리고 있는데."
"네에?"
"내가 돌려보냈거든. 진찰받는 데 시간이 오래 걸릴 것 같아서."
아니, 그걸 왜 네 멋대로 정하는데!
"그러니 내가 데려다준다고 하잖아."
잠시 황당한 눈빛으로 그를 바라보던 그녀는 짧은 한숨을 내쉬며 고개를 저었다.
"아카데미로 가야 해요."
클럽 활동이 있는 날이다. 너무 오래 빠져서 오늘은 꼭 참석할 생각이었다.

"가지."

앞서 치료실을 나서는 에드센 황태자를 지그시 바라보던 카밀라는 조용히 그의 뒤를 따랐다.

달칵!

봉사 클럽실의 문을 열고 안으로 들어서던 카밀라는 의아한 눈빛으로 한 곳을 바라봤다.

아르시안과 라일라가 뭔가를 아주 열중해서 보고 있었다. 문이 열리는 소리도 듣지 못할 정도로 초집중 모드였다.

뭐 하는 거지?

"이건 어때요?"

"좋아. 저것도."

"저건 안 돼요!"

…언제 저렇게 친해졌대?

머리를 맞댄 채 친근하게 대화를 나누는 두 사람의 모습에 카밀라는 잠시 그들을 지켜봤다.

"저도 어렵게 구했다고요."

"다시 현상하면 되잖아."

"제가 원본 영상을 들고 있는 게 아니-"

"뭐 해, 둘이?"

"꺄악!"

그제야 두 사람이 급히 고개를 돌려 카밀라를 바라봤다.

"아, 아무것도 아니에요!"

"언제 온 거야?"

"방금."

라일라는 서둘러 뭔가를 빠르게 치웠다. 저거 사진 같은데? 뭐가 저리 많아?

"무슨 사진이야?"

"아무것도 아니야!"

"아니에요!"

"……."

그들에게 한 걸음 가까이 다가서려던 카밀라는 멈칫했다. 동시에 손을 뻗어 자신이 다가가는 것을 막는 그들의 모습에.

"제가 그래서 여기서는 안 된다고 했잖아요."

"그냥 나한테 다 주면 됐잖아."

아르시안과 라일라가 다시 소곤거렸다.

욱신.

'…어라?'

그런 두 사람을 말없이 바라보던 카밀라는 멈칫했다. 순간 가슴이 아릿한 느낌이 들었기 때문이다.

'뭐지?'

뭔가 속이 울렁거리는 것도 같고, 갑갑한 기분도 들고…….

'나 진짜 어디 아픈가?'

방금 황실 치료사에게 진찰받고 나온 길인데?

카밀라는 고개를 갸웃거리며 두 사람을 바라봤다. 어느새 그들은 보고 있던 것들을 다 치운 뒤였다.

"카밀라! 오랜만에 클럽실에서 마주하니 너무 좋아요!"

언제나처럼 환하게 웃으며 자신의 손을 잡고 방방 뛰는 라일라의 모습에 카밀라 역시 곧 미소를 지었다.

"다른 사람들은?"

"곧 올 거예요. 저와 아르시안 님이 할 일이 있어 먼저 왔거든요."

"우리 언제 다시 보는 거야? 저거 아직 다 안 끝났-"

"쉿, 쉿!"

아르시안의 입을 라일라가 급히 막았다. 나무라듯 그를 바라보자 아르시안이 어쩔 수 없다는 듯 슬쩍 한발 물러섰다.

"……."

카밀라는 그런 두 사람을 물끄러미 바라봤다. 이유 모를 아릿한 통증에 의아함을 느끼며.

"카밀라한테 들킬 뻔했잖아요!"

"시끄러워. 그러게 처음부터 그냥 다 달라니까."

"와, 양심도 없어! 저도 정말 간신히 구한 거거든요!"

클럽 활동이 끝나고 아르시안과 라일라는 따로 만남을 가졌다. 아무도 없는 은밀한 장소에서.

그들이 마주 앉은 탁자 위에는 엄청난 양의 사진들이 수북이 쌓여 있었다. 그 사진 속 주인공은 바로 카밀라였다.

"여기서부터 여기까지는 저도 엘리샤 님에게 받은 거라고요! 저도 두 번은 못 구해요!"

"엘리샤?"

그녀의 이름이 나오는 순간 아르시안의 미간이 사납게 일그러졌다. 최근 사사건건 자신과 카밀라 사이에 끼어들며 방해하는 그녀의 행동에 그렇지 않아도 신경이 날카로워져 있는 상태였다.
"정 갖고 싶으면 직접 가서 달라고 하세요. 원본 영상석은 그분이 들고 계시니까."
"걔가 나한테 그걸 줄 것 같냐?"
틈만 나면 카밀라에게서 떨어지라고 소리치는 녀석인데?
"어쨌든 이건 안 돼요."
"그럼 저거라도 줘."
아르시안이 가리킨 건 작은 쿠션이었다. 카밀라의 얼굴을 자수로 놓은.
"이것도 안 된다고 했잖아요!"
라일라는 급히 쿠션을 품에 안으며 그를 살며시 노려봤다. 오늘 이 사태가 벌어진 것도 다 이 쿠션 때문이었다. 다른 이들이 오기 전까지 클럽실에서 홀로 수를 놓고 있던 라일라는 마침 소리 소문 없이 들어선 아르시안에게 딱 걸리고 만 것이다.
"백 골드 줄게."
"필요 없어요. 저도 요즘 돈 잘 벌거든요. 우리 카페 사장님이 월급을 아주 빵빵하게 주셔서."
"그럼 천 골드."
헉! 천 골드라니. 무슨 쿠션 하나에……!
잠시 놀란 표정이 되었던 라일라는 급히 고개를 저었다.
"이건 돈이 문제가 아니잖아요! 안 돼요."
"대체 되는 게 뭐야!"
"요거, 요거, 요거. 이렇게만 들고 가세요."

"씨X!"

결국 그의 입에서 거친 말이 튀어나왔다. 물론 이미 그의 말투에 적응한 라일라는 들은 척도 하지 않았지만.

"싫으면 마세-"

"누가 싫대!"

결국 라일라가 내민 사진 몇 장을 빠르게 챙기는 아르시안이었다.

※

아주 넓은 크기에 비해 방 주인의 성격을 보여 주듯 가구라고는 기본적인 것만 놓여 있어 삭막하기 짝이 없었다. 그 중앙에 쪼그리고 앉아 뭔가를 열중하고 있는 이가 있었으니, 바로 아르시안이다.

"젠장!"

잠시 후 그는 성질을 있는 대로 내며 뒤로 나가떨어졌다.

"뭐가 이렇게 힘들어!"

그가 들고 있는 작은 쿠션에는 흐릿하게 카밀라의 얼굴이 새겨져 있었다.

라일라가 들고 있던 걸 뺏으려다 실패한 후 직접 만들기 시작했으나, 며칠이 지난 지금까지 제대로 수가 놓인 부분이 거의 없었다. 당장 쿠션을 집어 던지려다가도 카밀라의 얼굴이 새겨져 있는 걸 보곤 다시 조심히 내려놓기를 반복하고 있었다.

"뭐 하는 거냐."

"……!"

그 순간 들려오는 세프라 공작의 목소리에 아르시안의 온몸이 그대로 굳어져 버렸다. 세프라 공작의 시선이 그의 손에 들려 있는 쿠션에 향했다.

"마법사라는 녀석이 이리 손재주가 없어서야."

"씨X! 손재주랑 마법이 뭔 상관이냐고! 왜 매번 손재주 타령이야!"

"어! 카밀라 누나다!"

그제야 세프라 공작의 손을 잡고 서 있는 리오의 모습을 발견한 아르시안이 움찔했다.

"설마 그딴 걸 그 아이에게 선물이라고 줄 생각은 아니겠지."

"내 거야!"

저도 모르게 소리친 아르시안은 작게 욕설을 내뱉으며 이마를 짚었다.

"대체 왜 온 거야?"

"수놓느라 바쁜가 보군."

"씨X!"

아이 앞에서는 최대한 욕을 삼가려고 했지만 어쩔 수가 없었다. 얼굴이 살짝 붉어지는 그를 뒤로한 채 세프라 공작이 자리에 앉았다.

나가라니까 왜 앉아? 아르시안이 그런 그를 눈을 부릅떠 노려봤다.

"그 아이에게 친부가 나타난 사실은 잘 알고 있겠지."

"하고 싶은 말이 뭐야?"

그 아이가 누구를 칭하는 것인지 아르시안은 바로 알아들었다.

"카이스, 그자가 있는 에스크라 가문이 어떤 곳인지는 아나?"

"내가 알아야 해?"

표정이라고는 전혀 읽히지 않던 세프라 공작의 얼굴에 처음으로 감정이 묻어났다. 뭐 이런 한심한 게 다 있는지 모르겠다는 얼굴이었다.

"역시 네 녀석에게 주기에는 그 아이가 너무 아까워."

"…뭐?"

"성격 좋고 인물 좋고 집안까지 좋은 그 아이가 너한테 어울릴 것 같아?"

기세가 점점 사나워지는 아르시안에게서 고개를 돌린 그의 시선이 다시 쿠션으로 향했다.

"누구는 손재주조차 없는데 말이야."

"무슨 헛소리를 하는 거야!"

"네 녀석에게 그 아이는 못 주겠다는 말이다."

"하!"

누가 들으면 당신이 그 녀석 아빠인 줄 알겠어!

"페트로, 그 녀석에게도 그 아이는 아깝지."

"그거야 당연하… 그러니까 당신이 그걸 왜 걱정하냐고!"

"저거라도 잘 만들어 보든가."

"뭐?"

"능력이 안 되면 정성이라도 보여야지."

"저건 그 녀석에게 줄 게 아니야! 내 거라고!"

"수고하렴."

그의 외침을 들은 척도 않은 채 세프라 공작은 리오를 데리고 밖으로 향했다. 안에서 서늘한 기운이 느껴지는 것이, 제대로 열이 받은 듯했다.

"형아 화났어요."

"그런 것 같구나."

"아저씨는 형아가 미워요?"

리오의 물음에 세프라 공작의 걸음이 잠시 멈췄다.

"그저 자극을 준 것뿐이란다."

"자극?"

"다른 놈에게 뺏기지 말라고."

무슨 말인지 전혀 알아듣지 못한 리오는 고개를 갸웃거렸다.

"너도 카밀라, 그 아이가 우리 가족이 되면 좋겠지?"

"응! 누나 좋아요!"

그 말은 바로 알아듣고 고개를 크게 끄덕이는 리오의 머리를 세프라 공작이 가만히 쓰다듬었다. 이제는 이런 행동도 딱히 어색하지 않았다. 처음에는 아이를 마주 보는 것조차 참 어색했는데 말이다.

"헤헤."

이 메마른 공간에 다시 해맑은 웃음소리가 울려 퍼지게 해 준 건 누가 뭐라 해도 그 아이다.

그러니······.

"내일 또 자극하러 올까?"

"네에!"

자극이라는 게 뭔지 몰라도 그걸 하면 누나랑 같이 살 수 있다는 말에 리오는 힘차게 대답했다.

그렇게 제대로 자극받은 1인, 아르시안 세프라.

"하아."

당장 그녀를 봐야겠다는 생각을 했을 뿐인데, 정신을 차리고 보니 어느새 카밀라의 방이었다.

공작가의 삼엄한 결계를 어떻게 뚫고 들어왔는지 제대로 기억도 나지 않는다. 걸리지 않으려고 갖고 있는 모든 능력을 다 쓴 것 같은데……. 새근새근 잠들어 있는 그녀를 보고 나서야 정신이 든 아르시안은 그대로 바닥에 쪼그리고 앉아 머리를 쥐어뜯었다.

한밤중에 허락도 없이 들어서다니! 그녀가 알면 자신을 얼마나 한심하게 여길까.

다른 이들 앞에서는 늘 자기 멋대로 굴지만, 카밀라 앞에선 유독 소심해지는 그였다.

'이게 다 그 망할 인간 때문이잖아!'

네게 주기 아깝다느니 웃기지도 않은 소리로 자신을 열받게 한 세프라 공작을 떠올리자 새삼 분노가 일었다.

"으… 으음……."

카밀라의 뒤척이는 소리에 움찔한 아르시안은 급히 살기를 지웠다. 혹여 자신으로 인해 그녀가 잠이라도 깰까, 곧장 순간 이동 마법을 쓰려고 했다. 자리를 피할 생각이었다.

왠지 모를 아쉬움에 그의 시선이 마지막으로 카밀라에게 향했다. 그래도 이왕 온 거 얼굴이라도 한 번 더 보고 가려고.

"……!"

하지만 고개를 돌린 그는 순간 심장이 쿵 내려앉았다.
"왜……."
카밀라는 울고 있었다. 아무런 소리도 없이.
그녀의 눈물에 아르시안은 석상처럼 굳어져 버렸다. 혹 그녀가 일어났나 싶어 가까이 다가서던 그는 멈칫했다. 카밀라는 여전히 잠이 깊이 든 상태였다.
'악몽이라도 꾸는 건가?'
깨워야 하나?
그녀가 울고 있는 모습에 아르시안은 답지 않게 어쩔 줄 몰라 했다. 그런 그의 얼굴이 다시 서서히 굳어 갔다.
"왜……."
카밀라의 눈물에는 소리가 없었다. 마치 목소리를 잃은 아이처럼 그저 눈물만 하염없이 흘리고 있었다.
보통 꿈에서 더 쉽게 울지 않나? 왜 꿈에서조차 흐느끼지 못하는 거지?
"……."
아르시안은 조심스럽게 손을 뻗었다. 촉촉하게 젖은 그녀의 속눈썹이 만져졌다.
손에 묻어나는 물기에 잠시 멈칫한 그는 그녀의 눈가를 살며시 훔쳤다. 물론 금세 다시 눈물이 차올랐지만 말이다.
"무슨 꿈을 꾸길래."
눈가를 연신 닦아 주던 아르시안은 결국 팔을 뻗어 카밀라를 품에 안았다. 그러자 본능적으로 위로받을 곳을 찾듯 그녀가 품을 더욱 파고든다. 자신의 품속에서 몸을 최대한 웅크린 채 아이처럼

깨달음 — 249

훌쩍이는 그녀의 등을 그는 조심스럽게 다독였다.

이런 게 안타깝다는 건가? 소리 없이 울고 있는 카밀라를 보고 있자니 가슴이 갑갑하다. 자신이 당장 해 줄 수 있는 게 아무것도 없다는 사실에 먹먹함도 밀려왔다.

저도 모르게 그녀를 안은 팔에 힘이 들어가는 걸 느낀 아르시안은 짧은 한숨을 토해 내며 마음을 가라앉혔다. 여전히 소리 없이 울고 있는 그녀의 눈가를 부드럽게 매만졌다.

"뭐가 널 아프게 하는 건데?"

그녀를 품에 다시 꼭 안은 그는 카밀라의 등을 천천히 다독였다. 전에 그녀가 자신에게 해 주었던 것을 답습하듯.

아주 어릴 적 꿈을 꿨다. 지금은 기억도 나지 않는 일.

'저런 일도 있었나?'

무슨 일인지는 모르겠지만 또 아버지라는 인간에게 맞고 있었다.

하긴, 이유가 뭐 중요하겠는가. 늘 말도 안 되는 걸로 맞았는걸. 물을 흘렸다고도 맞았고, 자신을 쳐다봤다는 이유로도 툭하면 맞아야만 했다.

네 살도 채 되지 않은 아이는 서럽게 울었다. 그런데 운다고 또 맞았다. 아이는 어느새 소리 없이 우는 법을 배웠다. 저 어린 나이에 눈물만 주룩주룩 흘린다.

새삼 서러움이 밀려왔다.

내가 뭘 그렇게 잘못했다고 저리 때릴까. 뭘 그렇게 죽을죄를 지었다고 저리 빌어야 하나.

내가 왜? 대체 왜?

그래, 이게 다…….

"도르만, 이 개새……!"

음?

저도 모르게 소리치며 잠에서 깬 카밀라는 눈을 연신 끔벅였다.

'이 벽은 뭐야?'

눈을 떴음에도 앞에 있는 무언가로 인해 시야가 제대로 확보되지 않았기 때문이다.

"헉!"

이내 그게 사람의 품이라는 사실을 깨달은 카밀라의 동공이 점점 커졌다.

'누, 누구?'

급히 고개를 든 그녀의 눈에 익숙한 얼굴이 들어왔다.

'…아르시안?'

아니, 애가 왜 여기에 있는 거지?

'나 아직도 꿈을 꾸고 있는 건가?'

지금 이게 대체 무슨……! 상황을 파악하기 위해 눈을 데구루루 굴리는데 이상하게 뒤통수가 싸했다.

한여름에 이 서늘한 공기는 대체 뭐지? 창문이라도 열고 잔 건가?

저도 모르게 마른침을 꿀꺽 삼킨 카밀라는 천천히 몸을 일으켰다. 그리고 그대로 다시 몸이 굳어져 버렸다.

"잘 잤나, 딸?"

에스크라 공작이 인사를 건네 왔다.

인사는 자신에게 건네고 있었지만, 그의 형형한 시선은 아르시안에게 고정되어 있었다. 저놈을 어떻게 침대에서 끌어 내려 죽여야 하나 고민하는 모습이 역력했다.

"밤새 손님이 와 있었구나."

더 큰 문제는 지금 방 안에 그만 있는 게 아니라는 거다. 에스크라 공작 못지않게 싸늘한 기운을 내뿜고 있는 세 사람이 더 있었다.

소르펠 공작과 루드빌, 그리고 라비가 뚫어져라 자신과 아르시안을 보고 있었다.

'야, 좀 일어나 봐.'

카밀라가 아르시안의 팔을 연신 흔들었다. 지금 이 상황에서 잠이 오니? 대체 어떻게 된 일인지 설명 좀 해 보라고.

"이게, 그러니까요."

저도 뭔 상황인지 모르겠거든요?

카밀라의 시선이 다시 아르시안에게 향했다. 그제야 그가 부스스 몸을 일으켰다. 아주 꿀잠을 잤다는 듯 기지개까지 켜며 하품도 내뱉는다.

"일어났어?"

지금 한가하게 인사할 때가 아니거든. 네 생사가 오가고 있다고!

"아르시안."

"어?"

"어떻게 된 거야?"

"뭐가?"

"네가 여기에 왜 있는 거냐고."

"아."

잠이 덜 깬 듯 눈을 연신 끔벅이던 그가 손을 뻗어 카밀라의 눈가를 가볍게 문질렀다.

뭐 하는 짓이야! 흠칫하며 황급히 몸을 물리자 그가 희미한 미소를 지었다.

"베개가 불편했나 싶어서."

베개?

"무슨……?"

그가 자기 팔을 툭툭 가볍게 쳤다. 그제야 방금까지 자신이 그의 팔을 베고 있었다는 사실을 깨달은 그녀의 얼굴이 살짝 붉어졌다.

그 순간 다시 밀려드는 한기에 시선을 돌린 카밀라는 더욱 살벌한 기운을 뿜어내고 있는 네 사람을 향해 어색한 미소를 흘렸다. 그제야 아르시안 역시 그들에게 시선을 줬다.

당장에라도 무기를 뽑아 들 것 같은 그들을 보던 아르시안은 다시 카밀라를 바라봤다.

"배고픈데, 밥은 먹고 쫓겨나면 안 되나?"

되겠니?

네 사람 손에 끌려 나가는 아르시안을 카밀라는 애잔한 눈빛으로 바라봤다.

'살아 있길 바라.'

"…헐."

네 사람에게 끌려갔다 돌아온 아르시안을 본 카밀라는 아연한 표정을 지었다. 아무 말도 할 수가 없었다.

"어떻게 된 거야?"

꼴이 말이 아니다.

그 네 사람에게 끌려간 것이니 어쩌면 당연한 모습이긴 한데, 상대는 아르시안 세프라다. 누군가가 때린다고 얌전히 맞아 줄 녀석이 절대 아닌데, 대체 이 꼴은 뭐냐고!

"죽지는 않았잖아."

"미쳤니? 널 진짜로 죽이게?"

"진짜로 죽일 기세던데."

"그렇긴 했… 아니, 그게 아니라! 대체 왜 맞고만 있었던 거야?"

방어라도 좀 하지!

카밀라는 그의 상처를 살피며 미간을 찡그렸다. 저 인간들도 사람을 뭘 이렇게 북어 패듯 팼대!

"네 방에 허락 없이 들어선 건 맞을 만했으니까."

그러고 보니 아직 제대로 대답을 듣지 못했다.

"어제 어떻게 된 거야? 내 방에는 왜 온 건데?"

"너 보려고."

"왜? 무슨 일 있어?"

급한 일이 있었다면 자신을 깨웠을 텐데?

"그냥 너 보려고."

"그러니까 왜?"

"보고 싶어서."

뭘 당연한 걸 묻냐는 듯 자신을 빤히 응시하는 시선에 카밀라는 결국 먼저 눈을 돌렸다.

나 진짜 어디 아픈가? 왜 또 심장이 아릿하지? 간지러운 것 같기도 하고.

"치료나 해."

치료 마법 정도는 쉽게 쓸 줄 아는 녀석이 계속 상처를 내버려 두는 걸 보고 카밀라가 한숨을 내쉬었다.

"마법으로 치료하지 말래."

"뭐? 누가?"

"아버님들과 형님들이."

이 인간들이!

"때린 걸로도 모자라서 치료도 하지 말라 했다고?"

"마법으로 바로 고통을 지우지 말라는 뜻이었을걸?"

"세프라 공작님을 앞으로 어떻게 보려고!"

"글쎄, 별말 안 할 것 같은데."

오히려 잘 맞았다고 하지 않을까?

"됐으니까 어서 치료나 해. 저 사람들이 억지 부리는 걸 왜 받아 주고 있어!"

네가 언제부터 남들 말을 그렇게 잘 들었다고.

"네 가족이잖아."

"어?"

"네 가족에게 밉보이고 싶지 않아."

…내가 보기엔 넌 이미 더 밉보일 것도 없는 것 같던데.

"약 발라 줘."

"뭐?"

"여기."

눈을 감고 얼굴을 들이미는 그의 모습에 카밀라는 잠시 얼이 나갔다. 오늘따라 왜 이렇게 안 하던 짓을 하는 거지?

결국 짧은 한숨을 내쉰 그녀는 들고 있던 약을 들어 아르시안의 얼굴에 조심스럽게 발랐다.

"……."

터진 입가에 약을 바르던 그녀의 손길이 순간 멈칫했다.

'또 이러네?'

심장이 쿵쿵 뛰었다. 점점 빨라지는 심박수에 살짝 미간을 찌푸린 그녀는 다시 긴 한숨을 내쉬며 마저 약을 꼼꼼히 그의 얼굴에 발랐다.

"황실에서 일하는 의원보다 더 실력 좋은 치료사가 있을까요?"

[갑자기 그건 왜 물으십니까?]

[왜? 누구 진료받을 사람 있어?]

"저요."

[네에?]

[너 어디 아파?]

카밀라의 말에 데린과 제노가 안색이 굳어져 다급히 물었다. 음, 안 그래도 안색이 새하얀 분들이 더 파랗게 질리니 무섭네.

"심장이 좀 안 좋은 것 같아서요."

[심장? 왜? 통증이 있어?]

"갑자기 쿵쿵 뛰기도 하고 아릿하게 통증이 있기도 하고."

[언제부터 그러셨습니까?]

"얼마 전부터요. 아르시안이랑 라일라가 같이 붙어서 뭔가 다정히 대화를 나누고 있었는데, 그때부터 심장이 좀 이상하더라고요."

[계속 그래?]

"계속 그런 건 아니고. 평소에는 아주 멀쩡해요."

[그럼? 언제 또 그래?]

"그러고 보니 대부분 아르시안과 있을 때 그랬네요."

[그것참 이상한 일이군요.]

[너 진짜 어디 아픈 거 아냐?]

"그런 것 같죠? 황실 치료사 말로는 딱히 아픈 곳이 없다고 했는데. 역시 다른 분에게 진료를 더 받아 보는 게 좋을까요?"

[아르시안, 그 인간의 기운과 네가 안 맞는 것일 수도 있지.]

"아르시안의 기운이요? 그런 게 안 맞으면 심장에 문제가 생기나요?"

[선천적으로 서로 맞지 않는 분들도 있지요. 서로의 기가 안 맞아 몸에 해가 되는 경우가 있다는 얘기를 들은 적 있습니다.]

"정말요? 제 기운이 아르시안과 안 맞는 건가?"

[한동안 거리를 두는 게 어때?]

[그게 좋을 듯합니다.]

"흐음, 일단 다른 분에게 진료를 받아 보고요."

[그러든가.]

[아프시면 안 됩니다, 아가씨.]

"큰 병은 아니겠죠?"

제노와 데린은 카밀라를 걱정스럽게 바라봤다.

"……."

한쪽에서 그 모습을 보고 있던 도르만이 헛웃음을 흘렸다. 평생 연애를 연기로만 해 본 사람과 평생 검밖에 모르고 죽은 검사, 그리고 한평생 정보만 모으다 결혼도 못 하고 죽은 집사의 대화를 듣고 있자니 기가 막혔다.

'지금 뭐라는 거야?'

두 유령의 대화는 들리지 않았지만, 카밀라의 말로 모든 상황을 파악한 도르만은 저 연애 고자들을 어떻게 해결해야 하나 머리가 아팠다.

"…못 들은 걸로 하자."

"뭐?"

"아뇨, 아무것도 아닙니다."

도르만은 저들의 대화에 절대 끼고 싶지 않았다. 그래서 조심스럽게 뒷걸음질 쳐 그 자리를 빠르게 벗어났다.

SIDE STORY. 명령에 따르는 아이

"처음부터 다시."

나는 늘 명령에 따라 뭔가를 배우고 있었다. 나의 모든 기억이 그러했다.

춤을 배웠고 노래를 배웠다. 상대를 기쁘게 하는 모든 행위를 익혔다. 사람을 가장 쉽게 죽이는 법도 배웠다.

춤을 추다가도, 노래를 부르다가도, 잠자리를 하다가도 상대의 목숨을 확실히 끊는 법을 차근차근 배워 갔다.

이유 따위는 알지 못했다. 질문 또한 허용되지 않았다. 아니, 생각 자체를 하지 못하게 그저 시키면 시키는 대로 하는 게 나의 세상이었다.

외출이라는 단어 자체를 알지 못했고 친구라는 존재도 가져 본 적이 없었다. 내 곁에는 나를 교육하는 이들만 가득했다.

"이 아이로 하지."

그러던 어느 날, 내가 열한 살이 되었을 때 처음으로 낯선 이와 마주할 수 있었다. 50대 초반으로 보이는 남자는 자신을 아래위로 자세히 훑더니 만족스럽게 고개를 끄덕였다.

그렇게 남자를 따라간 곳은 바로 궁이었다. 그는 자신이 왕을 모시고 있는 시종장이라고 했다.

"예쁘구나."

그 후 난 한 남자를 위해 늘 춤을 춰야 했다. 노래를 불러야 했고 잠자리를 같이해야만 했다.

한참이 지난 후에야 그 사람이 이 나라의 왕이라는 사실을 알게 되었다. 하지만 상대가 누구든 아무 상관이 없었다. 상대가 누가 되었든 명을 내리면 그저 거기에 따르면 됐으니까.

어느 날부턴 왕이 지정하는 이들의 앞에서도 춤을 췄다. 그들이 바라는 모든 것을 해 주었다.

왕의 지시가 떨어졌을 땐 그들을 배운 대로 죽였다. 거부 따윈 허용되지 않았다. 애초에 '거부'라는 단어도 알지 못했다.

"크… 쿨럭!"

시간은 빠르게 흘렀고 어느 순간 몸에 이상이 생겼다. 몸이 지쳐 간다는 걸 느꼈고, 피를 토하는 일이 잦아졌다. 결국 어느 날은 왕이 보는 앞에서 그만 피를 토하고 말았다.

"더럽구나."

왕의 음성이 그 어느 때보다 차가웠다.

"치워라."

왕의 명에 시종들이 다가와 나를 거칠게 끌고 나갔다.

그런 상황에서도 나는 반항조차 하지 않았다. 왕을 원망조차 하지 못했다. 그런 것 또한 배운 적이 없으니까.

머릿속에 드는 생각은 단 하나였다.

이제 누가 나에게 명을 내려 주는 거지?

"그런 걱정은 마. 넌 이제 죽을 거니까."

그 순간 현 상황과 전혀 어울리지 않는 목소리가 끼어들었다.

질질 끌려가던 나의 시선이 앞으로 향했다. 그곳에 장난스럽게 웃고 있는 한 남자가 있었다.

"오랜만에 재미 삼아 사신 일 좀 해 보려고 나왔더니, 흥미로운 녀석이 있네."

"저놈을 잡아라!"

왕은 갑자기 나타난 남자를 경계하며 명을 내렸다. 그 명에 병사들이 순식간에 남자에게 달려들었다.

"그만."

"......!"

하지만 남자의 단 한마디에 검을 뽑아 들었던 병사들의 행동이 뚝 멈췄다. 그 모습에 처음으로 왕의 얼굴에 두려움이 맺혔다. 자신의 삶에서 가장 큰 존재였던 왕이 말이다.

왕은 바로 자리에서 도망치려 했지만, 그 역시 몸이 마음대로 움직여지지 않는 듯했다.

"요즘은 사라졌지만, 예전에는 사신이 죽음을 맞이하는 자의 소원을 들어주기도 했지."

…사신?

"죽기 전에 이루고 싶은 소원이 있나? 저자라도 죽여 줄까? 사신의 업무를 방해한 자는 즉결 처분도 가능하거든. 방금 저자의 명으로 내 업무가 방해받았으니까."

그건 그쪽이 갑자기 나타나서 그런 거 아닌가?

"어때? 죽여 줄까?"

남자의 물음에 나는 안색이 점점 파랗게 질려 가는 왕을 바라봤다.

소원? 내가 바라는 것?

이런 질문을 처음 받아 봤다. 아니, 질문이라는 걸 처음 받아 봤다. 늘 명령만 받았을 뿐.

"원하는 거 없어? 이런 기회 잘 없다. 내가 원래 사신이 아니라 영혼 관리자거든. 이런 일을 하는 이가 아니란 말이지."

남자가 자신을 향해 손을 내밀었다. 무릎 꿇지 말고 일어나라는 듯.

내밀어진 손을 나는 물끄러미 쳐다봤다. 그러다 천천히 그 손을 잡았다가 도로 놓았다.

"저도……."

나는 처음으로 입을 열어 말했다.

"저도 당신처럼 되고 싶어요."

뜻밖의 소원이었던 듯 남자의 눈이 동그래졌다. 그러나 이내 그의 입가에 특유의 장난스러운 미소가 걸린다.

"안 그래도 인력 부족하다고 난리인데, 나야 좋지 뭐. 바로 영혼 관리자가 되는 건 무리고… 일단 사신부터 해 봐라."

허락해 주는 건가? 처음으로 내뱉어 본 소망을 남자가 들어줬다.

"정말… 정말 제가 당신처럼 될 수 있나요?"

"오래전에 나의 선배 중 한 분도 너처럼 결벽중을 갖고 계셨지. 하지만 그 누구보다도 실적이 좋았어."

남자가 웃으며 손을 내밀었다.

"도르만이다."

"……."

다시 내밀어진 손. 나의 입가에도 처음으로 미소가 걸린다.

"…하벨입니다."

CHAPTER 8

붉은 돌 / 풍요의 축제 / 검은 돌 / 성녀
심판의 검 / 도르만의 선택 / 태풍의 눈 / 쥬엘라 베이크스
SIDE STORY. YES or NO

※
붉은 돌

"손 내밀어라."

"손?"

사신 하벨이 뜬금없이 찾아왔다. '연락도 하지 않았거늘, 또 말 안 듣는 귀신이라도 있는 건가?' 하던 찰나, 그가 먼저 손을 내밀었다.

"갑자기 손은 왜?"

"손."

안 주면 큰일 날 것 같은 살벌한 분위기에 카밀라는 저도 모르게 그의 말에 따랐다. 그러자 하벨이 귀걸이를 빼 자기 손가락을 빠르게 긋는 게 아닌가.

"야!"

주렁주렁 달고 있는 귀걸이가 그런 용도였던 거니? 초승달 모양인 것도 그런 이유야?

깜짝 놀라 눈이 휘둥그레진 카밀라는 다음 순간 더욱 기함할 수밖에 없었다.

스윽.

"뭐 하는 거야!"

하벨이 흘러내리는 피를 그대로 카밀라의 손에 묻혔기 때문이다. 그녀는 기겁하며 손에 묻은 피를 닦아 내려 했다. 이 무슨 엽기적인 행위란 말인가. 자기 피를 나한테 왜 묻혀!

"어?"

하지만 신기하게도 피는 이미 사라져 흔적조차 찾아볼 수가 없었다.

"뭔데? 어떻게 된 거야?"

내가 잘못 봤나? 아닌데? 분명 방금 내 손에 묻었는데?

"그런데 잠깐만."

상처를 입는다고 해서 사신도 피를 흘리나? 귀신과 별반 다를 거 없는 존재 아니었어?

"아니, 아니!"

지금 이딴 게 중요한 게 아니잖아!

"뭔 짓이냐고!"

"도르만 님이 명하셨다."

"도르만이? 뭐를? 네 피를 나한테 묻히라고?"

"그렇다."

이 녀석들이 단체로 돌았나? 멀쩡한 사람한테 사신의 피를 왜 묻혀?

"사신의 피를 묻히면······."

"묻히면, 뭐? 당장 사신에게 끌려가기라도 하는 거야?"

네놈들, 날 저승으로 보내려고 작당이라도 한 거니? 그런 거야?

"와, 씨!"

그래, 끌고 가라, 끌고 가! 나도 저 위에 있는 놈들한테 따질 것 엄청 많거든!

이참에 네놈들 상관 얼굴 좀 보자! 내가 가서 깽판이라는 게 뭔지 확실하게 보여 줄 테니까! 당장 끌고 가라고 해!

"그 반대다."

"반대?"

"사신이 예정한 영혼이니 다른 이가 함부로 네게 손을 대지 못한다."

"뭔 소리야?"

속으로 열심히 도르만을 습관처럼 씹던 카밀라는 이어진 하벨의 말에 눈이 가늘어졌다. 다른 이가 못 건드린다고?

"그 말은……."

"그 누구도 네 영혼을 함부로 빼내지 못한다는 말이다. 그게 비록 사신이라도, 내가 아닌 이상은 불가능하다는 거다."

즉, 가짜 라니아나 물귀신 베스의 아들처럼 그 이상한 무리의 손에 강제로 육신을 뺏길 일은 없다는 뜻?

"오."

순간 감탄사를 내뱉던 카밀라의 눈이 번뜩였다.

"사신은 이런 능력도 있는 거야?"

"……."

"이런 능력이 있었으면 진작 말을 하지."

"말하면?"

"그러면 좀 덜 구박했을 거 아냐."

"뭐?"

덥석!

"…뭐 하는 거냐."

카밀라는 그의 손을 꼬옥, 아주 꼭 잡았다. 물론 하벨은 당장 떨어지라는 듯 살벌한 눈빛을 바로 날려 보냈지만.

"우리 피 좀 더 뽑자."

"뭔 헛소리냐."

"헛소리가 아니라 다른 이들한테도 좀 발라 주게."

"다른 이들?"

"어."

이 피만 있으면 에드센 황태자도 그렇고 다른 이들 역시 더 이상 그 이상한 무리에게 영혼을 뺏길까 전전긍긍할 필요가 없다는 말이잖아?

"우리 좋은 마음으로 헌혈 좀 하자."

혹시 흘러내린 피 더 없냐며 유심히 살피는 카밀라의 모습에 하벨의 입에서 짧은 한숨이 흘러나왔다.

"더는 못 한다."

"아, 왜에? 우리 조금만 더 뽑자, 응?"

혹여 이대로 그가 도망갈까, 카밀라는 하벨의 팔을 더욱 꼭 붙잡았다.

"잠깐만……."

그러다 순간 카밀라의 눈이 한쪽에 조용히 서 있는 도르만에게로 향했다.

"너도 사신이었잖아."

"그, 그런데요?"

"그러면 같은 능력 가지고 있는 거 아니야?"

"아뇨!"

"아니라고?"

"제 피에는 그런 능력 조금도 없습니다! 아시다시피 전 직장에서 잘린 몸이잖아요!"

"쳇."

아쉽네. 역시 쓸모없다.

짧게 입맛을 다시다 다시 하벨을 붙잡는 카밀라를 보며 도르만은 연신 안도의 한숨을 내쉬었다. 관리직에서 진작에 제명당한 게 처음으로 다행히 여겨지는 순간이었다.

"피 한 번 뽑을 때마다 네가 원하는 게 뭐가 되었든 하나씩 들어줄게."

"원하는 거?"

"그래! 예전 원장 할머니 때처럼 이승 안 떠나겠다고 똥고집 피우는 귀신 설득도 무조건 콜!"

카밀라가 내건 조건이 무척 마음에 드는 듯 하벨이 순간 솔깃한 표정을 지었지만, 이내 고개를 단호히 저었다.

"사신의 피는 함부로 쓸 수 없는 권능이다."

"권능?"

피 좀 뽑자고 했을 뿐인데, 뭔가 말이 무척 거창하다.

"쓸수록 나에게 부담으로 돌아온다는 말이다."

"부담?"

끄덕.
"아."
그 말을 들은 카밀라의 눈이 살짝 커졌다. 이내 그녀는 꼭 잡고 있던 하벨의 팔을 조심스럽게 놓았다.
"미안."
그녀의 사과에 이번에는 하벨의 얼굴에 놀라움이 깃들었다. 그녀에게 사과의 말을 들을 줄은 몰랐으니까.
"몰랐어."
알았으면 이렇게 철없이 조르지 않았을 거다. 남을 위한 희생은 딱 질색이었으니까. 나도 싫은 일을 남에게 강요할 마음 따윈 당연히 없었다.
"설마……."
혹시 조금 전 나한테 피를 묻힌 일로 몸에 무리라도 간 거 아냐? 카밀라는 하벨의 안색을 급히 살폈다.
"뭐 하는 거냐."
"가만히 있어 봐. 어디 아픈 데 없어?"
"…없다."
"그래? 그럼 다행이… 왜? 뭔데, 그 눈빛은?"
나도 남 걱정할 줄 알거든?
"그건 그렇고, 부담이 된다면서 나한테는 왜 사용한 거야?"
카밀라는 하벨의 피가 묻었던 자신의 손을 새삼스레 바라봤다. 괜히 찝찝하잖아! 남에게 부담까지 주며 도움받고 싶지는 않는데.
"도르만 님이 시키셨다."
"그러니까 왜 했냐고."

"도르만 님이 시키셨다고 방금 말하지 않았나."
"그……."
뭐지? 이 결론 없는 도돌이표 대화는?
"그게 다야?"
"뭐가 더 필요하지?"
"……."
미안. 쓸데없는 거 물어서.
'역시 뭔가 있다니까.'
분명 도르만에게 약점 같은 걸 잡힌 거다. 그게 아니고서야 이렇게까지 할 이유가 없다.
'쟤 이제 네 상관도 아니잖아.'
도르만이 시켰는데 다른 이유가 왜 더 필요하냐는 듯, 오히려 한심한 무언가를 보는 듯한 눈빛을 보내는 하벨의 모습에 카밀라는 기가 막혀 한동안 아무런 말도 할 수가 없었다. 이 맹목적인 관계는 대체 뭔지 모르겠다.
"혹시나 해서 제가 부탁했습니다. 그놈들이 아가씨를 노릴지도 모르니까요."
그제야 도르만이 빙그레 웃으며 대화에 끼어들었다.
"뭐, 어쨌든 고마워."
아주 강력한 안전장치 하나가 생겼는데 싫을 이유는 없다. 살짝 부담스럽긴 하지만 카밀라는 둘의 호의를 순순히 받아들이기로 했다.
"차 한잔 줄까?"
이런 귀한 선물도 줬는데 그냥 보내기가 좀 그랬다. 원래 헌혈

한 뒤에는 뭐라도 먹어야 하는 거잖아. 차라도 한잔 준 뒤에 보내야겠지?

"됐다."

하지만 하벨은 바로 고개를 저었다. 그러고는 내가 왜 너랑 그딴 걸 마셔야 하냐는 듯 아주 어이없어하는 눈빛으로 그녀를 쳐다봤다.

아우, 저 싸가지에 밥 말아 먹은 놈!

"내가 너처럼 한가한 줄 아-"

"바빠? 쿠키도 있는데 좀 먹고 가지 그래?"

"안 바쁩니다. 주십시오."

"…야."

이 빠른 태세 전환은 뭔데!

도르만의 말에 바로 꼬리를 내리며 감격스럽다는 듯 고개까지 숙이는 하벨의 모습에 카밀라는 어이가 없었다. 진짜 궁금하다. 저놈의 약점이 대체 뭔지.

'도르만을 협박해서 알아낼까?'

저놈이 왜 너한테만 저렇게 꼼짝을 못 하는 거냐고.

그렇게 하벨과 차를 마시며 시간을 보낸 카밀라는 잠시 후 외출 준비를 서둘렀다.

"상회에 가시는 거죠?"

"응, 크리스가 오늘 꼭 좀 와 달래."

"무슨 일 있는 건가요?"

"손님이 온다네."

제법 중요한 손님인지라 되도록 상회의 주인인 카밀라가 나와 줬으면 좋겠다는 크리스의 부탁이 있었다.

달칵.

"좀 서둘러야겠……?"

"외출하나 보지?"

준비를 마치고 막 방문을 열고 나서려던 카밀라는 그 앞에 서 있는 이를 발견하곤 멈칫했다. 에스크라 공작이었다. 그 뒤로 언제 나와 같이 방긋 웃고 있는 알트온 백작의 모습도 볼 수 있었다.

"네, 상회에 일이 좀 있어 가 봐야 해요."

"바쁜가 보군."

"무슨 일이에요?"

그것도 두 사람이 같이?

카밀라의 물음에 에스크라 공작은 대답 대신 그녀를 잠시 말없이 응시했다. 그 시선에 카밀라는 조금 당혹스러웠다. 뭐 긴히 할 말이라도 있는 건가? 분위기가 평소와 좀 다른데?

"간다."

"가요? 어디요?"

"집."

"네?"

"가라며? 집에."

"…돌아가신다고요?"

"그래."

"언제요?"

"지금."

"네에?"

이렇게 갑자기?

카밀라는 잠시 아무런 말도 하지 못했다. 그렇게 가라고 할 땐 들은 척도 않더니, 갑자기 왜?

"무슨 일 있어요?"

그라시아 제국에 뭔가 다급히 처리해야 할 일이라도 생긴 건가? 그게 아니고서야 이렇게 갑자기 떠날 이유가 없잖아?

"딱히?"

"그런데 왜……."

"왜? 내가 막상 간다고 하니까 서운해?"

"네."

"……."

장난스럽게 물었던 그가 멈칫했다.

"꼭 지금 바로 가셔야 해요?"

자신의 대답이 무척 의외였던 듯 에스크라 공작의 눈이 살짝 커졌다.

뭐? 왜? 함께 지내던 강아지가 갑자기 집을 나가도 서운한 법이거늘.

'으음, 강아지와 비교하는 건 좀 너무했나?'

어쨌든 막상 간다고 하니 기분이 묘했다.

"정말 별일 없는 거 맞아요?"

"네 말대로 자리를 너무 오래 비워 둘 수 없으니까."

"정말 그게 다예요?"

"그래."

내가 그렇게 안 바쁘냐고 몰아붙일 땐 한가하다고 노래를 부르더니, 갑자기 이제 와서? 정말 무슨 일인데?

의아함이 가득 담긴 카밀라의 시선에도 그는 별다른 말이 없었다. 그저 그녀를 여전히 뚫어져라 바라볼 뿐이었다.

"확인했으니까."

한참 후에야 그가 픽 웃으며 알 수 없는 말을 내뱉었다.

"확인이요?"

뭔 확인?

"잘 지내렴."

"진짜 지금 바로 떠나시는 거예요?"

스윽.

"어……!"

대답 대신 그의 커다란 손이 가볍게 카밀라의 머리를 헝클어트렸다. 그 손길이 답지 않게 너무도 다정해 카밀라의 눈에 순간 당혹감이 어린다.

기분이 이상했다. 뭔가 속이 간질간질하다고나 할까?

"또 보자."

그는 고작 그 짧은 인사를 끝으로 뒤돌아섰다. 그런 그를 조금은 멍하니 바라보고 있자니 알트온 백작이 슬쩍 다가와 인사를 건넸다.

"이렇게 갑자기 떠나려니 정말 아쉽네요."

"저쪽에 정말 별일 없는 거죠?"

"네, 없습니다. 다만 돌아가는 순간부터 잠자는 건 글렀다고 봐야죠. 일이 정말 산더미처럼 쌓여 있거든요."

내 그럴 줄 알았다.

"그러니까 대체 왜 왔대요?"

에스크라 공작이 일에 치여 살고 있다는 건 카밀라도 직접 봐서 잘 알고 있었다. 그라시아 제국에 있을 때 하루의 대부분을 집무실에서 보내던 그였으니까. 그렇게 바쁜 인간이 굳이 여기까지 왜 온 건지 새삼 의문이 들었다.

'날 데려가려고 온 거라 말은 했지만.'

막상 그의 행동이나 말투로 미루어 보아 그저 장난으로밖에는 여겨지지 않았다. 이렇게 갑자기 돌아가는 것만 봐도 그렇다. 애초에 자신을 데려가는 게 목적이 아니었다는 걸 증명하는 거 아닌가?

"직접 확인하고 싶으셨던 겁니다."

"무슨……?"

"그리고 확인이 끝나셨고요."

조금 전에 에스크라 공작도 그러더니, 대체 뭔 확인을 했다는 것인지 모르겠다.

의아해하는 그녀의 표정에도 알트온 백작 또한 딱히 대답해 줄 생각이 없는 듯 그저 빙그레 웃을 뿐이었다.

"또 볼 수 있겠죠? 그라시아 제국에서요."

"글쎄요."

"카밀라 양의 방은 항상 깨끗하게 관리 중입니다. 언제 돌아오셔도 편히 사용하실 수 있게 말이죠. 그 방이 하루속히 주인을 찾기를 진심으로 바라고 있습니다."

그가 마지막으로 꾸벅 고개를 숙여 보인 후 앞서 걸어가고 있는 에스크라 공작을 서둘러 따랐다.
"……."
그렇게 빠르게 떠나가는 두 사람을 카밀라는 잠시 멍하니 응시했다. 뒤도 한 번 돌아보지 않는 에스크라 공작의 모습에 카밀라의 입가에 결국 희미한 미소가 떠올랐다.
"올 때랑 똑같네."
올 때도 갑작스럽더니 가는 것 역시 뜬금없다. 저리 예고도 없이 쿨하게 떠나는 모습이 무척 그답다는 생각이 들었다.

"서운하세요?"
"딱히."
"정말 이대로 돌아가서도 되겠습니까?"
앞서 걷던 에스크라 공작의 걸음이 뚝 멈췄다.
"애초에 데려가는 게 목적이 아니었으니까."
"그렇긴 하죠."
알트온 백작의 입에서 짧은 한숨이 연신 흘러나왔다. 그때 일을 생각하면 지금도 손에 땀이 찼다.
'그 보고서를 곧이곧대로 올린 내가 바보였지.'
예전에 가볍게 조사를 마쳤던 것에 이어 2차로 꼼꼼하게 카밀라에 대한 모든 조사를 마친 서류가 얼마 전에야 완성됐다. 그 내용을 하나도 빠짐없이 그대로 고스란히 올렸던 알트온 백작은 그날 에스크라 공작의 눈빛을 지금도 잊을 수가 없었다.
'그렇게 분노하시는 모습은 처음이었어.'
평소에도 늘 까칠하고 화가 나 보이는 그이지만 진심으로 화를 내는 경우는 극히 드물었다. 세상 모든 일에 관심이 없고 심드렁하다고나 할까?

그런데 카밀라의 보고서를 읽던 그날의 에스크라 공작은 평소모습과 너무도 달랐다. 모든 일에서 손을 놓은 채 하루 종일 깊은 생각에 빠져 있는 그에게 그 누구도 쉽게 말을 붙이지 못했다.

'스스로를 탓하는 모습도 처음 봤지.'

자책이라는 단어 자체를 모르던 이가 바로 에스크라 공작이다. 그런 그가 처음으로 스스로를 탓하며 분노했다. 그리고 며칠 후 당장 카밀라를 보러 가겠다며 짐을 싸는 그를 말리느라 알트온 백작은 진땀을 빼야만 했다.

그렇게 여차저차 이곳에 와 카밀라의 주변을 맴돌며 유유자적한 생활을 하는가 싶더니……

'그게 아무래도 원인이겠지?'

'저 인간은 아까부터 왜 저러고 있는 거야?'

'글쎄요.'

그저께 오후였다. 잠시 산책을 나왔던 에스크라 공작과 알트온 백작은 입구 쪽을 연신 서성이고 있는 소르펠 공작의 모습을 볼 수 있었다.

그리고 잠시 후.

'아버지.'

'이제 오니?'

'네, 다녀왔습니다.'
'오늘은 별일 없었고?'

소르펠 공작, 그가 왜 그러고 있었던 것인지 그제야 알 수 있었다. 아카데미에서 돌아올 카밀라를 맞이하기 위해 기다리고 있었던 것이다.
다정히 카밀라를 맞아 주는 소르펠 공작의 모습을 에스크라 공작은 말없이 바라봤다. 소르펠 공작을 향해 마주 웃어 주는 카밀라의 모습도.

'이젠 해가 지면 찬 바람도 살살 부는 것 같아요.'
'이럴 때 건강 관리를 더 잘해야 한단다. 덥다고 낮에 너무 찬 것만 먹지 말고.'
'네.'

애정 어린 잔소리에 가볍게 웃는 카밀라의 미소가 그렇게 화사해 보일 수가 없었다.
저렇게도 웃을 줄 아는 녀석이라는 걸 처음 알았다. 늘 뭔가 메마른 듯한 웃음만 짓던 녀석이었는데 말이지.
그렇게 다정히 대화를 나누는 두 사람에게서 에스크라 공작은 쉽게 시선을 떼지 못했다. 그리고 다음 날, 그는 알트온 백작에게 그만 돌아가겠다는 뜻을 전했다.
'충분히 확인하신 거겠지.'
카밀라, 그녀가 이 집에서 더 이상 천덕꾸러기가 아니라는 것을 말이다. 가족으로서 충분히 받아들여지고 있다는 것도.
"그래도 서운하시죠?"
"딱히 서운할 거 없다니까."
"원래 목적이야 그게 아니었다고 하지만, 그래도 함께 모시고 가면 참 좋을 텐데 말이죠. 이렇게 포기하고 저희끼리 돌아가게 되네요."
"포기? 누가?"
"예?"
에스크라 공작이 뭔 말도 안 되는 소리를 하냐는 듯 알트온 백작을 이상한 눈빛으로 바라봤다.
"일이 밀려서 난 이만 가지만 다른 놈 보낼 거야."
"다른 놈이요?"
"벌써 출발했을지도 모르겠군."
"무슨 말씀이세요?"
궁금증이 가득 담긴 알트온 백작의 물음에 에스크라 공작은 더 이상 말하고 싶지 않은 듯 그대로 다시 걸음을 옮겼다.
"그게 누군데요? 저도 아는 사람입니까?"
그런 그의 뒤를 따르며 알트온 백작이 급히 질문을 던졌지만 그의 입에서 여전히 대답은 흘러나오지 않았다.

※

"그래서 이번에 좀 더 물량을 늘리기로……."
"……."

"카밀라 님?"

"응, 응?"

"무슨 일 있으십니까?"

크리스는 읽고 있던 보고서를 조용히 내려놓으며 의아한 눈빛을 보냈다. 평소와 달리 그녀가 회의에 집중하지 못하고 조금 멍해 보였기 때문이다. 조금 전에 상회에 도착한 그녀는 서류를 손에 든 채 계속 딴생각을 하고 있었다.

"그냥 좀……."

결국 카밀라의 입에서 짧은 한숨이 흘러나왔다.

"신경이 좀 쓰여서."

"무슨 일 있으시군요."

"개인적인 일이야. 신경 쓰게 해서 미안."

그녀의 입에서 다시 한숨이 새어 나왔다.

'제대로 배웅이라도 받고 가면 좋잖아.'

에스크라 공작 말이다. 떠나는 모습을 결국 제대로 보지 못했다. 정말 그렇게 바로 떠날 줄은 몰랐다.

그래도 배웅은 해야겠다는 생각에 급히 쫓아가 보니, 이미 소르펠가 저택 내 어디에서도 그의 모습을 찾아볼 수 없었다. 진짜 그게 마지막 인사였던 거다.

'아마도 마법으로 떠난 거겠지.'

국가 간 이동 마법진이 있는 곳까지 한 번에 움직인 듯했다. 그제야 알트온 백작이 고위급 마법사였다는 사실을 새삼 떠올릴 수 있었다.

"나도 참 웃겨."

"네?"

"아니, 그냥……."

스스로 생각해도 참 모순적이다. 평소에 그가 따라다니는 걸 귀찮아하고 싫어했으면서. 내심 딸, 딸 거리며 쫓아다니던 그가 진짜로는 싫지 않았던 건가?

'이게 끝이 아닐 것 같긴 하지만.'

그래도 그가 이렇게 갑작스럽게 훅 떠날 줄은 몰랐기에 허전한 마음이 들었다.

"오늘 찾아온다는 손님이 신관이라고?"

카밀라는 애써 그에 대한 생각을 털어 내며 일에 집중했다. 일단 오늘 만나기로 한 이에 대해 파악하는 게 우선이었다.

"네, 차기 대신관으로 가장 유력한 인물이라고 들었습니다."

"그런 사람이 나를 왜?"

"카밀라 님께서 소르펠가의 이름으로 후원하고 계시는 보육원 중 몇 곳이 신전이 관리하던 곳이었습니다."

"소르펠가의 이름으로 후원한 거잖아. 내가 아니라 아버지를 찾아가야 하는 거 아니냐?"

"실제로 후원하는 건 카밀라 님이시라는 걸 이제는 다들 아니까요. 카밀라 님을 직접 뵙고 싶어 하셨습니다."

"흠음."

일반 신관도 아니고 대신관이 될 인물이라는 말에 일단 만나 보기로 했다.

하지만 솔직히 달갑지는 않았다. 과거 이 귀신 보는 눈 좀 고쳐 보겠다고 온갖 종교 단체를 다 섭렵했을 때의 경험으로, 그녀는 종교인들을 그리 좋아하지 않았다. 실망이 좀 컸다고나 할까?

'종교 단체도 다 일종의 기업이더란 말이지.'

각자 모시는 신을 두고 장사를 하는 이들.

그 이상도 이하도 아니었다. 물론 그렇지 않은 곳도 있겠지만 자신이 갔던 곳들은 모두 그랬다. 신앙심을 증명하는 가장 큰 수단이 돈이라고 주장하는 이들 천지였으니까.

'이곳의 종교는 뭔가 좀 다를까?'

똑똑.

"카밀라 님, 손님이 찾아오셨습니다."

"오셨나 봅니다."

손님을 접객실로 안내했다는 직원의 말을 들은 카밀라는 크리스와 함께 손님이 기다리고 있는 곳으로 향했다.

달칵.

문을 열고 들어서자 한 사람이 살짝 웃으며 자리에서 일어섰다. 30대 초반쯤 되어 보이는 남자였다.

대신관 후보라기에 나이가 제법 든 사람일 줄 알았더니.

'생각보다 너무 젊은데?'

저 나이에 대신관이 된다니. 신성력이 뛰어난가?

"주신 미드라드 님의 축복이 늘 함께하기를. 주신을 모시는 미천한 종인 다니엘이라고 합니다."

"어서 오세요."

조금은 마른 듯한 체형과 무척 선해 보이는 눈빛. '신관' 하면 떠오르는 전형적인 인상을 가진 남자였다.

"카밀라라고 합니다."

가볍게 인사를 나눈 후, 카밀라는 그를 자리로 안내했다. 자리에 앉자 미리 준비해 두었던 듯 다과가 빠르게 탁자 위에 차려졌다.

"절 왜 보자고 하셨는지."

카밀라는 바로 용건을 물었다. 고작 감사 인사나 전하기 위해 찾아온 것 같진 않은데? 다른 용건이 있는 거겠지?

하지만 이어서 나온 대답은 그녀가 예상했던 것과 조금 차이가 있었다.

"지금처럼 직접 한번 만나 뵙고 싶었습니다. 그뿐입니다."

"저를요?"

"교단의 모든 분들이 카밀라 님께 큰 관심을 두고 있지요."

신관 다니엘의 미소가 더욱 짙어졌다.

"신의 가호를 받고 계시지 않습니까."

"아……."

예지 능력을 말하는 거다. 그러고 보니 한동안 신전에서 소르펠가로 끊임없이 연락을 했다고 들었다. 카밀라 소르펠을 만나고 싶다고.

'내가 신의 계시를 받고 있는 게 아니냐고 말이지.'

물론 그 모든 연락은 소르펠 공작의 선에서 완벽히 차단되었지만 말이다. 한동안 조용하기에 완전히 잊고 있었다.

"정말 한번 꼭 뵙고 싶었지요. 감사 인사도 전할 겸 이렇게 찾아 뵙게 되었습니다. 혹 실례가 되었다면 용서하십시오."

"별말씀을요."

카밀라는 화사하게 웃었다. 최대한 밝게.

황권이 신권보다 훨씬 위에 있는 제국이지만, 그렇다고 신전이

나 교황청과 척지어 좋을 게 하나도 없었다.

'교단에서 관리하는 여론의 힘이라는 게 생각보다 엄청 강력하거든.'

교단에서 저건 '악'이라고 칭하는 순간 아주 피곤해진다.

예를 들어 우리 상회에서 최근 독점으로 취급하고 있는 영상 인쇄기. 그 기계를 신전에서 영혼을 잡아 가두는 악의 도구라고 칭한다면 어떻게 될까? 그날부터 판매에 무척 애를 먹게 되는 거다. 잘못하면 이단 심문관에게 끌려가 재판을 받을 수도 있었다.

"얼마 후에 중앙 신전에서 아주 큰 행사가 있습니다만, 혹 아십니까?"

"큰 행사요?"

카밀라는 어렵지 않게 그가 말하는 행사가 무엇인지 떠올릴 수 있었다.

"풍요의 기원제 말인가요?"

"맞습니다."

여름의 끝자락에 열리는 행사다. 가을의 시작을 알리며 풍성한 작물을 얻게 해 달라 축복을 바라는 기원제였다.

전국 곳곳에서 축제도 함께 열린다. 아마 제국 안에서 손꼽힐 정도로 큰 축제일 것이다.

그 행사를 주도하는 곳이 바로 신전이었다. 주신을 모시는 신전의 가장 주된 포교 활동이 빈민 구제였기 때문이다. 풍요를 바라는 것도 다 자신들의 일이라는 거지.

"이번 행사의 시작을 알리는 풍요의 식에 꼭 참석해 주십사, 요청드리고자 직접 찾아뵙게 되었습니다."

"저한테요?"

당연히 그날 신전에선 기원제가 열린다. 하지만 그날 예식에는 신전과 아주 밀접한 이들만 초대된다고 들은 것 같은데?

"주신의 축복을 받고 계시는 분이 참석해 주신다면 모두가 기뻐할 겁니다."

거참, 신의 축복, 축복 거리니 듣는 사람 무척 민망하네. 이 능력이 그저 귀신을 보는 눈을 갖고 있는 게 다라는 걸 알아도 축복이라고 말할 수 있을까? 카밀라는 속으로 짧게 혀를 찼다.

"시간이 된다면요."

"꼭 참석해 주시기를. 그날을 손꼽아 기다리겠습니다. 그리고 이건……."

다니엘 신관은 품에서 뭔가를 꺼냈다.

"저희가 드리는 작은 성의입니다."

신전 문양이 정교하게 새겨진 나무 상자였다. 열어 보니 안에 목걸이 하나가 얌전히 담겨 있었다.

"처음 보는 광물이네요."

"성물입니다."

"성물이요?"

"신성력으로 만들어진 무척 귀한 돌이지요. 가지고 있는 것만으로도 영원한 안식을 얻는다고 합니다."

"…영원한 안식?"

"왜 그러십니까?"

"아니에요."

떨떠름한 표정을 무심코 드러냈던 카밀라는 급히 웃으며 고개를 저었다. 페이블러 황제를 만나고 난 후 '영원'이라는 단어만 들어도 거부감이 절로 일었기 때문이다. 완전 트라우마네.

"그럼 그날 뵙겠습니다."

제 볼일은 끝났다는 듯 다니엘이 곧장 자리에서 일어섰다. 끝까지 사람 좋아 보이는 미소를 지우지 않은 그는 가볍게 고개를 숙여 보이며 접객실을 나섰다.

"그게 그 유명한 성물이군요."

"알아?"

그렇게 신관 다니엘이 떠나자 한쪽에 조용히 서 있던 크리스가 탁자에 놓인 목걸이에 바로 관심을 보였다.

"최근 유행입니다. 처음 보십니까?"

"응. 그냥 색이 좀 예쁜 돌 같은데?"

이런 게 정말 유행인가? 하지만 크리스의 말이니 사실이겠지? 고스트 상회에서 보석을 취급한 이후로 대륙에 유행하는 물건에 대해선 누구보다 철저히 정보를 모으고 관리하는 그이니까.

"이상하네."

그런데 정말 이런 걸 사람들이 좋아하나?

"모양이나 세공이 정교한 것도 아니고."

그냥 바닥에 굴러다니는 자연 그대로의 돌과 별반 다를 게 없었다.

"소지하고 있는 것만으로도 병에 걸리지 않는다고 합니다."

"뭐?"

"만병에 다 효험이 있다고 하더군요."

"만병에?"

카밀라는 바로 미간을 찌푸렸다. 옥장판 파는 것도 아니고, 이 무슨 다단계 업자 같은 멘트란 말인가.

"저도 써 보지 않아 잘 모르겠지만 갖고 있는 이들의 말로는 잔병치레가 확실히 줄었다고 합니다."

"진짜?"

"효과를 본 이들은 이 돌을 아주 신줏단지 모시듯 한다더군요."

"호오."

카밀라는 새삼스러운 눈빛으로 상자에 담겨 있는 목걸이를 바라봤다. 이게 그렇게 효과가 좋다고?

"그런데 내 주변에는 하고 있는 사람이 아무도 없던데?"

구하기가 생각보다 쉽지 않은 건가?

"성물 자체의 가격도 가격이지만, 신전에 일정 금액 이상 기부를 해야만 구매할 수 있다고 들었습니다."

"기부?"

"정해진 기부 금액이 제법 크더군요."

"흐음."

고스트 상회에서 VIP 제도를 도입한 것과 비슷한 개념인 것 같다. 일정 기부금을 내지 않으면 구매조차 하지 못한다는 거지?

웃긴 건 그런 제도를 행하고 있는 이들이 장사꾼이 아니라 바로 주신을 모시는 신관들이라는 거다.

'여기 종교도 다를 게 없네.'

주신 앞에서는 모두가 평등하고, 빈민 구제가 교의 최고 목표라던 신관들이 이런 장사를 하고 있으니.

'평등은 개뿔.'

돈 앞에서는 절대 평등할 수 없다는 걸 아주 몸소 보여 주고 있지 않은가. 역시 어디를 가나 돈이 최고인 거다.

"뭐, 이 정도면 양호한 건가?"

이게 정말로 몸에 그런 효과를 준다면 딱히 나쁘게 볼 것만은 아니었다. 신전도 돈이 있어야 굴러갈 테고, 자기들이 가진 신성력으로 장사를 한다는데 욕할 게 뭐란 말인가.

카밀라는 목걸이가 담겨 있는 상자를 닫았다.

"착용 안 하십니까?"

"아버지 드리게."

그래도 소르펠 가문, 즉, 아버지의 이름으로 기부를 해 받은 선물인데 내가 바로 그냥 꿀꺽하는 건 좀 그렇지.

'마스터인 아버지야 애초에 잔병치레 같은 건 전혀 하지도 않지만 말이야.'

마음 아니겠어? 마음.

"듣기론 쟈비엘라 황비님도 가지고 계시다더군요."

"그래?"

카밀라는 새삼스러운 눈빛으로 목걸이가 담긴 상자를 바라봤다.

크리스의 말대로 확실히 요즘 유행은 유행인가 보다. 도도하기 짝이 없는 황비마저 저런 볼품없는 물건을 가지고 있다는 걸 보면 말이다.

"오랜만에 뵙습니다, 마마."

카밀라를 만나고 고스트 상회를 나선 다니엘 신관이 다음으로 향한 곳은 바로 황궁이었다. 그것도 황궁의 안주인이 기거하는 쟈비엘라 황비의 처소였다.

"이제야 얼굴을 보는군요."

쟈비엘라 황비의 얼굴에선 평소의 유한 미소 따윈 조금도 찾아볼 수 없었다. 오히려 표독스러운 눈빛이 다니엘의 얼굴에 그대로 내리꽂혔다.

"남들의 시선을 무시할 수는 없으니까요."

하지만 비꼼이 그대로 느껴지는 쟈비엘라 황비의 말에도 다니엘은 그저 인자한 미소를 지을 뿐이었다.

"저번 일을 그렇게 엉망으로 끝내 놓곤 연락조차 제대로 안 하다니! 절 무시하는 게 아니고서야 어찌 그럴 수가 있나요!"

다니엘을 바라보는 쟈비엘라 황비의 얼굴에 원망과 분노가 가감 없이 표출됐다.

"저번 일은 저도 유감입니다."

"하!"

그녀는 기가 막힌다는 듯 실소를 연신 터트리더니, 이내 얼굴을 험악하게 일그러트렸다.

"유감? 지금 유감이라고 했나요?"

"마마."

"고작 그런 말로 넘어갈 생각입니까! 분명 사냥 대회에서 에드센, 그놈을 확실히 처리할 거라고 호언장담하지 않았나요!"

"그랬지요."

너무도 태연한 대답에 쟈비엘라 황비는 오히려 할 말을 잃었다. 그 모습을 보고 있자니 혼자 열을 내는 자신이 바보처럼 느껴졌다.

저번 사냥 대회는 말 그대로 에드센 황태자를 처리하기 위한 무대였다. 그 무대를 지시한 건 자신이었고, 모든 일정을 준비하고 설비한 이는 바로 지금 자신의 눈앞에 앉아 있는 신관 다니엘이다.

오래전에 그가 자신을 직접 찾아왔다. 2황자의 힘이 되어 주겠다며. 에드센, 그를 견제할 수 있는 힘을 주겠다면서 말이다. 교단에서 힘이 되어 주겠다는데 마다할 이유가 없었다.

'그런데 좀 이상하단 말이야.'

다니엘, 저자의 뒤에 뭔가 다른 세력이 있는 듯했다. 하지만 은밀히 알아보니 교단 쪽에선 특별한 움직임이 전혀 없었다.

'사냥 대회 때 일을 벌였던 이들과는 대체 무슨 관계인 거지?'

정체를 알 수 없지만 그렇다고 손을 놓을 수도 없었다. 그 강대한 세력을 어떻게든 2황자가 황위를 이어 갈 힘으로 이용하고 싶었다.

"너무 실망하지 마시지요, 마마. 기회는 다시 오는 법이니까요."

주먹을 꽉 쥔 채 그를 노려보던 쟈비엘라 황비는 결국 앓는 소리를 내며 이마를 짚었다.

그의 말대로 이미 지난 일에 대해 이제 와 따지고 분노해 봐야 뭐 하겠는가. 계속 저자의 도움을 받아야 할 처지에 사이가 틀어져 봐야 자신만 손해였다.

"뭔가 다른 방법이 있나요?"

"글쎄요."

"하아."

살짝 웃는 다니엘 신관과 마주한 쟈비엘라 황비가 한숨을 내쉬었다. 그러고는 답답한 마음을 표하듯 흘러내린 머리를 거칠게 쓸어 넘겼다.

그 순간, 그녀의 목에 걸려 있는 목걸이가 반짝거리며 모습을 드러냈다.

"그 목걸이……."

목걸이에 시선을 준 다니엘의 눈빛이 번뜩였다. 그 눈빛에 쟈비엘라 황비가 그것을 손으로 조심스레 매만졌다.

"얼마 전에 색이 저절로 변하더군요."

처음에 붉은색을 띠던 돌이 어느새 검게 물들어 있었다.

"효능이 다하면 색이 변한다고 했던가요?"

"그랬지요."

대답을 내뱉는 다니엘의 입가에 호선이 길게 그어졌다. 그런 그의 시선은 여전히 목걸이에 향해 있었다.

"때가 된 듯합니다."

"때? 무슨……?"

"목걸이의 색이 변하면 때가 됐다는 거지요."

바꿀 때가…….

"새로운 목걸이를 준다는 건가요? 확실히 신성력이 담긴 물건이라 그런지 차고 있으면 두통이 덜하더군요."

다니엘은 살며시 고개를 끄덕였다.

"곧 바꿔 드리겠습니다."

그 말을 내뱉는 그의 미소가 한층 더 짙어져 있었다.

✳

우우웅-
"응?"
서랍 안에서 진동이 울렸다. 급히 열어 보니 통신 구슬이 열심히 울어 대고 있었다.
「도착했다.」
에스크라 공작이었다.
"벌써요?"
그가 이곳을 떠난 지 며칠 되지 않았거늘. 마법으로 움직였다는 점을 감안해도 도착이 너무 빨랐다. 정말로 저쪽 일이 많이 밀려 있었던 건가? 쉬지 않고 움직인 게 분명하다.
"다행히 잘 도착하셨나 보네요."
「그래.」
"잠은 자면서 간 거예요?"
한숨 섞인 카밀라의 물음에 작은 웃음소리가 돌아왔다.
「걱정이라도 한 건가.」
"…그만 끊을게요."
「내가 출발할 때쯤 그 녀석도 그쪽으로 출발했다더군.」
"그 녀석이요?"
갑자기 무슨 소리야?
「뭔가 처리할 일이 생기면 그 녀석에게 말하렴. 일 처리 하나는 확실하니까.」
"그게 누군데요?"

「나한테 직접 말해도 좋고.」
"아니, 그러니까 그게 누군-"
「쉬어라.」
"저기요!"
통신이 이내 끊겼다.
"주어가 빠졌잖아! 주어가!"
그 녀석이 대체 누구냐고!
카밀라는 황당한 눈빛을 지우지 못했다. 지금 대화를 한 건지, 혼자 떠드는 내용을 들은 건지 도통 알 수가 없었다. 짧은 한숨을 내쉰 카밀라는 결국 조용히 구슬을 한쪽에 내려놓았다.
"그래도 다행이네."
배웅도 제대로 하지 못해 찜찜했는데 무사히 도착했다는 소식을 들으니 그나마 안심이 됐다.
"음?"
통신 구슬을 다시 집어넣고 서랍을 닫으려던 그녀의 손이 멈칫했다.
"아, 맞아."
서랍 안에 덩그러니 놓여 있는 물건 하나가 눈에 들어왔기 때문이다.
"여기에 넣어 놓고 완전히 까먹고 있었네."
얼마 전에 다니엘 신관에게서 받았던 성물 목걸이가 담긴 상자였다.
카밀라는 상자를 열어 안을 확인했다. 성물 목걸이는 처음 봤을 때와 다름없이 여전히 붉은빛을 내며 잘 놓여 있었다.

"흐음."

카밀라는 목걸이를 집어 들었다.

당시엔 바로 소르펠 공작에게 줄 생각이었기에 크게 신경 쓰지 않았는데.

"보기에는 그냥 평범한 돌인데 말이야."

그런데 얼마 전에 따로 좀 알아보니 요즘 이 목걸이가 생각보다 더 화제였다. 이 붉은 돌을 통해 갖고 있던 지병이 나아졌다는 이들이 정말로 많았다. 크리스의 말대로 다들 못 구해서 난리였다.

"프리미엄까지 붙었다던데."

암암리에 뒷거래도 이루어지고 있단다. 역시 시대를 막론하고 몸에 좋다는 건 상품성이 굉장한 것 같단 말이지.

"정말 효과가 있……!"

파지직!

그런데 카밀라가 그 돌을 자세히 살피려는 순간 기이한 현상이 일어났다.

"이거 왜 이래?"

스파크가 일더니 그대로 붉은 돌이 부서져 버린 것이다.

"뭐야? 불량품이야?"

갑작스러운 상황에 잠시 황망한 표정을 지었던 카밀라는 산산조각 난 돌을 보며 연신 미간을 찌푸렸다.

"헐."

신전에서 물건을 대체 어떻게 만든 거야?

"성물이라며!"

가격이 싼 것도 아니라던데? 나야 물론 공짜로 받긴 했지만, 엄청난 기부금과 상품값을 지불하고 이런 걸 받으면 완전 열받겠는데?

"그런데 조금 전에 그건 뭐였지?"

그녀는 자신에게 일어난 일을 다시 떠올렸다. 불량품으로 치부하기에는 성물이 깨질 때 보인 모습이 마음에 걸렸다.

"스파크 같은 게 튀었는데?"

카밀라의 시선이 자신의 오른손으로 향했다.

목걸이를 쥐는 순간 이상한 느낌을 받았다. 간질간질하면서도 따뜻한 뭔가가 손에서 흘러나와 주변을 감싸는 느낌? 하지만 너무도 찰나였기에 긴가민가했다.

"뭐지?"

타앙!

"카밀라 님!"

카밀라는 생각을 길게 이어 나갈 수 없었다. 방문이 노크도 없이 급히 열리며 도르만이 안으로 뛰어 들어왔기 때문이다.

"무슨 일이야?"

"소, 손님이 찾아오셨어요."

"손님?"

"네!"

"누구?"

뭔가 잔뜩 겁을 먹은 듯한 도르만의 모습에 카밀라는 고개를 갸웃거렸다. 누가 왔는데 저러는 거야?

"일단 나와 보셔야겠습니다."

"……?"

"어서요!"

그의 재촉에 카밀라는 깨어진 돌을 다시 상자에 담아 한쪽에 내려놓은 후 방을 나섰다.

이윽고 응접실로 들어선 카밀라의 눈이 동그래졌다.

"안녕."

자신을 향해 반갑게 손을 들어 보이며 예쁘게 눈을 접어 보이는 남자.

'…네가 왜 거기서 나와?'

바로 제이너였다.

풍요의 축제

"…제이너?"

"응, 오랜만이야."

오랜만이긴 뭐가 오랜만이야! 우리 얼마 전에도 봤잖아!

아무렇지 않게 인사를 건네는 그를 보면서 머릿속이 텅 비어 버렸다. 그가 왜 저기에 앉아 있는 걸까? 그것도 저리 당당히?

"저쪽에서 보고 처음이지?"

"아……!"

칸의 주인으로 와 있는 게 아니구나.

이어진 그의 인사에 아차 싶었다. 그제야 지금의 상황이 대충 이해가 갔다. 에스크라 공작의 아들, 그 가문의 장남으로 이곳에 온 거라는 말이지?

"아버지가 가 보라고 하셔서."

역시나 그녀의 예상대로 제이너의 입에서 에스크라 공작이 언급됐다.

"쯧."

에스크라 공작, 그에 대한 얘기가 나오자 이곳의 주인으로서 손님을 접대하고자 맞은편에 앉아 있던 소르펠 공작의 미간이 습관처럼 찌푸려졌다. 하나부터 열까지 마음에 드는 구석이라고는 1도 없던 이라는 생각을 새삼 하면서 말이다.

"설마 그대도 내 딸을 데려가려고 온 건가?"

"동생을 옆에서 잘 지키라는 명만 받았습니다."

"동생?"

"아, 혹시 거슬리셨다면 죄송합니다."

조금은 처연한 미소로 예의 바르게 말을 건네자 냉랭했던 소르펠 공작의 얼굴이 다소 풀렸다.

"이미 카밀라는 제게 소중한 동생인지라… 기분 나쁘셨다면 용서하십시오."

하지만 곧바로 이어진 말에 표정이 다시 굳어졌다. 끝까지 동생이라는 말은 거두지 않겠다는 건가?

그래도 아비 되는 자보다는 예의가 무척 바른 듯하다. 그건 마음에 드는군.

'속지 마세요!'

저거 다 연기라고요!

와, 저 인간이 두 얼굴을 가지고 있는 건 진작 알았지만 저 정도일 줄이야. 저러다 울겠네.

'배우 해도 되겠어.'

세상 가장 선한 표정을 짓고 있는 제이너를 보며 카밀라는 절레절레 고개를 저었다.

"여기서 머물겠다는 건가."

"동생 옆에 있으면 안 될까요?"

제이너가 다시 가련한 표정을 짓는다.

"한 놈이 갔다 했더니."

그놈이 누군지는 그 자리에 있는 모두가 알 수 있었다. 짧게 혀를 찬 소르펠 공작은 그대로 자리에서 일어섰다. 그는 옆에 시립해 있는 집사 루브를 바라보며 간단히 명을 내렸다.

"방을 내주게."

"네, 가주님."

마음에 들지 않지만 그렇다고 다짜고짜 쫓아낼 수도 없는 일이다. 어쨌든 카밀라를 찾아온 손님이지 않은가.

"그래도 아비보다는 나은 것 같군."

아버지! 속지 마시라고요!

"감사합니다."

덩달아 자리에서 일어선 제이너는 끝까지 예의 바른 모습으로 고개를 깊이 숙이며 환한 미소를 지었다.

"잠시만 여기서 기다려 주시겠습니까? 곧 지내실 방을 준비하겠습니다."

"부탁하지."

집사 루브도 곧바로 응접실을 나섰다.

"뭐야? 어떻게 된 거야?"

그렇게 두 사람이 떠나자 카밀라는 서둘러 질문을 던졌다.

"여긴 어쩐 일이야?"

에스크라 공작도 그러더니 이 무슨 갑작스러운 등장이란 말인가! 지금 돌아가면서 뭐 하자는 건지 모르겠다.
"흐음."
의자에 몸을 푹 파묻으며 나른한 미소를 짓는 제이너를 보며 카밀라는 짧은 한숨을 내쉬었다. 어느새 예의 바른 귀족가의 영식은 완전히 사라지고 암살 집단 칸의 주인이 요염한 미소를 짓고 있다.
"아주 난리를 쳤던데?"
"난리? 누가? 내가?"
"제이빌런가에서 말이야."
"그건……."
"그 일을 직접 그렇게 나서서 처리할 줄은 몰랐는걸."
재미있다는 듯 연신 키득거리는 그를 보며 카밀라는 다시 한번 고개를 절레절레 흔들었다. 아버지가 저 모습을 꼭 보셨어야 하는데!
"넌 참 매번 예상을 벗어난단 말이야."
"나도 어쩔 수 없었어."
그 일로 여전히 제이빌런 공작은 자신만 보면 끙끙 앓는 소리를 내고 있었다. 수호의 검을 어찌해야 할지 아직까지도 결정을 내리지 못했기 때문이다.
주자니 아깝고, 안 주자니 검에 대한 예의가 아니라는 거겠지. 그런데…….
'내 의견은? 왜 내 의견은 안 듣는 건데!'
누가 달래? 왜 고민을 하는 거냐고!
필요 없다고 아무리 말을 해도 제이빌런 공작은 들은 척도 하지

앉았다.
"그런데 정말 어쩐 일이야?"
"아버지가 아무 말씀 안 하셨어?"
"뭘?"
"네가 페이블러 제국으로 돌아가자마자 그런 위험한 일에 휩쓸렸다는 소식을 들으시곤 신경을 많이 쓰셨거든."
"그 사람이?"
그런 내색은 전혀 없었는데? 여기에 있는 동안 제이빌런가의 일을 그가 언급한 적은 단 한 번도 없…….
'아, 그래서 그랬나?'
소르펠 공작을 만나러 집으로 찾아온 제이빌런 공작과 가볍게 시비가 붙은 적이 있긴 했다. 제이빌런 공작이 등장하는 순간부터 그를 유독 마뜩잖은 눈빛으로 바라보더니, 결국 말다툼이 일었다.

'나한테 뭐 할 말 있소?'
'무슨 보답을 했나 해서.'
'보답이라니?'
'어린아이가 목숨을 걸고 도와줬는데, 어떤 보답을 했나 궁금하군. 설마 뻔뻔하게 입 싹 닦은 건 아니겠지?'
'뻐, 뻔뻔?'

주변에서 말리는 바람에 더 큰 싸움으로 번지지는 않았었다. 그때 왜 쓸데없이 시비를 거냐고 눈총을 마구 쏘아 줬었는데, 설마 제이빌런가의 사건을 계속 신경 쓰고 있었던 건가?
"나라도 네 옆에 있어야 안심을 하시겠다더라."
그제야 카밀라는 그가 떠나기 전에 언뜻 흘린 '그 녀석'이 누군지 알 수 있었다. 그때 이미 결정이 내려진 후였나 보다.
"그러니까 잠시가 아니라 길게 이 집에 붙어 있을 거라는 말이지?"
"아버지가 네 옆에 딱 붙어 있으라고 하셨으니까."
"하."
"앞으로 잘 부탁해."
카밀라는 지끈거리는 머리를 진정시키기 위해 미간을 손으로 꾹꾹 눌렀다. 입꼬리를 올리며 씨익 웃는 그의 모습이 그렇게 얄미워 보일 수가 없었다. 숙박비라도 엄청 받아 낼까?
"안 그래도 이쪽 지역에서 의뢰가 하나 들어와서 말이지. 매번 마법진으로 왔다 갔다 하는 것도 힘들었는데, 잘됐어."
"의뢰?"
네가 받는 의뢰라면…….
"걱정 마. 무고한 사람을 죽이는 일은 아니니까."
"누군가가 죽기는 한다는 거네."
카밀라의 물음에 제이너의 눈가가 아주 곱게 접혔다.
"나쁜 놈 좀 찾아서 응징해 달라는 거거든."
"들키지나 마."
카밀라는 짧은 한숨을 내쉬었다.
칸의 수장이 소르펠 공작가에 머물고 있다는 사실을 사람들이 알면 뭐라고 할까?
'그날로 난리 나는 거지, 뭐.'

제발 그가 큰 사고 치지 않고 그냥 얌전히 있다가 자기 집으로 조용히 돌아가기를 진심으로 바랄 뿐이다.

'하긴.'

조금 전 반듯한 귀족가 영식 연기를 하는 걸 보니 쉽게 들키지는 않을 것 같긴 하다.

그때 마침 제이너가 머무를 방이 준비되었다는 연락이 왔다.

"그쪽도 오랜만이네."

제이너의 인사에 최대한 눈에 띄지 않으려고 한쪽 구석에 찌그러져 있던 도르만이 움찔했다.

"짐 좀 들어 주지?"

"넵!"

스스로도 자기가 지은 죄를 아주 잘 아는 듯, 제이너의 한마디에 도르만은 바로 그에게 조르륵 달려갔다. 행동이 아주 빠릿빠릿했다.

그 모습을 바라보며 카밀라는 살며시 고개를 내저었다.

'그래, 암살당하는 것보다는 낫잖아.'

자기 목숨이 바람 앞의 촛불 신세라는 걸 그나마 잘 알고 있는 그가 나름 기특했다.

"여기서 하는 거야?"

풍요의 축제가 열리는 당일. 카밀라는 크리스와 함께 기원제에 참석했다. 그런데 예식이 진행되는 곳으로 안내받은 카밀라는 의아할 수밖에 없었다.

"예배당이 아니네?"

보통 그런 곳에서 하지 않나? 신전에서 열리는 식이다 보니 당연히 경건한 분위기가 충만한 대예배당 같은 곳에서 이뤄질 거라고 생각했다. 하지만 식이 진행되는 곳은 신전 뒤에 자리한 넓디넓은 정원이었다.

"왜 이런 곳에서 하는 거야?"

신전이 관리하는 곳답게 정원은 그리 화려하지는 않지만, 무척 깔끔하면서도 확실히 웅장함이 느껴졌다. 무엇보다 세월을 가늠하기 힘든 오래된 나무들이 즐비해서 마치 울창한 숲속에 들어와 있는 기분이다.

"저 나무 때문입니다."

"나무?"

크리스가 가리킨 곳에는 커다란 나무가 한 그루 자리하고 있었다. 오래된 나무들 사이에서도 유독 눈에 들어왔다.

"저거 죽은 나무 아냐?"

어른 몇은 팔을 쭉 뻗어야 나무 전체를 다 두를 정도로 큰 크기를 자랑하는 나무에선, 잎이라고는 전혀 찾아볼 수 없었다. 잎이 무성한 주변 나무와 달리 메마른 가지만 하늘 높은 줄 모르고 솟아나 있었다. 그래서 더욱 눈에 띄었다.

"주신의 나무입니다."

"주신의 나무?"

요즘 다들 왜 이렇게 이름들이 거창해?

'신전에서 파는 목걸이는 영원한 안식을 준다고 하더니.'

이젠 나무에까지 주신의 호칭이 붙어?

"이러다 길에 굴러다니는 돌도 신의 성물이라고 하겠네."

이 몸의 원래 주인이었던 카밀라도 그렇고 자신 또한 신전 쪽에 전혀 관심이 없다 보니 딱히 아는 게 없었다. 당연히 이런 신전 행사에 초대받거나 참석한 적도 없었고, '주신의 나무'라는 것도 오늘 처음 보고 듣는 거다.

"오셨군요."

그때 신관 다니엘이 다가와 반갑게 인사를 건넸다.

"참석해 주셔서 진심으로 감사드립니다."

"초대해 주셔서 오히려 제가 영광이죠."

"오늘 의미 있는 하루가 되시기를."

"감사합니다."

형식적인 인사를 나눈 카밀라의 시선이 이내 한곳으로 향했다. 순간 사람들이 대화를 멈추며 어딘가를 향해 고개를 숙였기 때문이다. 교단의 중심이라 할 수 있는 인물인 교황의 등장이었다.

'음?'

카밀라 역시 그를 향해 정중히 고개를 숙이려고 했다.

'뭐야? 저건?'

그녀의 얼굴이 와락 일그러졌다. 천천히 걸어오는 교황 옆을 서성거리고 있는 한 존재가 눈에 확 들어왔기 때문이다.

20대 초반으로 보이는, 새하얀 사제복을 입은 여자가 교황의 옆에서 연신 혀를 차고 있었다. 뭐라고 계속 중얼거리고 있는데, 그 소리까지는 멀어서 잘 들리지 않았다.

'저건 좀 아니지 않나?'

귀신도 양심이 좀 있어야지. 다른 곳도 아니고 신전에, 그것도 교황 옆에 딱 붙어 저리 알짱거리는 게 말이 돼?
'복장을 보니까 고위급 사제였던 것 같은데.'
무슨 사제가 죽어서 귀신이 되고 난리야? 자기들이 매번 주장하듯이 심판받고 천국을 가든 지옥을 가든 했어야지.
"교황 성하를 뵙습니다."
교황이 점점 가까이 다가올수록 사제 귀신의 모습도 더 뚜렷하게 보였다.
"하아."
카밀라는 절로 한숨이 새어 나왔다. 그런데 그 순간 거리가 가까워진 사제 귀신의 목소리가 뚜렷하게 들려왔다.
[이 아이도 글렀네, 글렀어.]
아이? 지금 교황보고 아이라고 한 거야?
카밀라는 사제 귀신의 말에 새삼 교황의 얼굴을 바라봤다. 족히 예순은 넘은 노인에게 아이라니.
조금 더 살펴본 뒤에야 사제 귀신이 못마땅하게 바라보고 있는 게 정확히 무엇인지 알 수 있었다.
'저건?'
인자한 미소를 지으며 사람들을 둘러보는 교황의 목에 붉은빛이 유독 반짝이는 목걸이가 걸려 있었다. 자신이 받았던 그 성물 목걸이였다.
'홍보 차원인가?'
새삼 자신이 받았던 목걸이가 불량품이었던 걸 떠올린 카밀라는 속으로 짧게 혀를 찼다. 신전에서 불량품을 만들어도 되는 거냐고 확 따져?

'에휴, 됐다. 공짜로 받은 건데.'

그러고 보니 주변에 목걸이를 찬 사람이 제법 많았다. 아마도 기부를 많이 한 이들 위주로 초대한 거겠지?

사제 귀신은 붉은 돌을 걸고 있는 교황을 보며 연신 미간을 찌푸렸다. 저 성물이 마음에 들지 않는 건가?

[멍청한 새끼.]

헉! 지금 욕한 거야?

[X 같은 놈. 한심한 새끼. 교황 자리에 앉아서 돈 생각만 하고 있으니 신성력이 그따위지. 너 같은 놈도 교황이라고 떠받들고 있는 애들이 불쌍하다.]

카밀라는 두 귀를 의심했다. 그러고는 눈을 비비며 그녀가 입고 있는 옷을 다시 확인했다. 저거 진짜 사제복 맞아?

'아닌데? 맞는데?'

아니, 아무리 죽었다지만 말투가 어쩜 저렇게 걸걸해? 저래도 되는 거야?

[……]

'히익!'

시선을 느낀 걸까? 사제 귀신이 고개를 휙 돌렸다.

카밀라는 최대한 자연스럽게 시선을 피했다. 그래, 신경 끄자. 귀신이 교황의 곁에 붙어 있든 말든 나랑 뭔 상관이란 말인가. 사제도 사람인데 욕 좀 할 수도 있지.

그렇게 카밀라가 딴생각을 하는 사이 식이 빠르게 진행됐다. 그녀 또한 다른 것에 신경을 모두 끄고 기원제에 집중했다. 풍요를 바라는 성가대의 노래가 정원에 가득 울려 퍼졌고, 대신관들과 교황의 지루한 설교도 이어졌다.
"주신께선 말씀하시길."
와… 진짜 졸리다. 왜 세상의 모든 설교는 자장가와 친분이 이리도 두터울까?
카밀라는 졸지 않기 위해 혀끝을 연신 깨물어야만 했다. 이거 대체 언제 끝나는 건데? 끝나기는 하는 거니?
[흐… 하아암.]
…귀신도 하품을 하는구나.
조금 전의 그 사제 귀신이 설교를 하는 교황 앞에 쪼그리고 앉아 입을 쩍 벌리며 하품을 내뱉었다. 사제가 저러는 걸 보니 좀 신선하긴 하다.
[진짜 더럽게 지루하네. 저놈이나 이놈이나 설교를 왜 이렇게 길게 하는 거야. 누가 집중해서 듣는다고. 본론만 간단히, 몰라? 했던 말 또 하고, 또 하고. 귀에 딱지 앉겠다, 이것들아!]
내 말이.
"이제 축도가 있겠습니다."
확 쓰러지는 연기라도 해서 탈출할까?
진심으로 고민하던 찰나 드디어 설교가 끝나고 다음 순서로 넘어갔다. 진행자의 말에 따라 교황이 주신의 나무가 있는 곳으로 천천히 걸음을 옮겼다.
사람들의 기대 어린 눈빛 속에 그가 고개를 숙이고 기도를 올리기 시작했다. 그러자 그의 손에서 은은한 빛이 흘러나왔다. 신성력이었다.

[나 참, 저것도 신성력이라고.]

그 순간 다시 귀를 파고드는 삐딱한 음성.

카밀라가 멈칫하는 사이 교황의 손에서 흘러나온 신성력이 그대로 나무에 스며들었다.

"와아!"

그러자 말라 있던 나뭇가지 곳곳에 작은 잎이 토독 피어났다. 그 모습을 본 사람들의 입에서 커다란 환호성이 터져 나왔다.

"올해도 풍요로울 것 같네요."

"잎이 작년보다 더 많이 나온 것 같지 않아요?"

"역시 교황님이세요."

고작 잎 몇 개가 피어난 것에 진심으로 기뻐하고 감탄하는 이들을 보며 카밀라는 의아함을 감추지 못했다. 신기하긴 하지만, 저게 저리 놀랄 일인가?

'여전히 나무는 앙상하기 짝이 없는데?'

그녀의 황당한 표정을 읽은 크리스가 대신 이 상황에 대해 설명해 줬다.

"예전에 어떤 교황은 잎을 하나도 깨우지 못했다고 합니다. 그해 가을은 제대로 수확이 이루어지지 않았다지요."

"뭐야? 저걸로 점이라도 치는 거야?"

그거야 각자가 지닌 신성력 차이 아닌가?

'그걸로 왜 그해 농사를 점치고 난린데? 그것도 신을 모시는 신관들이?'

카밀라는 살며시 고개를 저었다. 시대를 막론하고 무언가에 자기 멋대로 의미를 부여하는 건 어디를 가나 똑같나 보다.

"저건 뭐 하는 거야?"

교황에 이어 식에 참석한 다른 이들도 차례차례 앞으로 나와 나무를 향해 기도를 올리기 시작했다.

"기원제의 마지막 순서죠. 식에 참석한 모두가 주신의 나무를 향해 풍요를 바라는 기도를 올리는 겁니다."

"모두 다? 그럼 나도 해야 해?"

"네."

크리스의 설명에 카밀라의 입에서 다시 짧은 한숨이 흘러나왔다. 왠지 오기 싫더니, 진짜 기도까지 해야 하는 거야?

'게다가 저 많은 사람이 언제 다 기도를 올려?'

그냥 한 번에 다 같이 하면 안 되나?

[실력도 없는 것들이 쓸데없는 격식은 또 엄청 차리지.]

이번에도 동감!

"어?"

사제 귀신의 말에 속으로 연신 공감을 표하던 카밀라는 무심코 고개를 들어 나무를 바라보다 눈이 휘둥그레졌다. 나무 위에 뭔가 아주 익숙한 것이 팔랑거리며 떠다니고 있었기 때문이다.

작고 희미한, 붉은색 용.

'히어로 용용이?'

그라시아 제국 황실 온실에서 봤던 그놈!

[그 인간이다!]

용용이도 마침 카밀라를 발견하곤 작은 날개를 힘껏 움직이며 빠르게 날아왔다. 눈을 연신 깜빡거리는 게 무척 반가운가 보다.

[너 여기에 있었구나. 저쪽에 더 이상 안 보인다 했더니.]

나야 여기가 주 터전이니 그런 거고, 너야말로 여기에 왜 있는 건데?

카밀라의 눈빛을 읽기라도 한 듯 붉은 용이 다시 입을 열었다.

[가을을 다스리는 왕이 가을이 시작되는 곳에 있는 건 당연한 거야.]

주변을 연신 맴돌던 붉은 용용이가 카밀라의 머리 위에 툭 하고 자리를 잡고 앉았다.

'야! 너 지금 뭐 하는 거야?'

내 머리 위에 왜 앉아?

당장 머리를 마구 흔들어 떨어뜨리고 싶었지만, 주변 사람들의 시선에 꾹 참을 수밖에 없었다.

'헉!'

게다가 교황 옆에 붙어 있던 사제 귀신까지 자신을 뚫어져라 보고 있었다. 아마도 그녀 역시 붉은 용용이를 보다 자신에게 관심을 두는 듯했다.

서, 설마 지금 눈 마주친 거 아니지? 급히 피하긴 했는데……!

[인간들은 참 웃겨.]

'뭐가?'

그러는 와중에도 가을의 정령왕은 주신의 나무를 향해 열심히 기도를 올리는 이들을 보며 절레절레 고개를 저었다.

[매번 자기들 멋대로 해석한다니까. 수확을 주관하는 건 우리 정령들이야! 저런 걸로 알 수 있는 게 아니라고!]

'인간들이 원래 좀 그래.'

뭐든 의미를 부여하고 싶어 난리지. 지나가는 똥개도 신으로 추대하려고 하면 할 수 있는 게 인간이거든.

[그리고 저 나무, 나이 엄청 많다? 늙어서 몸이 이전 같지 않다고 잠깐 쉬고 있는 것뿐인데, 그런 애한테 무슨 풍요를 기원한다는 건지 모르겠어. 요즘 것들은 어른 공경할 줄을 몰라.]

가을의 정령왕은 못마땅한 눈빛을 연신 교황에게 보냈다. 조금 전 신성력으로 나뭇잎을 강제로 나오게 한 행동이 불만인 듯했다.

[자연을 다스리는 건 바로 우리야. 신성력으로 가늠할 수 있는 게 아니란 말이야, 바보들아!]

…아무래도 이 녀석, 지금 이 행사를 비웃으러 온 것 같지? 나도 같이 비웃고 싶지만, 어쩌겠니? 나도 인간인걸.

"카밀라 님."

"응."

크리스가 카밀라를 불렀다. 순서가 된 것이다. 교황을 비롯한 다른 이들의 시선도 어느새 모두 그녀에게 집중되어 있었다.

신의 축복을 받은 이.

자신에 대한 소문이 그렇게 난 상태이다 보니 다들 뭔가 기대를 하는 눈빛들이다.

물론 개중에는 소문이 허황되었다 말하며 아니꼽게 바라보는 시선도 있었다.

'당연하지.'

그거 다 헛소문이라니까? 내가 여기서 뭘 어쩌겠어?

[내가 도와줄까?]

'뭐래?'

지금 여기서 도울 게 뭐가 있다고? 그냥 나가서 기도만 하고 들어오면 되는데? 카밀라는 용용이의 말을 무시하곤 바로 걸어 나가 기도를 올렸다.

그냥 눈 감고 있기도 뻘쭘한데, 뭔가 빌긴 빌어야겠지? 저 좀 오래 살게 해 주세요오.

"허억!"

"저, 저것 좀 봐요!"

"와아!"

뭔 소리야? 나름 집중해 기도를 올리던 카밀라는 잠시 후 주변에서 들려오는 웅성거림에 천천히 고개를 들었다.

"헉!"

상황 파악이 끝난 그녀는 급히 숨을 들이켰다. 부릅뜬 그녀의 눈이 연신 흔들렸다. 이게 갑자기 왜 이러는 건데?

방금까지 앙상하게 말라 있던 나무는 온데간데없었다. 대신 그 자리에는 잎이 풍성하게 나 있는 주신의 나무가 떡하니 자리해 있었다.

[어때?]

"……!"

그 순간 다시 들려오는 용용이의 목소리.

[이게 자연을 다스리는 정령의 힘이라고. 신성력과는 차원이 다르지. 에헴!]

너냐? 네가 한 짓이었어?

어느새 다시 팔랑거리며 곁으로 날아와 득의양양하게 외치는 붉은 용용이를 보며 카밀라는 기가 막혀 한동안 아무런 말도 할 수가 없었다.
"방금 봤죠?"
"봤어요! 소르펠 공녀가 기도를 드리는 순간 나무에서 빛이 났잖아요!"
"주신의 나무가 저렇게 풍성해진 모습은 처음 봐요."
"신의 축복을 받고 있다 하더니……."
"헛소문이 아니었네요!"

환장하겠네.

카밀라는 자신을 경이로운 눈빛으로 바라보는 사람들의 시선에 머리가 지끈지끈 아파 왔다. 교황까지 눈을 부릅뜨고 자신을 쳐다보고 있었다. 이 무슨 황당한 오해란 말인가!

"너……."

[왜? 사람들이 너 대단하다고 하잖아. 좋은 거 아니야?]

"하나도 안 좋거든."

카밀라는 나직하게 으르렁거렸다. 왜 시키지도 않은 짓을 하는 거냐고! 너 오늘 내 손에 한번 죽어 볼래!

[웃긴 인간이네. 원래 인간은 남에게 주목받는 거 좋아하지 않아?]

난 너 아니어도 이미 충분히 주목받고 있거든. 오히려 너무 주목받아서 골치가 아플 지경이란 말이야!

[흥, 도와줘도 난리야. 고마운 줄도 모르고.]

"…너도 힘든 것 같은데 도와줄까?"

[뭐? 인간인 네가 날 뭘 돕겠다는 거야?]

"아이슬라 불러서 여길 꽝꽝 얼려 주는 건 어때?"

[뭐, 뭐?]

"가을 따위 순식간에 사라져 버리게. 그러면 너 좀 한가해질 것 같지 않아?"

[나, 나 좀 바빠서. 이만!]

겨울의 정령왕 아이슬라의 이름이 나오는 순간 표정이 굳어진 붉은 용용이는 재빠르게 모습을 감췄다.

"하아."

그래, 나도 튀자.

사람들의 집중 어린 시선을 피해 카밀라는 서둘러 그 자리를 벗어났다. 다들 뭔가 말을 걸고 싶어 했지만 무시했다.

"……."

그런 그녀를 뚫어져라 바라보는 이가 있었으니, 바로 신관 다니엘이었다. 그는 총총 사라지는 그녀에게서 끝까지 시선을 떼지 않았다.

잠시 후, 카밀라의 모습이 완전히 사라진 후에야 짙은 미소가 그의 입가에 떠올랐다.

"정말 탐이 나는군요."

나직하게 혼잣말을 내뱉은 그는 이내 언제나와 같은 인자한 모습으로 다른 이들과 대화를 나누었다.

"……."

"……."

"큭."

"야."

"아, 미안."
"그만 좀 웃지?"
"미안, 미안."
입가를 씰룩이며 애써 웃음을 참는 모습이 더 기분 나빴다. 그렇다고 대놓고 깔깔거리는 것도 꼴 보기 싫겠지?
"아우! 짜증 나!"
카밀라는 자신의 앞에 앉아 있는 제이너를 지그시 노려봤다.
"대단해."
"뭐가?"
"가는 곳마다 사건 사고가 끊이질 않잖아."
"내가 전생에 X난이었나 보지."
"코… 뭐?"
"아, 나도 몰라."
이 붉은 용용이 녀석!
'다음에 만나면 네가 보는 앞에서 단풍 든 나뭇가지를 확 다 잘라 버려 주겠어!'
왜 시키지도 않은 짓을 하고 난리야!
"정말 신의 축복이라도 받은 거야?"
"신의 축복은 무슨."
아직 자신의 능력을 제대로 알지 못하는 제이너는 이번 일을 무척 신기해했다. 계속 물어보길래 어물쩍 대답하고 넘겼다. 귀찮다고!
"제멋대로인 것들 다 짜증 나."
카밀라는 조금은 사나운 눈빛으로 주변을 훑었다. 혹시 이 정원에도 정령이라는 것들이 와 있는 거 아냐?

'딱 걸리기만 해 봐.'

그 팔랑거리는 날개를 정말 확 묶어 버리고 말 테니까! 진짜 성질나면 나, 아이슬라 부른다!

"제멋대로인 게 누군데?"

"그런 것들이 있어. 색색으로 팔랑거리는 것들."

"뭐?"

제이너는 다시 가볍게 웃음을 터트렸다.

"넌 참 비밀이 많아."

"…너한테만은 그런 말 안 듣고 싶거든."

세상 누구보다 많은 비밀을 갖고 있는 게 누군데!

"그래서 너무 재미있지만 말이야."

"너 재밌자고 내가 이러고 사는 게 아니란다."

짧게 웃음을 터트린 그가 갑자기 손을 뻗어 왔다.

"먼지 묻었어."

카밀라는 본능적으로 몸을 뒤로 뺐지만, 그가 그녀의 어깨를 가볍게 붙잡았다.

"떼어 줄게."

먼지가 눈가에 묻은 건가?

그는 카밀라의 눈가를 조심스럽게 매만졌다. 간지러움에 절로 얼굴이 찌푸려지며 눈이 감겼다.

"잘 안 떨어지네."

"그냥 내가 할……!"

카밀라가 재차 몸을 뒤로 빼려는 순간 제이너의 손이 먼저 치워졌다. 동시에 그녀의 눈이 동그래졌다.
"이미 떨어진 것 같군."
"오라버니."
제이너의 손을 붙잡아 그녀에게서 떨어트려 놓은 이가 있었기 때문이다. 바로 루드빌이었다.
"아, 그런가요? 언제 떨어졌지? 몰랐네요."
능청스럽게 대꾸한 제이너가 빠르게 손을 뺐다.
그런 그를 잠시 말없이 바라보던 루드빌이 한쪽에 자리를 잡고 앉았다.
"훈련 끝나셨어요?"
"응."
"여긴 어떻게……."
"루브가 저자와 네가 여기에 있다고 해서."
씻고 바로 온 듯 머리가 아직 채 마르지 않은 상태였다. 뭐가 그렇게 급하다고 젖은 채로 나오셨을까.
"마침 잘됐네요. 오라버니 드리려고 아침에 푸딩 만들어 놓은 거 있는데. 지금 가져다드릴게요."
간 김에 마른 수건도 하나 챙겨 올 생각이었다. 도르만을 시킬까 했지만, 제이너와 한자리에 있는 걸 싫어하는 놈이라 오늘도 어느새 소리도 없이 사라져 모습이 보이지 않았다.
'그러고 보니 요즘 툭하면 농땡이네?'
이놈의 자식! 시종 일조차 제대로 안 하지? 내일부터 하루 종일 카페에서 일을 시켜 버리겠어.
'각오하는 게 좋을 거야.'

"잠시만 기다리세요."

카밀라는 속으로 투덜거리며 곧장 주방으로 향했다. 지금쯤 홍차 푸딩이 차갑게 잘 식어 있을 것이다.

"……."

"……."

그렇게 카밀라가 사라지고 제이너와 루드빌만 남게 된 곳엔 무거운 침묵이 흘렀다.

먼저 입을 연 사람은 제이너였다.

"생각보다 사이가 무척 좋으시네요."

그의 입가에 특유의 부드러운 미소가 그려졌다. 하지만 그 눈이 전혀 웃고 있지 않다는 걸 루드빌은 바로 알아봤다.

"가족이니까."

짧은 그 대답에 제이너가 쿡 하고 웃음을 흘렸다. 그 웃음에 루드빌의 눈빛이 서늘하게 빛났다.

"피도 한 방울 안 섞였는데 가족이군요. 아, 죄송합니다. 제가 실례되는 말을 했네요."

"그건 그쪽도 마찬가지이지 않나."

카밀라와 피가 안 섞인 건 너나 나나 매한가지라는 말이다.

"같이 산 세월은 내가 훨씬 더 길지."

답지 않게 뒷말까지 덧붙인 루드빌은 다시 평소의 무심한 모습으로 돌아왔다.

"그러게 말입니다."

제이너는 가볍게 고개를 끄덕였다.

"다시 돌아간다면 그녀부터 찾을 텐데."

돌아가? 어디를?

"이제 다시 돌아갈 수가 없다고 하니. 이것 참 아쉽네요."

알 수 없는 말을 내뱉는 그를 루드빌이 지그시 바라봤지만 제이너는 설명 대신 그저 조용히 웃을 뿐이었다.

"아, 싫다고."

"내가 말했지. 그러다 몸에 곰팡이 핀다니까!"

"살아 있는 사람 몸에 곰팡이가 어떻게 펴."

"네 몸에 최초로 피겠지."

순간 들려오는 시끄러운 소리에 두 사람이 고개를 돌렸다.

카밀라가 어떤 남자 한 명을 질질 끌고 오고 있었다.

바로 라비였다.

"아, 배고파."

어제부터 연구실에 틀어박혀 있었던 라비가 하품을 하며 터벅터벅 걸음을 옮겼다.

잠깐 쉬면서 간식이나 먹을 겸 주방으로 향했던 그는-

"야!"

"…젠장!"

운이 없게도 하필 카밀라와 딱 마주치고 말았다. 바로 도망치려는 그를 카밀라가 덥석 붙잡았다.

"야! 인간아!"

따악!

"아앗! 이게! 지금 너 나 때린 거야?"

"아프긴 하니? 좀비가 따로 없고만."

"좀비? 그게 뭔데?"

"잔말 말고 따라와."

"왜? 나 바빠."

"마력석 공급 끊을까?"

"야!"

그는 결국 그대로 끌려 나오고 말았다. 햇빛 좀 받아야 한다는 잔소리를 끊임없이 주입받으면서 말이다.

"저거 다 먹을 때까지 움직일 생각 마."

"움직여야 밥을 먹지."

"말장난할 시간에 처먹기나 해."

"처… 너, 갈수록 말이 거칠어지는 거 아냐."

"말만 거칠어지는 게 얼마나 다행이야."

"그러면 좀 전에 난 누구한테 맞은 건데?"

"글쎄, 누굴까?"

"뻔뻔한 것."

티격태격하는 두 사람 뒤로 시종과 시녀들이 트레이를 든 채 졸졸 따라왔다. 트레이 위에는 라비가 먹을 간단한 음식들이 골고루 차려져 있었다.

"하."

그 모습을 지켜보던 제이너의 눈이 곱게 휘었다.

"역시 반쪽이라도 피가 섞인 게 좋은 거군요."

"……."

루드빌은 침묵으로 대답을 대신했다. 하지만 카밀라와 라비를 바라보는 그의 눈빛이 무척 복잡했다.

✵

"엄마! 저거, 저거 사 줘요!"

"또?"

"엄마아!"

"에휴! 알았어. 가자."

"와아!"

어둠이 내린 수도 거리는 낮보다 더욱 큰 화려함과 즐거움으로 수많은 이들의 발걸음을 붙잡고 있었다.

축제의 열기가 가득한 밤답게 거리에는 여러 가지 행사들이 줄을 이었고, 하늘에는 화려한 불꽃이 수를 놓으며 사람들의 흥을 더욱 돋우었다. 엄마나 아빠의 손을 잡고 한 손에는 먹거리를 가득 든 채 걸음을 옮기는 아이들의 얼굴에는 웃음이 가득했다.

펑!

"흐윽……."

"어, 엄마……."

"무서워……."

그렇게 수도 전체가 축제의 흥겨움으로 뜨거워져 있는 밤. 수도 한복판에 자리한 고급 주택가에까지 불꽃이 터지는 소리가 들려왔다.

퍼엉!

불꽃이 터지자 어둠이 짙게 깔려 있던 공간에 희미한 빛이 새어 들어왔다.

끝이 보이지 않을 정도로 넓디넓은 공간. 전시실인 듯 수많은 석상이 즐비해 있었다.

무릎을 꿇고 두 손을 모아 경건하게 기도를 올리는 석상도 있었고, 하늘을 당장에라도 날아갈 듯 두 팔을 높이 들고 있는 천사 조각상도 있었다. 똑같은 포즈를 한 조각상은 하나도 없었다.

단 하나의 공통점을 찾는다면 조각상들의 표정이 하나같이 다 울고 있거나 잔뜩 일그러져 있다는 것.

"으… 으흑!"

그런데 그 수많은 조각상들 사이에서 실제로 작은 울음소리가 흘러나왔다.

무릎을 꿇고 있던 천사상. 자세히 보니 그건 평범한 석상이 아니었다. 고작 여섯 살쯤 되어 보이는 남자아이였다.

어깻죽지에 날개 장식을 단 아이의 입에선 쉬지 않고 흐느낌이 흘러나왔다. 하지만 그런 와중에도 아이는 무릎을 꿇고 기도를 올리는 자세를 조금도 헝클어트리지 않고 있었다.

"아… 아파."

"엄마… 으… 으흑!"

주변에 있던 몇몇 다른 석상에서도 우는 소리가 연달아 들려왔다.

벌컥.

"……!"

하지만 다음 순간, 문이 거칠게 열리는 소리에 울음소리가 거짓말처럼 뚝 멈췄다.

아이들은 숨소리조차 제대로 내지 못했다. 가까이 다가오는 발소리에 잔뜩 겁을 먹은 듯 굳어 있는 얼굴이 더욱 새하얗게 변해 갔다.

저벅.

그런 아이들이 있는 곳으로 천천히 다가온 이는 40대 중반의 남자였다. 조금은 긴 듯한 머리를 깔끔히 모두 뒤로 쓸어 넘긴 남자는 제법 이지적인 인상을 갖고 있었다. 안경을 쓴 그의 눈매가 유독 날카로워 보였다.

오를레앙 자작. 예술에 무척 조예가 깊고 가난한 예술가를 후원하는 이로 아주 유명했다.

더불어 신앙심도 매우 두터워 신전에 한 해 동안 내는 후원금이 어마어마하다는 소문도 있었다. 그것도 그럴 것이, 대대로 물려받은 자작가의 재산이 엄청나 돈에 대한 어려움을 겪어 본 적이 단 한 번도 없는 이였다.

"날개가 아주 잘 붙었구나."

천사상 모습을 한 아이에게 다가선 남자의 입가에 만족스러운 미소가 맺혔다. 날개를 바라보는 남자의 눈에 희열이 가득했다.

그는 정말로 아름답다는 듯 연신 감탄사를 토해 냈다.

"정말로 천사 같아."

"흐윽!"

"이런, 이번 작품도 웃는 얼굴은 포기해야 하는 건가?"

"으… 으으."

"웃으면 더욱더 아름다울 텐데."

그는 안타깝다는 듯 짧게 혀를 찼다. 그러곤 한쪽에 놓아둔 붓을 집어 들었다. 다른 한 손에는 알 수 없는 액체가 들려 있었다.

그는 붓에 액체를 듬뿍 묻힌 뒤, 울고 있는 아이의 몸에 아주 정성껏 바르기 시작했다. 마치 자기가 예술가라도 된 것처럼 진지하게 붓을 움직이는 자작의 행태에 아이의 울음소리가 더욱 커졌다.
"제발… 흐윽! 살려 주세요, 아저씨……."
"세상에, 난 널 죽이지 않아!"
오를레앙 자작은 무슨 무서운 소리를 하는 거냐는 듯 오히려 기겁을 했다. 그러곤 해맑은 미소를 지으며 달래듯 말했다.
"너희들은 영원히 사는 거야. 이 아름다운 모습으로."
"흐으으, 엄마아아아……."
"웃는 얼굴이면 더 아름다울 텐데. 표정이 아쉽긴 하구나."
활짝 웃을 때 이 액체를 바르고 싶었는데 말이지.
오를레앙 자작은 아쉽다는 듯 아이의 얼굴을 향해 붓을 들었다. 마지막까지 기다렸지만 역시나 이번에도 실패다. 속이 쓰렸다.
"하."
"……!"
그 순간 들려오는 낯선 웃음소리.
"오랜만에 보는 참신한 미친놈이네요."
오를레앙 자작의 얼굴이 빠르게 굳어졌다. 자신 외에 아무도 없어야 할 이 은밀한 공간에 뜻밖의 목소리가 들려왔기 때문이다. 이 공간에 들어올 수 있는 성인은 오로지 자신밖에 없었다.
"누, 누구냐!"
급히 고개를 돌린 그는 창가에 비스듬히 기대서 있는 한 남자를 볼 수 있었다. 회색 가면을 쓰고 있어 제대로 얼굴을 볼 수 없었지만 드러난 입가에 비릿한 미소가 유독 시선을 잡아끌었다.
"저요? 의뢰받은 일을 하러 온 사람입니다만."

"의뢰?"

가면을 쓴 남자는 한걸음 성큼 그에게 다가섰다. 특별히 위협을 받은 것도 아니거늘 오를레앙 자작은 저도 모르게 주춤 뒤로 빠르게 물러서고 말았다.

상대의 말투는 매우 정중했지만, 그의 본능이 외치고 있었다. 저놈은 위험한 놈이라고!

"납치된 아이의 부모들이 의뢰를 했거든요. 아이를 찾아 달라고. 그리고… 제 자식을 납치한 이를 찾아 죽음보다 더한 고통을 안겨 달라고."

"그럴 리가!"

오를레앙 자작은 버럭 소리를 질렀다. 자신이 데리고 온 아이들은 하나같이 미천한 신분을 가지고 있었기 때문이다.

고아인 이들도 있었고 부모가 있는 아이들도 있었지만 상관없었다. 아이가 사라졌다 하여도 그뿐이었을 터. 거기에 매달릴 정도로 생활에 여유가 있는 집안은 단 한 곳도 없었다. 하루 벌어 하루 사는 것에 급급한 이들뿐일 텐데!

"그런데 의뢰라니……!"

가면을 쓴 남자의 입에서 다시 미소가 흘러나왔다.

"가난하다고 하여 다 자식을 쉽게 포기하지는 않습니다. 전 재산과 목숨을 걸고 자식을 찾기도 하지요."

한걸음 가까이 다가서는 남자의 손에는 어느새 날카로워 보이는 단검이 들려 있었다. 고작 단검이었지만 검을 본 오를레앙 자작은 당장 죽을 것 같은 공포감을 느끼며 황급히 소리쳤다.

"나, 난 이들에게 새로운 삶을 준 거야! 그런 미천한 삶보다 훨씬 아름답고 숭고한 삶을 준 거라고!"

그 말에 남자의 미소가 더욱 해사해졌다.

"네, 개소리는 잘 들었고요."

파악!

"크아악!"

가볍게 던진 단검이 그대로 오를레앙 자작의 발등을 파고들었다. 뒤로 슬금슬금 물러서던 그의 움직임이 뚝 멈추며 대신 끔찍한 비명이 터져 나왔다.

"걱정하지 마십시오. 의뢰인의 요청이 있어 쉽게 죽이지는 않을 테니까요."

"사, 사면!"

"……?"

"신의 사면!"

"…신의 사면?"

"나, 난 면죄부가 있어!"

남자가 멈칫하자 오를레앙 자작은 기회다 싶었던 듯 목소리를 더욱 높였다.

"그래! 면죄부! 여기에 있는 아이들의 수만큼 신의 사면을 샀다고!"

"…….."

"저, 저 아이를 잡아 왔다는 이유로 넌 날 벌할 수 없어!"

남자는 어이없는 웃음을 터트렸다.

"소문으로 듣기는 했는데, 정말이었나?"

신의 사면. 일명 '면죄부'.

신전에서 파는 이것은 죄를 지은 이들에게 주는 일종의 증서였다. 신전에 일정 금액을 지급하고 한 가지 죄를 면책받는 제도.

물론 정식으로 알려진 것은 아니고 신전에서도 고위급 관계자들만 알고 있는 사항이었다. 그런데 지금 오를레앙 자작이 그 '면죄부'를 당당히 들먹이고 있다는 건…….

'정말 황실이 연관되었을 수도 있겠어.'

최근 돈 좀 있다는 이들 사이에서 도는 소문이 있다.

"난 이미 신께 죄의 사함을 받았어! 신조차 용서한 일을 감히 누가 벌한단 말이야! 난 아무런 죄가 없어!"

이른바 '신의 사면'을 받은 이들은 죄를 지어 잡혀가도 황실에서 무마를 시켜 준다는 것이다.

자작은 억울하다는 듯 더욱 소리를 높였다.

신의 사면만 받으면 그 어떤 죄를 지어도 천국에 갈 수 있다고 했다. 분명 자신과 거래하는 신관이 그렇게 말하지 않았던가. 혹여 붙잡히게 된다 하여도 은밀히 빼내 주겠다는 말까지 했었다.

"대단하네요."

가면을 쓴 남자는 진심으로 감탄했다.

"이 많은 이들에 대한 목숨값의 면죄부를 다 샀다니. 신전에서 아주 좋아했겠습니다."

남자의 입가에 다시 화사한 미소가 걸렸다.

"그런데 어쩌죠? 전 그쪽을 재판에 넘길 생각이 전혀 없는데."

"뭐, 뭐?"

"조금 전에 말하지 않았나요?"

몸을 움찔하는 오를레앙 자작을 향해 남자는 얼굴을 더욱 가까이 들이밀며 소곤거리듯 말을 이었다.

"가장 고통스럽게."

"……!"

"가장 처참하게 죽게 해 달라는 의뢰를 받았다고."

"그, 그건……!"

"재판을 받아 죽는 건 전혀 고통스럽지가 않잖아요."

오를레앙 자작은 주춤거리며 뒤로 도망치려 했다. 하지만 그보다 남자의 손길이 더욱 빨랐다.

"크악!"

발에 박혀 있던 단검을 순식간에 빼낸 남자는 오를레앙 자작의 가슴에 단검을 깊게 박아 넣었다.

"나도 면죄부나 사 볼까?"

장난기 가득한 남자의 말을 들으며 오를레앙 자작은 정신을 잃었다.

검은 돌

"오를레앙 자작 얘기 들었어요?"
"저는 광장에서 직접 봤잖아요!"
"엄청 끔찍했다면서요?"
"처음엔 다들 새로 생긴 동상인 줄 알았대요."
풍요의 축제가 끝나는 마지막 날, 수도는 광장 중앙에서 발견된 오를레앙 자작 때문에 한바탕 난리가 났다. 그는 가슴에 검을 박은 채 두 무릎을 꿇은 모습이었고, 몸은 석상처럼 딱딱하게 굳어져 있었다.
"발견 당시만 해도 살아 있었다던데."
"맞아요. 그 꼴을 하고도 숨이 붙어 있지 뭐예요!"
어디 하나 성한 곳이 없는 자작을 본 사람들은 다들 기겁했다. 그의 표정이 너무도 기괴했기 때문이다.
입은 환하게 웃고 있지만, 눈은 부릅떠진 채 표정은 고통으로 잔뜩 일그러져 있었다. 그런 그의 몸에는 그동안 그가 저지른 죄들이 빼곡하게 적힌 종이들이 덕지덕지 붙어 있었다.

더욱 사람들을 기함하게 만든 건 그런 오를레앙 자작이 여전히 숨을 쉬고 있었다는 거다. 물론 발견되고 얼마 되지 않아 결국 숨이 끊어졌지만 말이다.

"시끌시끌하네."

"……"

"왜?"

"너지?"

"뭐가?"

"너 맞잖아."

카페에서 떠드는 수많은 사람의 대화 소리를 들으며 조용히 커피를 마시던 제이너의 손길이 뚝 멈췄다. 하지만 그것도 잠시, 자신의 맞은편에 앉아 있는 카밀라를 바라보는 그의 눈매가 곱게 접혔다.

"왜 그렇게 생각해?"

"그날 밤에 네가 방에 없었으니까."

"그 시간에 날 찾아왔었어?"

늦은 시간에 자신을 따로 찾아온 카밀라의 행동이 무척 기꺼웠던 듯 제이너의 미소가 더욱 짙어졌다.

"도르만이 너 나가고 없다잖아."

그 늦은 시간에 말이다. 무슨 일인가 싶어 밤새 기다렸는데 돌아오지 않았다.

보아하니 새벽에야 돌아온 것 같은데, 그날 아침에 오를레앙 자작이 수도 광장에 전시가 되며 난리가 난 거다.

"도르만이?"

"그……!"

…도르만, 미안. 너 또 찍힌 것 같다.

입가는 여전히 웃고 있지만, 순간 눈빛이 가늘어지는 그의 모습을 똑똑히 본 카밀라는 속으로 도르만의 명복을 빌어 줬다. 아마도 자기 행적을 곧바로 다른 이에게 알린 도르만의 행동이 거슬렸나 보다.

"너 맞지?"

"아마도?"

그가 그제야 자신이 한 짓이라고 인정했다.

"어떻게 된 거야?"

"의뢰."

"전에 말했던 그거?"

제이너가 처음 소르펠가에 모습을 드러냈을 때 지나가듯 말한 게 있었다. 최근에 받은 급한 의뢰가 하나 있는 데다가, 안 그래도 제국을 왔다 갔다 하기 힘들었는데 마침 잘됐다고 말이다.

"악인이라고 했었나?"

그때 분명 그렇게 말했다. 일반적인 살인 의뢰가 아니라 범죄를 저지른 악인을 벌해 달라는 의뢰라고.

"실종된 아이들의 부모가 의뢰를 했거든."

"악인이긴 하네."

얼핏 들어 보니 오를레앙 자작이 납치한 아이들의 수가 장난 아니라던데. 그의 집에서 발견된 석상이 엄청나다고 했다.

"광장 한복판에 전시한 이유는 뭔데?"

"가장 고통스럽고 잔인하게 죽여 달라고 했거든."

그래서 최대한 아주 천천히 죽음을 안겨 줬어.

"사람을 많이 죽이다 보면 말이야. 미칠 듯한 고통을 주면서도 절대 쉽게 숨이 끊기지 않는 부위 정도는 알게 되지."

오를레앙 자작의 가슴에 검을 꽂은 자리가 딱 거기다. 바로 목숨이 끊기지는 않지만 끔찍한 통증을 계속 유발하는 곳. 그곳에 검을 꽂은 채 그가 피해자들에게 했던 것과 똑같이 석상이 되는 액체를 아주 꼼꼼하게 발라 줬다.

"웃는 석상을 만들고 싶어 했던 것 같아서 소원도 들어줬지. 마지막으로 베푸는 호의였달까."

완전히 얼굴이 굳기 전에 자작의 입가를 직접 매만져 웃는 상으로도 만들어 줬다. 그러다 보니 아주 기괴한 석상이 완성되었지만 말이다.

"축제의 마지막을 장식하기에 충분했던 것 같지?"

시간이 있었다면 액체를 좀 더 듬뿍, 꼼꼼하게 발라 단단한 석상으로 만들어 줬겠지만. 뭐, 어쩔 수 없지.

칭찬을 바라는 아이처럼 화사하게 웃는 제이너를 보며 카밀라는 연신 한숨만 토해 냈다.

"축제의 열기를 날려 버리기에 아주 충분하긴 했지."

"하하."

"살아남은 아이들이 있다던데."

"현재 교황청에서 치료 중이라고 들었어."

"치료가 가능한 거야?"

제이너는 처음으로 미소를 지우며 고개를 살며시 저었다.

"어렵다더군."

그 수많은 동상들 중 숨이 붙어 있던 아이는 고작 세 명이었다. 하지만 그 세 명 중 한 아이가 치료를 받다 목숨을 잃고 말았다.

"남은 두 아이 역시 힘들다던데. 간신히 숨을 붙여 놓곤 있지만 굳은 몸을 풀 방법이 전혀 없다더군."

"그 액체가 대체 뭐기에."

"사막에서 자라는 식물에서 채취한 거라는데, 해독제가 없어."

아이들의 몸은 여전히 굳어진 채였다. 제대로 눕지도 못한 채 죽음보다 더한 고통 속에서 살고 있었다.

"더 처절하게 죽였어야 하는데."

오를레앙 자작의 죽음이 나름 끔찍하다 여겼는데, 지금 보니 오히려 너무 편하게 죽은 것 같다는 생각이 들었다.

"재미있는 게 또 있어."

제이너는 품에서 뭔가를 꺼내 놓았다.

"신전에서 아주 웃기는 짓을 했더라고."

그가 꺼낸 건 목걸이였다.

"그거……."

카밀라도 아는 물건이다. 전에 신관 다니엘이 줬던 붉은 돌 목걸이.

하지만 현재 제이너의 손에 들린 건 색이 달랐다.

"검은 돌?"

내가 아는 그 성물과 다른 건가? 모양은 비슷한데?

그런 카밀라의 의문을 제이너가 바로 풀어 줬다.

"요즘 유행인 그 돌 맞아. 신전에서 파는 거. 알아보니 일정 시기가 지나면 이렇게 색이 바뀐다고 하더군."

처음 듣는 얘기였다.

"이놈도 신전에 기부를 엄청 했는지 이 목걸이를 차고 있었어."

제이너는 이어 신전에서 파는 면죄부에 대한 얘기도 간단히 들려줬다.

"신의 사면?"

"누구 머리에서 나온 생각인지. 대단하지 않아?"

"하."

카밀라는 기가 막혀 한동안 아무런 말도 할 수가 없었다. '신의 사면'이라니. 그딴 걸 팔고 있었다고?

"다른 곳도 아닌 신전에서?"

그 면죄부만 있으면 살인도 묵인해 준다는 거야? 돈이면 다 된다는 뜻?

"가지가지 하네."

목걸이로 사기 친 것도 황당하지만, 면죄부는 너무 나간 거 아닌가? 그게 말이 되냐고.

"누가 누구 죄를 사해 준다는 거야."

카밀라는 미간을 찌푸린 채 제이너가 꺼내 놓은 목걸이를 집어 들었다.

"확 깽판이나 쳐?"

"깽판?"

"이거 말이야."

정말 옥장판이나 하나 만들어 팔아 볼까? 고급 마력석 쭉 깔아서 기운 좀 북돋우는 마법진을 새겨 놓고 고가로 팔면 잘 팔릴 것 같은데.

 대신 신성력을 가진 물건이랑은 완전 상극이니 이 성물 목걸이는 절대 사용하면 안 된다고 한다면? 그럼 성물 목걸이 판매가 확 줄지 않을까?

 "정말 한번 해……!"

 파지직!

 신전 좀 어떻게 엿 먹일 방법이 없나 고민하던 카밀라의 눈이 부릅떠졌다. 손에 쥐고 있던 검은 돌이 저번과 똑같은 현상을 보였기 때문이다. 자신의 손에 닿는 순간 스파크가 일더니 그대로 부서져 버렸다.

 "뭐야? 어떻게 된 거야? 그게 왜 갑자기 부서져?"

 제이너도 의아한 듯 물었지만 카밀라는 굳어진 표정으로 아무런 대답도 하지 못했다. 당혹스럽기는 그녀 또한 마찬가지였다. 한 번이라면 몰라도 두 번이나 같은 일이 일어날 수 있는 건가?

 그녀의 시선이 목걸이의 잔해가 올라가 있는 오른손에서 떨어질 줄 모른다. 문득 머리를 빠르게 스치는 것이 있었기 때문이다.

 '사신이 예정한 영혼이니 다른 이가 함부로 네게 손을 대지 못한다.'

 얼마 전에 만난 사신 하벨이 했던 말이 떠올랐다.

 그의 피가 묻었던 오른손.

 그 오른손에 닿을 때마다 부서지는 목걸이.

 '이걸 어떻게 해석해야 하는 거야?'

카밀라는 목걸이의 잔해를 꽉 쥐었다.

이 목걸이를 차고 있으면 영원한 안식을 얻게 된다고 했던가?

"안식이라."

…이것 봐라.

"하!"

카밀라의 입에서 허탈한 웃음이 터져 나왔다.

이거 아무래도 또 그 이상한 무리와 연관이 있는 것 같지?

"와, 씨."

대체 그놈들의 손은 어디까지 뻗어 있는 거야? 이젠 정말 놀랍다 못해 소름이 끼칠 지경이다. 황실에 이어 신전까지?

"저기요? 나도 같이 좀 알면 안 되나?"

그런 카밀라의 모습을 가만히 지켜보던 제이너가 여전히 궁금함이 가득 담긴 눈빛으로 물었다.

"그 성물 목걸이에 뭐가 있는 거야?"

뭔가 중요한 사실을 알아낸 것 같은데?

"손은 괜찮아?"

그녀가 여전히 아무런 대답이 없자 제이너는 깨진 돌을 힘껏 쥐고 있는 카밀라의 손을 살피려 했다.

휘익!

하지만 그런 그의 행동은 끝까지 이어지지 못했다. 누군가의 손에 팔이 꽉 붙잡혔기 때문이다.

"뭐냐, 너?"

익숙한 음성이 들려오자 그제야 카밀라가 반응을 보인다.

"아르시안."

언제 온 것인지 그가 못마땅한 눈빛으로 제이너를 뚫어져라 바라보고 있었다.

"어째 익숙한 상황이네."

그의 등장에 제이너가 피식 웃음을 터트렸다. 그의 웃음소리에 아르시안의 눈빛이 순간 가늘어졌다.

"야."

"……?"

"전에 나 본 적 있지."

그 물음에 살짝 눈이 커졌던 제이너가 흐릿한 미소를 머금었다. 무슨 말인지 모르겠다는 듯 어깨까지 으쓱거렸다.

"글쎄, 오다가다 본 것 같기도 하고."

"오다가다?"

"내가 원래 좀 친숙한 얼굴이라서 말이야."

"너……!"

벌떡.

아르시안이 뭔가 더 말을 하려는 순간, 카밀라가 자리에서 갑자기 일어섰다.

"카밀라?"

"가 봐야겠어."

"갑자기? 어딜?"

"직접 확인을 해야 할 것 같아."

의아해하는 두 사람을 뒤로한 채 카밀라는 서둘러 밖으로 향했다.

✳

"이게 어떻게 된 일입니까!"

"진정하십시오."

"지금 진정하게 생겼습니까!"

교황 브리셀은 벌게진 얼굴을 감추지 못한 채 큰소리를 냈다. 평소의 인자한 모습 따윈 전혀 찾아볼 수 없었다.

"문제가 될 일은 전혀 없을 거라고 호언장담한 건 분명 그대였습니다!"

신의 사면. 그걸 제안한 이가 바로 지금 자신의 눈앞에 앉아 있는 저자였다.

태연하기 그지없는 남자의 모습에 브리셀이 연신 이를 갈았다. 처음에는 그도 말도 안 되는 일이라 여겼다. 어떻게 끔찍한 죄를 지은 자를 고작 돈으로 사면해 줄 수 있단 말인가.

하지만……

'고해성사와 다를 게 없습니다.'

'고해성사요?'

'신을 모시는 자로서 죄를 고하고 뉘우치는 이를 외면하면 되겠습니까. 용서는 저희가 늘 갖춰야 할 덕목이지 않습니까.'

'으음… 그렇긴 하지요.'

들고 보니 모두 맞는 말 같았다. 스스로 자신이 지은 죄를 깨닫고 뉘우침의 대가로 성금을 내겠다는데 무엇이 문제겠는가. 죄를 지었다고 하여 무조건 감옥에 보내는 건 능사가 아니지 않은가.
 자신들은 그저 증서 하나를 적어 내어 주면 그만이었다. 황제 폐하까지 이 일에 협조를 약속하지 않았던가. 그러니 더더욱 문제가 될 것이 없다고 여겼다. 성금의 일부를 황실과 나눠야 하긴 했지만, 그 정도야 뭐.
 "이 일을 어쩔 겁니까!"
 그런데 이번에 일이 터지고 말았다. 한 달에도 몇 번씩 면죄부를 사 가던 오를레앙 자작의 죄가 공개적으로 드러나고 만 것이다.
 "저도 이런 일이 생길 줄은 미처 몰랐습니다."
 "몰랐다는 것으로 답이 되지 않아요!"
 신관 다니엘의 입에서도 짧은 한숨이 흘러나왔다. 대체 누가 오를레앙 자작을 그 꼴로 만든 것인지 알 수가 없었다.
 '목격자도 없고.'
 목격자라고 해 봐야 아이들이 전부다. 하지만 한 아이는 치료를 받는 중 죽었고, 남은 두 아이 역시 뭔가를 물어보고 대답을 할 상태가 아니었다. 정말 간신히 숨만 붙어 있는 꼴이었으니까.
 "그래도 다행히 아직 면죄부에 대한 얘기는 나오지 않았습니다."
 미간의 골이 더욱 깊어진 교황의 입에서 긴 한숨이 흘러나왔다.
 화만 내고 있을 상황이 아니었다. 어떻게든 이번 일을 조용히 마무리 지어야 한다.
 "그 아이들은 문제가 없겠습니까?"
 오를레앙 자작이 석상으로 만들어 죽인 이들의 수만 오십이 넘는다. 그중 살아남은 아이는 달랑 두 명. 현재 그 아이들을 보살피고 있는 곳이 바로 교황청이었다.

신성력으로 치료해 보겠다는 명목으로 이곳에 데려왔지만, 사실은 아이들의 입을 막기 위한 교황의 재빠른 조치였다. 혹시라도 모르는 일이 아닌가?

"그 아이들이 무언가 듣기라도 했다면……!"

면죄부에 대한 얘기를 오를레앙 자작, 그 멍청한 작자가 아이들 앞에서 자랑스럽게 떠들기라도 했다면 큰일이지 않은가.

"제대로 된 대화가 가능한 상태가 아닙니다."

"아무리 그래도……."

"철저히 감시 중이니 너무 걱정 마십시오."

신관 다니엘은 특유의 차분한 음성으로 교황을 안심시켰다. 말을 잇는 그의 목소리가 한층 더 낮아졌다.

"그 아이들만 사라진다면 조용히 마무리될 겁니다."

"흐음."

"아주 기본적인 신성력만 주입되고 있으니 성하께선 너무 심려 마시지요."

이미 장기 대부분이 굳어진 아이들의 몸을 원상태로 되돌리는 건 불가능했다. 신성력으로 간신히 숨을 붙여 놓곤 있지만, 조만간 그 숨도 끊어지게 될 것이다. 그러니 문제 될 건 아무것도 없었다.

"어떤 일이든 사람들은 금방 잊습니다. 이번 일 역시 시간이 지나면 기억에서 완전히 지워지게 될 겁니다."

"그렇게만 된다면 정말 다행이지요."

그제야 교황의 굳었던 얼굴이 슬며시 펴졌다.

"문제없게 하세요."

"알겠습니다."
"이번 일만 제대로 마무리된다면 전에 말했듯이 그대의 대신관 임명이 바로 마무리가 될 겁니다."
"감사합니다."
잘 알아들었다는 듯 정중히 고개를 숙였던 다니엘의 시선이 자연스럽게 교황의 목으로 향했다.
"아직 붉군요."
교황의 목에 자리한 목걸이의 돌이 여전히 새빨간 색을 유지하고 있었다.
"그러고 보니 오를레앙 자작도 이 목걸이를 갖고 있지 않았나요? 찾았습니까?"
"찾고 있습니다."
"그게 무슨 소린가요? 아직 못 찾았다는 겁니까?"
교황의 목소리가 다시 한층 높아졌다.
"저희와 관련된 물건은 최대한 빨리 치워야 합니다! 사람들에게 조금의 빌미도 주어선 안 됩니다."
"염려 마십시오."
똑똑.
그때 인기척과 함께 조심스럽게 문이 열렸다. 한 신관이 방 안으로 들어서며 교황을 향해 깊이 예를 올렸다.
"무슨 일입니까?"
"다니엘 신관님을 찾아오신 손님이 계십니다."
"저를요?"
"소르펠가의 영애께서 뵙기를 청하십니다."

"카밀라 님이?"

갑작스러운 카밀라의 방문에 다니엘의 얼굴에 의아함이 떠올랐다. 그건 교황 역시 마찬가지였다.

"그녀가 무슨 일로 여기까지 온 건가요?"

"글쎄요. 미리 약속된 일이 아닌지라."

시기가 시기인 만큼, 교황은 외부인의 방문이 그리 달갑지 않았다. 짧게 혀를 찬 그가 명을 내렸다.

"조용히 돌려보내세요."

"알겠습니다."

가볍게 고개를 숙인 다니엘은 바로 자리에서 일어섰다.

"지금 어디에 계십니까?"

"여긴 갑자기 왜?"

"확인할 게 있어서."

"무슨 확인?"

"나중에 말해 줄게."

아르시안은 더 이상 아무것도 묻지 않았다. 나중에 말해 준다고 했으니까 그걸로 더 의문을 갖지 않았다.

"흐음."

그런 두 사람의 모습을 한쪽에서 지켜보던 제이너가 고개를 삐딱하게 꺾었다. 습관처럼 웃고 있지만, 유독 딱 붙어 있는 두 사람의 모습이 영 눈에 거슬린다는 듯 눈빛에는 못마땅함이 가득했다.

달칵.

그 순간, 접객실 문이 열리며 한 사람이 안으로 들어섰다. 신관 다니엘이었다. 그의 얼굴에 부드러운 미소가 가득했다.

"어서 오세요, 카밀라 님."

"연락도 없이 찾아와 정말 죄송해요."

"아닙니다. 오히려 이런 뜻밖의 방문이 무척 반갑군요."

간단히 인사를 나눈 다니엘의 시선이 자연스럽게 카밀라와 함께 있는 두 사람에게 향했다. 그런 그의 얼굴에 잠시 놀라움이 깃들었다.

"세프라가의 영식께서도 함께 오셨군요."

다니엘은 아르시안을 바로 알아봤다. 하긴, 워낙 눈에 띄는 외모니까 못 알아볼 수가 없겠지.

"그리고 이분은… 에스크라가의 제이너 님 맞으시죠?"

신기한 건 제이너의 신분도 알아봤다는 거다. 그라시아 제국의 귀족인 그를 어찌 아는 것인지 의아했다.

"아주 오래전에 포교 활동으로 그라시아 제국에 간 적이 있지요. 그때 멀리서 한 번 뵌 적이 있습니다."

카밀라의 의문을 다니엘이 풀어 줬다.

"그런데 갑자기 어쩐 일이십니까?"

그의 물음에 카밀라는 집에까지 가서 들고 나온 부서진 목걸이를 꺼내 놓았다. 일전에 다니엘에게서 받은 것이었다. 오를레앙 자작이 갖고 있던 목걸이는 지금 꺼내 놓을 수 없으니까.

"이건……!"

붉은 돌, 교단의 성물이 부서져 있는 걸 본 신관 다니엘의 얼굴에서 처음으로 미소가 사라졌다.

"죄송해요. 제가 실수로 망가트리고 말았답니다."

"실수로요?"

다니엘의 눈이 살짝 커졌다. 뭔가 묻고 싶은 게 아주 많아 보였다. 하지만 표정을 빠르게 갈무리한 그는 바로 고개를 숙였다.

"아무래도 제가 문제가 있는 성물을 드렸나 봅니다. 새로 드리지요."

그는 다른 사제를 불러 성물 목걸이를 새로 갖고 오게 했다. 얼마 지나지 않아 새 목걸이가 카밀라 앞에 놓였다.

"착용해 보시죠."

"그럴까요?"

해사하게 웃은 카밀라는 아무것도 모르는 천진한 얼굴로 목걸이를 집어 들었다. 바로 오른손으로 말이다.

파지직!

"……!"

"어머."

역시나 이번에도 붉은 돌은 카밀라의 손에서 어김없이 작은 스파크를 일으키며 산산조각이 나 버렸다.

"이게 자꾸 왜 이러지?"

가볍게 고개를 갸웃거리는 카밀라와 달리 다니엘은 믿을 수 없다는 듯 눈을 부릅떴다. 그는 서둘러 다른 목걸이를 하나 더 들고 오게 했다. 엄청난 기부금을 내야만 간신히 구매할 수 있다고 하더니, 전혀 아깝지 않다는 기세다.

파직!

"이런."

하지만 이번에도 역시 상황은 똑같았다.

"아무래도 전 이 목걸이와 안 맞나 보네요."

"…그런 것 같군요."

한 박자 늦은 다니엘의 대답을 들으며 카밀라는 무척 아쉽다는 듯 한숨을 내쉬었다. 하지만 태연한 겉모습과 달리 그녀는 저도 모르게 옆에 앉아 있는 아르시안의 옷자락을 슬며시 잡고 말았다. 손끝이 떨려 왔기 때문이다.

'미친……!'

역시 이 붉은 돌, 영혼을 빼내는 것과 관련이 있는 거다!

'정말인 거야?'

정말 여기 교황청 인간들도 그것들과 다 관련이 있는 거야? 나에게 이 돌을 줬다는 건 나도 그 타깃이라는 뜻?

카밀라는 아르시안의 옷자락을 더욱 꼭 쥐었다. 지금 뭔가 잡고 있지 않으면 표정이 무너질 것 같아서.

"……."

그녀의 미세한 떨림을 아르시안도 느꼈다.

하지만 그는 카밀라에게 왜 그러냐고 묻지 않았다. 또한 그녀의 떨림의 원인으로 보이는 다니엘을 향해 살기도 내뿜지 않았다. 그저 처음 모습 그대로 단호한 눈빛으로 상대의 일거수일투족을 놓치지 않고 살필 뿐이었다. 조금의 허튼짓도 용납하지 않겠다는 듯이.

"조만간 제가 새로운 목걸이를 제작해 찾아뵙겠습니다."

"그럼 저야 감사하죠."

카밀라는 끝까지 짓고 있던 미소를 지우지 않은 채 자리에서 일어섰다.

멈칫!

하지만 밖으로 향하던 그녀의 걸음이 이내 뚝 멈췄다.

모든 걸 확인한 지금, 당장 이곳을 떠나고 싶었지만 발걸음이 도통 떨어지지가 않았다. 결국 그녀는 다시 뒤돌아 다니엘 신관과 마주했다.

"다니엘 신관님."

"네, 카밀라 님."

"괜찮으면 제가 그 아이들을 좀 만나 볼 수 있을까요?"

"아이들이요?"

"이번에 오를레앙 자작가에서 발견된 그 아이들이요. 이곳에서 치료받고 있다고 들었어요."

신경이 쓰일 수밖에 없었다. 신전이 그것들, 영혼을 빼내는 이들과 관련이 있는 걸 알게 된 이상 아이들이 무사한지 확인할 필요가 있었다.

제대로 치료는 받고 있는 건가? 정말 신경 써 주고 있는 거야?

'면죄부까지 팔던 놈들이잖아.'

혹시 모를 일이다. 자신들의 죄가 발각될까 싶어서 아이들을 일부러 방치하고 있을지도.

생각해 보니 일반 신전도 아니고 바로 교황청에 아이들을 데려온 것도 좀 이상하지 않나? 듣기로는 교황이나 대신관이 직접 신성력을 써 주고 있는 것도 아니라던데?

"흐음."

카밀라의 말에 신관 다니엘이 의외라는 눈빛을 했다. 그 시선에 카밀라는 옅은 미소를 머금으며 말을 이었다.

"도울 일이 있으면 돕고 싶어서요. 저희 상회나 가문의 힘을 모두 쏟아부어 치료법을 찾아볼 생각입니다."

"그러신가요?"

다니엘의 입가에 다시 미소가 걸렸다.

"큰 도움이 되겠군요."

"그래서 아이들을 한번 봤으면 해요. 상태가 어떤지 눈으로 직접 봐 두면 도움이 될 테니까요."

"알겠습니다."

다니엘 신관은 카밀라를 아이들이 있는 곳으로 직접 안내했다. 애초에 치료법이 없다는 사실을 잘 알고 있기에 꺼릴 것이 없었다. 그녀가 아이들을 직접 본다고 해서 상황이 달라지진 않을 테니 말이다.

그것도 그럴 것이 오를레앙 자작에게 그 액체를 은밀히 구해 준 사람이 바로 자신이었다. 그렇기에 모를 수가 없었다.

'해독제 따위는 없어.'

※

"여깁니다."

"……!"

잠시 후 아이들이 있는 곳으로 들어선 카밀라는 한동안 아무런 말도, 행동도 할 수가 없었다. 터져 나오려는 신음을 참아 내는 게 그녀가 할 수 있는 일의 전부였다.

아이들이 지금껏 저 모습으로 계속 있었다는 거야?

"으… 흐윽… 으으……."

"흐… 으으…….."

두 아이는 제대로 눕지도 못한 채 처음 발견된 모습 그대로 신음과 울음이 뒤섞인 소리를 내뱉고 있었다. 소리를 내는 것조차 힘에 겨운 듯 그 소리가 무척 가늘고 구슬프다.

"치료……."

치료법은 정말 없는 거냐는 질문을 하려던 카밀라는 그 말을 꿀꺽 삼켰다. 아이들이 있는 지금 여기서 그런 질문을 하는 것 자체가 아픔이고 절망이 될 테니까.

하지만 다니엘은 이미 그녀가 무엇을 묻고 싶어 하는지 알아챈 듯 나직하게 말을 이었다.

"그나마 신성력으로 생명을 유지하고 있습니다."

오를레앙 자작이 쓴 액체로 인해 장기까지 굳어져 가고 있는 아이들은 신관들이 써 주는 미약한 신성력으로 간신히 숨만 쉬고 있는 처지였다.

[야! 정신 차려!]

그 순간 카밀라의 귀에 익숙한 목소리가 들려왔다. 전에 보았던 그 사제 귀신이 아이들 옆에 딱 붙어 서서 외치고 있었다.

[이대로 죽으면 억울하잖아! 악착같이 살아야지!]

동감이다. 이대로 죽는 건 너무 억울하-

[X 같은 것들! 당장 신성력 제대로 안 써? 너희들 지금 이 아이들 그냥 죽게 내버려 두려는 거잖아!]

…죽게 내버려 둬?

"하."

카밀라는 저도 모르게 고개를 돌려 서늘한 눈으로 다니엘 신관을 쳐다보았다. 그가 왜 그러냐는 듯 의아한 표정을 짓는 모습에 다시 빠르게 고개를 돌리긴 했지만.
'역시 예상이 맞았던 건가?'
이 새끼들, 저 아이들을 살릴 생각이 전혀 없는 거지?
[내 힘만 제대로 쓸 수 있다면… 젠장!]
예상치 못한 말에 카밀라의 눈이 동그래졌다.
당신, 지금 뭐라고 한 거야?
'힘?'
자신이 가진 힘?
순간 카밀라의 눈이 번뜩였다. 그녀는 곧장 아이들을 살피는 척하며 사제 귀신의 곁으로 다가갔다. 그리고는 다니엘 신관에게 들리지 않을 정도의 거리임을 확인하고 조용히 입을 열었다.
"정말 아이들을 살릴 수 있어요?"
[……?]
나직한 물음에 사제 귀신이 급히 주변을 두리번거렸다. 카밀라가 자신이 아닌 다른 누군가에게 말을 건 거라 여긴 거다. 그러다 카밀라의 시선이 자신에게 정확히 향해 있는 걸 깨달은 그녀의 눈이 화등잔만 하게 커졌다.
[설마 지금 내가 보-]
"보이니까, 대답이요."
카밀라는 너무도 식상한 반응을 중간에 자르며 대답을 재촉했다. 정말 아이들을 구할 방법이 그녀에게 있는 건가?
사제 귀신도 카밀라의 뜻을 파악한 듯 다른 말은 더 이상 하지 않았다. 그녀의 시선 역시 다시 아이들에게로 향했다.

[신성력에 반응을 해.]

"반응은 하지만 별다른 효과는 없잖아요."

[저것들의 저급한 신성력을 말하는 게 아니야.]

교황을 아이라고 부를 때부터 보통 사제는 아닐 거라고 생각했다. 그녀가 가진 신성력은 뭔가 다른 걸까?

'뭐, 아무려면 어때?'

지금 이것저것 따질 때가 아니지 않은가.

두 아이를 바라보는 카밀라의 눈빛이 무겁게 가라앉았다. 당장에라도 숨이 끊어질 것 같은 아이들을 보고 있자니 절로 주먹이 꽉 쥐어졌다.

'썩을 놈.'

새삼 이미 죽어 사라진 오를레앙 자작의 영혼을 어떻게든 찾아 잘근잘근 밟아 주고 싶은 심정이었다.

"들어와요."

[뭐?]

갑작스러운 말에 사제 귀신은 무슨 뜻인지 바로 알아듣지 못했다. 잔뜩 미간을 찌푸리는 그녀에게 카밀라는 다시 말했다.

"제 몸 빌려 드린다고요."

[무슨……!]

물론 안다. 그녀의 신성력이 자신의 몸을 통해서도 발휘가 될지는 알 수 없는 일이다. 그렇다고 아이들이 저러고 있는데 다른 생각은 더 할 수가 없었다.

1%라도 가능성이 있다면 해 봐야지 않겠어?

"들어오세요."

[······]
 살짝 벌어진 입을 다물지도 못한 채 잠시 멍하니 카밀라를 바라보던 사제 귀신은 곧 한 걸음 가까이 발을 내디뎠다.

"소르펠 공녀님께서는 마음이 참 따뜻하시군요."
 아이들 곁을 연신 맴돌며 떠날 줄 모르는 카밀라의 모습에 다니엘의 얼굴에 습관처럼 미소가 걸렸다. 그의 말을 곁에서 가만히 듣고 있던 아르시안의 생각은 완전히 달랐지만 말이다.
 '저건 또 뭐야?'
 그의 눈에는 보였으니까. 카밀라가 검은 연기로 보이는 죽은 영혼과 대화를 하는 모습이.
 무슨 일인지는 모르겠지만 일단 다른 이들이 그녀 곁에 가까이 가지 못하게 길목을 차단했다. 살벌한 분위기로 서 있는 그를 겁 없이 지나쳐 카밀라에게 가까이 다가가는 이는 아무도 없었다.
 "저희도 무척 안타깝지만 다른 방법이 없—"
 하소연하듯 말을 내뱉던 다니엘의 음성이 뚝 끊어졌다. 그의 얼굴에 순식간에 경악이 떠오른다. 그건 방 안에 대기하고 있던 다른 사제들 역시 마찬가지였다.
 "이, 이건!"
 화아악!
 방 안을 가득 채우는 환한 빛. 엄청난 신성력이다.
 그 신성력을 내뿜고 있는 이를 바라본 사람들은 다시 한번 경악했다.
 "소, 소르펠 공작 영애가!"

카밀라의 온몸에서 빛이 흘러나오고 있었다.

심지어 그녀의 머리색과 눈동자 색마저 빛에 물들어 바뀌어 있었다. 머릿결은 신비로운 은빛으로 빛났고, 눈동자는 금빛으로 짙게 물들어 있었다. 그런 그녀의 모습에선 경건함마저 느껴졌다.

"맙소사!"

방 안에 있던 사제들이 그 자리에서 바로 무릎을 꿇었다. 성호를 긋는 그들의 눈에서 눈물이 쉬지 않고 흘러내렸다. 다니엘 신관마저 입을 멍하니 벌린 채 카밀라에게서 눈을 떼지 못했다.

"이런 신성력이라니."

눈으로 보고 있음에도 도저히 믿기질 않았다. 현 교황조차 이런 신성력을 갖고 있지 못했다.

화아악!

다음 순간 그녀가 양손을 두 아이들에게 내뻗자 다시 한번 엄청난 기운이 방 안을 가득 휩쓸었다. 폭풍처럼 밀려드는 신성력에 온전한 정신을 붙잡고 있기가 힘들 지경이었다.

온몸을 짓누르는 듯한 강력한 힘 안에 담긴, 황홀할 정도로 따뜻한 기운!

한참 후, 빛이 사라지는 걸 느끼고서야 천천히 고개를 든 사람들은 입을 멍하니 벌려야만 했다.

"아, 아이들이!"

제대로 눕지도 못한 채 굳어 있던 두 아이가 침대에 쓰러져 있었다. 석상처럼 딱딱하게 굳었던 몸이 원래대로 돌아온 것이다.

"아… 신이여!"

"감사합니다!"

급히 아이들에게 다가간 사제들은 두 손으로 입을 틀어막았다. 그들의 눈에 눈물이 그렁그렁 맺혔다.

"으… 으음."

아이들이 새근새근 잠을 자고 있었기 때문이다. 고통으로 눈조차 제대로 감지 못하던 두 아이가 잠이 들어 편안한 숨을 내쉬고 있었다.

"세상에……."

대신관님들이 신성력을 써 줘도 반응이 없어 이대로 아이들이 신의 곁으로 갈 줄 알았다. 미흡한 신성력조차 없어 그저 발만 동동거렸었거늘…….

결국 사제들의 눈에서 눈물이 흘러내렸다. 이건 정말 기적이었다.

"하아."

그 순간 카밀라의 입에서도 긴 숨이 토해졌다.

'끝난 건가?'

그녀 또한 아이들의 상태를 살피다 다시 한번 안도의 한숨을 길게 토해 냈다. 다행히 빙의된 상태로도 신성력이 제대로 발휘되었나 보다.

[어이, 꼬맹이.]

꼬맹이? 저도요? 저도 나름 나이 먹을 대로 먹었거든요? 저랑 별로 나이 차도 안 나는 것 같은데요!

어느새 몸 밖으로 나온 사제 귀신이 무척 신기한 눈빛으로 카밀라를 바라봤다. 그녀의 입가에 서서히 희미한 미소가 피어오른다.

[너 좀 깨끗하다.]

'뭐가? 내 영?'

제가 원래 그런 말 좀 자주 들어요.

[나의 대단한 신성력이 그대로 발휘되다니. 놀라워. 이 몸의 신성력은 아무나 쓸 수 있는 게 아니거든. 네 영이 생각보다 맑아서 제대로 쓴 것 같아.]

그것참 다행이네요.

'그건 정말 다행인데…….'

또 시작이다. 카밀라는 자신의 몸 상태가 이상함을 바로 감지해 낼 수 있었다. 도저히 모를 수가 없었다.

'뭐야, 이 열기는?'

원래도 귀신이 몸에 들어왔다 나가면 몸에 무리가 가서 며칠 끙끙 앓았다. 그런데 이번에는 그 반응이 처음부터 뭔가 다르다. 온몸에서 훅 하고 느껴지는 열기가 장난이 아니었다. 머리도 평소보다 더 어지럽고 구토감까지 느껴졌다.

"으…….""

결국 그녀의 몸이 옆으로 서서히 기울어졌다.

"카밀라!"

그런 그녀를 빠르게 감싸는 손길이 있었다. 처음부터 끝까지 그녀에게서 한시도 눈을 떼지 않고 있던 아르시안이었다.

쓰러지는 카밀라를 급히 안아 든 그의 얼굴이 순식간에 차갑게 굳어졌다. 그녀의 몸 상태가 심상치 않다는 것을 바로 알아차렸기 때문이다.

우우웅-!

아르시안이 뭔가를 중얼거리자 환한 빛이 그들을 감싸더니 그대로 그 자리에서 모습을 감췄다. 교황청 안에서 마법은 절대 금지였지만 그런 걸 따질 새가 없었다.

"저런 신성력은 처음입니다."

"성녀급의 신성력이라니!"

"정말로 신의 축복이에요!"

카밀라가 사라진 후에야 정신을 차린 이들은 너 나 할 것 없이 놀라움을 표하기 바빴다. 처음 보는 강력한 신성력에 다들 흥분을 감추지 못했다.

"…정말 놀랍군요."

다니엘 역시 편안히 잠이 든 두 아이를 바라보며 연신 감탄을 내뱉었다. 그런 그의 눈이 순간적으로 탐욕으로 물들었다.

저 육체, 정말로 탐이 났다.

"너무하네."

한편 아르시안에게 철저히 버려지고 잊힌 한 사람, 제이너는 살며시 고개를 저었다. 마법으로 이동할 거면 나도 좀 데려가 줄 것이지.

'하여튼 재밌다니까.'

그런 그의 시선 역시 방금까지 카밀라가 있던 곳에 고정되어 있었다. 알면 알수록 새로운 모습을 보여 주니, 전혀 지루할 틈이 없었다.

그러다 마지막에 그녀가 쓰러지던 모습을 떠올린 그 역시 빠르게 그 자리를 벗어났다.

성녀

"이런 미친 것들!"

오랜만에 정신을 잃었다. 평소에 귀신이 몸에 들어왔다 나가도 이 정도까지는 아니었는데.

전에 제노가 몸에 들어와 루드빌과 검을 겨루면서 온몸을 혹사했을 때보다 몸 상태가 더 심한 것 같다. 온몸에 힘이 쭉 빠져 눈조차 제대로 뜰 수가 없었다.

정말 말 그대로 비몽사몽간인데…….

"그것들이 죽고 싶어서 환장을 했구나!"

흐릿한 의식 속에서 익숙한 음성들이 들려왔다.

제일 먼저 소르펠 공작의 분노 어린 목소리가 귀를 파고들었다.

왜 저렇게 화가 나셨을까? 설마 내가 쓰러진 것 때문에?

근데 누구한테 화를 내시는 거지?

"애가 쓰러졌는데 뭐가 어쩌고 어째?"

"그, 그러니까, 성녀님을 지금 당장 뵈어야 한다며 밖에 신전 사람들이 잔뜩……."

"내 이것들을!"

스룽!

"가, 가주님! 검을 왜!"

"큰 도련님! 가주님 좀 말려 주세요!"

"아버지."

"끄응!"

루드빌이 조용히 나서 주자 시종들이 안심한다.

하지만 그것도 잠시.

"제가 처리하죠."

스룽-

"흐억!"

"도, 도련님!"

"저도 같이 가죠. 아주 박살을 내 버리게."

"아이고! 작은 도련님까지 왜 이러세요!"

방 안이 다시 소란스러워졌다.

그러는 사이 온몸에 다시 미칠 듯한 열이 끓어 올랐다. 이게 신열이라는 건가?

간혹 아주 강한 신성력을 쓴 신관들이 이렇게 쓰러져 고열에 시달린다는 말을 책에서 본 적이 있다. 이런 증상에는 약도 없다던데.

스윽.

그 순간 얼음처럼 차가운 손이 이마를 감쌌다.

그 시원함을 놓치기 싫어 저도 모르게 손을 뻗었나 보다. 그 손을 부드럽게 누군가 마주 잡아 줬다.

"좀 더 자."

아르시안의 목소리다. 마법을 시전한 듯 그의 손길이 닿는 곳마다 시원한 냉기가 온몸을 감쌌다.

"다들 조용히 좀 하시죠. 이 녀석 제대로 못 자는 것 같은데."

그 소리에 시끄러웠던 방 안이 순식간에 아무도 없는 것처럼 고요해졌다. 카밀라는 다시 깊은 잠에 빠져들었다.

※

"하아."

긴 숨을 토해 내며 카밀라가 천천히 눈을 떴다.

대체 며칠이나 쓰러져 있었던 걸까? 손가락 하나 움직일 힘이 없었다.

'배고파.'

웃기게도 제일 먼저 허기가 느껴졌다. 몸이 확실히 좋아졌다는 뜻이겠지?

흐릿한 시야가 돌아오자 지금이 한밤중이라는 걸 알 수 있었다. 잠을 방해하지 않기 위함인지 흐릿한 불빛 하나만이 방 안을 희미하게 밝히고 있었다.

"어?"

그러다 제일 먼저 눈에 들어오는 한 사람이 있었다.

침대가 의자에 앉은 채 꾸벅꾸벅 졸고 있는 남자.

'아르시안?'

그러고 보니 몽롱한 의식 속에서도 그의 목소리를 들은 기억이 난다. 꿈인가 했는데, 아니었구나.

'좀 더 자.'
'약이야. 마셔야 해.'
'먹자, 카밀라. 한 입만 더. 제발.'

'계속 옆에 있어 줬던 건가?'
신기한 건 다른 가족들이 그런 그의 행동을 그저 두고 보았다는 거다.
'웬일로?'
전에 그가 이 방에서 같이 잠을 깬 후 아르시안이 곁에 가까이 다가오기만 해도 눈을 부릅뜨며 싫어하는 내색을 팍팍 풍겼는데.
"음?"
그러다 카밀라의 시선을 끄는 게 있었다. 아르시안의 손에 생긴 지 얼마 안 된 듯한 상처가 보였다.
저게 뭐…….
'아아!'
문득 떠오르는 기억이 있었다.
신열의 고통에 저도 모르게 이를 으득으득 갈았었나 보다.

'자네, 손!'
'괜찮습니다.'
'피가 나는데 괜찮긴 뭐가!'

'이 녀석의 이가 상하는 것보다 낫습니다.'

…그의 손을 물었던 것 같다. 정말 아주 힘껏.

'개도 아니고.'

사람을 문 거야? 정말?

꿈 아닌 거 맞지? 아니, 애초에 저거 딱 봐도 물린 자국인데 뭐!

'나 대체 뭔 짓을 한 거니?'

이 흑역사 어쩔 거냐고!

[깼구나.]

소리 없는 비명을 지르며 머리를 쥐어뜯고 있던 그 순간, 익숙한 음성이 들려왔다. 급히 고개를 돌리니 사제 귀신이 자신을 향해 천천히 걸어왔다.

"뭐야?"

당신이 여기 왜 있어? 날 따라온 건가? 왜?

[생각보다 오래 누워 있더라. 하긴, 내 신성력이 워낙 대단해서 말이야. 일반인이 감당하기 힘들 수밖에.]

가까이 다가온 사제 귀신이 히죽 웃었다.

[하여간 망할 놈의 새끼들 같으니라고… 그것들 놀라는 거 너도 봤지? 홍! 당연하지. 그런 신성력을 한 번도 보지 못했을 테니까.]

…뭐지? 이 재수 없음은? 잘난 척하는 게 아주 능숙한데?

"어떻게 된 거예요?"

[뭐가?]

"왜 여기 있어요?"

[그냥 뭐…….]

그녀가 말을 얼버무렸다.

이후 사제 귀신의 눈이 다시 카밀라를 찬찬히 살핀다. 몸이 괜찮아진 건지 제대로 확인하는 모습이다.

'뭐야? 내가 걱정돼서 따라온 건가?'

하지만 정작 눈이 마주치자 어색한 표정으로 딴청을 피워 댔다. 자기 자랑은 그렇게 하면서 희한한 곳에서 쑥스러워하네?

"아이들은요?"

정말 오랜만에 끙끙 앓았다. 가족들의 걱정도 이만저만 아니었겠지. 그런 선택에 결과라도 좋아야지 않겠어?

"무사한 거죠?"

정신을 잃기 전 아이들의 몸이 정상으로 돌아온 건 분명 확인했지만 그 후에 어찌 됐는지는 알 수가 없었다.

[당연히 괜찮지. 내가 힘을 썼는데.]

"굳은 몸은 정말 괜찮아진 거예요?"

[너 자꾸 당연한 걸 묻는다. 몸에 상처 하나 남지 않았어. 아마 옛날부터 갖고 있던 병이나 상처까지 다 나았을걸?]

절로 안도의 한숨이 새어 나왔다. 정말 다행이었다.

물론 마음의 상처야 조금도 치료되지 않았겠지만, 그건 아마 좀 더 긴 시간이 필요할 것이다. 어쩌면… 평생 지워지지 않을지도 모르고.

'그래도 살아 있잖아.'

고통받고 상처받은 채 그대로 죽는 것보다는 낫지 않을까? 아이들 입장은 어떨지 모르겠지만 내 생각은 그렇다고.

[고생했어.]

그 심란한 마음을 읽은 걸까? 사제 귀신이 히죽 웃으며 손을 뻗어 왔다. 머리라도 쓰다듬어 줄 생각인 듯했다.

스윽.

하지만 그녀보다 먼저 손 하나가 눈앞으로 다가왔다. 의식이 없을 때 늘 이마를 감싸 주던 그 손길이다.

"열 내렸네."

"아르시안."

언제 깬 것인지 아르시안이 카밀라의 이마에 손을 올린 채 짧은 안도의 한숨을 연신 내쉬었다.

"다행이다."

그가 자리에서 바로 일어섰다.

"왜?"

"뭐라도 먹어야지."

쓰러져 있는 동안 음식 섭취를 제대로 하지 못했다. 묽은 수프를 어떻게든 떠먹이긴 했지만, 그 양이 무척 적었던지라 딱히 먹었다 할 수도 없었다.

그새 수척해진 카밀라의 얼굴을 보며 아르시안은 속으로 가볍게 혀를 찼다.

"도르만은?"

"내가 잠시 쉬라고 했어."

"흐음."

하긴, 도르만도 고생했지.

'여기! 약 가져왔습니다!'

'찬 수건 좀 더 준비할까요?'

'방 온도를 좀 더 올려야겠어요.'

쉬지 않고 아르시안을 계속 보조하던 그의 목소리도 기억이 났다. 녀석도 제법 고생한 것 같은데. 다음에 혼낼 일 있어도 한 번은 참아 줘야지.

"……."

그러는 사이 아르시안이 밖으로 나가며 한쪽에 서 있는 사제 귀신에게 시선을 줬다. 그의 얼굴이 그 어느 때보다 차갑게 굳어졌다. 저 영이 카밀라의 몸에 들어가는 모습을 똑똑히 보았기 때문이다.

저것 때문에 그녀가 쓰러졌다고 확신한 그로서는 눈빛이 고울 수가 없었다. 아마 카밀라가 계속 깨어나지 않았다면 저것부터 소멸시켜 버리지 않았을까?

허튼짓 말라는 듯 마지막으로 경고성 가득한 눈빛을 날려 보낸 아르시안은 조용히 방을 나섰다.

[저놈도 날 보는 거지?]

"뭐, 대충 비슷해요."

정확한 모습을 보는 건 아니고 그저 검은 연기가 움직이는 현상을 보는 것뿐이었지만, 보는 건 보는 거니까.

[거참 신기하네. 그동안은 너희 같은 아이들을 한 번도 만난 적이 없는데 말이야. 날 볼 수 있는 이가 두 명이나 있다니.]

사제 귀신이 살며시 고개를 저었다. 이곳에 있는 내내 그의 살벌한 눈빛을 감당해야 했기 때문이다.

[근데 쟤 좀 싸가지 없더라.]

"좀이었다니 다행이네요."

그래도 많이 봐줬나 본데? '엄청'도 아니고 '좀' 싸가지 없는 걸로 평을 해 주는 걸 보니 말이지.

피식 웃은 카밀라는 아까부터 궁금했던 것을 물었다.

"그런데 정말 여기 왜 계속 있는 거예요?"

카밀라의 물음에 사제 귀신이 다시 히죽 웃었다.

[정식으로 인사하자.]

"⋯왜요?"

[인사하자는데 왜라니?]

"그러니까 왜요?"

계속 볼 사이도 아닌데 인사를 왜 해? 카밀라는 빠르게 경계심을 올렸다. 왠지 모를 불길함이 슬금슬금 일어났다.

[아레나 아길라스.]

"아니, 그러니까 왜 인사를⋯⋯."

잠깐만, 아레나? 어디서 많이 들어⋯⋯!

"설마⋯⋯."

[그 설마가 맞을걸?]

입가의 미소가 짙어지는 그녀를 보며 카밀라의 입은 점점 멍하니 벌어졌다.

※

"성물이 깨어졌다고? 그 아이의 손에서?"

"네, 몇 번이고 확인했습니다."

"신기한 일이군."

신관 다니엘이 깊이 고개를 숙였다. 그의 얼굴에는 곤혹감이 가득했다. 이 상황을 어떻게 받아들여야 하는 건지 도통 알 수가 없었다.

"성물이 사람을 가린 적은 지금껏 단 한 번도 없던 일입니다. 깨어진 이유가 대체 무엇인지……. 다른 방법을 찾아보겠습니다."

"다른 방법이라."

어둠 속에 앉아 있던 이가 천천히 앞으로 걸어 나왔다. 그 모습에 다니엘이 다시 한번 고개를 깊이 숙였다.

그의 앞에 완전히 모습을 드러낸 이는 바로 페이블러 황제였다.

에바 교단의 교주이자 페이블러 제국 황제의 몸을 차지하고 있는 이.

에바 교단에서는 그를 알베르토라 부르지만, 그의 진짜 이름을 아는 이는 아무도 없었다. 그를 바로 곁에서 보좌하는 다니엘조차 그의 진명을 들어 본 적이 없다.

"그 아이가 탐이 나나 보군."

"갖고 있는 능력이 너무도 많습니다."

"얘기는 들었네."

수도… 아니, 제국 전체가 또 한 번 카밀라에 대한 얘기로 시끄러웠다. 그 관심이 심상치 않을 정도다. 그녀가 이번에 보인 신성력 때문이다.

"성녀라."

지금껏 본 적이 없는 강력한 신성력이었다. 최근 몇백 년 동안 그런 신성력을 내보인 이가 없었다.

"어쩌면 그래서 성물이 그녀에게 반응한 것인지도 모르겠습니다. 그녀가 가진 신성력에 거부당하고 깨어진 게 아닐까요?"

"그럴지도."

붉은 돌은 에바 교단의 성물이다. 사람들의 말대로 그녀가 성녀의 기질을 타고났다면 다른 교의 성물이 거부당하는 건 어쩌면 당연한 일이었다.

"하지만 그 육체, 포기하기에는 너무 아깝습니다."

에바교의 성물을 이용해 만든 붉은 돌은 갖고 있는 것만으로도 영혼에 상처를 입혔다. 영혼과 육체의 관계를 점점 약해지게 만든다. 영과 육이 점점 분리되다 보니 당연히 갖고 있던 질병의 통증 또한 무뎌지게 되는 것이다.

병이 치료되는 것이 아니라 단순히 통증이 사라지는 효과를 보이는 것을 사람들은 신성한 치유력으로 받아들이고 있었다.

"그래서 그녀에게 성물을 준 것인데."

붉은 돌이 검게 변했을 때를 노리면 아주 쉽게 영혼을 빼낼 수 있었다.

카밀라의 일도 그렇게 해결이 될 거라 확신했다. 지금껏 단 한 번도 실패한 적이 없었으니까. 성물의 기운이 무척 은밀하기에 신수를 걱정할 필요도 없었다.

하지만 아무래도 그 방법으로는 그녀의 육체를 빼앗기엔 무리인 듯했다.

"탐이 나긴 하지."

예지 능력에 이어 신성력이라니. 점점 더 그녀의 가치가 높아지고 있었다. 그 육체를 차지하는 것만으로도 교단에 아주 큰 힘이 될 것이다.

"만나 보시니 어떠셨습니까."

다니엘의 물음에 페이블러 황제는 얼마 전에 그녀를 황실 온실에서 만났던 일을 새삼 떠올렸다.

"글쎄."

천진했다. 연신 밝게 웃던 그녀의 모습은 지금도 생생하다. 자신에 대해 아는 게 뭐냐고 직접적으로 물었을 때도 그녀의 태도는 한결같았다.

"잘 웃는 아이더군."

"네?"

"하지만 그 모습이 거짓이라면……."

그가 가볍게 혀를 찼다.

카밀라 소르펠과 관련해서는 자꾸 걸리는 게 많았다. 알 수 없는 찜찜함으로 계속 거슬린다.

"그 아이의 영을 빼내는 건 쉽지 않을 듯해."

다니엘 역시 그 말에 동의하듯 천천히 고개를 끄덕였다.

무엇보다 가장 껄끄러운 건 그녀가 소르펠가의 보호를 받고 있다는 거다. 게다가 이번에 그녀의 친부까지 나타나지 않았는가. 그 친부의 신분 역시 만만치가 않았다.

"영을 빼내는 게 힘들다면 그녀를 저희 편으로 만드는 방법도 있지요."

"그게 가능하겠나?"

"방법을 찾아보겠습니다."

"아, 해."
"저기…….''
"어서. 아."
나 손은 멀쩡하거든?
"내가 먹을게."
"그냥 아, 해."
카밀라는 아르시안이 들이미는 스푼을 보며 어색한 미소를 흘렸다.
'아우, 부담스러워.'
체할 것 같은데? 지금 이 방에 이 녀석만 있다면 냉큼 받아먹었을지도 모르지만…….
'그게 아니잖아!'
못마땅한 기색을 전혀 감추지 않는 눈동자가 여러 개다. 하지만 그렇다고 대놓고 아르시안을 내쫓는 이도 없었다.
"빨리 나으려면 잘 먹어야지. 얼른 먹으렴."
카밀라가 자신들의 눈치를 보느라 이러지도 저러지도 못하고 있자, 보다 못한 소르펠 공작이 한숨을 내쉬며 그녀를 달랬다.
아르시안, 저 녀석이 카밀라의 곁에 딱 붙어 있는 게 무척 꼴 보기 싫었지만, 이번에는 그냥 넘어가 주기로 했다.
"…….''
소르펠 공작의 시선이 아르시안의 손으로 향했다. 여전히 흉이 져 있는 손에 짧은 한숨이 절로 새어 나왔다.

이가 부서져라 고통을 참는 카밀라를 보며 당황해 어쩔 줄 몰라 하는 자신들과 달리 아르시안은 조금의 망설임도 없이 자신의 손을 집어넣었다. 손에서 피가 흐를 지경이었지만 녀석은 눈살 하나 찌푸리지 않았다. 오히려 고통스러워하는 카밀라만 걱정스레 바라볼 뿐이었다.

'그것뿐만이 아니지.'

카밀라가 쓰러진 후 아르시안에게 큰 도움을 받았다.

신열로 쓰러진 카밀라는 가까이 다가가는 것만으로도 그 열기가 느껴질 정도로 엄청난 열을 뿜어냈다. 그러다 어느 순간은 또 온몸이 얼음장처럼 차가워졌다.

열기와 냉기를 반복해 토해 내는 카밀라를 누구도 제대로 보살피지 못했다. 치료사들도 그저 손을 놓고 발만 동동 구를 뿐이었다. 신열에 의한 증상은 약도 잘 통하지 않는다니 어쩔 수가 없었다.

그럴 때 나서 준 이가 바로 아르시안이었다. 열이 오르면 마법으로 아이의 몸을 차갑게 식혀 주었고, 그 반대일 때도 마법을 사용해 줬다. 시도 때도 없이 바뀌는 그녀의 몸 상태를 일주일 내내 한시도 떨어지지 않고 돌봐 준 거다.

그러니 어쩌겠는가? 그 공을 모른 척하고 카밀라의 상태가 호전됐으니 그만 꺼지라고 바로 내칠 수는 없는 일이지 않은가.

"들었지? 아버님도 어서 먹으라 하잖아. 아, 해."

"누가 아버……!"

"……."

"…그래, 어서 먹으렴."

저 썩을 놈이! 누가 아버님이야! 누가!

당장 큰소리를 내고 싶었지만, 자신이 소리를 높이는 순간 다시 눈치를 보는 카밀라의 모습에 소르펠 공작은 분을 꿀꺽 삼켰다. 일단 카밀라가 밥을 먹는 게 우선이다.

"아버지."

"그래, 뭐 더 필요한 거 있니?"

수프를 한 입 받아먹은 카밀라는 소르펠 공작을 조용히 불렀다. 신경 쓰이는 게 있었기 때문이다.

"그 사람들이요, 혹시 아직도 밖에서 그러고 있어요?"

신전 사람들. 대신관부터 추기경까지 현재 돌아가며 이곳을 찾고 있었다. 자신을 교단으로 데려가기 위해서.

'눈치도 없지.'

그런 것도 상황을 봐 가면서 찾아와야 할 게 아닌가. 가만 들어 보니 자신이 쓰러진 첫날부터 찾아왔다던데…….

'우리 가문이 평범한 곳도 아니고.'

겁을 상실한 행동이었다.

아니면 그만큼 성녀의 존재가 중요하다는 건가? 어쩌면 위에서 쪼고 있는 건지도 모르지.

"넌 아무것도 신경 쓰지 않아도 된다."

교단 쪽 사람들 얘기가 나오자 소르펠 공작의 눈빛이 당장에라도 살기가 흘러나올 듯 사나워졌다.

멀쩡했던 애가 쓰러져 돌아왔는데 밖에서 저렇게 소란을 피우다니. 얌전히 기다려도 모자랄 판에 저게 뭐 하는 짓인지 모르겠다.

"내가 다 알아서 할 테니 넌 몸을 회복하는 일에만 신경 쓰렴."
"아버지 말씀이 맞아."
"저딴 것들에게 휘둘릴 필요 없어."

소르펠 공작 하나만으로도 상대하기 벅찰 지경인데 루드빌과 라비, 거기에 아르시안까지 번갈아 나가 압박하고 있는지라, 그들은 카밀라를 만나고 싶다는 말도 제대로 전하지 못하고 있었다.

그렇다고 교단에서 지시한 일을 마무리도 짓지 못한 채 돌아갈 수도 없는 노릇. 결국 신전 측 인사들은 몇 날 며칠 밖에서 진을 칠 수밖에 없었다.

'헉!'

무심코 고개를 들었던 카밀라는 창가에 있는 듯 없는 듯 서 있던 제이너와 눈이 마주쳤다. 그러자 그가 방긋 웃더니 창밖을 힐끔거리며 손으로 목을 긋는 시늉을 하는 게 아닌가.

그 모습에 카밀라는 급히 고개를 저었다. 무슨 뜻인지 바로 알아들었으니까.

'죽이지 마!'

지금 밖에서 귀찮게 굴고 있는 교단 사람들을 암살해 주겠다는 뜻이었다.

카밀라의 입에서 짧은 한숨이 흘러나왔다.

'저들이야 저럴 만하지.'

눈치가 없긴 한데⋯ 교단에서 저러는 거, 충분히 이해는 간다.

'누굴 탓하겠어.'

다 내 무지에서 벌어진 일인 것을.

"에휴."

다시 짧은 한숨을 내쉰 카밀라의 시선이 슬쩍 한곳으로 향했다.

[날씨 좋네.]

창가에 쪼그리고 앉아 방 안에 들어오는 햇살을 마음껏 즐기고 있는 사제 귀신의 모습이 보였다.

아레나 아길라스.

마지막 성녀.

'그래, 성녀.'

그것도 엄청난 신성력으로 수많은 사람을 살린 진정한 성인이라 칭해지는 존재가 바로 그녀다. 아직도 그녀를 칭송하는 이들이 수두룩했다.

최고의 성직자를 애기할 때 열에 아홉은 그녀를 꼽을 정도다. 종교에 전혀 관심이 없던 카밀라조차 그 이름을 오며 가며 들어 알고 있을 정도면 말 다 한 거 아니겠는가.

'그런 그녀의 신성력이 발휘되었으니.'

사람들이 가만히 있겠냐고.

얼핏 듣기로는 그날 자신이 내뿜은 신성력을 느낀 이들이 수도 없이 많았단다. 그 자리에 있던 이들뿐만 아니라 신성력을 감지할 수 있는 모든 이들이 그 기운을 느꼈다는 것이다. 몇몇 이들은 신이 직접 강림이라도 한 줄 알았다나 뭐라나.

[내가 원래 좀 대단해.]

인정. 재수 없지만, 완전 인정!

그런 것도 모르고 함부로 몸에 들어오라고 했으니, 내 발등을 내가 찍은 거다.

'게다가 저 모습이 어떻게 70대 노인이냐고.'

더욱 놀라운 건 그녀의 나이였다. 아레나가 숨을 거둔 건 정확히 79세였다. 80대를 눈앞에 두고 죽었다는 말이다.

그런데 지금 눈앞에 있는 그녀의 모습 좀 봐라. 저게 어떻게 70대 노인일 수 있냐고. 아무리 많이 봐줘도 20대 후반을 넘어 보이지 않았다.

[신의 사랑을 받으면 늙지를 않아.]

그 사랑! 저도 받아 보고 싶습니다!

'와, 씨.'

당신들 진짜 사람 차별하는 거 아냐! 누구는 그렇게 개고생을 시키더니, 누구는 얼마나 큰 사랑을 줬기에 저리 탱탱함을 유지하는 건데!

역사서에도 남아 있긴 했다. 신의 가호를 받은 성녀 아레나는 죽을 때까지 젊음을 유지했다고. 물론 저 정도일 줄은 정말 몰랐지만.

저 모습을 보고 있자니 없던 신앙심도 마구 생길 것 같은데?

"공작님."

그때 문이 열리며 집사 루브가 급히 안으로 들어섰다. 평소의 그답지 않게 조금 당황한 모습이었다.

"무슨 일인가?"

"손님이 뵙기를 청하십니다."

"손님?"

대체 누구기에? 소르펠 공작이 못마땅한 기색을 드러냈.

카밀라가 완전히 쾌차하기 전까지는 아무도 만나고 싶지 않다고 전했는데?

"교황께서 오셨습니다."

"…누구?"

"교황 브리셀 님이 가주님과 카밀라 아가씨를 뵙길 청하고 계십니다."

교황 브리셀이 직접 방문했다는 소리에 소르펠 공작의 눈이 커졌다. 하지만 놀람도 잠시, 그의 미간이 바로 일그러졌다.

"하."

일그러졌던 얼굴은 이내 싸늘해졌고 그가 짧게 웃음을 터트렸다. 그 표정이 마치 화풀이할 곳을 찾은 이 같았다.

"마침 잘됐군. 할 말이 아주 많았는데 말이야."

그 말이 신호가 된 듯 그 자리에 있던 모두가 몸을 일으켰다.

다들 그동안 쌓였던 스트레스가 많았던 건가?

'아니, 교황이 왔다는데 다들 검은 왜 집어 드는 건데요? 네?'

교황과 전쟁이라도 한판 치를 기세다.

"잠시만요!"

카밀라는 그런 그들을 서둘러 붙잡았다. 자신으로 인해 소란이 이는 건 정말 사양하고 싶었다. 게다가 다른 이도 아니고 교황까지 직접 찾아왔다지 않은가.

계속 피하는 건 아무래도 좀 아닌 것 같지?

"제가 만나 볼게요."

"크흠."

"흠, 으흠."

응접실로 안내받은 교단 측 사람들은 연신 헛기침을 내뱉었다. 대신관이고 추기경이고 다들 눈빛이 쉴 새 없이 흔들리고 있었다.

그나마 덤덤한 모습을 유지하고 있는 건 교황 브리셀뿐. 하지만 그 역시 속으로 연신 마른침을 삼키고 있었다.

"차들 드세요."

"아, 네."

"감사합니다."

카밀라가 차를 권했음에도 쉽게 손을 뻗는 이가 없었다. 자신들을 뚫어져라 바라보는 시선에 절로 몸이 경직되었다.

자신들과 대화도 하기 싫다는 뜻을 온몸으로 표하고 있는 이들.

자리에 앉지도 않은 채 카밀라를 호위하듯 쭉 둘러싸고 있는 이들.

소르펠 공작을 비롯해 루드빌과 라비, 거기에 아르시안까지 당장에라도 공격을 퍼부을 듯한 기세다.

'저 사람은 대체 누굽니까?'

'글쎄요.'

게다가 응접실 구석에 서 있는 한 사람. 사람을 홀리는 미소를 짓고 있는 제이너 또한 묘하게 신경을 자극하며 존재감을 내보이고 있었다.

'그러게 따라오지 말라니까.'

난처하기는 카밀라도 마찬가지였다. 혼자서 해결하고 오겠다고 했음에도 굳이 저리 다 따라 들어올 게 뭐란 말인가.

"절 만나고 싶어 하셨다고요."

카밀라가 방긋 웃으며 입을 열자 그제야 굳어 있던 사람들의 표정이 살며시 풀렸다. 그나마 그녀가 훈훈한 분위기로 맞아 주니 이 얼마나 다행인가.

"몸은 좀 어떠신지."

"보다시피 많이 좋아졌어요."

"정말 다행입니다."

간단히 안부를 묻는 것으로 대화를 주도한 이는 스테라 추기경이었다.

"성녀님을 모시러 왔습니다."

그 말을 시작으로 대신관과 다른 사제들 또한 달려들듯 그동안 참았던 말들을 쏟아 내기 시작했다.

"이미 저희 내부에서 준비를 모두 마쳤습니다."

"성녀님께선 저희를 따라 교황청으로 가시기만 하면 됩니다."

"많은 사람이 성녀님이 하루속히 돌아오시기를 손꼽아 바라고 있지요."

그녀가 자신들을 따라가는 것을 기정사실처럼 말하자 응접실 안 공기가 다시 싸해졌다. 교단 사람들도 그걸 느낀 듯 움찔 몸을 굳혔다. 카밀라의 뒤에 서 있던 이들이 동시에 살기 어린 기운을 내뿜은 것이다.

고요한 침묵이 흐르며 여기저기서 마른침 삼키는 소리가 들려왔다. 누구 하나 쉬이 입을 열지 못한다.

"성녀는 신의 선택을 받은 자이지요."

그래도 교황은 교황이라는 건지, 안색이 하얗게 질려 말문이 닫혀 버린 이들을 대신해 교황이 나직한 음성으로 침묵을 깼다.

그의 입가에는 누가 봐도 마음이 푸근해지는 미소가 가득 지어져 있었다. 카밀라를 바라보는 눈빛도 무척 부드럽다.

"영광스러운 자리이고 축복받은 일입니다. 카밀라 님에게도, 저희 교단에도. 자부심을 가지셔도 됩니다."

"자부심이라……."

카밀라의 입가에도 미소가 그림처럼 예쁘게 그려졌다. 그 미소가 긍정적인 대답이라 여긴 듯 교황의 표정 또한 더욱 부드러워졌다.

"언제부터 직책을 수행하시겠습니까."

"안 할 건데요."

"…네?"

"성녀라고 칭하지 않으셔도 돼요. 서품 또한 받지 않을 생각입니다."

교황의 얼굴에서 서서히 미소가 사라졌다.

'호오.'

웃을 땐 몰랐는데 저리 표정이 굳으니 생각보다 인상이 무척 날카롭네?

"서, 성녀님!"

"무슨 그런 말도 안 되는……!"

조용히 있던 다른 이들이 기겁하며 소리치기 시작했다. 그런 신성력을 발휘하고도 성직에 종사하지 않겠다니, 전무후무한 일이다.

"다시 말씀드리지만 성녀는 신이 내린 사람입니다. 마땅히 그 직책을 수행하셔야 하고요."

교황의 목소리가 한층 더 낮아졌다. 그는 단호한 눈빛으로, 조금은 카밀라를 나무라듯 말을 이었다. 아직 그녀가 너무 어려 자기가 현재 처한 상황이 어떤지 제대로 인지하지 못하고 있다고 판단한 것이다.

"제가 정말 성녀 칭호를 받아도 될까요?"

"무슨 말씀입니까, 성녀님!"

"당연한 말씀을!"

잠시 뜸을 들이듯 생각에 잠기는 모습을 보인 그녀가 앞에 앉아 있는 이들을 한 번 쭈욱 훑었다.

"계시를 받긴 했습니다."

"네에?"

"지금 계시라고……!"

'계시', 그 한마디에 순간 방 안의 공기가 다시 한번 바뀌었다.

교단 측 사람들은 눈을 부릅떴다. 신의 계시는 그 어떤 것보다 최우선이고 중요시되는 사항이었으니까.

카밀라의 주변에 서서 상황을 조용히 지켜보고 있던 소르펠 공작과 다른 이들 역시 놀란 눈빛을 감추지 못했다. 계시라니? 예지몽이라도 또 꾼 것인가?

그녀의 예지몽에 대해선 이미 다들 겪어 본 일이기에 가볍게 넘길 수 없었다.

그런데 좀 의아한 부분이 있었다. 지금껏 카밀라가 예지몽을 말할 때 그 꿈에 대해 '계시'라는 표현을 쓴 적이 단 한 번도 없었기 때문이다.

"계시라 하셨습니까?"

이번에도 당혹스러운 공기를 깨트리며 교황이 다시 입을 열었다. 그의 표정이 여전히 무거웠다.

솔직히 그는 오늘 이 자리에 결코 오고 싶지 않았다. 성녀라는 존재 자체가 무척 껄끄러웠으니까.

'예전 같은 일이 또 반복되면 안 되거늘.'

오래전, 세상을 떠들썩하게 만든 한 성녀가 있었다.

아레나 아길라스.

그녀의 등장에 사람들은 열광했지만 교황 쪽 사람들은 긴장했다. 그녀의 입지가 단단해질수록 교황의 영향력은 점점 줄어들었기 때문이다.

어느새 성녀의 말이 교황의 말보다 더 큰 힘을 발휘하였고, 사람들은 점점 교황이 성녀의 아래에 있다고 여기기 시작했다.

성녀의 존재는 동전의 양면과 같았다. 교단에 득이 되기는 하나, 마냥 데리고 있기에는 껄끄럽다. 그럼에도 절대 버릴 수는 없었다. 그 막대한 신성력과 존재감은 교의 힘을 키우고 사람들을 끌어들일 수 있는 아주 큰 요소였으니까.

그러니 방법은 하나뿐이다.

자신의 밑에 두고 철저히 감시하는 것.

하나부터 열까지 자신의 지시에만 움직이게 만드는 것.

그래서 이곳에 직접 오지 않으려 했다. 교황인 자신이 먼저 움직여 만남을 청하는 것 자체가 한 수 접고 들어가는 꼴이었으니까.

하지만 카밀라 소르펠을 만나는 건 고사하고 저택의 문턱조차 넘지 못했다는 소리에 직접 올 수밖에 없었다. 어찌 되었든 성녀를 이대로 그냥 외부에 둘 수는 없었으니까. 현재 교단의 움직임과 성녀를 지켜보는 눈들이 무척 많았다.

다른 속셈도 있었다. 이왕 이렇게 된 거, 그녀를 교단으로 데리고 가고자 했다. 카밀라 소르펠의 모든 걸 자신의 주관하에 이루어지게 하여 그녀의 소속이 교단이 아닌 자신에게 있다는 걸 확실히 해 두는 것도 좋다 여겼다.

'그런데 이 여자는······.'

처음부터 뭔가 어긋난 느낌이 든다. 쉽게 자신의 지시를 받을 것 같지가 않다. 소임을 다하라는 첫 명부터 거부하는 그녀를 보고 있자니 심기가 편치 않았다.

'게다가 계시?'

자신은 한 번도 받지 못한 신의 음성을 정말로 들었단 말인가?

"네, 계시요."

하지만 그녀는 계시 따위 정말 별거 아니라는 듯 가볍게 말을 이었다.

"그날 아이들을 찾아간 것도 계시를 받아서랍니다."

"어떤······."

확실히 그날 그녀의 방문은 무척 갑작스러운 일이긴 했다. 그때 이미 신의 계시를 받고 움직였단 말인가?

모두의 시선이 모이는 걸 느끼며 카밀라는 다시 한번 입을 꾹 다물었다. 그러곤 눈앞에 있는 자들을 한 명, 한 명 지그시 바라봤다.

"신의 이름을 더럽히는 자."

"······!"

그런 그녀의 표정이 빠르게 변해 갔다. 방금까지 편안하게 짓고 있던 미소는 사라지고 순식간에 냉엄한 가면이 씌워졌다.

갑자기 변한 분위기에 당황하는 이들을 보며 카밀라는 속으로 웃었다.

'이런 건 일도 아니지.'

자신이 대배우 타이틀을 그냥 딴 게 아니다. 울다가도 웃고, 화 내다가도 즐겁게 뛰어노는 장면을 바로바로 찍는 삶을 한평생 살았다. 순간순간 필요한 가면을 찾아 쓰는 게 뭐 대수라고.

'그리고 지금 필요한 가면은······.'

예전에 판사 역을 맡았을 때 딱 이런 표정으로 연기를 했다.

그래, 판사. 죄지은 놈들 상대하기에 딱인 가면이지.

"그런 자들의 처리를 제게 맡기셨습니다."

"무, 무슨 말씀이십니까?"

"처리라니······!"

"신의 이름을 더럽히다니요! 누가 말입니까?"

표정이 굳어진 이들을 쭉 훑던 그녀의 시선이 슬쩍 한곳을 향했다. 그곳에 연신 못마땅한 얼굴로 혀를 차고 있는 사제 귀신 아레나가 있었다.

[누구긴 누구야. 네놈들이지.]

그녀의 눈이 활활 타올랐다.

[이 썩을 것들아.]

귀신의 몸만 아니었다면 당장 목이라도 조를 기세다.

그런 그녀와 잠시 눈을 맞춘 카밀라는 다시 말을 이어 나갔다.

"신께서 그러시더군요."

[이 새끼야. 이놈이―]

"신의 이름을 빌려 더러운 짓을 하는 이들이 있다고 하셨습니다. 예를 들어……."

잠시 말을 멈춘 그녀는 한 사람을 똑바로 응시했다.

"성도들이 낸 기부금을 횡령한다거나."

움찔!

그 시선에 고위 사제 하나가 눈에 띄게 표정이 굳는다.

찔리긴 하냐? 그러게 왜 보육원으로 가야 할 기부금을 매번 반이나 뜯어먹었니? 어?

[그리고 이 자식은―]

"또는 아동 학대."

"흐읍!"

또 다른 고위 사제 하나가 눈을 부릅떴다.

'왜? 너도 찔리냐?'

악마가 씌었다느니, 귀신이 들렸다느니. 별 웃기지도 않는 이유로 아이들을 데려와 끔찍한 폭행을 자행한 놈.

[이거 완전 또라이야. 자기 기분 나쁘면 애들한테 화풀이를 한다니까. 개 같은… 아니지, 개보다 못한 새끼지.]

애들이 스트레스 해소용 도구냐? 미친놈.

[요 새끼가 제일 문제야. 요놈!]

"그리고……."

잠시 말을 멈춘 카밀라의 시선이 추기경에게 향했다. 그 눈빛을 받은 스텔라 추기경이 아직 제대로 말도 꺼내지 않았거늘 지레 움찔했다.

"어린 사제를 건드린 놈도 있다던데."

"허억!"

"무, 무슨!"

이번 말에는 다들 기함했다. 스테라 추기경 역시 안색이 눈에 띄게 굳어졌다. 최대한 평정심을 유지하려고 애를 쓰는 게 눈에 다 보였다.

[저 새끼가 어린 사제들을-]

수련생 딱지를 뗀 이들이 그의 타깃이 되었다. 막 서품을 받고 기쁨에 충만해 있는 이들에게 다가가 제대로 된 사제 교육을 시켜 준다는 명분으로 불러내 마수를 뻗은 것이다.

그중 네 명이 두려움과 수치심을 이기지 못하고 스스로 목숨을 끊었다. 웃긴 건 그들의 죽음에 가장 분노한 이가 바로 스테라 추기경이었다는 것이다.

'자살은 신의 뜻에 위배되는 일입니다! 신이 버린 이들입니다!
당장 더러운 저들의 시신을 신전 밖으로 내보내세요!'

어린 사제들의 시신은 그렇게 제대로 안치되지도 못했다.
'X새끼.'
넌 내가 절대 가만 안 둬.
'살려는 줄게.'
하지만 죽음보다 더한 고통과 공포심을 꼭 안겨 주마. 딱 기다려.
"무슨 말씀을 하시는 겁니까!"
결국 보다 못한 교황이 노성을 터트렸다. 아무리 성녀로 추대되고 있는 인물이라지만 이 무슨 망발이란 말인가!

"저희 교에 그런 자들이 어디 있-"

"마지막으로."

카밀라의 시선이 이번에는 교황에게 정확히 향했다.

"신의 사면."

"……!"

"돈 앞에 신의 이름을 판 자."

면죄부에 대한 얘기가 나오자 교황의 눈빛이 처음으로 흔들렸다. 그 또한 애써 평정심을 유지하려 했지만 그게 쉽지 않아 보였다.

카밀라는 앉아 있는 이들… 아니, 죄인들 한 명 한 명과 눈을 맞췄다. 그런 그녀와 제대로 눈을 마주치는 이들이 없었다. 매라도 맞은 것처럼 시선을 피하기 급급했다.

자, 그럼 판결을 내려 볼까?

"신께서 제게 말씀하셨습니다."

그들이 동시에 숨을 멈췄다.

"자신이 말한 이들을 한 명도 빠짐없이 모두 잡아 산 채로 불에 활활 태워 그 죄를 갚게 하라고."

말을 마친 카밀라는 판사의 가면을 집어 던지며 방실방실 웃었다. 그리고 마지막으로 그들에게 물었다.

"성녀직, 정말 받을까요?"

입을 여는 이가 아무도 없다.

심판의 검

"아우."

날씨가 정말 좋다.

오랜만에 밖으로 나온 카밀라는 기지개를 켜다 조금은 멍하니 하늘을 바라봤다. 하늘이 너무 맑아서.

오래전에 촬영차 들렀던 이름 모를 산골에서 봤던 하늘보다 더 푸르고 곱다. 어떻게 저런 색이 나지? 곱디고운 온갖 하늘색 물감을 다 섞어 놔도 저런 색은 안 나올 것 같다.

"이제 정말 가을이네."

어느새 바람이 불면 오스스 소름이 살짝 돋을 정도로 서늘해졌다. 얼마 전까지만 하여도 덥다고 그리 난리였거늘.

"카페 메뉴도 슬슬 바꿔야겠는걸."

빙수 같은 아이스 메뉴 대신 다른 디저트를 개발해야 할 것 같다. 저쪽 세계에선 계절에 상관없이 빙수가 잘 팔리긴 했지만 여기는 아직 그런 게 익숙하지 않을 테니까. 가을이나 겨울 메뉴로 뭐가 좋으려나?

[넌 걱정도 안 되니?]

[저 녀석이 원래 좀 태평해.]

카밀라를 따라 밖으로 나온 사제 귀신 아레나와 제노가 한가로이 산책을 하는 그녀를 보며 동시에 고개를 절레절레 흔들었다.

[근데 너, 왜 나한테 반말이야? 딱 봐도 나보다 훨씬 어린 것 같은데.]

[죽은 사람끼리 존대는 무슨.]

[뭐, 그렇긴 하지.]

만난 지 얼마 되지 않았음에도 의외로 쿵짝이 잘 맞는 제노와 아레나다. 나름… 아니지, 매우 까칠한 아레나의 성격을 제노가 생각보다 잘 받아 주고 있었다.

'하긴, 둘 다 귀신으로 산 세월이 남다르니까.'

아마 현존하는 귀신들 중 가장 오래된 이들 아닐까? 뭔가 둘 사이에 통하는 게 있는 것 같단 말이지.

[그놈들, 지금 한창 회의 중이라고 내가 얘기했잖아.]

아레나는 카밀라를 따라 이곳에 온 뒤에도 종종 신전이나 교황청에 가서 그쪽 상황을 지켜보다 왔다. 그러곤 그들이 현재 뭔 수작을 부리는지, 어떤 얘기들을 주고받는지 빠짐없이 카밀라에게 말해 줬다.

"네, 예상대로네요."

[멍청한 것들이 하는 짓이야 뻔하지.]

아레나가 절레절레 고개를 저었다. 어제 다녀온 회의에서 무슨 말을 들은 것인지 그녀의 미간이 새삼 확 일그러졌다.

현재 교황청은 말 그대로 난장판이었다. 카밀라를 두고서 말들이 엄청 많았다. 그녀가 그들에게 한 말이 문제가 되었기 때문이다. 신성 모독이라고, 그녀를 이교도로 몰아가는 추세다.

[제 발 저린 거지.]

"맞아요."

그 선두에는 이번에 카밀라와 대면한 이들이 주를 이루고 있었다. 특히 스테라 추기경의 경우 이단 심문관을 대동해 그녀를 심판해야 한다고까지 주장하는 중이고.

이단 심문관. 그들에게 잡혀가서 살아 돌아온 사람은 지금껏 아무도 없다지?

"다시 말하지만 이미 예상한 일이잖아요."

[얘, 그것들을 우습게 보면 안 돼.]

썩을 놈들이긴 하지만 그들이 가진 힘이 만만치 않다. 교단 안에서 발언권이 센 놈들이라 카밀라를 정말로 이단으로 확정 지을지도 모를 일이다.

아무리 신권이 많이 약해진 상태라지만 여전히 이단에 대한 처분은 강력하다. 오래전에는 이단으로 찍힌 이들 모두 화형에 처해졌다.

"그래서 그거 찾으려고요."

[그거?]

"전에 말씀하셨던 거요."

[아……!]

카밀라는 방긋 웃었다.

"저도 제 목숨 귀한 줄 알거든요. 대책 없이 움직이지는 않아요."

생각 없이 권력자를 건드리는 짓을 할 정도로 바보는 아니다. 적어도 이단으로 몰리지 않을 자신이 있었기에 툭툭 건드려 본 거다.

'솔직히 역겨워서 너무 참기 힘들기도 했고.'

범죄자 소굴도 아니고 말이야. 윗대가리라는 놈들이 어쩜 그렇게 하나같이 쓰레기처럼 구는지.

그런 주제에 마냥 선한 척 말간 웃음을 날리는 그들을 보고 있자니 도저히 입을 꾹 다물고 있을 수가 없었다.

'그 면상이 일그러지는 걸 봐야 속이 시원해질 것 같았다고나 할까?'

좀 너무 나간 것 같긴 한데, 후회는 없다.

"어쨌든 그거 찾으러 가요."

그걸 받고도 날 이교도라 몰아갈 수 있을지 어디 한번 보자고.

"그녀는 성녀가 아닙니다!"
"맞습니다! 감히 교단을 모욕했습니다!"
"그런 말도 안 되는 말로 저희를 우롱하다니요!"

교황청에 모인 이들은 벌써 5일째 같은 주제로 논쟁 중이었다.

"입에 담기도 부끄러운 내용이에요."
"이건 신성 모독입니다!"

스테라 추기경을 주축으로 카밀라가 한 말들이 모두 거짓이라는 주장이 팽배했다. 교에 혼란을 주려고 하는 이교도들이 흔히 쓰는 수법이라는 것이다. 즉, 카밀라 역시 이교도라는 말이었다.

"그럼 그 신성력은요?"

"다들 보셨지 않습니까. 그녀가 보인 신성력까지 거짓이라 폄하하실 건가요?"

"그건 결코 이교도가 행할 수 있는 능력이 아닙니다."

"그런 능력을 가진 분을 이교도로 모는 건 말이 되지 않지요."

"죽어 가던 아이들을 살린 분입니다."

물론 모두가 그 의견에 동의하는 것은 아니었다. 카밀라가 내보인 신성력을 직접 느끼고 확인한 이들은 그녀를 이단으로 모는 걸 인정할 수가 없었다.

"그녀가 옛날에 어땠는지 다들 들어 보셨을 텐데요."

그러나 상대는 이젠 카밀라의 옛날 행적까지 들먹이며 꼬투리를 잡았다. 없는 걸 만들어 낸 것도 아니라, 스테라 추기경이 내뱉은 그 말에는 다들 입을 꾹 다물 수밖에 없었다.

카밀라가 귀족가의 영애로서 부족한 행실을 보였던 건 다들 잘 알고 있는 사실이었으니까. 지금이야 평이 많이 좋아졌지만 얼마 전까지만 하여도 그녀는 가족들조차 감당하지 못하는 사고뭉치로 불렸었다.

"그런 그녀가 갑자기 성녀라니요. 말도 안 되는 일이지요."

"맞습니다. 그녀의 폭력성을 이미 알 사람들은 다 알고 있더군요. 수많은 사람이 모인 자리에서 다른 집안 영애와 머리채까지 잡고 싸웠다던데."

"쯧."

기세를 잡았다 여긴 스테라 추기경이 속으로 터져 나오려는 웃음을 삼키며 좀 더 강력히 자신의 의견을 피력했다.

"애초에 그 신성력에도 의문이 듭니다. 정말 그게 신성력이었을까요?"
"무슨 말씀입니까? 신성력이 아니면 그게 뭐라는 건가요?"
"그녀의 오라비가 제법 실력 있는 마법사라고 들었습니다."
"설마 지금 마법으로 그런 현상을 일으켰다고 말씀하시는 겁니까? 그건 분명 신성한 힘이었습니다!"
"마력 따위가 절대 아니었어요! 그녀의 신성력 덕분에 목숨을 건진 아이들의 일은 어떻게 설명하실 건가요?"
결국 논쟁은 다시 원점으로 돌아갔다. 의견을 내놓는 모두가 물러설 생각이 없었기에 긴긴 논쟁이 이어질 수밖에 없었다.
"……."
그 모든 상황을 교황 브리셀은 상석에 앉아 묵묵히 지켜봤다. 그는 어느 쪽의 편도 들지 않았다. 또한 그 어떤 의견도 내지 않았다. 이번 일의 결과가 어찌 날지 전혀 짐작되지 않았기 때문이다.
그녀가 내보인 건 분명 신성력이었다. 그것도 아주 강력한 신성력. 스테라 추기경이 주장하는 마법 따위가 결코 아니었다.
그건 아마 스테라 추기경 본인 역시 아주 잘 알고 있을 것이다.
그럼에도 저러는 것은…….
'어쩔 수 없겠지.'
카밀라가 한 말을 거짓으로 만들려면 그녀의 신성력을 어떻게든 깎아내려야 할 테니까.
'역시 껄끄러운 존재야.'
성녀라는 존재가 무척 탐이 나지만 말 그대로 독이 든 성배다. 잘못 마셨다간 바로 죽는 거다.

'신께서 제게 말씀하셨습니다. 자신이 말한 이들을 한 명도 빠짐없이 모두 잡아 산 채로 불에 활활 태워 그 죄를 갚게 하라고.'

그녀의 목소리가 내내 머릿속에서 맴돌았다. 자신의 눈을 똑바로 응시한 채 그 말을 내뱉던 소르펠 공녀의 표정을 떠올릴 때면 의지와는 상관없이 부르르 몸이 떨렸다.

요즘 자신의 몸이 불에 활활 타오르며 비명을 지르는 꿈까지 종종 꾼다. 누구보다 그녀가 성녀의 직책을 받지 않기를 바라는 건 바로 그였다.

그렇다고 대놓고 스테라 추기경의 편을 들 수도 없었다. 카밀라 소르펠을 이교도로 몰았다가 오히려 자신들의 죄만 밖으로 드러날지도 모를 일이지 않은가. 매사에 조심스러운 성격이 그를 망설이게 했다.

똑똑.

잠시 후 문이 조심스럽게 열리며 고위 사제 하나가 급히 안으로 들어섰다. 사람들을 향해 정중히 고개를 숙인 그는 교황 앞에 뭔가를 조심스럽게 내려놓았다.

"이게 무엇입니까?"

"소르펠 공녀님께서 보내셨습니다."

"카밀라 님이?"

"성녀께서요?"

방 안에 있던 모든 이들의 시선이 교황 앞에 놓인 상자로 향했다.

카밀라, 그녀가 대체 무엇을 보낸 것일까?

달칵.

브리셀 교황이 상자를 조심스럽게 열었다. 안에 들어 있는 물건을 바라보는 사람들의 표정에 의아함이 깃들었다. 상자 안에는 단검 한 자루가 놓여 있었다.

저런 검을 이 자리에 왜 보낸 것일까?

"자, 잠시만요!"

"저거……!"

의아해하던 사람들의 표정이 점점 빠르게 변해 갔다.

"설마, 이건!"

"저 문양은……!"

"허억!"

은으로 세공된 작은 단검. 검의 정체를 다들 단박에 알아본 것이다.

어찌 저걸 모르겠는가! 하루에도 몇 번씩 마주하는 검인 것을!

"심판의 검 아닙니까!"

교황청 중앙 복도에 세워져 있는 아레나 성녀의 동상. 그 동상의 오른손에 쥐여 있는 것이 바로 심판의 검이다.

오래전, 그녀의 죽음과 함께 소실된 것으로 알려진 검이 지금 자신들의 눈앞에 놓여 있었다.

"이, 이게 어떻게……!"

"성전에 적혀 있지 않았습니까!"

"성전이요?"

"아레나 성녀님께서 돌아가시기 전에 분명 말씀하셨습니다. 새로운 성녀나 성인이 나타날 때 심판의 검도 돌아올 것이라고."

"그, 그건…….”

당연히 모두가 잘 알고 있는 사실이다. 그렇기에 쉽게 입을 열 수가 없었다. 심판의 검을 찾아온 사람이 카밀라 소르펠이라는 것은 정말 그녀가 성녀라는 말이지 않은가!
"하지만 이게 진짜 심판의 검이라고 어찌 증명하실 겁니까?"
혼란에 빠진 이들을 대신해 스테라 추기경이 반론을 제기했다.
"마, 맞습니다!"
"저희들을 속이기 위해 가짜로 만든 것일 수도 있지요."
주위에서도 서둘러 동조의 목소리를 높였다. 저게 정말로 심판의 검이라면 자신들이 지금껏 카밀라를 이교도로 몰아간 것들이 모두 물거품이 되는 것이었으니까.
그리고 실제로도 믿을 수 없었다. 오랫동안 교단에서 찾지 못했던 검이 이런 상황에 나타났다는 것이 영 미심쩍었다.
"뭘 고민하십니까? 확인을 해 보면 되는 것을."
"확인이라 하시면……."
"심판의 검이 가진 힘을 다들 아시지 않습니까."
심판의 검은 그저 성녀가 썼다는 상징만 지니는 게 아니었다. 검이 가진 특수한 능력이 있었다.
검을 들고 스스로 지은 죄를 고하면 거기에 맞는 벌을 검이 내린다. 다만 아주 드물게 진실을 말하며 자신이 지은 죄를 진심으로 뉘우치고 회개하는 이에겐 그 어떤 벌도 내리지 않았다. 말 그대로 검이 그 사람의 진심을 판단하는 것이다.
하지만 심판의 검을 든 자가 거짓으로 죄를 외면하면? 자신의 죄를 끝까지 속이려 할 땐?
손가락을 자르기도 하고, 눈을 찔러 앞을 못 보게 할 뿐만 아니라 혀를 잘라 두 번 다시 거짓된 말을 못 하게도 했다. 종국엔 검을 쥔 손이 저절로 심장으로 향한다. 그리고 사정없이 심장에 검을 박아 넣게 만든다.

죽지 않으려고 아무리 발버둥 쳐도 소용없었다. 스스로 목숨을 끊을 때까지 검이 절대 손에서 떨어져 나가지 않으니까. 그렇게 자살 아닌 자살로 죗값을 치르게 되는 것이다.

신이 가장 엄격하게 금지하는 자살로 생을 마감한 것이니 시신조차 제대로 안치되지 못했다. 정말로 신이 벌을 내리고 버린 존재가 되어 내쳐지는 것이다.

"이 검이 진짜 심판의 검인지 시험해 보면 되는 일 아닙니까?"

대신관의 말에 사람들의 눈빛이 흔들렸다. 검이 가짜라 주장하는 이들도, 진짜라고 주장하는 이들도 모두 누구 하나 선뜻 검을 집어 드는 이가 없었다.

※

[좀 어때?]

"저번보다는 나아요."

[쯧, 역시 넌 체력이 너무 약해.]

"이건 체력 문제가 아닌 것 같은데."

[체력 맞아.]

"네, 네. 제가 체력이 약한 걸로 하자고요."

심판의 검을 찾으러 간 곳은 그리 깊지 않은 산속이었다.

교황청이 있는 중앙 신전과 멀지 않은 곳에 자리하고 있어 조금

놀랐다. 교단에서 아레나가 죽은 후 사라진 심판의 검을 찾기 위해 엄청난 노력을 기울였다는 사실을 카밀라 역시 잘 알고 있었기 때문이다. 아레나가 살아생전에 한 번이라도 발걸음을 한 곳은 샅샅이 훑었다고 들었다.

'아니, 그렇게 코앞에 있는데 못 찾았다고요?'
[그것들은 다 신성력 고자니까.]
'고……'
[신성력이 일정 수준 이상 되어야 찾을 수 있게 내가 만들어 놓았거든. 그러니 한심한 것들이 찾을 리가 없잖아.]
'신성력이요?'
[검이 잠들어 있는 곳은 동굴이야. 그런데 일정 이상의 신성력을 가지고 있지 않으면 동굴의 입구를 절대 찾을 수 없게 해 놓았어.]
'왜요?'
[나만큼 강한 신성력을 가진 녀석이 그 검을 찾아 써 줬으면 했으니까.]
'그럼 저도 못 찾는 거 아니에요?'
[너에겐 내가 있잖아.]
'그 말은……'
[얼음주머니라도 넉넉히 준비해 놓는 게 어때? 아니면 열을 내리는 약이라도 먹고 들어가는 걸 추천하지.]

결국 검은 쉽게 찾아왔지만 다시 며칠 앓아누워야 했다. 처음 신성력을 썼을 때처럼 완전히 정신을 잃지는 않았지만, 빙의에 의한 후유증은 이번에도 어쩔 수가 없었다. 즉, 또 집안에 난리가 났다는 말이다.

'다른 치료사를 찾아보는 게 좋을 것 같구나.'
'아니, 그게 아니라-'
'아무래도 그래야 할 것 같습니다.'
'저 녀석, 요즘 왜 툭하면 쓰러지는 거야!'
'이거 그냥 신열 후유증-'
'얼른 누워라, 카밀라!'

또다시 앓아누운 그녀를 보며 소르펠가 사람들은 무척이나 심각해졌고, 카밀라는 그들을 달래느라 진땀을 빼야만 했다.
[점점 익숙해지겠지.]
"제가 왜 익숙해져야 하는 건데요?"
두 번 다시 신성력 따위 남을 위해 쓸 생각 없다. 이번에야 동굴 입구를 통과하며 잠깐 신성력을 발휘한 게 다라 가볍게 앓고 끝난 거지, 저번처럼 쓰러지지 말라는 법이 없지 않은가.
[…검은 잘 받았겠지?]
왜 말 돌리는데.
"에휴."
하긴, 이번에 검을 찾은 건 다 나를 위해서였으니까. 찾으러 가자고 한 것도 나였고. 그냥 넘어가도록 하자.
"잘 받았겠죠."

심판의 검을 찾은 카밀라는 바로 그걸 교황청으로 보냈다. 매일 자신을 두고 떠들고 있다는데, 그만 입 좀 다물라는 뜻으로 고이 포장해 보내 줬다.

[누가 제일 먼저 사용하려나?]

"아무도 안 할 것 같은데요."

의심을 갖는 이들이 분명 있겠지만 아마 누구 하나 나서서 검을 시험해 보려고 하지 않을 것이다.

"난 단 한 번도 죄를 지은 적이 없다고 말할 수 있는 사람이 있을까요?"

아마도 없을 거다. 특히 제 발 저려서 나를 이교도로 몰고 있던 놈들은 더욱 입을 꾹 다물겠지.

심판의 검이 진짜인지 가짜인지 판단이 어려우니, 당연히 자신을 가짜 성녀로 주장하는 것 역시 힘들 터. 성녀 아레나가 죽기 전에 분명히 말했으니까. 심판의 검을 찾아오는 이가 다음 대 성녀라고.

"이렇게까지 했는데 계속 저를 두고 뭐라고 하는 사람이 나오면 그 사람에게 심판의 검부터 잡아 보라고 할 거예요."

[그렇지.]

더 이상 시끄러울 일은 없을 것 같다.

"그나저나……."

카밀라는 미간을 찌푸린 채 방 안을 쭉 둘러봤다. 침대에 앉아 있던 그녀는 슬쩍 발을 내려 일어섰다.

우우웅!

그러자 이내 방 안에 환한 빛이 쏟아지더니 누군가 모습을 드러냈다.

"내가 얌전히 누워 있으라고 했잖아. 왜 일어났어?"

라비다. 대체 방 안에 뭔 짓을 해 놓은 것인지 자신이 침대에서 내려오기만 하면 귀신같이 알고 나타났다.

"사람이 어떻게 하루 종일 침대에만 누워 있어!"

"왜 못 누워 있어? 환자가 누워 있어야지."

"이미 다 나았다니까."

"그래서 어디 가게? 어디 갈 일 있으면 나한테 연락하랬잖아."

"화장실 갈 거다. 화장실! 거기도 따라올래?"

"…시녀 부를게."

"됐어!"

대체 왜 저러는지 모르겠다. 다른 식구들은 이제 멀쩡하게 구는데, 저놈만 아직도 정신이 나가 있다. 이게 말이 되냐고!

"왜 이러는 건데?"

"뭐가?"

"나 이제 안 아프다고 했잖아."

이럴 놈이 아닌데 대체 무슨 꿍꿍이인지 모르겠단 말이지. 예전처럼 자신을 끔찍하게 싫어하지 않는다는 건 이미 잘 알고 있었다.

'그렇다고 해도 너무 오버하잖아. 절대 이런 짓을 할 놈이 아니란 말이야!'

더 웃긴 건 뭔가 죄지은 사람처럼 눈도 제대로 안 맞추려 한다는 것이었다.

라비, 너 이 자식! 설마!

"솔직히 말해 봐, 오라비. 너 나 모르게 사고 친 거 있니?"

카밀라의 물음에 라비는 한동안 아무런 말이 없었다. 말하기가 거북한 듯 연신 짜증스럽게 머리를 쓸어 넘겼다. 하지만 카밀라가 계속 압박하듯 지그시 시선을 보내오자 결국 마지못해 입을 열었다.

"…싫어서."

"뭐?"

"후회하기 싫어서 그런다! 왜!"

"후회?"

갑자기 뭔 소리야? 후회라니?

눈이 동그래져 되묻자 그가 다시 짜증스럽게 머리를 매만진다. 얼마 전에 안 사실인데, 저거, 라비 녀석의 오래된 습관이다. 불안하거나 말하기 곤란할 때 늘 저리 머리를 거칠게 쓸어 넘겼다. 예전에는 그냥 자기 성질 못 이겨서 저러나 했는데, 그게 아니더란 말이지.

"널 보내지 않은 거."

"보내? 날? 어디다?"

"…그 인간한테."

"그 인간?"

그 인간이 누… 잠깐만, 설마……!

"에스크라 공작?"

짐작이 맞는 듯 그가 다시 입을 꾹 다물었다.

"야, 지금 여기서 입을 왜 다물어!"

사람 복장 터져 죽는 꼴 볼래? 갑자기 뭔 소리냐고! 여기서 그 인간 이름이 왜 나와!
"얼른 똑바로 말 안 해?"
"아, 진짜! 그 인간이 널 데려갔다면 아프지도 않았을 거 아냐!"
"뭐?"
"네가……."
카밀라가 쓰러져 있는 동안 그냥 그런 생각이 자꾸 들었다.
에스크라 공작이 저 녀석을 데리고 갔다면 저렇게 아플 일은 없지 않았을까? 괜히 이곳에 있는 바람에 자꾸 위험한 일에 휩쓸리는 게 아닐까?
제이빌런가에서 있었던 일도 그렇고, 어떻게 된 게 이곳으로 돌아오고 나서 사건 사고가 끊이질 않는 게 너무 이상했다. 혹 있어야 할 자리에 그녀가 있지 못해 그런 게 아닐까, 라는 생각이 자꾸 들었다.
"할 말이 없잖아."
"뭔 할 말?"
"그 인간한테."
혹여 이러다 이 녀석이 잘못되기라도 한다면?
"후회할 것 같아서."
널 붙잡은 걸. 그 인간에게 보내지 않은 걸.
결국 라비의 고개가 아래로 툭 떨어졌다.
퍼억!
"크윽!"
하지만 그는 바로 고개를 들어야만 했다. 얼얼한 턱을 부여잡고 신음을 흘리면서 말이다.

"야! 뭐 하는 짓……!"

"뭐래? 이 멍청이가."

카밀라가 그의 턱을 그대로 머리로 들이박은 것이다.

고통을 호소하던 라비는 급히 입을 다물어야만 했다. 허리에 척, 손을 올린 그녀가 웃기지도 않는다는 듯 어이없어하는 눈빛으로 그를 보고 있었기 때문이다.

"오라비 눈에는 내가 그리 착한 동생으로 보여?"

"뭐?"

"네가 가란다고 가고, 가지 말란다고 안 갈 인간으로 보이냐고."

"그건……."

…아니지.

"멍청이."

"야!"

"시끄러워! 한 대 더 들이박아 줘?"

"으."

라비가 새삼 아픈 턱을 매만지며 슬쩍 한 걸음 물러섰다.

"하여튼 땅 파는 재주 하나는 끝내준다니까."

왜? 내가 길 가다 넘어져도 네 탓이라고 하지?

짧은 한숨을 내쉰 카밀라는 침대에 걸터앉으며 그를 지그시 바라봤다. 그 시선에 라비가 미간을 찌푸리며 슬쩍 눈을 피했다.

'어쭈?'

이제 와 민망한가 보지?

"내가 선택한 일이야."

"…후회 안 해?"

에스크라 공작, 그를 따라가지 않은 걸.

그가 떠난 후 카밀라를 볼 때마다 묻고 싶었다.

정말 괜찮은 거냐고. 그를 따라가지 않은 걸 후회하지 않냐고.

결국 대답을 듣는 게 두려워 한 번도 묻지 못했지만 말이다.

"할지도 모르지."

"뭐?"

"오라비가 지금처럼 자꾸 멍청하게 굴면 말이야."

"……"

참 가지가지 한다.

라비 녀석이 답지 않게 시무룩해졌다. 자기가 잘못해도 끝까지 뻔뻔하게 구는 게 라비의 전매특허인데 말이지. 저렇게 기가 죽은 모습을 보고 있자니 피식 웃음이 새어 나왔다.

"오라비."

불러도 대답이 없다.

카밀라는 자리에서 일어나 그에게 가까이 다가가 시선을 똑바로 마주했다. 그러곤 급히 고개를 돌리려는 그의 볼을 빠르게 두 손으로 꽉 붙잡았다.

"뭐 하는 거……!"

"나 어디 안 가."

"……"

"여기가 내 집이고, 앞으로도 그럴 거야."

쫓겨나지 않는 이상은 말이다.

쭈우욱!

"아, 아아앗! 야!"

볼을 있는 힘껏 잡아당겨 준 후에야 그를 놓아줬다.

"그러니까 쓸데없는 고민 하지 말라고."

"이게 오빠한테!"

"이거나 받아."

"…이게 뭐야?"

"이번에 새로 발견된 마력석."

"뭐?"

 어른 엄지손톱만 한 크기였다. 그런데 거기서 뿜어져 나오는 마력에 라비는 눈을 부릅떴다. 고스트 상회에서 취급하는 최상급 마력석보다 한 단계 위의 마력이 흘러나오고 있었다.

"그거 정말 극소량으로 나오는 거야."

 이건 가격을 올리기 위한 거짓말이 아니라 진짜다. 얼마 전에 발견된 건데 아직 시중에 내놓지도 못했다.

 정말로 채굴량이 적어서 현재 이 마력석의 존재를 아는 건 세프라 공작과 아르시안, 그 두 사람뿐이다. 오늘 비로소 한 사람이 더 추가되었지만 말이다.

"나 간다."

 라비는 바로 그 자리에서 모습을 감췄다. 마력석에서 눈을 떼지 못한 채 이동 마법을 시전하는 모습이 마치 새로운 장난감에 넋을 놓은 어린아이 같다.

 아마 한동안 또 연구실에 틀어박혀 나오지 않겠지.

"그래, 그래야 라비 오라비답지."

 웃기지도 않는 무덤을 자꾸 파는 것보다는 훨씬 낫다는 생각을 하며 카밀라는 다시 피식 웃었다.

타악.

어둠이 짙게 내린 늦은 시간. 소르펠가의 후문을 날렵한 몸놀림으로 빠져나가는 이가 있었다.

"휴우."

빠져나온 공작가를 바라보며 짧은 한숨을 내쉬는 이는 바로 제이너였다.

"집 안에 마법사가 있는 게 영 불편하네."

제법 뛰어난 능력을 가진 마법사 라비의 눈을 피해 이동 마력석을 사용하는 건 무리였다. 마나를 즉시 감지해 낼 테니까.

'걸리면 재미있긴 하겠지만.'

자신이 칸의 주인이라는 사실이 밝혀질까 전전긍긍하는 카밀라의 모습은 옆에서 지켜보는 재미가 있었다. 실제로 의심하는 이가 나오면 그녀가 어떤 반응을 보일지, 자신의 편을 들어 줄지 무척 궁금했다.

"물론 미움받는 건 사양인지라."

결국 제이너는 소르펠가에서 어느 정도 벗어난 뒤에야 이동 마력석을 꺼내 사용해야만 했다.

휘익!

하지만 마법석을 사용하려는 순간, 그는 황급히 몸을 비틀어 자리에서 벗어났다. 날카로운 검 한 자루가 그가 있던 자리를 순식간에 파고들었기 때문이다.

바로 훌쩍 뒤로 몸을 날렸지만, 또 다른 검이 끈질기게 그를 쫓았다. 몇 번을 더 피하고 나서야 간신히 상대의 얼굴을 볼 수 있었다.

"장난치곤 검에 살기가 너무 짙은 거 아닌가?"

제이너는 짐짓 서운하다는 듯 고개를 가볍게 저으며 상대에게 농을 건넸다.

"역시 맞네."

하지만 상대는 그와 농담을 주고받을 생각이 조금도 없는 듯 냉랭한 음성으로 검을 다시 들어 올렸다.

"너지?"

"뭐가 나라는 건지 모르겠지만, 일단 아니라고 대답할게."

"너 맞잖아. 그때 가면 썼던 놈."

제이너를 공격한 이, 아르시안의 얼굴에 살기 어린 미소가 떠올랐다.

이전에 암살 집단 칸 지부를 부수고 다닐 때 만났던 놈.

가면을 쓰고 있어 제대로 얼굴을 보지 못했지만, 그 목소리는 똑똑히 기억한다.

"아닌데?"

"아니야? 아니면 아닌 대로 죽어."

"어이, 그건 아니지."

저를 향해 날아드는 공격을 날렵하게 피하며 제이너는 다급히 소리쳤다.

"뭔가 오해가 있는 것 같은데!"

"그래? 오해가 있다면 일단 죽인 뒤에 사과할게."

"야, 그건 진짜 아니지!"

이미 결정을 내린 듯 다른 말이 전혀 통하지 않았다.
순간 아르시안의 주변으로 검은 기운이 일렁거렸다. 그가 마법까지 쓰려고 한다는 걸 알아챈 제이너는 다시 다급히 외쳤다.
"나 카밀라 오빠야!"
멈칫.
'오.'
역시 저 인간이 반응을 보이는 건 단 하나뿐인 건가?
"그래서 더 가만 못 두겠어."
하지만 곧 아르시안의 기운이 한층 더 사나워지는 걸 보며 제이너는 가볍게 혀를 찼다.
"아니, 왜!"
"너 같은 게 그 녀석 옆에 있으면 안 되니까."
몰라서 묻냐? 이 뻔뻔한 새끼가 감히 지금 누구 옆에 붙어 있겠다는 거야.
"그 녀석을 죽이려고 했던 주제에."
"그 녀석도 알아."
진득한 살기를 내보이며 공격 마법을 시전하려던 아르시안이 멈칫했다.
"…안다고?"
"알아. 내가 이미 말했으니까."
좀 더 정확하게 말하면 카밀라가 먼저 자신의 정체를 알아낸 거지만, 지금 그게 중요한 게 아니잖아?
"내가 그 말을 믿을 것 같아?"
"지금 당장 가서 카밀라에게 물어봐도 좋아."

"……."

모든 사실을 카밀라가 이미 다 알고 있다는 말에 아르시안의 살기가 한풀 꺾였다는 게 중요한 거다.

"아는데도 널 그냥 둔다고?"

"오빠니까."

제이너는 '오빠'라는 단어에 유독 힘을 줬다.

"……."

그 효과일까? 아르시안의 시선은 여전히 날카로웠지만, 기세는 이전보다 한층 누그러들었다.

"쯧."

결국 짧게 혀를 찬 아르시안은 들고 있던 검마저 집어넣었다.

그녀가 저놈을 그냥 내버려 두기로 결정했다면 그만한 이유가 있을 터. 자신이 나설 이유가 없다.

"뭐야? 끝난 거야?"

아르시안은 대답도 하지 않은 채 돌아섰다. 저놈이 마음에 들지 않는 건 이전이나 지금이나 매한가지이나, 더 이상 볼일은 없었다.

'음흉한 새끼.'

지금도 자신을 상대하면서 전력을 기울이지 않았다.

겉으로야 버거운 척, 힘든 척하지만 그 안에 담긴 여유를 못 읽을 그가 아니었다. 제이너의 능력이 만만치 않다는 건 조금 전 자신의 검을 피하던 실력만 봐도 알 수 있는 일이다.

"하."

그렇게 떠나가는 아르시안을 바라보던 제이너의 입에서 허탈한 웃음이 흘러나왔다.

아르시안의 짐작대로 전력을 다하지 않은 건 맞는다. 하지만 조금만 더 시간이 흘렀다면 그런 여유 따위 부릴 수 없었을 것이다.

'마검사는 확실히 좀 버겁지.'

제대로 저자와 붙어 봐야 하나 고민하던 찰나 싱겁게 돌아서는 그의 모습에 제이너는 가볍게 고개를 저었다.

"카밀라, 그 이름 하나면 다 끝나는 건가?"

정말 더 이상 볼일 없다는 듯 어느새 흔적조차 보이지 않는 아르시안을 떠올리며 그의 입매가 부드럽게 호선을 그렸다.

"거슬리는 것들이 여기저기 천지네."

"쯧."

회의가 끝난 후에도 그 자리를 쉬이 떠나지 못하고 자리에 앉아 있던 스테라 추기경은 연신 혀를 찼다.

'결국 이렇게 그냥 넘어가는 건가?'

카밀라가 심판의 검을 교황청으로 보낸 이후 그녀를 이단으로 몰아가던 말이 쏙 들어가 버렸다. 결국 오늘 회의도 별다른 결론 없이 흐지부지 끝나고 말았다.

'가만두면 안 되는데.'

스테라 추기경은 그날 그녀가 한 말이 목에 가시가 팍 박힌 것처럼 영 거슬리고 껄끄러웠다. 신의 계시를 받았다며 자신의 눈을 똑바로 바라보던 그녀의 눈빛이 아직도 선명하게 떠오른다.

'다 알고 있는 건가?'

어찌 된 일인지는 모르겠지만 자신이 저지른 일들에 대해 그녀는 너무도 정확히 알고 있었다.

'계시?'

그건 절대 믿을 수 없었다. 신이 그런 걸 그녀에게 가르쳐 줄 리가 없지 않은가. 자신은 한평생 모든 걸 바쳐 신을 모셔 온 몸이다. 고작 그런 일을 좀 저질렀다고 하여 신이 자신을 버릴 리가 없었다.

"감히."

어디선가 주워들은 정보로 자신을 협박하려 하다니.

당장 이단 심문관을 보내 그녀를 잡아들이고 싶었지만 일이 귀찮게 꼬였다. 오늘도 누구 하나 회의에 그녀에 대한 안건을 제대로 꺼내는 이가 없었다.

다시 한번 혀를 찬 스테라 추기경은 천천히 자리에서 몸을 일으켰다. 이미 모두가 떠난 회의장에 계속 남아 있어 봐야 카밀라, 그녀에 대한 처리가 마무리 지어지는 것도 아니고 말이다.

'은밀히 처리라도 해야 하는 건가?'

공개적으로 처벌을 할 수 없다면 다른 방법이라도 찾아야지 않겠나 싶다.

가짜 신성력으로 사람들을 속이고 있는 그녀를 이대로 내버려 둘 수는 없었다. 두 번 다시 헛소리를 지껄이지 못하게 만들어야 한다.

'하지만 그녀의 신분이 문제로군.'

다른 곳도 아니고 제국을 수호하는 가문이라 불리는 소르펠 공작가를 건드리는 건 그로서도 부담스러운 일이었다. 친딸이 아님에도 소르펠 공작이 제법 그녀를 많이 아끼더란 말이지. 이리저리 고민이 많을 수밖에 없었다.

타앙!

"추, 추기경 예하!"

그때 회의장 문이 벌컥 열리며 한 사제가 다급히 뛰어 들어왔다. 그 모습을 본 스테라 추기경의 미간이 바로 찌푸려졌다.

"자신의 직분을 잊은 겁니까. 늘 정숙하라고 하였거늘."

"죄, 죄송합니다."

20대 초반으로 보이는 젊은 사제가 급히 고개를 숙였다. 하지만 할 말이 매우 급한 듯 그는 다시 서둘러 추기경을 향해 입을 열었다.

"이것 좀 보십시오."

"……?"

"이런 게 신전 주변에……."

벽보였다. 못마땅한 눈빛으로 벽보에 적힌 내용을 읽어 내려가던 스테라 추기경의 표정이 빠르게 굳어졌다.

"이, 이게 무슨……!"

"현재 이런 벽보가 신전 곳곳에 붙었습니다."

"곳곳에?"

벽보에는 그간 저와 신전이 행한 일들이 아주 상세하게 적혀 있었다. 어린 사제부터 시작해 신관 후보생들까지, 수많은 이들을 추행하고 성폭행해 자살까지 이르게 했다는 악행이!

「…어린 사제부터 신관 후보생까지. 수많은 이들에게 모욕감과 수치심을 주어 자살에까지 이르게 했다. 이 모든 일은 교단의 큰 어른인 스테라 추기경의 묵인하에 벌어졌으며, 추기경 본인 역시 이 비윤리적인 행위에 적극적으로 가담했……」

"감히 누가 이런 헛소리를!"
스테라 추기경은 벽보를 그대로 구기며 노성을 토해 냈다.
"당장 벽보들을 모두 뜯어내세요!"
"아, 알겠습니다."
"끄응."
사제는 급히 밖으로 뛰어나갔다. 구겨진 벽보를 바라보는 스테라 추기경의 눈동자가 갈 곳을 잃은 것처럼 쉴 새 없이 흔들렸다.
하지만 곧 그의 눈에 분노가 일기 시작했다. 당장 이 벽보를 붙인 자들을 잡아들일 것이다.
"그것들만 잡으면……."
고문을 해서라도 거짓을 유포했다는 자백을 받아 내면 이번 일은 말끔히 사람들의 기억 속에서 지워지게 될 것이다.
"그래, 걱정할 거 없어."
하지만 보름이라는 시간이 지났을 때, 그는 자신의 생각이 얼마나 안일했는지 뼈저리게 느껴야만 했다.
"스테라 추기경, 지금 상황이 어떤지는 잘 알고 계실 겁니다."
"어떻게 생각하십니까?"
"헛소문입니다."
첫날 벽보가 붙은 이후 하루도 빠지지 않고 제국 안에 자리한 신전 곳곳에 같은 내용의 벽보가 붙었다.

'빌어먹을!'

스테라 추기경은 어떻게든 벽보를 붙이는 이들을 잡기 위해 온갖 방법을 다 동원했다. 성기사 동원은 기본이고 은밀히 정보 조직과 암살 조직에까지 그들을 잡아 달라 막대한 금액을 걸고 의뢰를 넣었다.

하지만 유령처럼 흔적을 전혀 남기지 않은 채 순식간에 벽보를 붙이고 사라지는 이들을 도저히 잡을 수가 없었다. 밤새 감시를 해도 어느 사이 벽보가 온 사방에 붙어져 있으니 정말 환장할 노릇이었다.

"이 벽보에 적힌 내용이 정말 헛소문이 맞습니까?"

결국 스테라 추기경에 대한 심문회가 열렸다. 교황까지 자리한 회의장 안에는 무거운 공기가 가득 차올랐다. 이번 벽보 사건으로 인해 신전의 이미지가 완전히 실추되었기 때문이다.

스스로 죄가 없음을 꼭 밝히겠다고 하여 보름이라는 시간을 주었지만 오히려 상황만 더 악화되었다. 당장 이번 일을 해명하라는 말들이 사방에서 쏟아졌고, 신도들의 분위기도 심상치 않았다.

"저를 음해하려는 자들의 수작입니다!"

일반 사제나 다른 신관이었다면 당장 조사가 진행되고 죄를 묻는 재판이 열렸을 것이다. 하지만 상대는 추기경이다. 그에 시간을 주었던 것이고, 지금도 일단 그의 말을 듣기 위해 비상 회의가 먼저 진행되었다.

"이번 일을 거론하는 것 자체가 주신을 모독하는 일입니다!"

하지만 회의는 지지부진했다. 스테라 추기경이 여전히 강력히 자신의 무죄를 주장하고 있었기 때문이다.

그가 범죄를 저질렀다는 증거도 딱히 없었다. 벽보에 거론된 이들이 자살을 한 건 맞지만 그 이유가 스테라 추기경 때문이라는 건 알 수 없는 일이었다.

"한 가지 방법이 있지요."

그때 회의 내내 조용히 자리에 앉아 있던 한 사람, 마르티오 추기경이 입을 열었다. 추기경이라는 위치에 있지만 공식적인 행사에 나서기보다 일반 사제들과 함께 선교 활동을 주로 하는 인물이었다.

"심판의 검이 돌아오지 않았습니까."

"심판의 검이요?"

"설마 지금 그 검을 사용하자는 겁니까?"

그의 말에 회의장 안이 술렁거렸다.

모두가 알고는 있지만 쉽게 거론하지 못하고 있던 물건.

"오래전에는 교인의 죄를 모두 심판의 검이 판단하였지요."

"하, 하지만 심판의 검의 진위 여부가 아직 확실하지가……!"

"그러니 이번에 확인을 해 보는 게 어떻습니까?"

"예?"

마르티오 추기경의 차분한 말에 회의장 안이 순식간에 고요한 침묵에 휩싸였다. 그는 고개를 돌려 상석에 앉아 있는 브리셀 교황을 바라봤다.

"제 생각은 그렇습니다. 이렇게 헛된 시간을 낭비하느니 심판의 검으로 이번 일을 깔끔히 마무리하시지요."

"흠."

잠시 고민을 하던 교황이 천천히 고개를 끄덕였다.

나쁘지 않은 의견이다. 안 그래도 심판의 검이 진짜인지 가짜인지 확인하고 싶었던 차다. 그 검을 잡아 보겠다는 이가 없어 곤란하였는데 마침 잘되었다 싶다.

"아무래도 그게 좋을 듯하군요."

교황의 결정에 사람들은 우려와 호기심을 동시에 드러냈다.

카밀라가 찾아온 심판의 검이 정말로 성녀 아레나가 쓰던 그 검이 맞는 것인지 다들 궁금해했다. 하지만 한편으로는 심판의 검이 진짜로 판명이 났을 때 그 후의 일이 두려웠다. 앞으로 교단에 속한 모든 이들이 심판의 검 앞에서 자유로울 수 없을 테니 말이다.

"저 역시 같은 생각입니다."

스테라 추기경 역시 그 말에 동의했다.

처음에는 심판의 검을 사용하자는 말에 잠시 속으로 당황했지만 생각해 보니 오히려 잘된 일인 것 같았다. 카밀라가 보낸 심판의 검이 가짜라고 확신했으니까.

오랜 세월 교단이 모든 인력을 동원했음에도 불구하고 찾지 못한 검이다. 그것을 어떻게 한낱 귀족 영애 따위가 찾을 수 있단 말인가. 분명 가짜를 만들어 보내서 자신들을 혼란에 빠트리려 한 게 분명하다.

'이번 일로 모든 게 조용해지겠어.'

심판의 검이 가짜인데 두려울 게 뭐란 말인가. 성전에 나와 있는 능력 따위 전혀 발휘되지 않을 텐데. 이는 오히려 자신의 무죄를 주장할 수 있는 절호의 기회다.

"심판의 검이 준비되었습니다."

잠시 후 심판의 검이 스테라 추기경 앞에 놓였다.

그는 조금의 망설임도 없이 바로 검을 집어 들었다. 망설임을 보이는 것 자체가 자신의 죄를 스스로 고하는 꼴이다. 주저하는 모습 따윈 절대 보일 수 없었다.

"저는……."

검을 손에 꼭 쥔 그는 단호하게 외쳤다.

"저는 아무런 죄가 없습니다. 주신에게 반하는 그 어떤 행동도 하지 않았나이다. 신의 이름을 걸고 맹세합니다."

경건하게 말을 끝맺은 그는 오른손에 들린 검을 바라봤다. 역시나 검에선 그 어떤 반응도 일어나지 않……!

우우웅!

"……!"

스테라 추기경의 입이 멍하니 벌어졌다. 심판의 검이 마치 살아 있는 생명체처럼 진동하더니 환한 빛이 순식간에 쏟아져 나왔기 때문이다.

"마, 말도 안 돼!"

스테라 추기경은 저도 모르게 지금 상황을 큰 소리로 부정했다. 하지만 그 외침에 귀를 기울이는 이는 아무도 없었다. 다들 심판의 검에 모든 시선과 정신을 뺏긴 상태였기 때문이다.

저 검이 정말로 심판의 검이 맞았단 말인가! 아니, 더 이상 의심은 무리였다. 저 신성한 빛을, 힘을 어찌 가짜라 주장할 수 있단 말인가!

"으… 으윽!"

스테라 추기경은 그 즉시 검을 집어 던지려 했다. 하지만 검을 쥔 손은 전혀 자신의 의지를 받아들이지 않았다. 손가락 하나 제 마음대로 움직일 수가 없었다.

다음 순간 그의 눈이 부릅떠졌다. 자신의 의지와는 상관없이 검이 왼쪽 가슴을 향해 움직였다.

"아, 안 돼!"

스테라 추기경은 이게 무슨 뜻인지 곧바로 알아챘다.

검이 판결을 내린 거다! 자신을 죽이는 것으로!

안색이 하얗게 질린 그는 다급하게 외쳤다.

"제가! 제가 죄를 지었습니다! 모든 게 사실입니다! 저기에 적힌 내용 모두 제가 한 짓이 맞습니다!"

스스로 죄를 고해하고 회개하면 심판의 검은 분명 죄인을 용서한다고 했다! 스테라 추기경은 그 사실을 떠올리곤 진실을 토해 내기 시작했다.

"그러니 제발 용서를……!"

하지만 이미 너무 늦은 고백이었다. 그의 절박한 외침에도 심판의 검은 처벌을 멈추지 않았다.

"으… 어, 어서 내 손을 자르게! 어서!"

스테라 추기경은 마지막으로 간절하게 외쳤다. 불구가 되더라도 살고 싶었기에 검을 든 손을 잘라 달라 주변에 소리쳤다. 하지만 누구 하나 쉬이 움직이지 못했다.

신의 심판이다. 감히 누가 끼어들 수 있단 말인가.

"커어억!"

결국 심판의 검은 스테라 추기경의 심장을 아주 천천히 파고들었다. 두려움과 고통으로 일그러졌던 그의 눈빛이 서서히 죽어 갔다. 몇 번의 경련을 일으키던 그의 움직임이 이내 조용해진다.

그 모습을 지켜보던 이들 모두가 굳어진 표정으로 침묵을 지켰다. 누구 하나 쉽게 입을 열지도 움직이지도 못했다. 심판의 검을 바라보는 그들의 눈에 두려움이 가득 담겼다.

스윽.

그때 죽은 스테라 추기경 곁으로 다가가 손수 검을 뽑아 드는 이가 있었다. 바로 마르티오 추기경이었다.

그는 눈조차 제대로 감지 못하고 죽은 스테라 추기경의 눈을 감겨 주며 가볍게 혀를 찼다. 하지만 그를 위해 기도를 올려 주지는 않았다.

"신의 심판이 끝났습니다."

신이 내린 결정이고 그로 인한 죽음이다. 그를 애도하는 것조차 신의 뜻에 반하는 일이었다.

심판의 검을 교황 앞에 조심스럽게 도로 내려놓은 마르티오 추기경이 나직한 음성으로 말을 이었다.

"또한 스스로 목숨을 끊은 자이지요."

그의 말을 들은 교황이 무겁게 고개를 끄덕였다.

추기경의 직분을 가졌던 이였음에도 불구하고 스테라, 그는 제대로 된 안식조차 얻지 못하게 될 것이다. 교인들이 잠드는 무덤가 근처에도 가지 못할 테지.

"……."

사람들의 시선이 다시 심판의 검으로 향했다. 방금까지 사람의 심장에 꽂혀 있었던 검이라고는 믿기 힘들 정도로, 피 한 방울 묻지 않은 채 깨끗하다.

그 모습에 검을 바라보던 이들의 가슴이 선득해졌다. 또한 저 검을 찾아온 카밀라에게 새삼 경외감을 느꼈다.

도르만의 선택

"넌 참 이상해."

"내가 뭐?"

"쉬운 길을 두고 꼭 어려운 길로 가잖아."

그래서 더 재미있긴 하지만 말이다.

모든 정황이 적힌 보고서를 심드렁하게 읽어 내려가는 카밀라를 보며 제이너는 연신 키득거렸다.

"쉬운 길이 뭔데?"

"알면서."

"……."

얼마 전에 카밀라가 다시 한 가지 의뢰를 제이너에게, 칸의 수장에게 해 왔다. 이번에도 누군가를 암살해 달라는 내용이 아니었다.

"넌 가끔 우리 칸을 암살 집단이 아니라 심부름꾼으로 여기는 것 같아. 애들도 의뢰를 받을 때마다 신기해하던데."

"그게 그거 아냐?"

그녀의 의뢰는 간단했다. 스테라 추기경의 죄를 고발하는 벽보를 붙여 사람들의 눈에 확 띄게 만들어 달라는 것.

시기는 무한정. 그녀가 그만두라고 할 때까지였다.

"일 하나는 잘하니까."

"칭찬이지?"

"어."

신전에서 눈에 불을 켜고 범인을 잡으려고 했지만 끝까지 벽보를 붙인 이들을 검거하지 못했다. 암살자답게 그들은 아주 은밀하게 일을 처리했다. 심지어 스테라 추기경이 범인을 잡아 달라고 의뢰한 곳 중 하나가 바로 '칸'이었다.

그 벽보를 붙인 당사자에게 범인을 잡아 달라고 했으니.

"칭찬을 들었는데도 왜 이렇게 찝찝할까."

"암살 집단은 암살만 해야 한다는 고정 관념을 버려."

제이너는 다시 웃음을 터트렸다.

"그냥 간단히 추기경을 처리했으면 됐을 텐데."

"그런 놈은 쉽게 죽이면 안 되지."

죗값도 제대로 치르지 않고 그냥 죽어 버리면 사람들은 그를 위대한 성인으로 영원히 기억할 게 아닌가. 그에 대해 좀 알아보니 겉으로는 더할 수 없이 인자하고 훌륭한 종교인 행세를 하고 있더란 말이지.

그런 가면을 쓰고 죽으면 그딴 인간을 위해 진심으로 울어 주는 이도 나올 게 아닌가. 그 사람은 뭔 죄야?

"어쨌든 죽을 사람은 죽었네."

스테라 추기경이 죽었다는 소식은 카밀라도 바로 전해 들을 수 있었다. 최근 가장 주목받고 있는 인물이었으니까. 다들 벽보에 적힌 내용이 진실인지 아닌지 관심이 무척 컸다. 신도들뿐만 아니라 일반인들까지 모였다 하면 그 일에 대해 떠들기 바빴다.

"그가 이렇게 죽을 걸 이미 알고 있었던 거야?"

스테라 추기경이 죽었다는 소식을 접한 카밀라의 반응은 아주 덤덤했다. 이미 그런 결과를 예상하고 있었던 이처럼 말이다.

"뭐, 대충."

소문이 점점 커질수록 교단도 계속 가만있을 수는 없었을 테니까. 어떻게든 결론을 내려야 했을 거다. 당연히 진실 공방이 이루어질 것이고.

"누군가는 심판의 검을 들먹일 거라고 생각했어."

스테라 추기경 본인이 심판의 검을 진짜라고 생각했든 가짜라고 생각했든, 결국 그는 검을 들 수밖에 없었을 테고.

"검을 잡기를 거부했다면 그건 또 그것대로 죄를 인정하는 꼴이니까."

스스로 주장했듯이 진짜로 죄를 짓지 않았다면 심판의 검을 잡기 두려워할 이유가 전혀 없지 않은가.

"검이 가짜라 믿고 잡았다면 그대로 검이 심판을 내렸을 거고."

이러나저러나 그의 결말은 하나였다는 말이다.

"교단에서 다시 널 찾지 않을까? 성녀가 쓰던 심판의 검까지 찾아왔으니 더 놓치기 싫어할 것 같은데."

"아닐걸."

카밀라는 살며시 고개를 저었다. 아마 자신을 성녀로 추대하자는 말은 오히려 쏙 들어갔을 거다.

"스텔라 추기경이 어떻게 죽었는지 다들 봤잖아."

심판의 검만으로도 힘겨운데, 거기에 계시를 받는 이까지 교단에 들어온다? 아마 다들 언급조차 하지 않을 것이다.

게다가…….

'그놈들, 일상생활이 제대로 안 되고 있다던데.'

전에 그녀가 스텔라 추기경이 저지른 일과 함께 언급했던 이들 말이다. 횡령한 놈, 애들 때린 놈, 면죄부 판 놈 등등……. 스텔라 추기경이 그렇게 죽은 후 자신들의 죄도 밝혀질까 봐 두려운지 하루가 다르게 바싹바싹 마르고 있단다.

'심판의 검 근처에도 안 간다지.'

사제 귀신 아레나가 보고 온 바에 따르면 조만간 다들 건강 문제로 신전을 떠날 계획인 듯했다. 교황마저 말이다.

그 대단한 위치까지 버릴 생각이라니, 놀랍기는 하지만…….

'그렇게 쉽게는 못 보내 드리지.'

다들 죗값은 치르고 떠나셔야지 않겠어?

그들이 스스로 물러나기 전에 벽보 행사를 한 번 더 할 생각이다. 그 뒤의 일이야 교단이 알아서 하겠지?

"지금도 봐 봐. 다들 조용하잖아."

어쨌든 이런저런 이유로 지금은 그녀를 귀찮게 하는 이들이 없었다. 심판의 검이 진짜라는 게 판명 났음에도 누구 하나 그녀를 데려가겠다고 찾아오는 이가 없었다.

"그러고 보니 그렇네. 아주 조용해."

고개를 끄덕이던 제이너는 편하게 턱을 괴며 묘한 눈빛으로 카밀라를 바라봤다.

"뭐야? 왜 그렇게 봐?"

"신기해서."

"뭐가?"

"볼 때마다 새로운 능력을 보이고 있잖아. 수호의 검에 이어 이젠 신성력까지. 또 뭐 숨기고 있는 힘 없어?"

"글쎄."

카밀라는 대답을 얼버무리며 그의 시선을 슬쩍 피했다. 정확히 말해 이 모든 게 자신의 능력이 아니라 귀신들이 가진 힘이었기에 딱히 할 말이 없었다.

"흐음."

그도 가볍게 던졌던 질문인 듯 바로 화제를 돌렸다.

"그런데 요즘 도르만이 통 안 보이네."

"내 말이!"

순간 버럭하는 카밀라를 보며 제이너의 눈이 동그래졌다. 이것 역시 가볍게 던졌던 물음이었거늘, 반응이 너무 격렬한데?

"이게 요즘 툭하면 사라지고 없단 말이야."

처음에는 제이너와 함께 있는 게 껄끄러워서 그러나 했는데 그게 아니었다. 무슨 일인지 요즘 틈만 나면 사라져 밤늦게 돌아오기 일쑤였다.

"딴살림이라도 차렸나?"

"…딴살림?"

"아니면 뭐 한다고 매번 밖을 싸돌아다니냐고!"

이놈의 자식! 계속 이렇게 자꾸 농땡이 피워 봐! 날 잡아 카페에서 하루 종일 역대급으로 굴려 줄 테니까!

"도르만 그 녀석, 내일 외출 준비는 제대로 해 뒀는지 모르겠네."

"외출?"

"아무거나 걸치고 갈 자리가 아니라서."

"아, 내일 황궁에 간다고 했지?"

"어."

절로 한숨이 흘러나왔다.

쟈비엘라 황비 이 여자는 또 왜 이런 초대장을 보내고 난린지 모르겠다.

'그때 그렇게 깽판을 치고 왔거늘.'

물론 그 깽판의 3분의 2는 에드센 황태자의 몫이었지만 말이다. 어쨌든 오랜만에 티파티를 직접 여니 참석해 달라는 초대장이 날아왔다.

"아우, 가기 싫다."

전에 일도 그렇고, 황궁에 가는 것 자체가 떨떠름했다. 당연히 몸이 좋지 않아 참석하지 못하겠다고 정중히 거절하려고 했는데.

'그랬는데…….'

이미 그 대답을 짐작이라도 한 것처럼 자신이 참석할 수 있는 날로 티파티 날짜를 새로 잡을 용의도 있다는 말까지 전해 온 것이다.

'그러니 어찌 거절하겠냐고.'

참석하겠다는 답장을 전할 수밖에 없었다.

'최대한 빨리 튀자.'

얼굴만 비치고 돌아오는 걸 목표로!

카밀라는 주먹을 불끈 쥐었다.

"오랜만이에요, 카밀라 양!"
"어머, 카밀라 님! 너무 뵙고 싶었어요."
"몸은 좀 어떠세요? 많이 아프셨다면서요?"
저번과 마찬가지로 황실 정원에서 티파티가 열렸다. 카밀라가 들어서자 수많은 이들이 순식간에 그녀의 주변으로 모여들었다.
이미 그녀가 엄청난 신성력으로 아이들을 고쳤다는 소문이 제국 곳곳에 퍼진 상태다. 교단에서 그녀를 성녀로 모셔 가려고 소르펠가의 문턱이 닳을 지경이라지 않은가.
'성녀'. 그 단어 하나로 사람들의 관심과 마음을 사기에는 충분했다. 교단에서 그토록 오랫동안 찾아 헤맨 '심판의 검'까지 그녀가 찾아서 넘겼다는 소리에 다들 흥분을 감추지 못했다.
오늘 그녀가 이 자리에 참석한다는 소리를 듣고 초대장을 받지 못한 이들이 발을 동동 구를 정도였다. 현재 사교계에 이만한 화젯거리가 없었으니까. 어떻게든 그녀와 친분을 쌓고 제대로 이야기를 나눠 보고 싶어 하는 이들이 무척 많았다.
"다들 잘 지내셨죠?"
"그럼요!"
자신의 말 한마디 한마디에 격렬한 반응을 보이는 이들을 보며 카밀라는 조금은 떨떠름한 기분을 느껴야만 했다.
"오늘 머리 너무 예쁘게 됐다, 카밀라."
"…그래? 고마워."
친근하게 다가와 말을 건네는 이들 중에는 아주 익숙한 이도 있었으니까.

오래전에 파티장에서 페트로를 두고 머리채까지 잡고 싸웠던 쥬엘라 베이크스. 그녀 또한 잔뜩 미소를 머금은 채 자신에게 다가와 마음에도 없는 말을 건네 왔다.

'우리가 언제부터 말을 놓는 사이였니?'

자연스럽게 친분을 과시하듯 말을 놓는 그녀를 보며 카밀라는 속으로 연신 혀를 찼다.

'눈에 힘이라도 좀 풀든가.'

어떻게든 친해 보이려고 애를 쓰고 있지만, 그 눈빛에 고까움이 가득한 것이 딱 봐도 억지로 다가선 게 훤히 보였다. 아마도 집안에서 명이라도 내린 게 아닐까? 무조건 친분을 쌓으라고 말이다.

'그래, 너도 참 고생이 많다.'

싫은 애 앞에서 웃는 척하기가 얼마나 힘이 들까. 카밀라는 그녀의 어색한 친분 과시를 그냥 넘어가 주기로 했다.

"다들 즐거워 보이시네요."

그때 익숙한 음성이 들려왔다. 이번 티파티의 주최자인 쟈비엘라 황비의 등장이었다. 그녀의 등장에 다들 깊이 고개를 숙였다.

"마마, 초대해 주셔서 감사합니다."

"쟈비엘라 님, 오늘도 너무 아름다우세요."

형식적인 인사말을 주고받으며 정원이 다시금 소란스러워졌다.

"……."

하지만 쟈비엘라 황비의 모습을 본 카밀라는 아무런 말도 할 수가 없었다. 그저 절로 벌어지려는 입을 붙잡는 데 온 힘을 다 쏟아야만 했다.

"어서 와요, 카밀라 양."

어느새 가까이 다가온 그녀가 카밀라를 향해 반갑게 인사를 건넸다.

"네, 마마. 초대해 주셔서 감사합니다."

카밀라는 급히 고개를 숙이며 당황한 표정을 감췄다. 고개를 숙인 그녀는 터져 나오려는 탄식을 막기 위해 입술을 짓씹었다.

'저게 뭐야? 어떻게 된 거야?'

카밀라는 천천히 고개를 들어 쟈비엘라 황비를 바라봤다.

그녀의 뒤에 또 한 명의 쟈비엘라 황비가 서 있었다.

바로 그녀의 영혼이.

'그때 그들과 똑같아.'

라니아와 물귀신 아들의 영혼처럼 이지를 상실한 채 고개를 푹 숙이고 있는 쟈비엘라 황비의 영혼.

그것을 보는 순간 온몸에 소름이 끼쳤다. 저게 어떤 상태인 건지 바로 감이 왔으니까.

뺏긴 거다, 영혼을.

'미치겠네.'

대체 어떻게 된 일인지 모르겠다. 분명 저번에 만났을 때만 해도 멀쩡했는데? 갑자기 왜 저렇게 된 거지?

'아!'

별안간 머릿속을 빠르게 스치는 게 있었다. 얼마 전 신관 다니엘이 상회를 방문하던 날, 크리스가 지나가듯 한 말이었다.

'듣기론 쟈비엘라 황비님도 갖고 계시다더군요.'

성물 목걸이, 그 붉은 목걸이를 두고 했던 말이다. 요즘 유행이라며, 쟈비엘라 황비도 성물 목걸이를 착용하고 있다 했었다.

'그거구나.'

그 붉은 성물에 당한 거다.

어느새 다른 이들과 정답게 대화를 나누는 쟈비엘라 황비를 보며 카밀라는 허탈한 웃음을 터트렸다.

"돌겠다, 진짜."

직접 붉은 성물의 효과를 눈앞에서 보게 되자 머릿속이 무척 복잡했다. 그 성물 목걸이를 갖고 있는 이들이 엄청 많다고 하지 않았나?

'그렇다는 건…….'

"카밀라 양."

점점 더 깊은 생각에 잠기던 그때 쟈비엘라 황비가 그녀의 곁으로 다가서며 친근히 말을 건네 왔다. 그 친근함에 오히려 오스스 소름이 돋는 걸 느끼면서도 카밀라 역시 최대한 밝은 미소로 응답했다.

"네, 마마."

"소개해 주고 싶은 이가 있어요."

"소개요?"

갑자기? 누구를?

"아, 마침 저기 오네요."

그녀의 말에 천천히 고개를 돌린 카밀라는 순간 말문이 턱 막혔다.

옅은 미소를 지으며 다가오는 20대 초반의 남성.

"어마마마."

바로 쟈비엘라 황비의 친아들인 2황자 아비헬이었다. 확실히 한 미모 하는 어머니를 닮아 외모가 눈에 확 띈다.

"어머."

"아비헬 황자 전하!"

"오랜만에 인사드려요, 전하."

그의 갑작스러운 등장에 잠시 당황하던 귀부인과 영애들이 앞다투어 인사를 건네기 바빴다. 그들과 가볍게 눈인사를 나눈 그가 곧장 카밀라와 쟈비엘라 황비가 있는 곳으로 다가왔다.

"어마마마."

"어서 와요, 황자."

반갑게 아들을 맞아 준 쟈비엘라 황비는 그를 카밀라와 인사를 나누게 했다. 그 자리에 있던 모두의 시선이 당연히 세 사람에게 쏠렸다.

"오랜만이군요, 소르펠 공녀."

"…그렇네요."

이건 또 무슨 시추에이션이지? 떨떠름함을 감추며 인사를 나누는 카밀라의 머릿속이 복잡하게 돌아갔다.

"끄응."

카밀라는 머리가 아픈 듯 연신 미간을 꾹꾹 눌러 댔다. 황궁에 다녀온 이후 찌푸려진 표정이 쉽게 펴지지 않았다.

그녀가 앉아 있는 탁자 위로 잘게 부서진 목걸이가 두 개가 놓여 있었다. 바로 그녀가 다니엘 신관에게 받았던 붉은 성물 목걸이와 오를레앙 자작이 가지고 있었던 검은 성물 목걸이였다.

"붉은 돌과 검은 돌이라."

성물이 힘이 다하면 돌의 색깔이 검게 변한다고 한다. 그럼 그때 다시 새로운 성물로 교체를 해야 한다는 게 신전의 설명이었다.

"그런데……."

알아보니 지금껏 그 누구도 성물을 새로 바꾸러 온 이가 없었다. 성물의 힘이 그리 오래 지속이 되나 했지만 그건 또 아니었다. 분명 색이 변한 이들이 있었음에도 새로 성물을 구입한 이가 단 한 명도 없었다.

"쟈비엘라 황비도 마찬가지고."

그녀를 돌보는 시녀들의 말에 의하면 쟈비엘라 황비가 차고 있던 성물 역시 검게 색이 변했었다고 한다. 그리고 얼마 후 더 이상 성물이 필요 없다며 버리라고 했다는 것이다. 그전까지만 하여도 그리 애지중지하던 물건이었음에도 말이다.

"역시 그거지?"

붉은 성물이 이렇게 검게 변하는 순간.

"그때 영혼을 바꾸는 거구나."

어떤 원리인지는 모르겠지만 그렇게밖에는 해석되지 않았다.

황제에 이어 이제 황비까지. 대체 지금 일이 어떻게 돌아가는 건지 알 수가 없다.

"이러다 전부 다 영혼이 바뀌는 거 아냐?"

완전 소름! 정말 농담이 아니었다.

"기원제 때 다들 차고 있었잖아."

얼마 전에 있었던 풍요의 기원제에서 봤던 이들. 그들 대부분이 성물 목걸이를 목에 걸고 있지 않았던가.

"헐."

뭐부터 바로잡아야 하는 건지 감도 잡히지 않았다.

아니, 이게 지금 바로잡을 수 있는 일이긴 한 건가? 솔직히 말해 이런 일에 함부로 끼어들어도 되는 건지부터가 무척 의문이다.

"무시하고 싶다."

진짜, 정말로, 몸서리치게 무시하고 싶다!

누가 봐도 위험 지수가 최고 수준이잖아. 들어가는 순간 바로 죽는다고 빨간 불이 사방에서 마구 번쩍이고 있는데 거길 누가 자진해서 뛰어들겠냐고!

"미치겠네."

그런데 자꾸 눈에 보이는 곳에서 이런 일들이 일어나니 못 본 척할 수가 없지 않은가.

심지어 이 성물 목걸이를 그녀 또한 받았다. 이번에 사신 하벨이 묻혀 준 피 덕에 잘 피해 갔지만 또 어떤 공격이 들어올지 알 수가 없었다.

"이번 파티도 그래."

대체 무슨 의도인지 모르겠다. 갑자기 2황자가 그 자리에 왜 나타난 걸까?

누가 봐도 쟈비엘라 황비가 일부러 그런 자리를 만든 게 티가 났다. 차를 마시는 내내 어떻게든 자신과 2황자가 친분을 쌓게 하려고 애를 쓰는 모습이 역력하지 않던가.

'뭘까?'

쟈비엘라 황비, 그녀가 영혼을 뺏기지 않은 상태였다면 그냥 그러려니 했을 것이다. 속이야 어떨지 몰라도 아들의 권력을 위해서 '성녀'로 추앙되고 있는 자신과 어떻게든 친분을 쌓고 싶어 할 수도 있으니까.

'하지만 아니잖아?'

단순히 그런 목적이라고는 도저히 생각할 수가 없었다. 그 기이한 조직에서 뭔가 지시라도 받은 걸까?

"아우, 골치야."

"왜요?"

"흐헉!"

생각에 잠겼던 카밀라는 갑자기 들려온 목소리에 뜨악했다.

"뭐야? 언제 왔어?"

"조금 전에요."

도르만이었다.

"그런데 무슨 일 있으세요?"

"그게… 아니, 그보다 넌 요즘 어딜 그렇게 싸돌아다니는 거야?"

창밖을 보니 어느새 해가 져 어두컴컴하다. 저 녀석 오늘 아침부터 안 보였는데? 그럼 그때 나가서 이제 들어온 거야?

"대체 어디 있다 오는 건데?"

카밀라의 물음에 도르만이 난처한 듯 볼을 살짝 긁적였다.

"요즘 좀 일이 있어서요."

"무슨 일?"

"개인적인 일이요."

그가 제대로 대답을 하지 않자 카밀라의 눈가가 가늘어졌다.

"너 또 뭐 사고 친 거 아냐?"

"아닌데요!"

"진짜 아냐?"

"제가 뭐 매번 사고만 치는 줄 아세요?"

"어."

"와, 너무하시네. 제가 요즘 누구 때문에 바빴는데!"

"누구 때문에 바빴는데?"

"몰라요!"

왜 저래?

제대로 말도 안 하면서 혼자 삐져 입을 삐죽거리는 도르만의 모습에 카밀라는 짧게 혀를 찼다.

지금 그게 중요한 게 아니고!

"하벨에게 좀 보자고 해."

"하벨이요? 왜요?"

"영혼을 뺏긴 인간을 또 봤거든."

"어디서요?"

"황궁에서."

당장은 아니더라도 쟈비엘라 황비의 몸을 차지한 영혼의 진명 정도는 미리 알아 두는 게 좋을 것 같았다.

"…어쩌죠?"

"음?"

"안 올 텐데."

"어?"

그런데 도르만의 반응이 좀 이상했다. 그는 뭔가 난처한 듯 어색한 미소를 지었다.
"제가 오라고 해도 안 올걸요?"
"왜?"
"저한테 화가 좀 나 있거든요."
"뭐?"
누가? 하벨이? 너한테?
"진짜?"
다른 이도 아니고 도르만의 말이라면 죽는시늉도 마다하지 않는 하벨이 그에게 화를 내고 있다고? 놀랍다 못해 신기했다.
"왜? 무슨 일인데?"
"그냥 좀… 하하."
그가 다시 웃음으로 말을 얼버무린다.
"싸웠어?"
아니, 둘이 싸움이 되기는 하나?
카밀라가 계속 궁금함을 표하자 도르만이 슬쩍 자리에서 일어섰다.
"차 한잔 드릴까요?"
"그러든지."
차를 준비하는 그를 보며 카밀라는 고개를 갸웃했다.
뭐지? 요즘 계속 자리를 비운 것도 그렇고, 분명 뭔가 일이 있는 것 같은데?
도르만의 분위기가 평소보다 조금 다운되어 있는 것도 신경이 쓰였다.

"드세요."

잠시 후 찻잔이 앞에 놓였다. 그런 후에도 바로 자리를 뜨지 않고 자신의 앞에 멀뚱히 서 있다.

"왜? 뭐 할 말이라도 있어?"

"으음……."

도르만이 말끝을 흐리며 카밀라의 앞에 다시 자리를 잡고 앉았다. 그러곤 잠시 말없이 그녀를 바라봤다.

"요즘 지내시는 건 어떠세요?"

"나?"

"네."

"갑자기 그런 건 왜 물어?"

"그냥 궁금해서요."

그가 살짝 웃었다.

"이쪽으로 넘어오신 후 그동안 너무 많은 일이 있었잖아요. 적응하기 여전히 힘드신가 해서요."

"뜬금없이?"

"하하."

그동안 사건 사고가 많긴 했지. 쓰러진 것만 대체 몇 번인지 모르겠다.

그런데 지금 그게 중요한 게 아니고.

"도르만."

"네."

"혼 안 낼게."

"예에?"

"사고 친 거 있으면 빨리 말해. 수습은 빠를수록 좋은 거다."
"아니라니까요!"
"진짜 아니야?"
"그냥 정말 궁금해서 묻는 거예요. 이곳에서의 삶이 여전히 힘드시나 해서."
"흐음."

정말 딴 뜻은 없는 건가? 무척 억울해하는 모습이 진짜인 것 같기도 하고.

완전히 의심을 풀지 않은 채 카밀라는 가볍게 대답했다.

"네 눈에는 내가 잘 지내는 걸로 보이니?"
"여전히 원래의 세계로 돌아가고 싶으세요?"
"당연한 거 아냐? 내 모든 것이 거기에 있는데."

평생을 연기를 하며 살았다. 연기하는 게 즐거웠고 천직이라 생각했다. 죽을 때까지 연기를 하며 살 것을 조금도 의심하지 않았다.

아쉽고 그리운 건 당연한 거 아닌가?

"역시 그러시군요."

도르만도 이미 짐작한 대답이었던 듯 여전히 웃음기 어린 얼굴로 아주 천천히 고개를 끄덕였다.

"그럼… 돌아갈 기회가 있다면 잡으시겠어요?"
"너 자꾸 당연한 걸 물을래? 지금 시비 거는 거지? 불가능한 걸로 왜 사람 속을 자꾸 긁어?"
"하하."

그가 다시 웃었다.

오늘 정말 이상하다. 왜 자꾸 쓸데없는 말을 내뱉는 건지 모르겠다.

'밖에서 뭔 소리를 듣고 온 거야?'

의아한 눈빛을 마구 쏘아 보냈지만, 그는 더 이상 할 말이 없는 듯 그저 덤덤히 웃으며 자리에서 일어설 뿐이었다.

"크윽! 이 X 같은 X이!"

바닥에 쓰러져 있던 남자가 빠르게 몸을 일으켰다. 그는 자신의 머리를 매만졌다. 붉은 피가 흥건히 묻어 나왔다.

"씨X! 내 이 X을!"

그가 분노를 감추지 못하고 눈을 희번덕 뜨는 순간 한 사람이 눈에 들어왔다. 30대 중반의 여자였다.

그녀 또한 꼴이 말이 아니었다. 머리는 풀어 헤쳐져 있었고 옷도 다 찢어져 있었다. 그런 옷 사이로 보이는 여자의 온몸은 상처와 멍투성이였다.

"야! 이 죽일 X아!"

하지만 남자는 여자를 보는 순간 욕설부터 날렸다. 저게 오늘 돌았는지, 조금 전 자신의 구타에 처음으로 반항을 한 것이다.

예상치 못한 저항에 비틀거리다 바닥에 굴러다니는 술병을 밟고 그대로 미끄러져 쓰러지고 말았다. 하필 탁자에 머리를 부딪혔는지 잠시 정신을 잃었다가 방금 깨어났고, 분노가 치밀어 올랐다.

감히 남편에게 손을 대다니!

"네가 오늘 정말 죽어야 정신을 차리지!"

남자는 성큼 여자에게 다가섰다. 저게 아마도 요즘 덜 맞아 반항을 하는 것 같았다. 오늘 아예 끝장을 내 주마!

"음?"

그런데 뭐가 좀 이상했다. 평소라면 자신의 외침 한 번에 벌벌 떨었을 텐데, 지금은 들은 척도 않고 여전히 멍한 표정을 풀지 않고 있었다. 저게 벌써 겁을 먹고 정신 줄이라도 놓은 건가?

"야! 이게 지금 남편 말을 무시……!"

다시 소리치던 남자가 순간 멈칫했다. 그제야 눈에 들어오는 것이 있었기 때문이다.

누군가 바닥에 쓰러져 있었다. 피를 철철 흘리며.

그 사람의 얼굴을 본 남자는 그대로 입을 멍하니 벌렸다.

"내가 왜…….''

쓰러져 있는 이가 바로 자신이었기 때문이다.

"이, 이게 뭐야!"

그제야 남자는 뭔가 이상함을 느끼곤 주위를 두리번거렸다. 하지만 그 소리에 반응을 해 주는 이는 여전히 아무도 없었다.

"야! 이게 어떻게 된 거냐고!"

여자를 향해 습관처럼 손을 휘둘렀지만 아무 일도 일어나지 않았다. 자신의 손이 그대로 여자의 몸을 통과했기 때문이다.

"마, 말도 안 돼."

남자의 표정이 다시 멍해졌다.

"설마… 내가 죽은 건가?"

당혹감은 곧 허탈함으로 변했고, 이내 그 허탈함은 분노로 탈바꿈했다. 조금 전 자신을 밀어서 넘어트린 게 바로 저년이었으니까!

"네, 네가 감히……!"

그 순간 힘없이 자리에 주저앉아 있던 여자가 천천히 일어서더니 어딘가로 향했다.

주방이다. 설마 지금 이런 상황에 밥이라도 처먹을 생각인 건가? 온갖 욕지거리를 내뱉으며 소리를 지르고 있는데, 그녀가 다시 모습을 드러냈다. 여자의 손에는 칼이 들려 있었다.

"야! 너 지금 뭐 하려고……!"

남자의 말이 채 끝나기도 전에 여자는 그대로 자기를 스스로 칼로 찔렀다.

"히익!"

갑작스러운 상황에 주춤주춤 뒷걸음질을 치기도 잠시.

"너, 너!"

곧 여자가 자신처럼 영혼이 되어 육체에서 빠져나오는 걸 본 남자는 당장 그녀에게 달려들었다.

"아크빌. 38세."

움찔!

그런데 그 순간 낯선 음성이 들려왔다. 그 목소리에 온몸이 굳어진 것처럼 모든 행동이 뚝 멈췄다. 천천히 고개를 돌리니 처음 보는 두 남자가 서 있었다.

그중 한 남자가 다시 입을 열었다.

"아크빌. 38세. 맞나?"

"다, 당신들은 누구요?"

"대답."

"……! 마, 맞소."

고저 없는 목소리에 아크빌은 이상하게 몸이 떨려 왔다. 아무런 반항도 할 수가 없었다.

그런 남자의 곁에 서 있던 다른 남자가 옅은 미소를 지으며 막 영혼이 된 여자에게 한발 다가섰다.

"33세, 안즈 님 맞으십니까?"

"…네."

여자가 한 박자 늦게 힘없이 고개를 끄덕였다. 모든 걸 체념한 모습이었다.

그런 그녀에게 가까이 다가선 남자가 그녀의 축 처져 있는 손을 잡아 다독였다.

"고생이 많으셨습니다."

그 말에 여자가 빠르게 고개를 들어 남자를 바라봤다. 그녀의 눈빛이 갈 곳을 잃은 것처럼 쉴 새 없이 흔들렸다.

"끔찍한 고통 속에서도 아주 잘 참으셨습니다."

"그……."

"네, 많이 힘드셨죠."

처음 듣는 다정한 말에 여자의 눈에서 결국 눈물이 왈칵 쏟아졌다. 그런 여자의 손을 다시 남자가 따뜻이 다독였다.

"명부에 가면 재판을 받게 되실 겁니다. 하지만 너무 걱정하지 마십시오. 인간들이 알고 있는 것과 달리 신께선 자살이라고 하여 무조건 벌하지 않으시니까요."

교단에선 자살을 가장 큰 범죄로 여기지만 실상은 좀 달랐다. 자살을 한 이유가 재판에 아주 큰 영향을 주기 때문이다.

"으… 으흑."

남자의 말에 여자는 울음을 터트리며 연신 고개를 끄덕였다.

"앞으로는 편안하시길 바랍니다."

마지막으로 여자의 손을 꼭 한 번 잡아 준 남자는 가볍게 손을 휘저었다. 그러자 여자의 모습이 빛과 함께 빠르게 사라졌다.

"그대 역시 재판을 받게 될 것이다."

"다, 당연하지!"

여자가 사라진 곳을 한참 동안 멍하니 바라보고 있던 남자, 아크빌의 귀로 냉랭한 사신의 음성이 파고들었다.

그 소리에 번뜩 정신을 차린 아크빌은 아주 당당하게 외쳤다. 생각해 보니 자신이 저들을 무서워할 이유가 전혀 없지 않은가? 고작 영혼이나 데리고 가는 이들인 것을.

"날 죽인 저것도 재판을 받고 좋은 곳으로 간다는데 당연히 나도 그래야지!"

그런 남자의 뻔뻔한 모습에 사신 하벨은 답지 않게 말을 덧붙였다.

"원래 그대는 재판 없이 바로 지옥행이었다."

"…뭐라고?"

지, 지옥행?

"하지만 오래전 그대의 부인이 신께 진심으로 그대를 위한 기도를 올린 적이 있지. 그 덕에 재판이라도 받게 된 것이다."

그래 봐야 지옥행이라는 사실이 바뀌지는 않겠지만.

뒷말을 삼킨 하벨은 당황하는 남자를 향해 빠르게 손을 휘저었다. 그러자 남자 역시 순식간에 그 자리에서 사라졌다. 마지막에 보인 남자의 눈빛이 두려움에 떨리고 있었지만 자신이 신경 쓸 일은 아니었다.

"선배님!"

영혼 인도가 끝나자 사신 킨이 반갑게 하벨에게 다가섰다. 천성이 밝은 녀석답게 얼굴에 웃음이 가득하다.

"오랜만에 같이 일하니까 너무 좋아요. 다음번 일도 이랬으면 좋겠네요. 같은 장소에서 두 영혼을 동시에 인도!"

"……."

신이 나 떠드는 사신 킨의 말에도 하벨은 별다른 반응이 없다. 그저 무심한 눈빛으로 침묵을 유지할 뿐이었다.

"무슨 일 있으세요?"

높아졌던 톤을 내린 킨은 조심스럽게 물었다.

평소에도 말수가 적고 분위기가 무척 무거운 하벨이지만 오늘따라 그 정도가 더 심해 보였다. 그래도 인사 정도는 늘 잘 받아줬는데 말이지.

"기분 좋으실 줄 알았는데."

"내가?"

그제야 하벨이 처음으로 반응을 보였다.

"네, 최근에 아주 좋은 소식이 들려오던걸요? 도르만 님이 곧 돌아오신다면서요. 정말 잘된 일이잖아요!"

사신들 사이에선 관리자 도르만이 제법 인기가 많았다. 그는 늘 유쾌했고 다른 관리자들과 달리 사신들을 무시하지도 않았다. 융

통성도 뛰어나 곤란에 빠진 사신들을 종종 도와주기도 했다.

그래서 오래전 그가 파면당했을 때, 다들 안타까움을 표하기 바빴다. 그를 구제하고자 서명 운동을 벌이는 이들도 있었다.

모든 일에 실수가 없고 나름 철저하던 그가 영혼을 잘못 집어넣는 엄청난 실수를 저질렀다는 사실을 다들 믿기 힘들어했다. 어떤 이들은 그가 관리직에 회의감을 느껴 일부러 큰 사고를 쳐 쫓겨났다는 말을 떠들기도 했다.

어쨌든 그 사건으로 파면당해 관리직에서 완전히 물러났던 그가 모든 일을 수습하고 드디어 돌아오게 된 것이다. 그 사실을 이미 알 만한 이들은 다 알고 있었다. 그런데 누구보다 기뻐해야 할 하벨의 분위기가 이상하지 않은가.

사신들 사이에서도 하벨은 무척 유명했다. 선배, 후배, 상사 가리지 않고 그와 제대로 대화를 나누는 이가 없었다. 다른 이유가 있는 게 아니었다. 그가 상대를 해 주지 않으니까. 누가 말을 하든 귓등으로도 듣지 않고 무시하기 일쑤였다.

그런 그가 유일하게 따랐던 이가 바로 도르만이다.

"혹시 도르만 님이 돌아오시는 일에 어떤 문제라도……?"

"돌아오시지 않을지도 모른다."

"네에?"

"……."

"아니, 왜요? 무슨 일인데요?"

파면당했던 이가 다시 돌아오는 건 결코 쉬운 일이 아니다. 도르만은 관리자로 있을 때 그 능력이 매우 특출하였기에 이런 일도 가능한 거였다.

그런데 그 일이 틀어지다니? 대체 무슨 일이 있었기에?

"도르만 님이 거절하신 거예요?"

그때 그 소문이 맞았던 건가? 관리직이 싫어서 일부러 큰 실수를 해 쫓겨난 거라던 그 소문.

하지만 하벨은 거기에 대해 더 떠들고 싶지 않은 듯 입을 꾹 일자로 다물었다.

'도르만 님, 지금 무슨 말씀을 하시는 겁니까!'

'뭐가?'

'고작 한낱 인간을 위해 그 기회를 포기하시겠다고요?'

'한낱 인간이 아니라 내 실수로 인생이 꼬인 인간인데.'

'그 일에 대한 대가는 충분히 치르지 않으셨습니까! 그런데 왜……!'

'충분히라. 그건 누가 정한 건데?'

'도르만 님!'

"……"

얼마 전에 만난 도르만과의 대화를 떠올린 하벨은 긴 한숨을 소리 없이 내쉬었다. 이내 그는 조용히 그 자리에서 모습을 감췄다.

태풍의 눈

"아비헬을?"

"네, 알베르토 님."

신관 다니엘의 대답이 무척 의외였기에 페이블러 황제는 설명을 더 요구하듯 그를 말없이 응시했다.

"성물로 영혼을 빼내지 못한다면 일단 그녀를 저희 쪽 사람으로 끌어들이는 것도 좋다는 생각이 들었습니다. 그리만 된다면 굳이 영혼을 빼내겠다고 애쓰지 않아도 될 테니까요."

"그 수단이 아비헬이다?"

"조사를 해 보니 소르펠 공녀가 한때 아비헬 황자에게 큰 관심을 보였던 적이 있다고 합니다."

"흐음."

페이블러 황제의 반응은 심드렁했다. 고작 그런 방법으로 카밀라, 그녀를 자신들 편으로 끌어들일 수 있을까?

"의외로 잘 통할지도 모릅니다."

"근거라도 있나?"

"그녀에 대해 알아보니 의외로 자기 사람에게 무척 약한 모습을 보이더군요."

"자기 사람?"

"자신에게 애정을 주는 이에게 모질지 못하다는 말입니다."

어릴 때부터 가족의 사랑을 제대로 받지 못하고 자란 영향일까? 그녀는 자기에게 친절을 베풀거나 작은 애정이라도 주는 이에게 금세 호감을 표했다.

아비헬 황자의 일도 그랬다. 예의상 웃어 주고 가볍게 베푼 친절에 과할 정도로 집착을 보였다. 물론 그 후 바로 아비헬 황자가 차갑게 그녀를 쳐 내는 바람에 보잘것없던 관계도 끝이 나 버렸지만 말이다.

하지만 그 후로도 그녀의 행적은 달라지는 게 없었다. 아비헬 황자에 이어 또 다른 친절에 마음을 금세 뺏겼으니까. 제이빌런가의 페트로에게 말이다.

"현재 성격이 좀 많이 바뀌었다고 하지만 근본은 어쩔 수 없는 거지요. 여전히 애정에 굶주려 있는 것으로 보입니다."

카밀라는 가족들과 주변 사람들의 일에 꽤 많은 신경을 쓰고 있는 듯했다. 가문의 이름으로 기부를 하기도 하고 이런저런 선행을 베푸는 일 모두 다른 이들에게 사랑을 받고 싶어 하는 행동이지 않겠는가.

"생각보다 쉽게 넘어올 것으로 예상됩니다만."

"글쎄."

"아비헬 황자 정도면 충분하지 않겠습니까. 원래도 좋아했던 이

이고."

외모야 두말할 것 없고 성격 또한 무난하다. 에드센 황태자 못지않게 귀족 영애들 사이에서 인기도 많았다. 속을 알 수 없는 에드센 황태자보다 아비헬 황자가 더 좋다고 하는 사람도 있었다.

"그동안 받아 본 적 없는 애정을 준다면……."

의외로 간단히 그녀의 일이 해결될 수도 있었다.

"그럴지도."

페이블러 황제도 결국 그의 말에 동조하며 고개를 끄덕였다.

"인간이라는 게 원래 그런 감정에 약하지."

엄청난 세월을 살아오며 누구보다 많은 인간의 삶을 지켜봤다. 그중에는 카밀라처럼 정에 굶주려 있는 이들도 많았다.

그 또한 잘 알았다. 그런 이들이 얼마나 애정에 목말라 있고 그것을 갈구하는지. 관심과 애정을 얻기 위해 어떤 짓까지 할 수 있는지.

"나쁠 건 없겠군."

만약 실패한다 하여도 특별히 손해 볼 일은 없지 않은가. 성공한다면 더할 수 없이 좋은 결과인 거고.

"일단 진행해 보게."

"알겠습니다."

✳

"맛있어?"
"네!"

카페에 놀러 온 리오를 위해 카밀라는 모든 메뉴를 가져와 아이 앞에 펼쳐 놓았다.

"합."

입을 크게 벌려 맛있게 케이크를 냠냠거리는 리오의 모습에 카밀라의 입가에도 희미한 미소가 걸린다.

"킹은요?"

"집에."

"다음에 보러 가도 돼요?"

"응."

리오가 놀러 온다는 소리에 영상 구슬이 집에 몇 개나 남아 있나 떠올려 보는 그녀다. 좀 더 사 두는 게 좋겠지?

"그런데 형은 언제 와요?"

"곧 올걸?"

아르시안도 함께 왔지만, 그는 이번에 발견된 마력석에 대해 서류를 작성할 게 있어 현재 크리스와 사무실에 있었다. 리오를 계속 거기에 둘 수 없어 카밀라가 먼저 아이만 데리고 카페로 온 것이다.

"늦게 오면 안 되는데⋯ 자꾸 줄어드는데⋯⋯."

"그래서 남겨 놨구나?"

카밀라는 웃음을 터트렸다. 맛있게 먹으면서도 반은 남겨 두길래 왜 그러나 했더니, 아르시안 주려고 그랬나 보네.

"아르시안 오면 내가 새로 줄 테니까 이거 더 먹어."

"합."

여름에 한창 잘 팔렸던 수박 스무디를 한 입 넣어 주자 아이의 눈이 더욱 반짝였다.

'구멍이 넓은 빨대가 있었다면 더 잘 먹었을 텐데.'

하지만 스푼으로 받아먹는 모습이 상당히 귀엽다. 빨대 개발은 좀 미뤄야 할 것 같다.

"맛있어요!"

"그래, 많이 먹어."

카밀라는 아이의 머리를 가볍게 쓰다듬었다. 그 손길에 헤헤 웃던 아이가 뭔가 생각이 난 듯 갑자기 손뼉을 짝 쳤다.

"저도 누나한테 줄 거 있어요!"

"줄 거?"

아이가 사선으로 메고 있던 작은 가방에서 뭔가를 꺼냈다.

"제가 만들었어요!"

작은 쿠션이었다. 거기에 카밀라의 얼굴이 새겨져 있었다.

물론 수가 고르지 않고 색깔도 일정하지 않아 밑그림으로 그려져 있는 게 아니었다면 뭔지 제대로 알지 못했을 것이다. 하지만 저 나이에 이런 걸 혼자 완성했다는 게 어디인가! 우리 리오 천잰데?

"정말 네가 한 거야?"

"응! 저 막 손가락에 피도 났어요!"

…이거 좀 감동이다.

카밀라는 아이의 머리를 다시 부드럽게 쓰다듬었다. 안 그래도 귀여운 녀석이 예쁜 짓만 골라 한다니-

"제가 형보다 더 빨리 완성했어요!"

"뭐?"

형? 여기서 아르시안이 왜 나와?

딸랑-!

마침 입구 문이 열리며 아르시안이 카페로 들어섰다. 그를 알아본 리오가 바로 손을 번쩍 들며 아르시안을 불렀다.

"형!"

그는 곧장 두 사람이 있는 곳으로 다가왔다. 이후 무심코 탁자를 바라보더니 쿠션에 시선이 뚝 멈췄다.

"형도 이거 만들고 있는데 아직 완성-"

"리오! 이거 먹어!"

"합!"

아르시안이 빠른 손놀림으로 케이크를 한 입 크기로 잘라 아이의 입에 넣어 줬다. 그러더니 슬그머니 카밀라의 눈치를 살폈다.

'…젠장.'

그와 쿠션을 번갈아 바라보는 카밀라의 모습에 아르시안은 천천히 붉어진 얼굴을 쓸어내렸다. 서서히 미소가 떠오르는 그녀의 얼굴을 그는 슬쩍 외면했다.

"언제 완성되는데?"

"뭐가?"

"이거."

"리오가 잘못 본 거야. 내가 그런 걸 만들 리가 없-"

"아닌데? 형 거는 나보다 좀 더 큰 쿠-"

"리오! 아!"

"합."

"……."

"……."

잠시 정적이 흘렀다. 아르시안이 머리가 아픈 듯 그대로 미간을 꾹꾹 손으로 눌렀다. 카밀라가 애써 웃음을 참고 있는 모습이 역력했기 때문이다.

'망할!'

리오는 아무것도 모르는 천진한 얼굴로 크게 케이크를 한 입 떠먹을 뿐이었다.

딸랑-!

그때 다시 카페 문이 열리며 한 사람이 들어섰다.

무심코 그곳에 시선을 준 카밀라의 눈이 점점 커져 갔다.

"왜?"

그 모습에 덩달아 고개를 돌린 아르시안은 상대를 확인하는 순간 바로 얼굴을 일그러트렸다.

"역시 여기 있었군."

에드센 황태자였다.

그의 갑작스러운 등장에 당황한 카밀라는 무어라 대답을 할 수가 없었다. 저 인간이 여기 왜 있는 거지?

'게다가 저 어색한 차림은 뭐야?'

제 딴에는 눈에 띄지 않으려고 평범한 옷을 차려입은 것 같은데……. 그러면 뭐 해? 머리부터 발끝까지 흐르는 귀태 때문에 오히려 더 눈에 띄었다.

딱 봐도 어디 부잣집 도련님이 다른 이들 몰래 마실 나온 것 같은 복장으로 들어선 그를 보며 카밀라는 가볍게 고개를 저었다.

"여기까지 어쩐 일이세요?"

그것도 호위도 없이? 그의 검술 실력이야 잘 알고 있지만 그를 노리는 이들이 한둘이 아닌 것을. 정말 겁도 없다.

"물어볼 게 있어서."

"저에게요?"

자리에 앉은 에드센은 대답 대신 자신을 멀뚱히 바라보는 리오에게 시선을 줬다. 입가에 크림을 묻힌 채 눈을 끔뻑이는 아이를 그는 제법 흥미롭게 바라봤다.

"이 아이가 그 아이군."

세프라가에서 아이를 한 명 입양했다는 얘기는 그 또한 이미 전해 들어 알고 있었다.

귀족가에서 피가 섞이지 않은 이를, 그것도 평민을 입양하는 일은 매우 드물었기에 당시 말이 많았다. 그것도, 다른 이도 아닌 그 세프라 공작가이지 않은가. 대체 어떤 아이이기에 세프라 공작과 그 후계가 아이를 받아들인 것인지 다들 무척 궁금해했다.

"줄까요?"

"음?"

"아아."

"……."

빤히 바라보는 시선에 오해를 한 듯 아이가 케이크를 포크로 떠 앞으로 내밀었다.

잠시 당황한 에드센 황태자는 곧 픽 웃으며 고개를 저었다.

"너 먹으렴."

"맛있어요."

"단걸 좋아하지만 아이 걸 뺏어 먹을 정도로 양심이 없지는 않아서. 너 먹어."

"네, 합!"

에드센은 그 후로도 리오가 디저트를 먹는 모습에서 눈을 떼지 못했다. 볼이 터질 듯 가득 케이크를 입에 집어넣는 모습이 꼭 새끼 다람쥐 같다.

"저기, 에드센 님."

결국 보다 못한 카밀라가 다시 그에게 말을 건넸다.

아이 먹방이나 보려고 온 건 아닐 테고. 대체 뭘 물으러 온 것인지 의아했다.

"아비헬을 만났다던데."

"네에?"

아비헬? 2황자?

'만나긴 했지.'

쟈비엘라 황비의 티파티에서 뜬금없이 만난 건 맞는데, 설마 지금 고작 그거 물으려고 여기까지 온 건가?

"저번에 잠깐이요."

"쟈비엘라 황비가 아바마마께 청을 올렸더군. 그대와 아비헬의 혼사를 추진해 보는 건 어떻겠냐고."

"쿨럭!"

지, 지금 뭐라고? 누가 뭘 추진해?

카밀라는 마시던 커피를 그대로 뿜어낼 뻔했다. 이 무슨 황당한 소리란 말인가.

"역시 그대는 모르는 얘기인가 보군."

"농담이시죠?"

"내가 농담이나 하자고 여기까지 온 것 같나."

"그러니까요."

그날 갑자기 아비헬 황자가 티파티 자리에 나타난 것부터가 좀 이상하긴 했지만 이런 황당한 전개로 이어질 줄은 몰랐다.

"아바마마께서도 긍정적인 반응이라더군. 그대 생각은 어떻지?"

"제 생각이요?"

그 인간들이 무슨 꿍꿍이인가 하는 생각뿐이다.

페이블러 황제와 쟈비엘라 황비의 정체를 대충 알고 있는 카밀라는 그들의 이번 행동이 소름 끼쳤다. 왜 자꾸 그들과 연관이 되는 일이 생기는 걸까? 정말 마주하고 싶지 않거늘!

"혹시나 싶어서 말이야. 예전에 그대가 아비헬을 참 많이 쫓아다녔었잖아."

"…제가요?"

그러고 보니 기억이 난다. 카밀라가 페트로를 쫓아다니기 전에 마음을 주었던 사람은 분명 아비헬 황자였다.

'완전히 까먹고 있었네.'

그 기간이 그리 길지 않았던지라 기억에서 완벽히 지우고 있었다. 굳이 떠올리고 싶은 기억도 아니었고.

아주 단호히 싫다는 의사를 표했던 아비헬 황자의 태도에 카밀라는 바로 마음을 접었다.

'그 녀석이 또 은근히 소심하잖아.'

상처받는 건 또 무척 무서워해 자기 싫다는 사람을 계속 좋아하지도 못한다. 그래서 페트로, 그 인간이 더 싫었던 거다.

'마음을 줄 생각이 없으면 그런 친절도 베풀지 말 것이지.'

상대의 마음을 뻔히 알면서도 꾸준히 여지를 주는 건 기만 아닌가? 차라리 대놓고 싫다고 말해 준 아비헬 황자가 더 나았다.

"그래서 지금 그거 확인하러 오신 거예요?"

에드센 황태자의 입꼬리가 슬쩍 올라갔다.

그 특유의 웃음이 무엇을 뜻하는지 누구보다 잘 아는 카밀라는 저도 모르게 마른침을 꿀꺽 삼켰다. 그가 적이라 생각되는 이들에게 늘 지어 주는 미소였으니까.

"난 내게 등 돌리는 사람을 그리 좋아하지 않아서 말이야."

알죠. 너무 잘 알죠. 자기를 배신한 이들을 어떻게 파멸시키는지.

용서하겠다는 듯 웃으며 고개를 끄덕여 주지만 뒤에선 아주 개박살을 내놓는다는 사실을 너무 잘 알아서 문제다.

'그런데 애초에 난 네 사람도 아니잖아!'

억울하다! 돌릴 등도 없거늘!

하지만 그의 싸한 분위기에 카밀라는 그저 어색한 미소만 연신 흘려야 했다.

스윽.

그때 조용히 대화를 듣고 있던 아르시안이 자리에서 일어섰다. 갑자기 어디 가는 건가 싶어 빤히 바라보자 그가 나직한 음성으로 묻는다.

"그 인간, 아직 소르펠 저택에 있나?"

"그 인간? 누구?"

"너희 집에 빌붙어 있는 놈."

"제이너? 아마 집에 있을걸? 왜?"

"의뢰 좀 하게."

"의……!"

자, 잠깐! 잠깐만! 의뢰라니?

"무, 무슨 의뢰?"

너 제이너가 어떤 인간인지 알고 있었던 거야? 언제? 어떻게?

아니, 그보다 그 인간에게 무슨 의뢰를 하겠다는 건데? 암살 집단 칸의 수장에게 할 의뢰라면……!

"집에 있단 말이지?"

"아르시안! 기다려!"

대체 갑자기 이게 다 무슨 일이냐고!

"이번에 발견된 마력석은 아주 고가에 내놓아도 무리가 없을 것 같더군."

"품질이 아주 좋긴 하죠."

"개인적으로는 우리 가문에서 다 구입하고 싶지만 그건 욕심이겠지."

"채굴량이 일정 수준으로 오르기 전까진 우선권을 드릴 생각이에요. 다만 그중에서도 최상급은 경매에 붙일 생각이고요."

"좋은 생각이야."

카밀라가 건네는 서류를 찬찬히 읽어 내려가던 세프라 공작은 잠시 후 그것을 툭 내려놓았다.

"하나가 더 늘었군."

세프라 공작의 시선이 카밀라 옆에 서 있는 사제 귀신 아레나에게 향했다. 평소 카밀라 곁을 맴돌던 존재들과 형태나 기운이 달랐다.

[진짜네? 이 집 인간들은 정말 유령을 보는 거야?]

[말했잖아. 이 집에선 행동거지 조심해야 한다고.]

신기해하는 그녀에게 제노가 다시 한번 주의를 줬다. 전에 함부로 집 안을 돌아다니다 아르시안에게 걸려 그대로 소멸될 뻔했다. 카밀라가 마침 와 줘서 다행이었지, 아니었으면 정말 소멸이었다.

[감히 누가 날 건드려?]

[그래, 그래. 너 잘났지.]

제노의 심드렁한 동조에 아레나가 눈을 치켜떴지만 역시나 오늘도 쿵짝이 잘 맞는 두 사람… 아니, 두 귀신이다.

"요즘 주변이 시끄럽던데."

아레나가 딱히 카밀라에게 해가 될 기운을 갖고 있지 않다고 판단을 내린 세프라 공작이 바로 관심을 끄고 다른 화제를 꺼내 들었다.

"그러게 말이에요. 조용히 지내고 싶은데 사람들이 절 가만두지를 않네요. 제가 너무 잘나서 그런 걸까요?"

"아마도."

"……."

웃자고 한 얘기에 그리 진지하게 고개를 끄덕여 주시면 제가 좀 민망한데요. 카밀라는 짧은 한숨을 내쉬었다.

에드센 황태자에게서 쟈비엘라 황비가 자신과 아비헬 황자의 혼사를 추진한다는 소리를 들은 이후 내내 머리가 아팠다. 에드센이 소식을 듣고 찾아올 정도면 소르펠 공작의 귀에도 분명 그 얘기가 들어갔을 테니까.
 집안이 또 시끄러워지지 않을까 싶었는데, 예상과 달리 그 후로도 며칠 동안 무척 조용했다. 소르펠 공작도 그에 대해 일절 언급하지 않길래, 결국 카밀라가 먼저 아비헬 황자에 대해 슬쩍 운을 뗐다.

 '며칠 전에 에드센 황태자 전하께서 찾아오셨어요.'
 '전하께서? 무슨 일로?'
 '아비헬 황자 전하의 일로요.'
 '아아.'

 역시나 이미 들은 얘기가 있었던 듯 소르펠 공작은 바로 고개를 끄덕였다. 하지만 이어진 그의 말은 예상을 한참 벗어났다.

 '개가 짖는다고 사람이 반응을 해 주면 어찌 되는지 아니?'
 '네?'
 '오히려 더 짖는 법이란다.'
 '……'
 '말 같은 소리를 해야 반응이라도 해 주지. 어디 정치 싸움에 감히 내 딸을……. 넌 아무 신경 쓸 필요 없으니 걱정 말거라. 아니면 혹시 2황자 전하께 마음이라도—'
 '아뇨!'

 뭐, 그렇게 됐다. 황실 사람을 개로 취급하는 소르펠 공작을 보며 그저 허허 어색한 웃음만 흘려야 했다.

"상대할 가치가 없을 땐 상대를 하지 않으면 되는 거다."

"…무척 간단하네요."

"간단한 일이지."

세프라 공작도 어떤 상황인지 이미 다 알고 있는 듯 무시하라는 충고를 해 준다.

사실 아비헬 황자의 계산적인 호의야 별 신경이 쓰이지 않는데, 문제는 그 뒤에 있는 두 사람이다.

페이블러 황제와 쟈비엘라 황비. 그들의 의도가 대체 무엇인지 파악이 되지 않아 머리가 아팠다.

"공작님."

"아버님이라고 불러라."

"네?"

"그래, 뭐가 궁금하지?"

…방금 뭔가 이상한 말을 들은 것 같은데?

"신수는 언제부터 황궁 출입이 금지된 거예요?"

페이블러 황제를 보는 순간 제일 먼저 들었던 의문이 하나 있었다.

신수를 소유하고 있는 세 공작가의 가주들. 그들은 영혼이 수도 없이 붙어 있는 페이블러 황제의 상태를 그동안 단 한 번도 이상하게 여긴 적이 없는 걸까?

"아주 오래됐지. 정확히는 모르겠지만 수호의 탑이 생겼을 때쯤이었다고 들은 기억이 나는군."

"굉장히 오래전이네요."

"그렇지. 신수 하나가 수백, 수천의 군사와 맞먹는 힘을 갖고 있으니 황궁에서 불러내는 것만으로도 반역으로 여겨졌다던가. 여하튼 그런 이유였을 거다."

그렇다면 이해가 되었다. 황제 앞에서 신수를 불러내지 못하니 사특한 존재에 이를 드러내는 신수들이 제대로 반응을 하지 못했던 것이다.

'그러니 헤르셀 가주 할아버지도 황궁에서 독살을 당했던 거겠지.'

신수가 딱 붙어 있었다면 그리 쉽게 당하진 않았을 것 같은데.

'그러고 보니 그 일도 좀 의심스럽지 않나?'

이미 그때부터 페이블러 황제가 그놈이었다는 거잖아. 혹시 헤르셀 가주를 죽인 것도 그놈 아냐?

"황제 폐하께 죽은 이들이 많이 붙어 있는 거, 알고 계시죠?"

카밀라가 가장 의아하게 여긴 건 세프라 공작이었다. 다른 가주들이야 신수가 없으면 죽은 자들의 존재를 전혀 인지하지 못하니 그러려니 할 수 있다. 하지만 세프라 공작은 아니지 않은가.

죽은 자의 모습을 정확히 볼 수는 없지만, 그래도 그 존재의 유무 정도는 충분히 인지하는 이들이다. 그런데 지금껏 세프라 가주 중 그 누구도 페이블러 황제의 곁에 붙어 있는 죽은 자들을 의심해 보지 않았다는 게 이상했다.

"제법 수가 많긴 하지."

"역시 보셨군요."

"모를 수가 없으니까."

그런데 왜 그냥 넘어간 걸까? 조금의 이상함도 느끼지 못한 건가? 한둘도 아니고 그렇게나 많은데?

"황제 자리가 마냥 편한 자리가 아니지."

"네?"

"역대 황제들 모두 적이 많았단다. 현 황제 폐하 또한 그 자리를 지키며 여러 전쟁을 치르셨던 분이고."

"아……."

짧은 설명이었지만 카밀라는 바로 상황을 이해했다.

다른 이도 아닌 제국의 황제다. 그를 원망하고 증오하는 사람이 어디 한둘이었겠는가. 그 원한에 의해 죽은 이들이 따라다녀도 하나 이상할 게 없다고 여긴 것이다.

"갑자기 그건 왜 묻는 거지?"

"그냥……."

솔직히 지금 처한 상황을 누구에게든 말하고 싶었다. 하지만 도저히 입이 떨어지지가 않는다.

상대가 제국을 이끄는 황제라는 것도 조심스럽지만, 무엇보다… 입을 여는 순간 저들과 정말 직접적으로 부딪치게 될 것 같아서.

'무서워.'

그래, 무섭다. 솔직히 너무 두렵다.

'내가 왜 저들과 직접 부딪쳐야 하는 건데?'

사람의 목숨도 장난감처럼 쉽게 여기며 뺏는 저들과 내가 맞서야 한다고?

'그 성물도 그래.'

당장 그 위험성을 사람들에게 알리는 게 당연한 일일지도 모른다.

하지만 공론화를 시키면? 정말 그 상황을 내가 감당할 수 있을까? 더 이상 아무것도 모른 척 잡아뗄 수 없게 되는데?

'마치 태풍의 눈 위에 서 있는 것 같아.'

나름 고요하고 조용하지만 절대 안전하지는 않은, 그렇다고 마음대로 그 자리에서 벗어날 수도 없는.

"저번에 폐하를 뵈니 죽은 이들이 무척 많이 따라다녀서요."

결국 오늘도 어물쩍 말을 돌렸다.

하지만 언제까지 외면할 수 있을까? 그들이 제 주변 이들을 건드린다면 분명 또 가만있지 못할 것이다. 결국은 또 부딪치게 되겠지.

그래도… 최대한 그 시간을 미루고 싶다.

투욱.

"받아라."

그 순간 카밀라 앞에 크고 작은 상자들이 수북하게 놓였다. 처음 집무실에 들어섰을 때부터 한쪽에 쌓여 있던 것들이었다.

"이게 다 뭐예요?"

나에게 주려고 미리 준비해 두셨던 건가?

"약초."

"약초요?"

이 많은 게 다 약초라고? 그러고 보니 쌓인 상자에서 알싸한 향이 풍겨 왔다. 아까부터 어디서 나는 냄새인가 했더니, 약초 향이었구나.

[이야, 이 집 돈 많구나. 이건 엄청 귀한 약촌데.]

약초라는 말에 아레나가 바로 반응을 보였다. 오랫동안 신성력으로 사람들을 도우며 산 그녀는 약초 쪽에도 일가견이 있었다. 역사서에도 나와 있었다. 그녀가 약초학의 발전에 아주 크게 기여했다고.

[야! 이거 당장 먹어! 체력 증진에 완전 좋은 거야! 네 저질 체력도 한 방에 올려 줄걸? 저건 만년설화 열매잖아! 저거 진짜 구하기 힘든 건데! 저건 또 뭐야? 와! 저것도 당장 입에 넣어! 무조건 쑤셔 넣어!]

카밀라가 상자를 열 때마다 아레나의 톤이 점점 높아졌다. 그녀의 반응을 보니 지금 눈앞에 있는 약초들이 평범한 건 아닌가 보다.

"집에 약초 많은데."

안 그래도 소르펠 공작을 비롯한 다른 식구들이 대륙에 존재하는 온갖 약초를 다 구해 오는 중이다. 게다가 자신이 쓰러졌다는 말에 친분을 쌓으려는 다른 귀족가에서도 몸에 좋다는 건 다 보내오고 있었다.

"며느리 사랑은 시아버지지."

"예?"

"약초는 많을수록 좋으니 갖고 가렴."

…방금 또 이상한 말을 들은 것 같은데?

"잘 먹을게요."

그래, 몸이나 챙기자. 나중에 뭐가 되었든 몸이 튼튼해야지 않겠어? 그래야 칼질이라도 한 번 더 하지.

'…젠장.'

살다 살다 검 휘두를 걱정까지 해야 하다니.

새삼 밀려드는 현실 자각에 카밀라의 입에서 다시 짧은 한숨이 새어 나왔다.

쥬엘라 베이크스

"어머, 그 목걸이 못 보던 거네요?"
"이번에 새로 장만했어요. 고스트 상회에서."
"정말요? 저도 구하고 싶었는데!"
"저도 이번에 고스트 상회에서 영상 인쇄기를 하나 장만했답니다."
"세상에! 저도 구경 좀 할 수 있을까요?"
"물론이죠."

카밀라는 마치 알아 달라는 듯 고스트 상회에서 파는 액세서리를 하고 온 귀족 영애들을 보며 영업용 미소를 잔뜩 날려 줬다.

그래, 저들 모두 귀한 고객인 것을.

"다들 너무 잘 어울리네요."

초대장을 받아도 초대에 응한 적은 극히 드물었던 이전과 달리, 최근 카밀라는 사교 모임에 자주 참석하고 있었다.

그렇다고 모든 초대에 응하는 것은 아니고, 그녀의 기준은 단 하나였다.

'성물 목걸이.'

그 목걸이를 구입한 가문의 초대에만 응했다.

그런 의미에서 오늘 그녀가 찾은 곳은 바로······.

"카밀라, 이거 마실래?"

"응, 고마워."

쥬엘라의 가문인 베이크스 백작가였다. 그녀의 집안에서도 성물 목걸이를 구입했다는 정보를 입수했거든.

"오늘도 머리 너무 예쁘게 됐다."

넌 오늘도 참 애쓴다. 여전히 눈에는 못마땅함이 가득하거늘, 입가는 최대한 밝은 미소를 지으려 노력하는 게 이젠 안쓰럽기까지 하다.

'뭐, 내가 신경 쓸 일은 아니지만.'

일단 오늘의 목적은 이미 달성했다. 쥬엘라의 부모인 베이크스 백작 부부를 봤는데, 성물 목걸이를 차고 있는 건 부친인 베이크스 백작 쪽이었다.

'아직까지는 괜찮아 보였는데 말이야.'

색깔도 아주 붉었고 별다른 징조는 없어 보였다.

하지만 앞으로가 문제다. 저 목걸이를 어떻게 못 차게 만들어야 하나 고민 중이었다. 뭐 좋은 방법 없을까?

'진짜 옥장판이나 만들어?'

전에 열받아서 지나가듯 한 말인데 지금 생각하니 나름 괜찮은 방법 같다. 성물 목걸이의 진실을 공론화시키지 않으면서도 자연스럽게 사람들이 목걸이를 덜 찾게 할 수 있을 테니까.

"제가 여러분들을 위해 작은 선물을 준비했는데 잠시만 기다려 주시겠어요?"

시간이 한참 지난 후 쥬엘라가 자리에서 일어나 서둘러 밖으로 향했다.

보통 모임을 주최한 이가 방문한 이들을 위해 작은 선물을 준비하는 건 일종의 관례이자 예의였다. 시녀나 하인을 시키지 않고 직접 선물을 가지러 가는 성의를 보이는 그녀의 모습에 다들 온화한 미소를 지어 줬다.

"저도 잠시."

한시도 떨어지지 않고 떠드는 이들을 피해 카밀라도 잠시 밖으로 향했다. 정원이나 한 바퀴 돌고 올 생각이었다.

아까 언뜻 보니 정원이 아주 멋지던데. 그 정도 시간이면 대충 모임도 마무리되겠지?

[그 성물 목걸이가 역시 문제인 거지?]

모임 장소를 나오자 여기까지 따라온 사제 귀신 아레나가 말을 걸어왔다. 최근 카밀라가 성물 목걸이를 구입한 이들만 찾아다니고 있다는 걸 그녀 또한 눈치챈 것이다.

"혹시 그 목걸이에서 뭔가 느껴지는 게 있어요?"

풍요의 기원제에서 교황이 착용한 성물 목걸이를 아주 못마땅하게 보았던 그녀의 모습이 떠올랐다. 혹 신성력이 방대한 그녀만이 따로 느끼는 뭔가가 있었던 게 아닐까?

[전혀.]

"그런데 왜 그렇게 성물 목걸이를 싫어해요?"

[교황이라는 놈이 돈 벌 생각만 하는 게 고까워서.]

하긴, 교황이나 다른 사제들 역시 붉은 돌에서 특별히 이상한 게 느껴지지 않으니까 목에 걸고 다니는 거겠지? 교황 역시 그 목걸이를 차고 있던 걸 떠올리며 카밀라는 고개를 끄덕였다.

그 목걸이를 처음 팔자고 말을 한 이가 누군지 알고 싶은데, 대놓고 물을 수도 없고. 어떻게 살짝 알아볼 방법이 없을까?

"그런데 요즘 왜 자꾸 따라다녀요?"

[왜긴?]

그녀가 뭘 당연한 걸 묻냐는 듯 눈을 동그랗게 뜬다.

[심심해서.]

···아, 예.

오랫동안 대화를 못 한 한을 제노와 붙어 다니며 신나게 풀더니 또 슬슬 지루해진 모양이었다. 카밀라도 딱히 그녀가 따라다니는 게 싫지 않았다.

[설화 열매는 아침에 빠트리지 않고 먹었지? 제시간에 꼭꼭 챙겨 먹어야 해. 너처럼 기력이 약한 아이한테 딱이니까.]

알고 있는 지식이 많아서 도움이 많이 되고 있었다.

[예전에 나도 그거 구해 본 적 있는데, X 같은 놈들이 어찌나 가격을 높게 부르던지. XX 같은 XX놈이!]

···다만 거칠 것 없는 저 말투가 문제지만 말이다.

"내가 전에 분명 말했을 텐데. 내 앞에서 고개 빳빳이 들고 다니지 말라고. 태생도 모르는 더러운 것이."

그런데 이 거칠 것 없는 음성은 또 누구래?

정원에 들어서고 얼마 되지 않아 나직한 남자의 음성이 귀를 파고들었다. 카밀라는 그 목소리의 주인이 누군지 금방 알 수 있었다. 그리 멀지 않은 곳에 서 있는 두 사람을 발견한 것이다.

한 사람은 조금 전에 선물을 가져오겠다며 나갔던 쥬엘라 베이크스였고.

'저 남자는……'

다른 한 사람은 쥬엘라의 오빠이자 베이크스의 후계자인 맨티츠 베이크스였다.

그 역시 카밀라의 기억 속에 있는 인물이다. 몇 번 파티장에서 마주친 적이 있었다.

그런데 지금 뭐라고 지껄이고 있는 거지? 방금 내가 뭘 잘못 들었나?

"아버지가 시킨 일이나 똑바로 해. 내 일에 신경 끄고."

"하지만 아버지가 오라버니도 오늘 소르펠 공녀에게 인사를 꼭 시키라고-"

"이게 또 말대꾸하지!"

맨티츠가 그 즉시 손을 들어 올렸다. 그런 그의 행동이 매우 익숙한 듯 쥬엘라는 팔을 들어 얼굴부터 감쌌다.

빠악!

"크억!"

하지만 고통 어린 신음 소리는 쥬엘라가 아닌 맨티츠의 입에서 터져 나왔다.

"뭐, 뭐야!"

뭔가로 머리를 얻어맞은 맨티츠는 바로 고개를 돌렸다. 대체 어떤 인간이 감히!

"어머! 죄송해요. 맨티츠 님이셨군요."

하지만 상대를 확인한 그는 눈을 부릅떴다.

"소르펠 공녀?"

카밀라, 그녀가 손에 구두 한 짝을 든 채 매우 미안한 표정으로 서 있었기 때문이다.

"전 쥬엘라 양이 누군가에게 위협이라도 받고 있는 줄 알았지 뭐에요."

죄송하다며 연신 사과의 말을 내뱉으면서도 그녀는 제 손에 쥔 뾰족구두를 놓지 않았다.

"뭔가 오해를 하셨군요. 제가 제 동생에게 행패를 부릴 리가 없지 않습니까."

"그러게 말이에요."

"잠시 의견이 맞지 않아 언성이 살짝 높아졌을 뿐입니다."

맨티츠는 옅은 미소까지 지으며 쥬엘라의 어깨를 가볍게 다독였다.

"미안, 나도 모르게 언성이 높아졌다. 나중에 다시 얘기해."

"…네, 오라버니."

그녀의 얼굴에도 애써 미소가 걸린다.

"그럼 전 이만."

맨티츠는 카밀라에게 가볍게 고개를 숙여 보인 후 빠르게 그 자리를 벗어났다.

"흐음."

그래도 생각보다 덜 아프지? 상황을 정확히 몰라서 일단 뾰족한 부분이 아니라 넓적한 부분으로 때렸다.

"……."

"……."

그가 그렇게 떠난 후, 카밀라와 쥬엘라 두 사람 중 누구도 먼저 입을 열지 않았다. 바람에 흔들리는 나뭇잎 소리가 둘 사이를 가득 채웠다.

"다 들었어?"

결국 쥬엘라가 먼저 침묵을 깼다.

"뭐, 대충."

시원한 긍정에 그녀의 입에서 긴 한숨이 흘러나왔다.

"저 인간은 원래 숨길 의지도 없었으니까. 생각이 있다면 이렇게 손님들이 많이 온 날 저런 말을 함부로 떠들지도 않았겠지."

쥬엘라는 다리에 힘이 빠진 듯 근처 나무에 풀썩 주저앉았다. 연신 한숨을 토해 내던 그녀가 천천히 고개를 들어 카밀라를 바라봤다.

"네가 들은 대로야."

"……."

"나 이 집 핏줄 아니야."

그녀는 남의 얘기를 하듯 덤덤히 말을 이어 나갔다.

원래 이 집에 딸이 하나 있었단다. 그런데 태어나자마자 바로 죽어 버렸고, 실의에 빠진 백작 부인의 눈에 길가에 버려져 있던 아기가 들어왔다.

"죽은 아이를 대신해 내가 그 자리를 차지한 거지."

백작 부부는 아무도 그 사실을 모르게 했다. 그녀를 오롯이 친딸로 자라게 한 것이다. 몇 년 후 백작 부인이 딸을 낳지 않았다면 쥬엘라는 여전히 그들의 귀한 딸로 남았을 것이다.

"어릴 땐 내가 왜 차별을 받는 건지 의아했어."

처음에는 동생이 어리니까 그러려니 했다. 내리사랑이라는 말도 있듯이 어린 동생에게 더 정이 가는 건 어쩔 수 없다고.

오빠는 오빠니까, 가문을 이을 장남이니까 그러려니 했다. 그렇게 스스로를 달래며 살았다.

그러다 세 아이는 부모님이 나누는 은밀한 얘기를 우연히 듣고 만다.

"내가 주워 온 아이라는 사실을 다들 알게 됐어."

그 후 맨티츠는 그녀를 벌레 보듯 했고, 동생인 케이린 또한 쥬엘라를 무시하기 일쑤였다. 부모님 역시 더 이상 숨길 필요가 없다 여긴 듯 점점 그녀를 대하는 태도가 심해졌다.

"하아."

자신의 얘기를 마친 쥬엘라의 입에서 다시 긴 한숨이 흘러나왔다. 이런 얘기를 왜 카밀라에게 하고 있는 건지 본인 스스로도 잘 이해가 가지 않았다.

"그래서 난 네가 너무 싫었어."

"……."

이건 또 무슨 황당한 결론이래?

카밀라는 여전히 아무런 대꾸 없이 그녀를 바라봤다.

"널 보고 있으면 날 보는 것 같았거든."

가족들에게 쩔쩔매고, 사람들의 눈치를 엄청 보면서도 꼴에 자존심은 있어 바득바득 화를 내는 모습이.

"정작 가족들에겐 아무 말도 못 하면서 말이야."

그래서 카밀라, 그녀를 더 괴롭혔다. 괜히 비꼬는 말을 건넸고 그녀와의 드잡이질을 멈추지 않았다.

"어쩌면 네가 아니라 나에게 하는 시비였을지도 몰라."

카밀라를 대놓고 비꼬고 비웃었던 모든 행동이 어쩌면 스스로에게 던지는 비웃음과 비꼼이었지 않나 싶다.

자조적으로 웅얼거리던 쥬엘라가 돌연 말을 멈추고 카밀라를 빤히 바라봤다. 그러다 툭 한마디를 내뱉는다.

"너 재수 없어."

"…야, 그건 내가 해야 할 말이지."

적반하장도 유분수지. 지금 누가 누구보고 재수 없대?

카밀라가 황당한 심정을 여실히 드러내든 말든 쥬엘라는 꿋꿋이 자신의 생각을 밝혔다.

"자기 혼자 멋져지고."

이건 또 웬 닭살 돋는 멘트? 내가 좀 멋진 건 맞는데 뜬금없어, 너!

"그래서 더 재수 없어."

카밀라는 다시 어이없는 웃음을 터트렸다.

"나도 너 재수 없거든."

"나도 알아."

쥬엘라는 툭툭 먼지를 털며 자리에서 일어섰다.

자신이 현재 처한 상황을 누군가에게 말하고 싶었던 걸까? 조금 전보다 그녀의 표정이 좀 홀가분해 보였다.

"아버지가 너한테 잘 보이라고 해서 친한 척 굴고 있지만 내가 지금 얼마나 웃긴지 나도 잘 알거든? 나도 좋아서 하는 거 아니니까 참아."

새초롬하게 말을 내뱉은 그녀가 카밀라를 빠르게 지나쳐 갔다.

"헐."

사람 할 말 없게 하네.

"진짜 안 맞아."

황당하긴 한데, 이상하게 평소처럼 화가 나지는 않았다. 짜증 나게도 저 마음이 모두 이해가 가서.

"쯧."

카밀라는 그렇게 사라져 가는 그녀를 보며 가볍게 고개를 내저었다.

※

"소르펠 공녀님께 답장이 왔습니다."

"그래?"

아비헬 황자는 시종이 건네는 편지를 바로 뜯어 읽어 내려갔다. 옅은 미소로 편지를 뜯던 그의 표정이 이내 빠르게 굳어졌다.

"어이가 없군."

그의 입에서 연신 혀 차는 소리가 흘러나오자 주인의 기분이 좋지 않다는 걸 알아차린 시종이 조용히 방을 나섰다. 그렇게 방에 홀로 남게 된 아비헬 황자는 불만스러운 감정을 더욱 표출했다.

"예전엔 그렇게 쫓아다니더니."

이젠 자기가 가진 가치가 올랐다 하여 콧대를 세우는 건가? 그녀의 처지가 예전과 많이 달라진 건 사실이지만, 그렇다고 해서 이렇게 어이없는 거부를 계속 용납해 줄 마음은 조금도 없었다.

"딱히 관심이 없었는데 말이야."

처음에는 어머니의 명이었다. 카밀라, 그녀를 자신의 편으로 만들라는 명에 어쩔 수 없이 고개를 끄덕이긴 했지만 영 탐탁지 않았다.

전에 자신을 쫓아다니던 그녀의 음침한 모습을 생각하면 여전히 짜증스러웠다. 그녀가 공작가의 사람만 아니었어도 인사조차 건네지 않았을 것이다.

"확실히 많이 변하긴 했지."

그런데 얼마 전에 만난 그녀는 전의 모습을 전혀 찾아볼 수 없었다. 외모까지 달라 보였다. 물론 원래도 확실히 눈에 띄는 외모였지만, 그땐 전혀 마음이 가지 않았다. 얼굴을 마주하는 것조차 힘에 겨웠으니까.

"그땐 왜 그랬지?"

스스로가 생각해도 지나치게 거부감을 느꼈던 거 같다. 지금은 그런 느낌이 전혀 없는데 말이다.

"게다가……."

에드센 황태자, 형님이 처음으로 자신의 행보에 반응을 보였다.

'네 생각이냐?'

'무슨 말씀입니까?'

'어머니께서 너와 그녀의 혼사를 추진하시려는 모양이던데. 카밀라 소르펠을 이 판으로 끌어들인 거, 네 생각이냐고.'

자신이 무슨 짓을 하든, 그 어떤 행동을 해도 무시하기 일쑤였던 그가 처음으로 적의를 드러낸 것이다.

솔직히 무척 놀라웠다. 그리고 묘한 희열이 느껴졌다. 카밀라 소르펠을 건드리는 것이 그의 신경을 자극한다는 사실을 알게 되자 이번 일에 흥미가 생겼다. 가볍게 시작했던 마음이 진심이 되어 버린 거다.

"그런데……."

문제는 그녀였다. 만남을 청하는 자신의 서신에 자꾸만 거부로 답신을 해 오는 것이다. 소르펠 공작 때문에 적극적으로 만남을 청할 수도 없었다. 그의 심기를 건드려서 좋을 게 없었으니까.

"아무래도 직접 찾아가 봐야겠어."

그 정도 성의는 보여 주는 게 맞겠지?

이제 '성녀'라는 가치까지 붙은 그녀를 자신의 사람으로 만들기 위해 그 정도의 노력을 기울여 줄 용의가 충분히 있었다. 확실히 그녀를 자신의 편으로 만든다면 득이 되는 것이 무척 많았다.

"그다지 좋은 생각은 아닌 것 같습니다만."

"……!"

그때, 어디선가 낯선 남자의 나직한 음성이 들려왔다.

흠칫!

급히 고개를 든 그는 언제부터 그곳에 있었던 것인지 모를 회색 가면을 쓴 남자와 마주할 수 있었다.

창가에 서서 자신을 바라보는 낯선 이의 입가에 짙은 미소가 걸렸다. 그 미소를 보는 순간 아비헬 황자는 온몸에 소름이 끼쳤다.

"그 줄은 안 당기시는 걸 추천합니다."

슬그머니 설렁줄을 당기려던 아비헬 황자의 행동이 뚝 멈췄다.

등에서 식은땀이 흘러내렸다. 황성 깊은 곳까지 침범한 걸 보면 결코 평범한 사람은 아닐 것이다. 누구냐고 물을 필요도 없었다. 자신을 해하려는 이임이 분명할 터.

"의뢰를 받고 왔답니다."

역시나 예상한 답이 흘러나왔다.

누굴까? 누가 자신의 암살을 의뢰한 것일까?

'형님이?'

아니면 형님 쪽 세력에 속한 다른 누군가가?

아비헬 황자는 잔뜩 경계 어린 눈빛으로 한 걸음 물러섰다. 소리조차 칠 수 없었다. 저자가 들고 있는 검이 자신의 심장을 파고드는 게 더 빠를 테니까.

"의뢰인의 청은 단 하나였습니다. 경고를 하고 오라고."

"경고? 무슨······."

"카밀라 소르펠."

"카밀라?"

갑작스러운 말에 의문을 표하던 아비헬은 급히 한 걸음 더 뒤로 물러섰다. 남자가 성큼 자신에게 다가섰기 때문이다.

"건드리지 말랍니다."

"······!"

"계속 찝쩍거리면 지금처럼 단순 경고로 끝나지 않을 거라고 하더군요."

찝쩍이라는 단어가 유독 크게 귀를 파고들었다.

아비헬은 저도 모르게 꿀꺽 마른침을 삼켰다.

"역시 형님이 보낸 건가?"

확신이 들었다. 고작 찾아와 카밀라 소르펠을 건드리지 말라니. 그런 경고를 할 자가 형님밖에 더 있겠는가.

"그건 아닙니다만… 황태자께서도 그녀에게 관심이 많으신가 보지요?"

아비헬 황자의 물음이 뭔가 마음에 들지 않는 듯 남자의 미소가 비릿해졌다.

"안 그래도 여기저기 거슬리는 놈들 천지인데, 여기는 형제가 쌍으로 난리군."

낮은 목소리로 혼잣말을 내뱉던 그가 한 걸음 더 가까이 다가섰다. 코앞까지 다가온 그가 얼굴을 더욱 가까이 밀착했다. 마른침을 다시 한번 삼킨 아비헬은 여전히 그 어떤 반응도 할 수가 없었다.

"의뢰자는—"

설마 의뢰한 이가 누군지 말해 주려는 건가?

"바로 접니다."

"…뭐?"

하지만 이어진 그의 대답에 아비헬 황자는 저도 모르게 되묻고 말았다.

도대체 저자가 지금 무슨 말을 하는 거지? 의뢰자가 자기라고?

"절 또 보고 싶으시다면 제가 한 경고를 무시하셔도 좋습니다. 그땐 이 가면도 벗어 드리지요."

잠시 말을 멈춘 그가 들고 있던 단검을 벽에 푹 꽂았다. 검은 단단한 벽이 마치 푸딩인 양 쉽게 파고들었다. 움찔하며 떠는 아비헬 황자의 귓가에 나직한 목소리가 울려 퍼졌다.

"곧 죽을 자에게 얼굴 정도는 보여 줄 용의가 충분히 있거든요."

남자는 그 말을 끝으로 한 발 물러서더니 아주 정중히 고개를 숙여 인사를 건넸다. 하지만 그 모습에 아비헬은 더욱 몸을 움츠릴 뿐이었다.

"그럼 두 번 다시 뵐 일이 없기를 바랍니다."

마법을 쓴 것인지 그가 순식간에 자리에서 사라졌다.

털썩.

아비헬 황자는 그대로 자리에 주저앉았다. 다른 이를 부를 생각도 하지 못했다. 그의 시선이 여전히 벽에 박혀 있는 단검에 꽂혔다.

부르르.

그의 몸이 다시 떨리기 시작했다.

※

"웬 인형입니까?"

사무실에 들어서던 크리스는 먼저 와 있던 카밀라에게 인사를 건네려다 멈칫했다. 그녀가 앉아 있는 책상 위에 낯선 물건이 하나 놓여 있었기 때문이다. 작은 곰 인형이었다.

"선물 받았어."

쥬엘라가 주최한 모임에 참석했다 받은 선물이 바로 이 테디 베어다. 자기가 직접 만들었다며 모임에 참석한 이들 모두에게 선물로 하나씩 나눠 줬다.

"그런데 그 인형을 왜 들고 오신 겁니까?"

선물 받았다고 하여 인형을 들고 다닐 분이 아니신데?
"어때?"
카밀라가 곰 인형을 돌려 크리스가 자세히 볼 수 있게 했다. 점처럼 콕 박힌 인형의 눈이 그를 똑바로 바라봤다.
"…귀엽네요."
"그게 다야?"
무슨 대답을 원하시는 걸까? 크리스는 쓰고 있던 안경을 고쳐 쓰며 좀 더 자세히 인형을 살폈다. 하지만 딱히 특별한 건 느끼지 못했다.
싸구려 곰 인형과 다른 점이 있다면…….
"인형의 옷이 무척 화려하네요."
"맞아. 옷이 화려하지?"
옅은 미소를 지은 카밀라는 다시 테디 베어를 뚫어져라 바라봤다. 잠시 후 그녀는 살피던 인형을 내려놓으며 자리에서 일어섰다.
"나 좀 나갔다 올게."
"어디 가십니까?"
잠시 멈칫한 그녀가 한 박자 늦게 대답을 내뱉었다.
"…친구 집."

"도착했습니다, 아가씨."
"응."
마차에서 내린 카밀라는 주변을 빠르게 살폈다. 그녀가 도착한 곳은 바로 쥬엘라의 가문인 베이크스 백작가였다.
"어?"

마침 입구에 있던 한 무리의 사람들이 우르르 백작가 안으로 들어서는 모습이 보였다. 뭐가 그리도 급한지 곧장 안으로 들어간 그들을 본 카밀라의 입가에 의미심장한 미소가 떠올랐다.

"쥬엘라는?"
"방에 계십니다."
"또 바느질을 하고 있는 건가?"
"아마도……."
"쯧."
무척 화가 난 듯 베이크스 백작이 인상을 잔뜩 찌푸린 채 연신 혀를 찼다. 그의 말끝에서 쥬엘라를 향한 못마땅한 심정이 뚝뚝 떨어져 내렸다.
"그것이 제정신이 아니지. 기껏 환심을 사라고 자리를 마련해 줬더니 고작 인형 따위나 만들어 선물해?"
얼마 전 쥬엘라가 주최했던 모임에서의 일을 오늘에야 접한 그는 곧장 집으로 돌아왔다. 그 애가 생각이 짧다는 건 이미 알고 있었지만, 어찌 그런 걸 선물이랍시고 건넨 건지.
"한심하기 짝이 없어."
소르펠 공녀와 어떻게든 친해져 보라고 했더니!
모처럼 함께할 자리를 만들어 놓곤 대체 뭐 하는 짓인지 모르겠다.
"그딴 거나 만들고 있으니."
어릴 때부터 천 쪼가리를 만지는 걸 좋아하는 쥬엘라의 모습이 영 탐탁지 않았던 그다. 취미 삼아 자수를 놓는 수준이었다면 그러려니 했을 텐데, 온종일 인형 옷이나 만들고 있지 않은가.
"핏줄은 어쩔 수 없는 건가?"
선물에 쓰일 돈은 얼마든지 준다고 하였거늘. 보석이나 장식물이라도 선물할 것이지, 그 좋은 기회를 제 손으로 날리다니!
거기에 그 철없는 것의 행동으로 카밀라가 장남 맨티츠를 오해했을지도 모른다는 말까지 듣자 속이 부글부글 끓었다.
"베이크스 백작님?"
오늘 제대로 쥬엘라를 혼내야겠다는 생각에 성큼 걸음을 옮기던 그는 순간 들려오는 목소리에 흠칫했다.
"다시 뵙네요."
"소르펠 공녀?"
카밀라, 그녀의 갑작스러운 등장에 그의 눈이 동그래졌다.
카밀라는 방긋 웃으며 백작에게 좀 더 가까이 다가섰다.
"여긴 어쩐 일로······."
"저번에 베이크스 영애가 준 선물이 너무 마음에 들어서 답례차 들렀답니다."
"네에?"
베이크스 백작의 입이 저도 모르게 멍하니 벌어졌다. 정말로 그딴 인형이 마음에 들었다고?
당황도 잠시, 그는 곧 만면에 미소를 지으며 그녀를 환영했다.
"다행이군요, 선물이 마음에 들었다니. 시간이 괜찮으시면 저와 차나 한잔하실까요? 이번에 좋은 차가 들어왔는데."
"폐가 되지 않는다면요."
"폐라니요!"

두 사람은 바로 응접실로 향했다. 방금까지 분노로 일그러졌던 그의 얼굴이 더없이 환해졌다.

"저번 모임에서 미흡한 점은 없었는지 모르겠습니다. 딸아이가 많이 부족해서."

"전혀요. 아주 좋은 시간이었어요. 선물도 너무 마음에 들었고요."

간단히 대화를 나누던 카밀라의 시선이 베이크스 백작의 목으로 향했다. 여전히 그의 목에는 붉은 돌이 걸려 있었다.

"참, 제가 드릴 게 있는데."

"제게 말입니까?"

카밀라는 작은 상자 하나를 그에게 건넸다. 기꺼운 마음으로 상자를 연 베이크스 백작의 얼굴이 곧 의아해졌다.

그녀가 건넨 건 반지였다. 처음 보는 은색 광물이 상자 안에서 반짝거렸다.

"제 기도로 만들어진 성물이에요."

"네에?"

성물이라는 말에 그가 깜짝 놀라며 새삼스러운 눈빛으로 반지를 바라봤다.

[성물은 무슨.]

'쉿, 쉿!'

카밀라의 새침한 표정에 사제 귀신 아레나가 깔깔거리며 웃었. 보기에는 반짝거리며 나름 예뻐 보이지만 이번에 발견된 마력석 주변에 있던 아무 쓸모 없는 광물이었다. 최고급 마력석에 모든 기운을 빨리고 남은 일종의 찌꺼기 광석이라고나 할까? 아직 세상에 제대로 알려지지 않은 사실이기도 하고, 나름 반짝거려 이번 일에 잘 써 주기로 했다.

"주신께서 제게 말씀하셨답니다. 이 성물을 들고 있는 이는 사후 자신의 곁으로 오게 될 거라고."

이어진 그녀의 말에 급히 숨을 들이켠 베이크스 백작의 눈빛이 감격에 젖어 들었다. 어릴 때부터 신을 믿고 따랐던 이로서 죽어 신의 곁으로 가는 것만큼 영광스러운 일이 또 있겠는가.

이미 카밀라가 교단에서 성녀로 대우받고 있다는 사실을 잘 알고 있는 베이크스 백작은 조금의 의심도 하지 않았다.

"단, 문제가 있습니다."

"문제라니요? 걸리는 게 있다면 뭐든 말씀하십시오."

그의 태도와 말투가 더욱 정중해졌다. 카밀라가 어떤 말을 하든 따르겠다는 듯 눈빛이 단호하다.

"그 목걸이 말입니다."

"목걸이요?"

베이크스 백작의 손이 자연스럽게 자신의 목에 걸려 있는 붉은 돌로 향했다. 카밀라는 짐짓 안타깝다는 듯 가볍게 고개를 저었다.

"아쉽게도 그 성물과 저의 신성력이 맞지 않더군요."

"그게 무슨……."

그녀의 말이 바로 이해가 되지 않았다. 교단에서 만든 성물이 어찌 성녀의 신성력과 맞지 않을 수가 있단 말인가?

"글쎄요. 저도 정확한 이유는 알 수 없지만, 제 신성력에 자꾸 성물이 깨어지더라고요."

잠시 말을 멈춘 그녀가 짧은 한숨을 내쉬었다.

"제가 드린 이 성물을 끼고 계실 땐 그 목걸이를 멀리하셔야 합니다. 아니면 충돌이 일 테니까요."

"하지만 이 성물은……."

엄청난 돈을 주고 손에 넣은 성물이다. 오래전부터 앓고 있는 지병이 좀 완화될까 싶어 무리를 해서 구매를 했다.

그런데 확실히 목걸이를 차고 나니 점점 통증이 주는 게 느껴졌다. 완전히는 아니지만 말이다. 그래서일까? 선뜻 결심이 서질 않았다.

이를 눈치챈 카밀라가 한 번 더 낚싯대를 던졌다.

"왼쪽 무릎이 많이 안 좋으시군요."

"……! 그걸 어떻게!"

어떻게 알긴? 저리 떠들어 주는 이가 있으니 알지.

[무릎에 염증이 가득하네. 오랫동안 약도 잘못 썼구먼. 그래서 염증이 더 늘었어. 어디 사는 돌팔이가 이딴 식으로 치료를 한 거야?]

이리저리 베이크스 백작의 몸을 매만지며 꼼꼼하게 살피던 사제 귀신 아레나가 연신 혀를 찼다.

[이런 염증에는—]

"북쪽 지역에서만 나는 루스벨리라는 열매가 있어요. 그 열매를 구해 하루에 두 번 챙겨 드시면 훨씬 좋아지실 겁니다."

"루스벨리?"

"가격이 좀 나가긴 하지만 구하기 어렵진 않을 거예요."

"그게……."

"강요는 아닙니다. 그 성물이 더 중하시다 여겨지시면 어쩔 수 없죠. 누군가에겐 죽은 뒤의 삶보다 현재의 삶이 더 중요하게 여겨지는 법이니까요. 죽은 뒤에 지옥에 떨어지게 되더라도 말이죠."

"지, 지옥!"

카밀라가 내려놓은 반지를 다시 집어 들려 했다.

"아닙니다!"

베이크스 백작은 급히 고개를 저으며 차고 있던 성물 목걸이를 바로 풀었다. 그러곤 카밀라가 준 반지를 손에 곧장 꼈다.

"딱 맞네요."

'…좀 큰 것 같은데? 뭐, 자기가 맞는다면 맞는 거겠지. 다음부터는 반지가 아니라 다들 착용하기 쉽게 목걸이로 해야겠다.

"소중히 간직하겠습니다."

"주신의 축복이 함께할 겁니다. 기존의 성물 목걸이도 매우 귀한 것이니 잘 간직하시기 바랍니다. 제가 드린 성물 반지가 기운이 다했을 때 따로 말씀을 드리지요. 그땐 이 목걸이를 다시 착용하셔도 됩니다."

"그런가요?"

비싸게 준 성물 목걸이를 그래도 후에 다시 쓸 수 있다는 말에 베이크스 백작은 더욱 기뻐했다.

'물론 절대 그런 말을 해 줄 생각은 없지만.'

혹여 다른 이에게 저 목걸이를 넘기거나 팔까 봐 염려되어 하는 말이다. 후에 쓸 수 있다고 하면 어떻게든 자기가 들고 있을 테니까.

똑똑.

그때 문이 열리며 한 사람이 안으로 들어섰다. 쥬엘라였다.

카밀라가 왔다는 소식을 전해 들은 듯 안으로 들어선 그녀는 조금은 당황한 눈빛으로 베이크스 백작과 카밀라를 연신 번갈아 바라봤다.

"놀러 왔어."

"놀……!"

어이없는 표정으로 말을 되뇌던 쥬엘라는 베이크스 백작의 시선에 급히 표정을 갈무리했다.

"어서 와."

역시 너도 연기 좀 배워야겠다. 저리 웃는 게 어색해서야 원.

"그럼 전 이만 친구와 시간을 가져도 될까요?"

"물론입니다."

카밀라가 쥬엘라를 친구라고 칭하자 그의 얼굴의 미소가 더욱 짙어졌다.

"네 방으로 가자."

황당한 표정을 짓는 쥬엘라를 데리고 카밀라는 서둘러 응접실을 나섰다. 그렇게 두 사람은 곧장 쥬엘라의 방으로 향했다.

"호오."

방에 들어선 카밀라는 저도 모르게 감탄사를 내뱉었다. 여기저기 인형들이 즐비해 있었다.

"무슨 일이야?"

"앉으라는 말도 안 하니?"

쥬엘라가 못마땅한 눈빛으로 인상을 썼다. 이젠 대놓고 싫은 티를 곽곽 낸다.

"백작님! 쥬엘라가 차도 안 주고 앉으라는 소리도……!"
"앉아, 앉아!"
진작 그럴 것이지.
카밀라는 의자에 앉으며 주변을 둘러봤다. 탁자 위에는 방금까지 만들고 있었던 듯 미완성된 인형 옷이 놓여 있었다. 카밀라는 그걸 집어 들었다.
"뭐 하는 거야? 이리 줘."
쥬엘라가 살짝 얼굴을 붉히며 그녀의 손에서 인형 옷을 뺏어 들었다. 카밀라 역시 아버지처럼 애같이 이런 거나 가지고 논다고 한 소리 할 것 같았다.
'하아.'
그걸 알면서도 이번에 큰 용기를 낸 거다. 자신이 좋아하고 잘하는 게 뭔지 사람들에게 알리고 싶었다.
아버지는 불같이 화를 내시겠지만, 정성껏 만든 자신의 인형을 한 사람이라도 좋아해 준다면 상관없을 것 같다.
"너 말이야."
카밀라가 다시 입을 열자 쥬엘라는 저도 모르게 고개를 돌려 시선을 피했다. 역시 한 소리 하려는 거겠지?
"나랑 사업 하나 하자."
"…뭐?"
하지만 이어진 카밀라의 말은 무척 뜻밖이었다.
"사업이라니? 나와?"
"응."
"하……."

쥬엘라는 뜬금없는 소리에 헛웃음을 터트렸다.
"지금 나를 놀리려는 거야?"
갑자기 자신과 무슨 사업을 하겠다는 건지 모르겠다.
"이거."
미간을 다시 찌푸리려는 쥬엘라를 향해 카밀라가 손을 뻗었다.
"이거?"
그녀가 가리킨 건 방금까지 자신이 만들고 있었던 인형 옷이었다.
"인형을 팔겠다고?"
역시 놀리는 거네.
쥬엘라는 짧은 한숨을 내쉬며 어떻게 반응해 줄까 고민을 했다. 그래도 아버지가 친분을 쌓으라고 했는데 예전처럼 머리채를 잡고 싸우면 안 되겠지?
"인형 말고 그 옷."
"인형 옷을 팔겠다고?"
"좀 더 정확히 말하면 그 인형 옷을 사람이 입을 수 있게 만들어서 팔자고."
"…뭐?"
"옷을 팔자는 거야. 네가 디자인한 그 인형 옷 말이야."
눈이 동그래지는 쥬엘라를 보며 카밀라는 다시 찬찬히 방 안을 살폈다.
역시 자신의 눈은 틀리지 않았다.
그녀가 준 테디 베어를 보고 처음 한 생각은 곰 인형 주제에 무척 도도해 보인다는 것이었다. 그 몽실몽실하고 점같이 작은 눈을 가진 곰 인형 주제에 말이다. 고민도 잠시, 바로 그 이유를 알 수 있었다.

곰 인형이 입고 있는 옷에서 비롯된 영향이었다.

"네가 만든 옷들. 마음에 들어."

오랜 연예계 생활로 보는 눈이 높다 못해 하늘에 달린 자신의 눈에 만족감을 줬다는 건 충분히 사업성이 있다는 말이다. 이곳에 넘어와서 수많은 옷 가게를 다녀 봤지만 쥬엘라가 만든 저 인형 옷보다 나은 건 보지 못했다.

장담컨대, 저거 된다.

"네 이름을 딴 숍을 하나 만들 생각이야. 투자와 운영은 내가 할 테니까, 넌 옷을 디자인하고 만들기만 하면 돼. 수익 배분은 차차 의논해 보자고."

쥬엘라의 표정이 멍해졌다. 난데없는 제안에 머릿속이 빙빙 돌았다. 이게 갑자기 다 무슨 일인지 모르겠다.

그런 그녀를 향해 카밀라가 예쁘게 웃었다.

"나랑 같이해 보자. 내가 너 돈방석에 앉게 해 줄게."

"……."

앞으로 내밀어진 카밀라의 손을 보며 쥬엘라의 눈빛이 쉴 새 없이 흔들렸다.

하지만 망설임도 잠시, 그녀의 표정이 단호해졌다.

"…너 진짜 재수 없어."

쥬엘라는 카밀라의 손을 꼭 마주 잡았다. 어느새 그녀의 입가에도 희미한 미소가 지어져 있었다.

SIDE STORY. YES or NO

BEST [퍼 옴] <배우 이시아 피습! 응급실행!> 요약

20xx.xx.xx 19:02 | 조회수 : --- | 댓글: 1,835

누가 정리해 놓은 거 있어서 가져옴. 세상 미쳐 돌아간다.

1. 배우 이시아가 괴한에게 피습당함
2. 근데 범인 정체가 이시아 친부임. 몇 년 전에도 돈 내놓으라며 협박하고 위협 가해서 조사받은 적 있다고 함
3. 그 후 접근 금지 처분을 받았는데, 반성은커녕 앙심 품고 이번 일 계획한 것으로 짐작 중(관계자 피셜임)
4. 이시아가 매니저한테 가까스로 연락. 병원으로 이송되었지만 현재 혼수상태임
5. 범인은 현장에서 바로 잡혔고, 현재 조사받는 중

6. 범인은 이시아가 초능력을 썼다는 말을 하며 자긴 결백하다고 주장…;; 정신 감정이랑 약물 검사 의뢰한 상태라고 함

7. 이시아는 어릴 적 아버지에게 학대를 받았다는 사실을 밝히며 남다른 가정사를 고백한 적이 있음

⋮

💬 댓글(1,835)

(이전 댓글 보기)

익명 54   미친! 저것도 아빠냐!

익명 55   와, 주님! 저 한 놈 보내겠습니다. 용서해 주세요

익명 56   인간의 탈을 쓰고 어떻게 저럴 수가 있지? 친아빠 맞아?

익명 57   정신 감정 똑바로 해 주세요! 심신 미약으로 풀려나는 일이 제발 없기를!

➥ **익명 97**   우리 시아 언니 무사한 거죠? 흑!

➥ **익명 98**   입원한 병원 아시는 분 좀 가르쳐 주세요

➥➥ **익명 99**   알아도 찾아가는 건 민폐임

익명 58   저런 아빠 밑에서 우리 이시아 배우 참 잘 컸다. 환경 탓하는 요즘 젊은것들 반성들 좀 하시지

➥ **익명 106**   네, 아재요. 라떼 타령은 집에 가서 하시고요

익명 59   초능력! 오! 정말인 거 아냐?

➥ **익명 116**   네, 같이 정신 감정 받으러 가시면 됩니다

이시아가 피습을 당해 병원에 실려 간 일로 인터넷이 난리였다. 검색 순위 상위권이 모두 그녀와 관련된 단어로 도배가 된 상태다.
"시아야, 좀 어때?"
"괜찮아요."
하지만 세상에 알려진 것과 달리 이시아는 현재 생각보다 상태가 무척 좋았다. 병원으로 이송될 때 정신을 잃은 것도 맞고 수술을 받은 것도 사실이지만, 수술 직후 바로 깨어났다. 게다가 지금은 가볍게 움직일 수도 있는 상태였다.
"그 인간은요?"
"아직도 헛소리 중이란다. 네가 자길 기이한 힘으로 움직이지 못하게 했다나 뭐라나."
"……."
"신경 쓰지 마. 이번에는 절대로 저번처럼 쉽게 빠져나오지 못할 테니까. 이건 명백한 살인 미수야!"
매니저 현석은 평소 순한 모습과 어울리지 않게 몹시 분개했다. 시아의 다급한 전화를 받고 어떻게 집까지 운전해서 갔는지 기억도 안 난다. 경찰을 대동하고 집에 들어섰을 때 피범벅이 되어 쓰러져 있는 시아를 보곤 얼마나 놀랐던지.
"집은 좀 더 보안이 좋은 곳으로 알아볼게. 진작 옮겼어야 했는데……."
"응, 오빠가 알아서 해 줘."
"다들 걱정이 많아. 드라마 촬영일은 최대한 뒤로 미뤘으니까 넌 아무 걱정 말고 회복에만 집중해."

"알았어."

"난 잠시 의사 선생님 좀 만나고 올게."

"응."

매니저 현석이 나가자 이시아는 다시 핸드폰을 들어 자신의 기사를 검색했다.

댓글을 읽어 내려가는 그녀의 입가에 옅은 미소가 피어오른다. 누군가 자신을 걱정하고 대신 화를 내 주는 건 무척 생경한 경험이다. 뭔가 몽글몽글한 기운에 휩싸인 것 같아 절로 웃음이 났다.

"하아."

그나저나 아버지라는 그 남자는 어떻게 될지 모르겠다. 여론이 좋지 않은 걸 보면 쉽게 풀려날 것 같진 않은데.

"그 말을 설마 믿는 사람이 있지는 않겠지?"

현재 그가 주장하고 있는 초능력 말이다. 저쪽 세계와 달리 여긴 마법이라는 게 없으니 다들 허무맹랑한 소리로 여기는 듯했다.

"그럼 다행이긴 한데."

혹시나 그 말에 의혹을 느끼는 이가 있지는 않을까, 조금 조심스럽다. 한동안 시스템으로 남을 공격하거나 방어하는 건 좀 자제해야 할 것 같다.

"이번에도 포인트가 좀 쌓인 것 같은데."

〈돌발 퀘스트, 적을 처치하라!〉를 무사히 마친 보상으로 포인트가 주어졌다는 알림을 쓰러지기 직전에 본 기억이 난다. 시스템을 여니 역시 4포인트나 쌓여 있었다.

```
System                            _ □ ×

              이름: 이시아 (카밀라)

         민첩: B 체력: D (특수 사항에 의한 하락. B+)

              외모: S+ 연기: A (EX)

              가창: B (A) 끼: B+ (A+)

              잔여 포인트: 4
```

"흐음, 역시 연기에 투자하는 게 좋겠지?"

아직도 이시아의 연기력을 따라가려면 많이 부족했다. 역시 연기에 몰아넣는 게 좋겠지?

언제쯤 시스템의 도움 없이 진짜 실력으로 연기를 할 수 있을지 모르겠다. 빨리 따라잡아야 할 텐데.

"저쪽은 잘 지내고 있는 걸까?"

아버지라는 인간을 만나고 나니 문득 원래 이 몸을 차지하고 있던 이시아가 생각이 났다.

저쪽에선 가족들과 어떻게 지내고 있을까? 그쪽 가족들도 참 만만치 않은데 말이지.

"하아."

저쪽 세계에 있을 때 사람들이 자신을 바라보던 차가운 눈빛을 새삼 떠올린 이시아는 급히 고개를 저었다.

쓸데없는 생각이다. 난 더 이상 카밀라가 아닌걸.

그녀는 다시 핸드폰을 들어 사람들이 쓴 응원 댓글을 읽어 내려

갔다.

띠링, 띠링!

"어?"

그 순간 눈앞에 뭔가 깜빡깜빡거렸다. 시스템에서 뭔가 알림이 있을 때 보이는 현상이다.

붉은빛이 깜빡거리는 걸 본 이시아는 살짝 긴장했다. 시스템 알림에는 색깔이 몇 가지 정해져 있는데, 붉은색은 긴급을 알리는 것이다.

혹 또 자신에게 해코지하려는 이라도 주변에 있는 건가? 그녀는 빠르게 알림 창을 열었다.

> System (ʋ'∇')ɔ !   _ □ ×
>
> **영혼 관리국에서 알립니다!**
>
> 영혼 관리자였던 도르만 님에 의해
>
> 당신에게 하나의 선택지가 주어졌습니다.
>
> 그동안의 삶이 참으로 힘드셨던 당신.
>
> 어릴 적의 좋은 추억을 전혀 갖고 있지 않은 당신!
>
> 그런 당신을 위해 준비하였습니다!
>
> **인생 리셋**

"…리셋?"

처음부터 다시 시작한다는 거야?

그런 그녀의 의문을 풀어 주듯, 시스템에서 이어 알림을 알렸다.

> System (ʋ˙▽˙)ɔ !　　　　　　　　　　_ □ ×
>
> **인생 리셋**
>
> 지금의 삶을 모두 지우고 새로운 삶을 얻게 됩니다.
> 좋은 집안, 좋은 가족, 행운이 가득한 삶이 펼쳐질 것입니다.
> 단, 그동안의 기억은 모두 지워지게 됩니다.
> 당신은 아무것도 모르는 어린 영혼으로 다시 태어나게 됩니다.

"…다시 태어난다고?"

이시아는 시스템의 내용을 읽고 또 읽었다.

즉, 지금의 모든 상황에서 벗어나 새로운 삶을 얻게 된다는 것이다. 저쪽 세계에서 고통받았던 기억도 모두 지워지고, 아무것도 모르는 어린 영혼으로 새로 태어나 새로운 가족을 만나게 된다는 거다.

"새로운 가족……."

가족이 생긴다고? 나에게?

나를 싫어하고 경멸하던, 심지어 죽이려고까지 한 그런 아픈 가족이 아니라?

"가족……."

이시아는 그 단어를 계속 되뇌었다.

낯설면서도 그리움이 느껴지는, 그러면서도 뭔가 따듯한…….

```
System (ʋ´∇`)ﾉ !                    _ □ ×

              선택의 시간

      인생에 단 한 번 주어지는 기로에 선 당신!
      당신에게 주어진 시간은 단 168시간입니다.

                [167 : 59 : 58]
```

 달랑 일주일의 시간이 주어졌다. 시스템에 적힌 시간이 빠르게 줄어들어 갔다. 저 시간 안에 선택을 마치라는 거겠지?
 시간이 적힌 시스템 알림 창 가장 아래에 있는 글자가 크게 번쩍였다.

```
System (ʋ´∇`)ﾉ !                    _ □ ×

            Yes   or   No
```

 "……."
 이게 일주일이라는 시간이 필요한 질문인가?
 "내 선택은……."
 이시아의 손이 번쩍이는 글자를 향해 천천히 움직였다.

5권에 계속 🐾

A Fortune-telling Princess